"十三五"国家重点出版物出版规划项目

小说

舒群全集

第二卷

北方联合出版传媒（集团）股份有限公司
春风文艺出版社
·沈阳·

图书在版编目（CIP）数据

舒群全集.第二卷,小说卷/舒群著;周景雷,胡哲主编. —沈阳:春风文艺出版社,2023.7
ISBN 978-7-5313-5875-6

Ⅰ.①舒… Ⅱ.①舒…②周…③胡… Ⅲ.①中国文学—现代文学—作品综合集 ②小说集—中国—现代 Ⅳ.①I216.2

中国版本图书馆CIP数据核字（2020）第206994号

目 录

满洲的雪 …………………………………………………001
华北的烽火 ………………………………………………052
血的短曲之一 ……………………………………………059
血的短曲之二 ……………………………………………066
血的短曲之三 ……………………………………………069
血的短曲之四（存目）……………………………………079
血的短曲之五（存目）……………………………………080
血的短曲之七 ……………………………………………081
血的短曲之八 ……………………………………………084
血的短曲之九 ……………………………………………088
我们的同伴 ………………………………………………094
手　铐 ……………………………………………………104
松花江的支流 ……………………………………………109
婴　儿 ……………………………………………………120
夜　景 ……………………………………………………125
渔　家 ……………………………………………………131
祖国的伤痕 ………………………………………………141
画　家 ……………………………………………………146
一位工程师的第一次工程 ………………………………159
谎 …………………………………………………………165
海的彼岸 …………………………………………………172
快乐的人 …………………………………………………177

大　角　色	184
我的女教师	190
童　话	197
一　夜	203
崔　毅	209
藕　藕	227
一个美国人	233
在厂史以外	269
冬天的故事（存目）	282
仅仅是个侧面（存目）	283

满洲的雪

他必须记得这一工作：独自一人，用一支手枪去威胁一个年青的姑娘，从她的家庭，把她迫到为他所备的秘密室来；对她，已经调查清楚——她的墙院，她的卧室，她的床位，甚至，她每时所在和所去的地方。

他必须记得这一工作：解决千万同志和枪支的饥饿，同时，也决定祖国百分之几的命运。

他并非窃贼和强盗；他不过是学过海军的学生，一个二十一岁的青年而已。他既未参加过战争，也不曾走过战场的边缘：这种以生命冒险的尝试，在他还是第一次。

他头上戴着裹紧下颚的皮帽，只有眼睛和鼻子被留在帽边的外面；脚下穿着一双长过膝下的毡靴，靴边和靴上每一条缝间，都镶了皮质的美好的花纹；手里握着一条手杖，带有一种弹性，如果在风中用力地摇摆起来的时候，可以响起一种类似金属的声音。在陌生的眼睛看来，他仿佛是一个以行猎为嗜好的高贵猎人——在行猎的时候，还爱恋着自己的猎装，这种以虚伪掩饰灵魂的欺骗，在他也还是第一次。

然而，他绝不恐惧；因为他凭依的，是唯一无私的信念。这信念所生成的勇气，是最无敌的。

当然，他希望自己的成功，成功以后，在雪野上，在水流间，在刺骨的寒风中的几年来为祖国受难而斗争的同志，可以吃一次两次的饱饭——即使是米粒清稀的高粱米粥；同时，陪伴他们一样饥饿的枪支的枪膛，也可以多装几粒枪弹。成功以后，松花江冰流的两岸，长白山起的雪顶的中间，将有一次几次光荣的战绩，记在祖国的史页上。成功以后，无数的民众，又将以纸炮向远方爆放而庆祝；飞亡的小鸟，可以飞来了，重新飞往它的故巢。成功以后，在他归来的时候，让同志无数的手，向他欢呼而拥抱，拥抱而欢呼："祖国之魂的保卫者！"

甚至还有："一个英雄的成功！"

世界上，纵有珍贵的奇迹，怎么能比他的光荣和骄傲？那时候，他的生命，已经得到人生最大的报偿，他可以死，死在一声的欢笑里，死后，无所吝惜。

如果他失败，他曾坦然地走上凄冷的刑场，望望身前，身后以怜惜脸色送行的人们，回报以复仇的示意，或是言语："不要忘记我，我是为生者而死的！你们是中国人，你们该为我复仇！"

或者，向辽远的空间，再说一句："永别了，祖国和同志！"

然后，他向刽子手一笑，表示自己的心意：任随枪弹穿透心底，或是刀刃掠过脖颈，他都要以同样的耐性而忍受；因为他是祖国之子，在祖国的祭坛上，为祖国举行伟大的祭礼，所以他无悲哀，也无怨言，也许他有遗憾——对于自己，同志，祖国。

不过，在成功与失败之间，还存在着许多可以想到的问题；这些问题，使他有所踌躇。比方：如果他还未到那姑娘的家庭以前，被侦探发觉了他的秘密，是悄悄地自杀呢？还是勇敢地决斗呢？如果那从未受过惊吓的姑娘，一见他的手枪昏倒了，失了知觉，是拖走她呢？还是唤醒她再走呢？如果一切都很顺利，只有在临行的时候，她家的护勇堵住去路。以手枪指着他说："喂，你要是够朋友，请你把我们的小姐留下，我也一定讲交情，给你让开……"

这时候，他该走入怎样一种境地？扮起怎样一种不可想象的角色？如果……最后，他把一切的难题，都交给了他的手枪；他相信它是可以解决一切的。不过，以不伤害她为原则，因为只要有她，便永有这一工作的对象：即使他牺牲了，以后，还可以有代替他工作的同志。

天上的白云，地上的白雪，渐渐地暗淡了，暗淡在黄昏中，这白云和白雪之间，是分不清的白色一片：是云？是雪？云和雪，已被暴风所混，混成茫然一切，一切都在朦胧中，失去原形。这是寒带最平常的景色，而成为热带人们所幻想不到的奇异的梦。

这里的寒冷，可以毁灭一切动植的生命。人们传说，寒带是可怕的地方，可以冻掉手脚，可以冻僵血流，可以把完好地面冻得破裂，由于寒冷所造成的故事是有事实的根据的，人们为了征服寒冷，而与自然搏斗，因此，也启发了人们的勇气与智慧。是的，满洲是寒冷的。然而，如果有人的诞生地，是满洲，他一旦与满洲离得长久，他会常常呼唤起来："满洲，我可爱的故乡！"

这时候，满洲是他的朋友，他的母亲，他的情人的怀抱。这时候，满洲，不是寒冷的，而是温暖的了。尤其是被铁鞭驱逐了的流亡者，只要他记起了满洲，在流亡的途上，他会害了思乡病而疯狂，他会为了归去，不惜牺牲；同时，被铁锁锁在满洲以内的受难者，只要他不忘了满洲，他会为了满洲的自由而奋斗，一直到死。

满洲，永远是占有着人们的记忆的：比方说满洲的雪，伟大而圣洁。

他就是满洲的雪的化身，雪的使者！

这有名的都市，在风雪中，也由繁荣转为衰败。往日晴空下挤满人的街头，也成了冷漠的空地。街边，手风琴的流浪人，停止了呼唤同情的琴音，贫苦的乞讨者，也不再把手伸在衣袖外，伸到行人的面前；他们已经在被人遗弃，或是忘记的角落，开始寻找夜的住处。一切都渐渐地安息了。存在而未安息的，仿佛只有那一面叛了祖国的旗子。让一支不大健壮的旗杆，支撑着自己不可逃避的危运，勉强地挣扎而飘荡——在松花江的岸边。

街灯亮了。往日明朗的灯光，在混沌的空间，也不是往日那般明朗。

就是在这时候，他从一条冷落的街边走来，走进一家地下室的酒店。他站在长长的柜台前，把一页钞票捏成小小的一团，巧妙地丢给酒店的主人。他高声地呼了句："喂，酒！"

"'沃特卡'？"

"你以为是香槟吗？"

然后，酒店主人送他一杯沃特卡，还有由眼角射出反感的视线。

他不在意地接过酒杯来，一口饮尽了；用手随便地取了一片肉肠，很熟练地一抛，便抛到口里，他嚼着，走了。

酒店的主人，以奇异而厌恶的眼色，送开了这位放荡而无礼的客人的背影。

他走出酒店以后，让酒的温暖抵抗着身外的寒冷：因为他美好外衣的里面，只有一身廉价的衬衣和衬裤——已经污脏，而且破碎：如果被人发觉了他这不相调谐的服装，便可成为他罪名的证据。所以他故意以缓慢的步子，控制着急躁的心情；并且，把手杖不住地摇摆着，划破着沿路完整的雪面——表示行猎以后的得意而悠闲的神情。

于是，任何的侦探，纵然是有经验的眼睛，将怎样证出他是一个秘密的使者。

在他走近一家院门的时候，他停下了，辨认一下：高的院墙，坚固的铁门，给他监狱所一般的印象。这之间，有一条逃避寒冷的野狗，从他身后跑过，意外地吓了他一下，然后，他感觉自己受辱一般，红了脸，他镇静一下，立刻又扬起头来，把步子放得特别整齐，使靴下的雪，响起一种骄傲的雪声——这样地走进那小门。

守门人对于走入者，必须问询一下，这在他已经成为习惯；不过，他问询的调声，由于走入者的服装和神情所决定；有的谦趣，有的高压。他这次问询走入者的时候，他的声调，自然是属于前者的。但是，他所得到的回答，却是："混蛋，我天天来，你不认识吗？"

"啊，我一听你的话声，我就想起来了！是的，你是天天来的。哎，我的眼睛，真要瞎啦！"

可是，他知道，这是欺骗自己的；但是，也只好表示道歉了，退缩了，让主人的高贵而蛮横的客人走过去。

这位客人，仍是迟迟不去，表示着他的不满，并带着斥责的声调说："从这次起，下次你要认识我！"

他说完，便走了。然后，他转回头来，望见守门人走进门房了，他默默地说着："请你原谅我，我为了去时更方便些。"又想："如果你知道我是谁，一定不放我走过。如果现在你发觉了我是谁，你必然锁住门，那么……"

这院内的小路，是很长的，好像比他的寿命还长得几倍，于是，他的心，沉重了，跳动了，被压制的恐怖，禁不住从心底浮起，潜入血流，仿佛带有传染性一样地传染到身外：面前的暗影，远处的风声，被恐怖传染的眼睛，是晕眩的，抖索的；那小路上灯光的近边，飘落着的雪花，一时是飞舞的白蝶，一时又是破裂以后的棉苞。

他来时的决心，动摇了。来时，支撑着他行动的魄力，不知觉地失散了；他在行走中，几乎随时都可以跌倒，虽然，小路是平平的。归去吗？他归去以后，对他的同志说："我，我回来了——"

"你怎么回来了？"

"因为——"

"因为失掉了决心吗？"

…………

他转过头去，回望一下，在归去的小路上，已被胆小者，蠢才，叛徒，以及一切最卑贱的罪名所断绝。他又转回头来，望着前面，在前面的小路上，似乎满了无情的魔手，等待捕捉他。他停下了；这一瞬间，是他成功，或失败的开始。

"你勇敢些，勇敢是一切成功的种子！"

这声音，被一阵风送来，送进他的耳里，他清醒了，像刚刚从梦中醒来一样，抖了几下冷战，然后，他特意把食指贴紧衣袋里手枪的引铁，轻快地走尽了小路，走进房门了。

房内，一望，仿佛是罗马神殿的缩影，被壁灯闪照得像白昼一般明亮。

他把房内所见的一切和自己记忆中所保留的图样对照一下，立刻晓得那门的所在：于是，他像熟来的家人一样，敲了门，便进去。

屋内，是华丽的；一切的装置，都像经过欧洲家庭装置家的手。淡绿的灯光，遮有淡绿的灯罩，罩的四围，绣了深绿的中世纪罗马的图案。墙的一边，正燃烧着壁炉，暴火已经染红了炉门，不住地飞散着凌乱的红星。屋内的色调和温暖，使人感觉是春夏之间的季节。但是，这与寒冷而悲苦的世界隔绝的小天地间，却不见他的主人，而且，他以外空无一人。

一刹那间，他肩上，靴下带来的积雪，完全融成水滴，有的消逝在难见的衣缝的线纹间，有的零落在浸不透的地板上。

现在的一刹那，便是往常一年的长久。

他焦急地徘徊着，等待着；终于有些失望了。但是，又不肯失望地走开，不管成功，或是失败；他必须得到其中的一个结果。

在他看见衣架上的皮大衣和床下的套鞋的时候，相信这主人，绝对没有外出一步，他在失望中，又渐渐地复活着希望。

几乎五分钟过去了，门外还未传来脚步声：听见的，只有另一房间的钢琴声音，仿佛有人在练习一支初弹的曲子：一时是不完整的节奏，一时又是残缺了的音阶。因此，他想："是她吗？她在弹琴吗？"

琴声停了，也并没有人走进这房间。因此，他立刻认为："弹琴的，不是她。那么，她哪去了？"

突然，有一缕敏感的思想，无故地袭来，忠告他："你走错了房间。"

"是的，是的！"

这是他给自己的答复。他开始苛责自己了，当时他，也感觉幸运，这不谨慎的错误，并未引起任何的不幸，他还有挽救的余地，但是，在他看到桌上丰满小照片的时候，又摇起头来，因为那小照片的脸型，就是他见过两次的这房间的主人，他所盼待的那个年青的姑娘。

"那么，她藏起来了吗？"

这时候，他疑心自己的秘密被泄露了。房内，早有准备，各处已经布满了侦探，他陷入阴谋的巨网中，而不自知；仿佛听见有人在笑他："蠢东西！"

正在这时候，有人开门进来了。

他并没有听见那来人的脚步声和敲门声；他逃脱吗？迟了。对于任何的遭遇，也只有随时应付了；所以他准备好了衣袋里的手枪。在他辨出来人是女仆的时候，他那紧缩的筋肉，立刻又松弛了。并且，他过分摆起客人对于仆人不应有的尊严，随便望着不知所望的地方。

那女仆是为她年青的主人准备睡眠而来的，一见这尊严的客人，便搁阻了她的工作。她赶快走过去，招待他，给他解大衣的衣扣："先生，热死啦！"

"不，我很快就要走。"然后，他说："热，是热不死的。如果我脱下大衣，我的衬衣，倒会把你吓死！"

那女仆放下衣扣，又给他拭着肩上的雪水，越有经验的仆人，越在客人的面前，玩弄小殷勤；有时候，直到肉麻，还不止住。像她，就是那样的。这位被她招待的客人，被招待得几乎局促了；最后，他躲避了她，问她："小姐呢？"

"唉，真糊涂！我忘记给先生找小姐去啦。"

"不忙。"

"是的，我也是这样想，先生不妨多坐一坐，外面的天气，可真冷！……"

"还是你先去请小姐来吧！"

"是的，我这就去。"

他又唤回她来，他问："小姐在哪里？"

"在客厅。"

"还有客人吗？"

"没有。她一个人在那里练习钢琴，先生，你不知道小姐是爱弹钢琴的吗？他的朋友都知道啊！说起她的朋友来，可真太好啦，我就没有看过一个坏人。我们小姐可真没白长那对凤眼，她可真认识朋友！"这多话的女仆，说起话来的时候，仿佛永不停止。他一边无心地听着，想着：

"你这个多嘴的老太婆，你年青的时候，是哑巴吗？"她以为自己的话可以讨到客人的欢心，她不知道，结果，正是相反；所以她仍是继续地说着："说起他的朋友来，可真太好啦！还都像大命人呢！"这时候，他想说："我像你的祖宗！"

"比方，先生，你的福相，一定是做大事的，儿女双全，一直到老。那时候，先生，你不要忘记这还有一个可怜的老太婆，她还和你谈过话。"他听着，已经气愤了，他要喊："这个老太婆，一定要用公马的生殖器，才能堵住她的嘴！"

她仍起劲地说着："先生，我告诉你，我有点好处——就是听说，你要叫我打狗，我不骂鸡，你要叫我杀鸡呀，我一定把鸡杀得干干净净，你吃的时候，一定找不到一根毛。你不相信吗？"

"我相信，相信。将来我要杀鸡，我一定请你；可是，现在我要你请小姐。"

"是的，我去找小姐。我的话说太多了，先生，不以为太多吗？"

"还不多。"

"先生，那我们下次再谈。"

他几乎颤抖了，他想："你饶了我吧，我并没有犯罪！"

那女仆去后，他盼等的那个来了。他躲到门旁，用一只手偷偷地握住了门的把手，微笑地望着来者——一个年青的姑娘。她的美丽的脸型，比她的照片美丽得更多；她不需要胭脂，她的脸颊，便是胭脂的红色；在眉间嫩白的皮肤上有一粒黑珠一般的小痣，比爱美的荡妇时时用墨描画的还黑；被一滴圣水所衬托的眸子，锐敏而灵活。这灵活，可以牵动男人已定的心愿；总之，她的脸，有着宇宙一切无形的美——典型的美。她穿了一身淡青的丝质的衬衣，绣有玫瑰色和雪色两种的小花；前者如果可以象征着她的美丽，后者便可以代表她心的颜色；虽然，她的父亲，是一个祖国的叛徒。她看见那陌生者的时候，也并不惊慌；一边放下手里的琴谱，一边说着："谁呀？到屋里，还不脱掉大衣，真是，还戴着皮帽子呢！"她走近那陌生者些，又问："把皮帽子拿下来，让我看看是谁呀？"

她看着对方呆呆地站在门旁，没有一丝的回响，她更加感到有些陌生了。随着，她的问话，也变了陌生的语调："找谁？"

"找你！"

"我不认识你呀！"

"可是，我认识你，你是朱琳！"

这时候，她有些疑虑了，难道世上有不曾相见而相识的人吗？因此，她匆匆地走近他的身边去，她想重新认识一下他的脸孔：她一面搜索着自己的记忆，一面望他思想地说着："你究竟是谁呢？"

在她和他的视线相接而成为一直线的时候，她感觉他的眼睛闪射着魔鬼的电火，而她的眼睛被刺得盲然了，用两手本能地把面掩藏起来，惊叫了一声。

这叫声，引起他一种无情的暴性，仿佛真的变成了一个狰恶的魔鬼，不惜在这宇宙间留下最大的罪恶；纵然，他预感了明日自己不免忏悔，或是别人惩罚；但是，他绝不逃避，或放弃今夜这罪人之责。他想放枪；他的理性却阻止他："你的手枪，不是伤害她的！"

于是，他只有张大着眼睛，闭紧着嘴唇，从衣袋里，摸出了手枪，威吓她不许作声。他说："你作声的时候，你要小心……"

但是，她本能地哭了，哭出声来。这哭声，就是弱者的反抗。

他为了自己的安全和工作的成功，不得不用手帕堵塞了她的喉咙，使她喑哑了；好像让她替代自己多话的女仆，弥补着缺点。他又说："你乱动的时候，你要小心自己的生命！"

然后，他的话，对于她，便是最权威的命令了。

她顺从着，只有眼泪，而没有哭声了。她的脚底，有着一种均匀的弹力；使她的全身抖动着。一个弱者，在她生命失去主宰的时候，骨肉都是软化了的，只有让一缕呼吸，在喘息中，延长着活力。她好像是燕群中被遗下的一只雏燕，在广阔的高空，失去方向，向不可知的远方，茫然地飞行，虽然，它已经预知了自己未来的归宿,是不幸的小巢;但是,它也只有把自己的一切,交与命运。一个人让命运决定的时候,就是海上丢了舵的舟,任风,任浪,随便引走;就是郊外无主人的野冢,永无一人继承而看守,可以任人摧毁。她顺从地换了鞋子,又穿着衣服。不过,她故意慢慢地扣着衣扣,她希望以衣扣延长一些时间,使她在这往日已经厌了的卧室,再多有一刻的勾留;其间,或有一只援救的手,撞破墙壁,把她拖走,拖到幸福之地。幻想,谁说不美丽?但是,谁说幻想能够美丽得长久?所以她不过加深自己原有的苦痛而已。

临去的时候,她想同他说几句话,但是,被手帕堵塞的喉咙,说不出话来。于是,她从桌上拾起一支铅笔,顺便在白色的桌布上写了几个字:"我要说几句话,请你把手巾拿开去,让我自己拿,也可以。"

"不可以!"

他说了以后,她又写:"请你告诉我,我们中间有过什么怨仇吗?"

"没有!"

"那你为什么一定要带我走?"

"为了钱,钱!"

她想继续写的是:"呀,你原来是一个土匪!"

但是,他以为:"呀,你原来是一个绿林英雄!"

"告诉你,我是义勇军!"

"义勇军"这三个字,在她听来,是熟的,她不是听过许多义勇军的故事吗?他们的失败,不曾使她悲哀吗?他们的胜利?不曾引起她的欢笑吗?她不曾把自己的感情,寄托在他们的遭遇中吗?她不是还记得吗?她所保留的他们的照片,有的穿着长袍,有的只有短裤,有的没有"乌拉"①用女人的红衫包裹着两脚,这些为祖国而长征的人,贫穷得如同乞丐,她不是为了同情曾在学校偷偷捐募吗?她不是为了拯救他们于贫穷中而容忍父亲的严责吗?

"私通义勇军,这是犯死罪的!不知道吗?"

是的,即使父亲不告诉她,她也是知道的。她不是可看见常常被判死刑的青年吗?死在刀砍下的,死在松花江的冰窟里的,死在麻袋里的(把人装进麻袋去,缝起袋口来,由两人,或四人握住袋角,不住地向地上摔打,直到死),

---

① 乌拉:乌拉鞋。

死在各种新发明的残酷的方法中的——暴君时代的死的表演。

"你再不听我的话，我就把你锁在家里，不让你给我惹祸。"

是的，她终于被父亲从学校拖回来，被看管在家里。因此，他对父亲不是也曾有过恶感吗？她说："什么父亲？汉奸！"

她年青，她是弱者——被体质、被性格、被生活习惯所决定了的！弱者难以行动表示自己的反抗——除去感情的盲动性以外；结果，也无非是怨言，甚至咒骂而已。不过，她在可能内，仍是设法捐募。知道她的朋友，赞扬她："你真是中国的好女儿！"

女仆来送茶的时候，坦然了些；他的心，仿佛被悬起了，又在向原处坠落。不过，他怕了那个多话的女仆；即使不由她而引起任何的意外，也难免因为她的多话把无限的时间浪费；所以他迫她拒绝女仆的茶，使女仆没有进来多话的机会。她不作声；而且在门外的女仆不肯去，好像在表示着："让我进去吧，我有许多许多话，非说不可"。

因此，他有些愤怒了，他低声地说："你快说，不要茶！"

一个聪明者，在突变中，常不聪明，而且有时候愚蠢。在他看见她用颤抖的手指着自己的喉咙的时候，才记起她口中被堵塞的手帕。他想："你何必这样怕我！我不杀害你。"

但这不是正确的认识，她也不了解自己，她所表现的，并不是把握着什么革命的观点：而一半是为了爱自己的祖国的概念所驱使——因为人是不允许自己的祖国灭亡的，这已经成为本能，一半是由于自己弱者的个性所驱迫——因为弱者的感情是脆弱的，悲哀与欢快，同样容易被打动，加以她天性还保持着善良，使她对于别人的苦难，更加接近——不自觉的同情，然而，她对于这新识的义勇军的使者，却投以疑惑的眼光，又写："你就是义勇军吗？"

对方的诚意的默认，便是最肯定的回答，不容她有所疑惑和辩解，于是她，往日对于义勇军印象和幻想的好感，成了不可追及的往夜之梦，梦中所遗下的感觉，只有悔意，因为人是不甘心被侵犯的——当个人的直觉的时候，尤其是她过于重视自尊心的人，她认为自尊心就是自己的贞操；虽然，她是弱者，容忍着强逼，威胁。

他催促她走的时候，还写："等一下。"

她望望自己最爱的花瓶，瓶中的菊花和常在手里的琴谱，别了，这仿佛已是最后一望。突然，门外响了敲门的声音，他被刺激得几乎喊出来："你想陷害我吗？你这个女妖！"

他立刻决定了——用枪打死门外人，不得已的时候，还有自己，留下她，给另一位同志留下必要的工作，当他知道是女仆来送茶后，他给她取出手帕来；用枪维持着命令的神圣，迫她向门外说："我不要茶。"

"客人呢？"

"客——人？"她望着他摆摇的头，又说："客……人……走了……"

"小姐，你的声音怎么发抖呢？病了吗？让我进去看着吧！"

他想："糟了！"

这时候，他有一种超人的智慧，使自己的手闭了电灯，并且，他用手枪给她一种示意——他的恐怖。同时，他又起了一个念头："如果她勇敢些，我的手枪又有什么用处呢？"

他又想："这个机会跑开，不也是随便她吗？"

但是，她颤抖极了，如果不被他握住衣襟，也许立刻倾倒下去。

门边裂开一条缝，过道上有一缕灯光夹着一个不完整的头影，倒落在黑暗中的地板上，女仆的声音："小姐，睡了吗？"

"还……没有……"

"你一定是病啦，你的声音都变啦！"

"没有——"

"那你是哭过吗。"

"什么你都知道——"

"你以为我还听不出来吗？那我可真白活五十多岁！"随着，灯光缩短而灭了。黑沉的卧室中，更加深入了一个人形的阴影，依然是女仆的声音："小姐，你在哪呢？不要哭！你受了什么委屈呢？——是才来过的那个客人得罪了你吗？——一定是的，一定是的！我的耳朵就是眼睛，我一听那小子的话，就知道他不是好东西！小姐，你在哪呢？我告诉你呀，我才刚一看见那小子的眼睛，可真吓死我啦！我就像遇见啦鬼火一样，一点儿不错都！唉，他还带来一股阴气呢，可真让人发抖！我还说呢，今天晚上，我可——我可真不吉利，我恐小姐也一定倒霉可不是呢，我到底没有想错！——"这时候，女仆的两个听者：一个颤抖着身体，在低声哭泣，一个隐藏在衣架的后面，几乎不敢呼吸。

前者和后者，同时陷入在不同的两种的恐怖中。其中的一个想着："这个没用的女仆，你怎么还不去动警铃呢？你不知道我已经被……"

其中的另一个却想："如果她要叫起来，我可怎么办呢？完了，最好的结果，我只有逃开，不过对于这个女仆该想个办法；不然，一会儿天亮了，她的话恐怕还没有说完！"

是的，女仆的话，仿佛刚刚谈到高兴的时候；她仍然继续说着："小姐，你在哪呢？把灯打开吧，让我陪着小姐谈谈心，免得你不好过。我还是先把灯打开吧！"

灯光亮了，是那个隐藏在衣架后面的人，开的灯。随着他便出现了。女仆一见他，立刻被吓倒了，好像倒下的树干。为了避免她的骚动，他用一只脚踏住她的颈项，使她的呼吸不得通畅；她脸色红涨着，嘴边流着口沫。被他这暴动更加吓抖的那个姑娘，她忍受不了眼前所见的无情，残暴，无辜的与负罪的。于是，咬着牙齿问他："你也是义勇军？"

这带有讽刺性的问话，使他索性地回答她说："不，我是一个土匪！"

"也许还是一个有经验的土匪呢，不然，这么熟练，暴虐！"

她想着，因此，她又恢复了对义勇军原有的好感，而对于盗匪的恶感，却更深重了。

他又闭了电灯，希望在黑暗中可以从容走去。

这卧室里，仍是一片黑暗，无人一样地寂静下来，现在，该是他携她走的时机了。

然而，由于他的从容和她的顺从的结果，却惹起他一种违反自己行动的莫明的同情，所以他悄悄地问她："你能原谅我吗？"

她默然地凝视着他那黑影，想哭，已经哭不出来。

"外面的天气太冷，你还是多穿些衣服吧！"

仍是默然地凝视着他那黑影——像是人类一切不幸的所在。

"你可以带一些必要的小东西，你爱弹琴吧？你带着你的琴谱吧！"

她奇异了一下，她想："你这个土匪，还知道琴谱吗？"

然后，她问他："你读过书吗？"

"闲话！"他想。他说："你赶快找你要带的东西吧！"

于是，她走到桌边去，开了一个铁匣，立刻又闭了；那里，仿佛没有一件她必要的东西。她打开地上的一个小箱的时候,有金属的声音响了,他从衣袋里掏出电筒,探照一下,他直率地问:"是枪吗?"

"什么?"

"你想找一支手枪吗?"

"你放心吧!"她又想:"危险的人,总是怕危险的!"

因而,"手枪"给了她一种新的启示——复仇。她偷偷地找了一把野餐使用的尖刀,藏在大衣里;另外她带了几条手帕和一本琴谱,送到他的面前,让他用电筒检视。同时,她用一只手握住尖刀的刀柄,想一下撞穿他的喉咙。在她用另一只手去摸索他的衣领的时候,惊了他:"怎么,你还有阴谋吗?"

这声音,像是钢铁相触而发生的,使她去摸索衣领的手,绵软而抖动地掉落下来;因为她是弱者,弱者的理智,是控制不住冒险的行动的。但是,她的思想敏感的,她知道自己这去摸索幸福而失败的手,难免带来不幸,需要把它安排在可以消灭这不幸的地方,以免自己遭到更多的磨难,于是,她把那只手又移到他的胸脯上,捏弄着他的围巾!她故意委屈地说:"谁知道你还会怕我呢!"

"你的手,要做什么!"

他立刻把她的手打开,而让自己的手抵御着她的接近。她更聪明,自动地后退些:"我不过看看你的围巾罢了……"

他相信了,感到误解别人以后的不安与惭愧;他以求恕的声调问她:"你想要我的围巾吗?你没有吗?"

她利用这种话头,把话延续下来,她说:"我有,可是找不到了!"

他把自己的围巾取下来,给她围起了,这是同情,但是浪费的,所给她的反应,不过是更深的反感和仇视,或是作为一种欺骗以后的余怒而已,虽然,她不住地表示着:"谢谢你!"

他接受这感激以后,更颇尽一切的可能,使她得到慰安。于是,他给她遮起衣领,遮住脸颊,而且,把她散开的发丝送进衣领以内,然后,他准备开始引导她走上她不知去向的行程。

临去的时候,他用电筒照一照自己脚下的女仆——仿佛睡梦一样的安闲;只是呼吸不均称,只是在空间不住地移动着两手,好像在寻找她被惊而飞散了的灵魂。他用脚轻轻地触了她两下,表示与她告别,并祝她别后无恙;因为他给她留下很多说话的材料。

他和她从容地走出了屋门,房门,很快地走尽了院中的小路。这小路,不是他来时那般的长了,仿佛只有他去时一步之间的距离。在他和她走过院门的时候,守门人起了一种疑心,问她:"小姐,天黑了,还出去吗?"

他不让她回答,他立刻说:"不出去,往门外走吗?"

守门人听了以后,认出那回答者便是才来的高贵而蛮横的客人,所以他不敢再问,只有尽可能地舒展那客人不知来由的气愤,他笑着:"我是说出去何必走呢!"

"不走还爬吗?"

"先生,我是说公馆有汽车:小姐不总是坐汽车的吗?"

"坐汽车,还长腿做什么?"

守门人对于无礼的客人,总是退让的,他不得无礼。他的无礼,只有对于退让的客人。因为他记得无礼的客人,常是无求于主人而另有所凭依的;反之,便常是另有企图而盼待于主人。

"先生,请走吧!"

随后,他鞠了躬,表示他甘心对于无礼者而有礼;免得他更被主人无礼地责骂。

走出门后的两个人,女的走在前面,男的在后面跟随,两个人保持着一两步的距离,默默地走着一条黑暗的街边。身侧,一边是冷静的马路,看不见一辆来去的车辆;一边是木条夹成的院墙,墙内的住宅,已经熄灭了灯火,身前,身后,都是望不透的神秘而恐怖的黑幕,幕后,就是风雪合奏的神秘而恐怖的声响:有时是寻觅伴侣的狼,有时是性欲冲动的猫叫。这一切,仿佛都在恫吓着夜行者。

他望着前面,渐渐地走近他唯一盼待的终点;他想自己可以平安地达到其间不再有障碍。他认为自己的工作,已经成功,成功的杯酒,与同志相碰的时候,还要小侯。他开始尝了人生最大欢快,是工作成功的时候;即使是生成的忧郁病者,也将忘去了忧郁。可惜他不是诗人,不然,他将有一篇成功的诗,歌颂着成功。如果他是一个画家,他将以有限的颜色,表现他无限的欢快,使色盲者可以认识这象征着人生的欢快的色调。

"同志,你要买一件衬衣……不,你买一条短裤吧!……同志,你想你的老婆吗?……你没钱给她写信吗?拿去,给你五块钱,你给她寄几十封挂号信,免得你以后再担心!喂!你让她等着你,不许她嫁人,嫁人也好,可不许她和别人私通,告诉你同志,王八的绰号是最难听的,对啦,你已经是王八王八王八就是你,你这王八别再给她写信,五块钱留着给你的母亲做养老金吧!……别难过!我们的同志个个是英雄呀,哎呀英雄亦有王八呀!别难过,打打打胜仗再给我个年青的老婆,不要紧你死后…你要先对她说你死后她必须做寡妇,不要叫你的儿女做代犊……同志,你这个家伙,就爱吃烟,给你买一盒烟去,可是你要吃一年呀!同志,你们都来吧,这是枪,这是子弹这是枪子弹子弹枪子弹子弹……放放尽量放吧,×××××两三个子弹,你别想这东西来得容易,是我拿命换来的,不,要是你打得准,你打个野鸡吃,不你不……你不行,让他,他……独眼龙打得准,你打个老熊,肉给大家吃,熊皮做鞋子,乡下的姑娘做的好做的好好……让你们穿到老穿到老就好,要不你一辈子光着脚,×××××记住记住我的辛苦!笑什么什么笑……你以为容易吗?啊!×××!喂,同志,你们要什么都有都有无所不有……有有有的都有有……"

当兴奋达到终点的时候,不疯狂,便错乱,感情已经变质了。他在这时候,正是这样。

她也望着前面,所见的,所想的,完全是不幸和死亡的深渊;她正是走向那边去的。于是,她不由自主地停下了,喊了:"我不去!"

这声音,使他的神经又恢复常时。他怀着成功的心情,禁不住暗笑:"胆小的孩子,告诉你吧,迟了,一切都迟了,在家的时候,你为什么把好机会放过了呢?"

随后他又想:"如果你现在真是停在路上不走……只要你走就好!"

结果,她仍是被迫服从他的手枪了,仍是让步子背叛着自己的去向。她不住地走着,渐渐地近了,更近了!她所见的,所想的那不幸和死亡的深渊。她在不知觉中,衣领脱落到肩上,牙齿咬破了嘴唇,开始叹息了。她在那忘形于悲苦的叹声中,直是说人生被迫的最后的一次行旅,弱者是最难逃的,最悲哀的,而且,这路也是最难走的——纵然是铺满了鹅绒一般地毯的刑场,纵然是大理石造成的走向断头台的大路;除非是一个强者,或是一个殉道者,还忘自己的不幸之中，而还欢呼。

在他听到她的叹息以后，他感到一种没有理由可以解释的难责，加于自己。他重新给她遮起了衣领，这就是减轻着自己的，那种难责的安慰，强者难于屈服暴徒，反而被弱者易于软化，这时候他就是这样表现的。他有些自责地问着她："你不安心吗？"

"不要问我！"

这回答，虽然是反抗的调子，但是听来，却是非常勉强的声音——弱者一刹那的顽强的性格。他想了一下，又问她："你恨我吗？"

"你想呢？"

"我想你恨我，可是你不该！"

"哼，不该！你不该做一个土匪！你这样年青的人，又像是读过书的；世上生活的道路不是很多的吗？为什么一定要干这损人利己的勾当，哼，一不小心……那就后悔迟了！"

这像一个无知的老人在教训自己不肖的儿女的那般诚心；虽然，那般幼稚。他听了，几乎笑了。因此，他向她详谈了这事件的主因，经过和预测的结果。在他说话的时候，好像一个政治宣传家试图煽动说服一个群众。最后，他问她："你不相信我是义勇军吗？"

她相信了。但是，她对匪贼原有的恶感，立刻移到义勇军身上，并且，她追悔着自己以往对于他们的盼待、帮助和父亲的责骂。

"你反对吗？"

"反对，反对，一百个反对！"

她那小小的心田，已经被撒满了仇恨的种子，即便他送她以消仇的药粒，怕是也无一滴缝隙容留，纵然容留，也必变质。

在她手无意地触到衣袋里的尖刀的时候，她带着那仇恨的种子，又生起了复仇的嫩苗。

虽然她是一个弱者；但是，弱者被脆弱感情完全操纵的时候，也有一刹那，是最勇敢的行动。不过，在这行动中，缺乏强者理智的约束，支配这行动的，只有一种盲动性——甚至是神经的错乱。这正像弱者勇于自杀的行动和心理一样。被这行动占有的一刹那心理，虽是变态的；但变态的智慧，在这行动占有的一刹那，比常时也许更加聪明。这正像贤者对于自杀所发见的巧妙的方法一样。她停住等候他一下，让他和自己平行以后；她故意娇柔地问他："你太冷了吧？"

"你不恨我了吗？"

"当然，我不恨你了！你太冷了吗？我还是把围巾还给你吧！"

"不！"他拍拍自己的胸脯给她看，又说："我不怕冷！"

她不允许。他只好伸出手来："那给我吧！"

"不，我给你围！"

"谢谢你！"

他怕辜负她的好意，便停下了，从衣领里探出头来，等待让她围起围巾。但是，感觉有一股风，又似乎是一条冰流，进入皮肉；然后，才知道被围巾下藏着的尖刀，突然刺中了自己的颈项，裂开一处口缝，血一滴一滴地流落下来。当时，他幸而后退一步，并且捉住她的手，不然，他或受了重伤。他不曾想她会有这般勇敢的试验，更想不到刹那前的猛虎，而后竟变成小羊——她曾是在昏迷中倒了的，倒在他的脚下，那复仇而又染了仇恨的血的尖刀被她丢在自己的身旁。他被惊和被伤以后，不免有些愤怒。不过，他把她那一刹那前后两种极端不同的姿态，对比一下，她好像两个灵魂的所有者，使他觉得好笑，奇异；所以他忍受着自己的伤痛，而把她从地上扶起来。他一边给她打扫着身上的雪迹，一边含笑地唤着她："醒醒吧，天快亮啦！"

是的，她的确像睡过一小觉；醒来以后，仍有着沉沉的睡意。

"你胜利了。"

她听到他的话声，便哭了，这哭声，对他是一种惭愧？因为他并没有报复；对自己是一种责难，因为对自己并没有得到满足。

"我失败了！"

"不……不许你再说……"

"我是告诉你，我受伤了！"

"你伤了？"

"真的。"

"那你怎么还说话？"

"我还没死。"

"不，我是想刺中你的喉咙的。"

"喉咙？只差一点儿。"

这是安慰，也是讽刺。他引导她的手指贴一贴自己的颈项的血迹；她似乎不大相信，她问："那你为什么不报复？为什么不开枪呢？"

"因为你并不是我个人试枪的靶子，而是我们同志共同事业的资本！"

他这不经心的放纵，便从自己心底发出真纯的告白，这告白，使她认为自己的生命得到有力的保证。因此，她开始悔恨了——自己不该懦怯，也不该屈服那陌生者的恫吓，更不该被他欺骗而与他同行；弱者是常常悔恨的，悔恨起来的时候，又常常是无终止的。因此，她催促走了几步，便捡了一处黑暗的墙角，停下了；弱者除去对自己的生命顾虑以外，常是无所惧怕的，是强者一样的勇敢的，他也随她停下了，不过，他躲开她，约有两步的距离。他摸摸拾来的尖刀。仍在衣袋里，他玩笑地问她："你还有一把尖刀吗？"

她不回答。

"可是有尖刀，也没围巾了，走吧！"

她不走。

他很严肃地催她走的时候，她却严肃地说："我不走了！"

"你还要我强迫你走吗？"

"随你吧！"

于是，他用手枪顶住她的后背，迫她前行。但是，她顺便抱住身边的电杆，回转头来，不在意地望着他，骂着他。她知道，对他现在可以任意放纵，最低在不危害他的安全的限度以内，自己也永远安全的。他愤然了，举起手枪来，对准她的头，恫吓地说："我要开枪了！"

"我也没挡住你的手，开吧！"

"好的，你闭住眼睛！"

"我不怕！我要看看你的本领呢！"

"什么？"

"我不走了，你打死我吧！"

她坚持着这决心，终于使他曾依赖解决一切的问题的手枪失去了尊严和权威。

夜来了。夜空遮不住雪的颜色。路，屋顶，墙头，依然是白的。只要有雪在的地方，便是白的；纵然，树枝上积留的一缕雪线，也是白的。满洲冬天的夜，可以说是神秘的白色的。

如果有画家，去满洲画这夜景，必须多带白色，不然在齐备的色料中，会感到欠缺，或者白色以外，几乎都是多余的。红色，现在也是必需的，让画家更多地带去；因为现在满洲的雪，常常是红的——满洲的人的血，满洲的人的命运，需要画家的红色表现！

如果有来自满洲的歌者，让他唱一支关于雪的歌。这歌会告诉人们景色的美丽和美丽而诱人的雪；雪的记忆，雪的梦想，同样可以使人们的灵魂飘荡——雪的想念，是苦人的，但又不能忘记。这歌会告诉人们许多雪的故事，故事中的角色；他和她也就是其中的。

他和她仍是站在原地。时间久了。他和她的肩上，已经积起了雪层。幸而这路上他和她以外，不见第三个夜行者。他该感谢这雪夜死静的路，代他隐藏着秘密。但谁敢保证长久的停留中而无意外发生？

白的雪地，黑的天空，非常单纯而清晰，仿佛正是他身心的两面。他在这黑白两色的宇宙之间，而感到自己的无能与渺小，他由于她不反抗的反抗，使自己深深地走上苦虑之境。杀死她吗？她是无辜的，也不是原有的目的，而且，他工作的记录，不仍是来时一样的空白吗？放走她吗？固然是她的心愿了，欢快地去了，那么，他工作的成绩，仅是一刀的伤痕吗？永远的停留吗？停留是没有结果的吧？他沉默地摇起头来，表示一切都给以否定。但是，肯定的呢？……

强者的叹息，是珍贵的。最后，他轻轻地叹息一声，把低能的手枪不得不放进衣衾里，他知道它已经不能帮助自己，不如收起它而表示对于对方的重视。然后，他谨慎地走开两步，尽量地收敛了怕怒和愁苦的脸色，而代以莫明的喜悦和谦顺。

如果刚才他是最强者，那么，他现在是最弱者了。前者，是自由飞走长空的天马，他所见的，随处都是坦途；后者，虽然是他，但是由于他一旦的不经心，被大雪，狂风，从天界打落，落后，又被缚了缰绳。他那强而无力的身体，在短短的距离间，不住地移来，移去。他直是被宗教降服的信徒，带着虔诚的心情，又走到她的面前，不住地说着好话："……我如果有冒犯你的地方，请你原谅我，原谅饥寒交迫的义勇军吧……中国人是该帮助他们的，指导他们的……我这次来是请你去帮助他们，指导他们的……"

这好像在神像前的忏悔，乞求；这言语，是走向虚无中去的，结果是一无反响。

他为了工作，而委屈了自己——但也有限度的。在超过这限度的时候，突然，他把她拖住，拖走她。

生命是第一，贞操和自尊心第二。生命不需要担心的时候，便又想到贞操和自尊心的护卫。女人，百分之九十九是这样的，她也是这样的。她被拖走着的时候，她的头被裹着，她的手被握着，她感觉有一个无礼的男人侵犯了自己从未被任何男人接触过的，一向自傲的身体，即使是父亲也是重视他人的女儿的身体的，而不轻易抚摸一下。她想自己的贞操和自尊心，几乎都被他损害了；似乎他是有意损害的，甚至，为了损害而来的。这时候，她感受的不是前时生命之上的威胁，而是性别之间的恐惧了。现在对于一个无礼的男人和刚刚对于一个暴徒，虽属两种，但被激动的反感和恐怖的程度，却是相等的——即使黑夜野猫的一惊，也是一样；因为它是弱者。因此，她颤抖着。向后挣脱，使他在行进中，负了重载。

一刻之后，他头上流落的汗水，融化着帽边冻结的白霜——变成水，湿了他的脸颊。他在喘息中，停下了，并不是由于体力的不足，而是觉悟于这终非解决问题的办法。他把她放在雪路雪浅的地方以后，以安慰的心情拍了她一下，理一理她的头发。她立刻把他的手打开，在她看来，他的一动，也是罪恶。她骂着："狗男人，离我远些……滚开，你这狗男人，你这不要脸的东……滚开，滚开……"

仿佛永远不宽恕他，仿佛女人永远不宽恕男人的荒淫的罪。

他退开一些，但他不肯降服一个曾被自己所降服的人，又走回来。

"滚开，这狗东西，离我远些！"

他被骂得不由自主地恢复了童年的稚气，更向她走近一些，握住她的衣袖："不许你再骂！"

"放开我，狗东西！"

"不许你再骂，再骂，我就打你的嘴巴！"

"开枪，我都不怕，告诉你狗东西！"

"那我把你的衣服撕碎，冻着你！"

"我不怕冻，不怕冻！"

"让你身上没有一点儿衣服，光光地站在路上。"

她或者不怕冻，羞是怕的；所以她不敢说："我不怕羞，不怕羞！"而有些退让了："你家必是没有姐妹，你没有母亲，你是石缝里钻出来的？"

至此，他失败了——恐到忘形于儿戏中的无聊。他放开她的衣袖，而且，向她表示歉意。

她不理他，只是望着高空，好像在悠闲之中，不受身边任何的骚扰；好像一个旅客，行装已经备好，只是在等候所乘的车辆，这行前的一刻的余闲，可以随便抛掷。

事实不容许他在苟延中停留，他被苦于无奈的时候，到了。他开始向她倾诉自己的苦衷。他说："我可以放你走！"

"那我去了！"

"可是我回去怎么对我的同志说？"

"你就说没有找到我！"

"我不能撒谎！"

"那么，你还是不肯放我走？"

"不是'不肯'，是'不能'！"

"可是，你也不要再妄想我随你去！"

这次他和她的谈话，彼此任性地剖白心境；这近于原始的真纯，可以突破两人之间的隔膜。不过，双方的意见，占有一线的两极端，永远不能集中在一点之上。因此，他和她的谈话断了以后，无从继续下去，两人沉默着，相望着。

飘落着的雪片，稀疏了些，雪夜的夜空，澄清了些。但是夜风狂起了，卷起了地上的积雪，卷成无限长的棉纱一样，卷向高空，或是卷向远方：如果被另一阵风卷回的时候，从高空卷下的，是雪的瀑布，从远方卷来的，是雪的长河，满洲的雪，是奇景，是一切奇景幻变的根源，满洲的雪，永远是诱人神往的，这世界上的奇迹。满洲的雪，永远是赏识者的梦，美的梦。

夜的严寒，是刺透骨肉的芒刺，使人感觉的，不是冰冷，而是苦痛——自然给予人类的一种刑罚。

他忍耐着这刑罚，已经很久了；将有一日，他会发觉这刑罚的伤痕——冻痕。但他是惯于这刑罚的生活者。

这严寒，仿佛不忍再加他这无辜的施行者以刑罚，在告诉他："走吧，冻死鬼没有温暖的墓穴！"然后，又偷偷地说："我可以饶你不做一个冻死鬼，可是，我管不了侦探捉你去做一个罪犯！"

于是，他感到有一种恐怖还甚过寒冷的威胁，他镇静地向四外探望，望到几尺外的地方，便被模糊的夜色模糊了视线，他又在静听，仿佛听见有鞋子摩擦雪路的声音，渐渐地响过来，在他注视远处的时候，那白色的路上，并不见异色的行踪，但那声音，仍在响着，近着，只是在他的身边，有几片枯叶被风所卷动，互相摩擦而又摩擦着雪路旋转，他为了使自己安心，一脚踏碎了那些临到末运的枯叶。不久，又有一种新的响声，来自远处，他静静地一听，他相信是一个夜间巡逻的警长——在行走中，佩刀的皮鞘，缠绑着皮的裹腿的响声。他急躁了，终于又开始问她："你不能随我去吗？"

"问你自己！"哼了一声鼻声，"我已经告诉过你啦！"

"我亦不能放你走，那你就站在这里吗？"

"我宁愿站在这里！"

"这里，你想会有一个警长经过吗？"

"什么紧张？"

"不是'紧张'，是警长。警长，也就是侦探，你想等一个侦探来，把我告密吗？"

"不！我为什么要使别人受苦呢？我不愿意别人因为我发生不幸。可是，我也不能让别人害我。现在，我最后一次告诉你，你再走的时候，只有你一人！"

这时候，远处，近处，听不见任何的声响。骚扰他的，只有身边的风雪——不是用一种力量扯动他的衣服，便是让一种冰冷刺激他的脸面。但这在生于寒带的人，自然惯于寒带的生活，尤其是——一个受寒者，每年只盼待着冬天，好像白熊一样，每年从风雪中反得整年嬉游的快乐。不过，他这次对于风雪，感觉厌烦。因为这风雪不仅不给他往年的快乐，而且，使他不安。他时时要用手在耳边挡着风，或是在眼前打着雪，不让风雪扰乱了，模糊了他的听力和视线。这一切，他都是为了监视她。他担心她在自己一缕的不经心中不顾一切而逃失。虽然，他相信自己仍有约束她的余力，使她难于逃脱；但是，他怕由于逃脱而引起更意外的破裂和失败。

她并不是他所想的那样，她是一个聪明人；虽然，她是弱者。正因为她是聪明的弱者，她不敢在生命上冒险——她怕超过了他对自己容忍的限度；所以她只是留滞，等待，而忽略了，或是不得不忽略了，这留滞和等待的后果，是否如愿。她唯一的希望，当然是从不幸的中途重返幸福的家门。其次她宁愿在这幸与不幸之间，尽可能地苟延一时，而不再走，再其次，她也不自知，唯有任自己的命运注定。她注意他不安时，知道他已陷入苦境。她为了使他从苦境转到绝地，而让自己从希望的边缘达到终点；所以她的聪明唆使她开始威吓他了。

"我要走了呀！"

"怎么？"

"我告诉你，我要回去啦！"

"唔，告诉你，你回去的，只有死尸！"

"你还想强迫我去吗？——你强迫我去的结果，怕是没有别的。"

对于这件工作，他会缜密地考虑过一切。预定的问题，并未发生。发生的却是意外。所以他踌躇了，焦虑了。他在站立的地方，不住地踏起脚来，疏松的积雪，被踏成了变色的雪饼，破裂以后，脱开鞋底，因而使脚深深地陷入雪下，接近地面。他似乎可以望见，在家苦待他的同志，在雪天下的雪野上怀念他而战斗着的同志，都张大了失望的眼睛。他似乎在说："同志，我失败了……一件衬衣，一条短裤，一封挂号信的邮票，一盒香烟，还有……还有子弹，野鸡，老熊……一切都没有了……同志，我失败了，随便你们怎样处置我吧！……同志，随便你们怎样处置我吧，我负不起这个责任了，我失败了……"

"责任"两个字，就是两个铁的担子，压在他的两肩！他想移下来，但移给谁？移在何处？

最后，他深深地呼吸两口冰寒的空气，澄清一下不正常的理智与感情。

"同志，我还要负担同样的一种工作，抵补我这次的失败。可是，这次失败的责任……"

她不耐烦于这长久的等待了，她的聪明又唆使她做第二次的试验："你是放我走？还是带着我的死尸去？你要快点儿决定，立刻，立刻！"

她永不冒险，只有冒险的试验，因为她是弱者。但是，她不曾想到这试验，启发了他的一种智慧："是的，我带着你的死尸去。我在附近无人的地方，把你的死尸埋起来。我可以随便地走回去，然后，仍向你家索款。除去我和我的同志以外，有谁知道你家赎回去的，只是你的死尸呢？"

于是，他决定以她的血而完成自己的责任和工作；虽然，她是无辜的。

他想到责任，工作，他快乐，成功的快乐。但是，他看到她，他悲哀了，比失败，也许还悲哀。

他的眼里，藏着泪水，把身体慢慢地移近她的身边，给她慢慢地掩紧衣领，又给她整理一下被风吹散的发丝；他愿尽一切的可能，给她以最后的安慰。她莫明地后退着，躲避着他——她怕他有损于自尊心和贞操的圣洁。突然，他握她的手的时候，在这一刹那间，他仿佛是说，谁不爱惜自己的青春？谁不把自己的青春之火，比如朝阳——鲜明的圣季。仿佛是说，这宇宙间，将有一奇异的离别，这离别是人生痛苦的记忆，别后，将是永远的想念，别前，能不留恋？仿佛是说，彼此之间，并无怨仇，但他不能用她的血而写一个责任。一个工作的成功的记录，虽然，在写完以后，一是受难的，一是无辜的。仿佛是说，放人不易，杀人更难，杀人的手和被杀者的心，不将是同样的颤抖吗？

不曾同样是人类的骨肉吗？仿佛是说，杀她的凶手，将不是他，而是她自己的父亲，是——祖国的叛徒，如果记下这仇恨，切莫记错了这仇恨者的姓名。仿佛是说，唯愿生活的不幸者而死后幸福，祝福她的灵魂，在圣洁的长空之上，寻一长在之所，伴随太阳和月亮，永远安息。她立刻打落他的手，以为它是被唆使寻找荒淫与罪恶的。她望着他——已不是收起手枪以后的那个低能者，也不是用手枪威胁她的那个凶恶的暴徒，而是另外一人——类似一个无知的，也无表情的塑像，这时候，加以夜色的陪衬，使她在风雪中的路上，更是孤另而恐怖，于是她恐惧地退缩着，想离远他些，但她的手腕被握住，好像被一把铁锁锁紧。结果，她只有用两脚不住地踏起雪地来，向外挣脱。争持很久，而被握住的手，仍不属于自己所有。

雪更大了。这雪，在未飘落下来以前，好像是一层一层的雪片，每片都是天面一样阔大，不过，在飘落中被暴风打碎，碎成巨叶一般，落地以后，又恢复着原有的整体。这整体，可以清楚地看见，一层一层地增高，似乎不让宇宙间遗漏一滴的异色斑点，似乎给全人类秘密地布置着，葬体的祭坛，所见的一切，都是沉默的死者，凄冷的风声，是来自天外的吊者的哭泣。他在这种悲惨的气氛中，开始向她说了："我不能放你去，你又不肯随我来；那么，我只有把你……打死在这里，请你原谅我！"

她从这忠恳的声调中，似乎受了一惊；所以她不敢执拗地说："你打死我吧。"

"呵？打死……"她立刻又问，"你打死我，还要钱不？"

"你不要管了，反正就是打死你！"

"那你为什么不可以放我走呢？"

"为什么？……为什么？……为的是解决这一个工作呀！"

"工作？哼，就是杀人的工作吗？"她怕这强硬的话，引起对方强硬的反响，便停了一下，慎重地注意着对方，因为对方仍握着她生命之锁的钥匙。她既不敢严厉地反抗，又不甘心轻易地顺从，结果，只有把自己的一切聪明，用之于嘲谑了，勉强地带着强硬的口吻，又问了一句："难道别人的坟墓，就是你工作的基础吗？"

"……"

"告诉你，杀过人的，未必是英雄！"

"是的，被杀的，也未必是弱者。"

"弱者"，她是弱者。不然，她可以逃脱，假如：她在女仆送茶的时候，她在雪路停留的时候……但现在，纵然她是强者，有冒险的决心，她的结果，难免是失败的。因为现在他已改变自己预定的工作方式。他不惜牺牲她，而完成自己的工作。

"你的工作，我知道！或更知道，我是弱者！为了工作，为了弱者，你还是放一枪吧！……如果你的工作可以成功，弱者的死是没有什么可惜的！"

于是，他告诉她，杀她的主要的原因：对于她父亲的仇恨以外，只是钱，钱而已。然后，他又问她："你是看重钱？是看重自己的生命？"

"我的钱，是父亲的，我的生命是自己的——"

"那么，你是爱钱？还是爱生命？"

"要是我爱钱？"

"那我就把你打死！"

"要是我爱生命？"

"那你就随我去！"

"要是钱和生命我都不爱？"

"那……"

这便是她曾给他启示的一个决定：用她的尸体得到赎款——他坦白地告诉了她。最后，他说："请你原谅我！"

"如果我可以原谅你，你可以宽恕你自己吗？"

"如果我不能宽恕我自己的时候？……"

"你怎样？"

"我……我自杀……用死抵偿死是可以的吧？"

他被感情激动的时候，他的话，是那般倔强的。在倔强中，蕴藏着一种诱人屈服的魔力。这魔力，如果被人接受的时候，在往昔，可以感化暴君，在今日，也可以征服叛徒；何况她并不属于其中之一，而仅是一个无辜者呢？所以她一接触这魔力的时候，她哭了。这泪水，不是弱者的。纵然是强者，也有痛哭的一刹那——为了欢乐与悲哀的感动，尤其是醉酒，或神经错乱的时候——这泪水，是本能的，是不由自主的，她便是这样哭的，她哭着问："我为什么死在你手？"

"请你原谅我，"又重复着，"请你……原谅……原谅……"停下重新呼口气息，再说，"……我吧！"

他为了减弱开枪的枪声，避免意外的缘故，不得不用手枪顶住她的胸膛，或是后背；这一动作，只要把手移动一下位置，立刻完成了。谁知道一举手之力，竟是难能的苦工呢？

"唉，用我的尸体还要换钱……哼……"

她要说的话，说不出了。

为了挽救自己于死亡，有时人是动摇决心的。尤其是她——一个弱者。不过她并不完全这样，她一面当然由于吝惜自己的生命，另一面是被对方所感动，他的声音，动作，模糊的姿态；可惜不在白昼和有灯光的地方，不然，还有他的脸色——心的外表，使她可以更早些握住他拿手枪的那只手，轻轻地说："收起来吧！"她降服了他。

意外的开始，又是意外的结束。

这时候，他迷茫于仓促的突变中，张开了两手，怒把她拥抱起来，但又怕触犯了她那女人所保持的尊严的限度；所以他的两手，只是在空间移动，从她的身上找不到一处停放的位置。

同时，她看着他那两只不安闲的手，好像在空间摆动而舒展凝结的血流，她问："你冻手吗？"

"不，我的手太热了。"

在高遥的空阔间的云雪中，透出模糊的月痕；月下，依旧走过着稀薄的云片，飞落着雪，从云雪的缝隙间，透落下来的清淡的月光，仿佛在引导他和她走出停留已久的黑暗的墙边。

不过，她还向他说："你必须答应我一个条件，保障我的安全。"

"我绝对可以答应你！"

于是，她随他走起路来，走了几步，她又停下，急迫地问他："你要告诉我，什么时候放我回来呀？"

"你家什么时候送钱来，就什么时候放你回去。"

"我爸爸是爱钱的，如果他永远不送钱来呢？"

"那我也绝对放你回去！"

"多久？"

他慎重地考虑一下说："两个月以内。"

"不，两个月太久了！最多一个月，你答应我吗？"

"答应你！"

然后，她又随他走起未尽的雪路，现在，他和她已经成为两个自由结合的行旅者了。不久，由黑暗中转到明亮些的路上；路旁商店的灯光，诱惑她和他不时地相望，每当双方视线相触的时候，立刻又各自避开，随便把视线移至某一视点；过了些时，各自再把视线偷偷地移向对方去，好像要问一句："你心在想什么呢？"

但并无过分的疑虑，仿佛双方已经互相得到信任，只有脸上，还遗留着一种惊动以后的未平静的神情，有时，会出现一丝两丝不安的皱纹。这在别人看来，却很难窥破他和她之间的奥妙；也许以为他们不是情人，便是好友。为了不必要的小事而争吵过，双方都不肯退让，各自还故意地保留着一种矜持。

他和她走过的街道，很少遇见行人——如果有，也几乎都是野妓。她们希望在侥幸中等到一个浪子，或是一个淫汉，从他们的衣袋里取得明日的衣食，所以她们不忍离去，这风雪之夜而还在徘徊。不过，对于他和她，不但不注意，而且厌烦；因为她们最厌烦带有女人同行的男人。此外，大概只有十字街的警察了。他们为了抵抗风雪的寒冷，把脸面尽量地埋进大衣领里，两脚不停地练习着一种太自由式的舞蹈，即使有汽车的声笛响来，也引动不了他们固定的姿态。对于他和她，当然，更不留心了。即使他们看见他和她，甚至发觉他和她之间的秘密，如果他们不是金钱的奴隶而忘记了自己祖国的叛徒，必然放过他，还有她；难道他们不知道自己为了最低的生活费而在×人与叛徒的下面扮演着如何的丑角吗？

二十分钟以后，他和她走尽了这夜路的终点，前面便是从窗内透出的等待归者的灯火。

这里，是木条围成的院墙。院内，有一所巨大的楼房。这是一个富人的家产。赁予旅居的富人暂住的。

在几天前，他和他的几个同志，化装着绅士子弟向这楼房主人租下两间；一方面固然由于避免外方的注意——因为贫穷的外貌，是多疑的，有时候，也是犯罪的，另一方面便是为了她——因为她是富家长成的富人，他们不愿她在这短期的居留间，从生活上结下任何难忘怨言。所以他们不仅无心伤害她，而且尽了一切的可能，使她舒适。

然而，她却带着反感的心情走进院门，房门。她走上楼梯的时候，脚下羽毛一般的地毯，眼边富丽的壁画……所有的一切，她望着都不如自己家中的那般适意。在她进了房间以后，第一个更不愉快的印象，便是那些陌生者从她的到来取得的放纵的笑声，并且，有人喊着："欢迎啊，我们的财神！"

还有："欢迎啊，雨文同志！"

——前者，是对她的，后者，是对他的；二者之间，虽是同样的欢迎，有着同样的诚意，但在字句上，声调中，却不相称而相反。因此，她对于那些祖国命运的寄托者，看作仇视的一面了。他们这些像富家一样的青年，就是艰苦斗争的义勇军吗？她所保留的义勇军贫困得感人的照片，就是他们欺骗的缩影吗？她曾给义勇军的捐款，就是给了他们这些豪富的浪子吗？她错误的想象，想到无限远去。她想向他们喊叫："你们这些骗子，我被骗得太久了！"因为她不知道他们的美好的服装，是租赁的，暂借的，是虚伪的外形。她那简单的心和眼睛，不曾尝试过复杂的世界。

那些被她误认为富有的青年、浪子、骗子的陌生者，围起雨文来，握住他的手脚，高举起来，然后，在空间摆摇着他，表示对于他的感激和工作成功的庆祝。他在他们近于疯狂的摆摇中，帽子落了，被踏得失形，衣扣开了，露出的破的衬衣；他仿佛是儿童的玩物——被玩弄到最高的时候，几乎有被损失坏的可能。他们的笑声，鞋子打着地板的响声，合成一流，使人分辨不清，这时候，这世界，仿佛只有这一种分辨不清的声音，他们摇摆着，在屋内打着旋转，由屋角转至另一屋角，由屋角又转至屋的中间，这屋地，已经不够他们活动的地区；仅有简单的桌椅，被拥挤得找不到适当的地方而有一刹那安定的停放，好像有感觉似的随着他们一样跳动。他们的这狂欢，仿佛就是古老的祖国的片刻的快乐。

在这次狂欢中，唯有她一人冷落，被冷落在监视之下，如同一个被厌弃的孤女，无人理睬。于是，她用拳头打着自己的胸脯，跳起脚来；这样，她们似乎可以舒展一下闷塞的气息。

雨文看见的时候，他知道了——他曾把她忘于自己的狂欢以外，加重了她的烦躁和恶感。于是，他立刻从同志的手中挣脱下来。她跑过去，扑着他，想抱住他——这现在唯一的相识者，想象中的唯一的保护人。她禁不住向他倾吐着怨言："我要是知道你把我带到这样可怕的地方，我宁愿死在街上！"

他更把她扯得靠近些，用手指轻轻地贴抚着她的肩膀，望她微微地一笑，好像哄着一个孩子的表示。

"你看，谁敢欺负你！"

随着，他便向所有的同志说："从现在开始，谁都不要惹这位朱琳小姐生气，应当把她看作我们自己的小妹妹！"他又转向她说："如果他们有人难为你，你告诉我，我负责。"

这些话，给她的反应，是平常的安慰；但给同志的感觉，却完全是茫然，神秘。因此，在同志中，难免有人这样想："你爱了她吗？爱得太快，爱是难够长久的。"或是："'爱是自由的'，但你不能放纵它而妨害工作！"

在他把自己和她的一切经过告诉同志以后，他们还疑心不是事实，而是近乎故意造成的离奇的故事，但从她那种默认中，却不能不使他们相信了。于是，他们都向他施以赞扬的眼色，赞扬着他意外的成功。这对于她，正是反面——意外的失败；怨恨吗？迟了，哭了；弱者的流泪，常是安慰自己的。她这安慰，反而惹起他的忧虑来，为了使她安心，把她引进另一房间——隔壁的一间，除去壁门以外，再无第二屋门；如果外出的时候，必须通过壁门，和壁外的那一房间。但窗子很多，高大而宽阔，并且是双层玻璃；其间，有一尺还多的距离，放着避寒的锯屑和棉花——上面，还有黑炭和红花。窗顶，垂落着紫绒的窗幕；这窗幕，可以遮住屋中的一切秘密。窗和窗间的两处，为了投合房客不同的个性，主人挂了两幅不相调协的名画：《最后的晚餐》和《晚钟》。此外，一个贵族姑娘所爱的用具，设备相当齐全，比如：弹性的小床，穿衣的长镜，舒适的沙发和圈椅。最不可缺少的梳妆台……还有点缀人们空虚灵魂的瓶中几束鲜艳的花朵！启示人，诱惑人以青春的理想的，梦幻的，或是供给忧郁者而消愁的，或是陪伴孤独者而破除寂寞的，他把她引到这花前，他说："这是为你买的。"

然后，他又把花摘下一朵，插在她的发丝中间；她用手重新移换一个位置，她说："这花真好看。"

他为了使她忘记暂时的忧郁，他说："像你一样。"

她笑了；女人是喜欢被人夸耀的自己美丽的，尤其是青春的时期。他也满意地笑了。最后，他指着小床说："这也是为你租的。"他停了，注视她一下脸色，又说："我想你疲倦了，还是早些睡吧！如果你需要什么，你叫我。我的名字，叫雨文。"

他刚走后，她便大声地叫起来了："雨文……雨文……"

他被唤来以后，他问："你需要什么？"

"我需要什么，你都可以答应我吗？"

他不假思索地回答了："当然！"

"那么我需要回家去！"

"……"

她哭起来，把头上的花抛在地下，用脚踏得粉碎，她对于花的无情，恶感，正是对于他的表示。这时候，这房间，没有一件东西不是使她憎恶的，而让她怀念起自己的卧室来，一切还都在记忆中。

他已不能再以哄骗而安慰她的时候，只有去了。他去时，把门边留下一条缝隙，让给监视她的眼睛。她聪明，她可以知道人家对她的戒心。她不满意了，愤愤地掩闭了门。她的自尊心，使她记起了自己的身份，童年不曾受过打骂的，成长中，也不曾受过严责的，生来就是受着过分的保护的，这不是父母爱得如同心肝一般的独生女吗？从未做过一件劳动的小事——纵然是洗一洗手帕，也需要别人的，有时发泄气愤，打碎茶杯，或是推翻桌椅的，这不是专有女仆侍候而还不适意的贵族的小姐吗？一个冷落着男人的热情，把男人看作天生的侍役的，这不是被无数年青男人所倾慕而以冷酷对待他们的女王吗？卑视着一切的现实，把个人放在自己的梦里生活的，这不是怀着美好的理想企图创造幸福的世界的骄者吗？……她不曾觉悟自己不过是一个叛徒之女——奴隶的小生命而已。

她往日幸福的记忆，现在已经是不幸的创伤。她哭着，她用自己的泪水悲悼着那记忆，医治着这创伤。一个人让哭泣慰藉自己的时候，是更痛苦的，更悲哀的，尤其是一个弱者——像她。

门闭了以后，那监视她的眼睛，为了不刺激她的感情，只有移至门锁的小空之间了。

然而，她以为自己开始在自由的屋中徘徊了：久了，她更疲倦了。床上的海军学校学生惯用的白色的被褥，诱她睡眠。但睡不着，被被褥的颜色把她引入雪的幻景之中——似乎有一阵迷人的寒风，把她送到这雪的世界。雪遮没了一切的象形与彩色，雪化了一切：雪的海，雪的沙漠：她失迷在雪园之中，走着一条雪的小径。

她诞生在满洲，生长在满洲，她每年过着满洲的冬，十八年了，她从未见过一次这样的大雪。她更不曾想到自己走着一条雪的小径，断在雪山的山底；仅有的一条归路隔绝了。她停下了，希望再找到一条雪的小径。天还落着雪。这雪不是她熟识的雪片，而是陌生的雪块，雪饼，一刹那，便塞平了山谷，冰流。在这雪下的行人，担心着被埋没而封锁在雪下；这雪好像给行人已经造好了雪的墓。这相似的满洲的惊人雪野，她不知道，她是生活在满洲的都市的。于是，她被这雪吓得颤抖了，幸而她又发觉了几条雪的小径，捡了其中的一条，走着。不久，雪的小径又断了。然后，她另换了一条，继续换了无数条；但每条雪径的终点，都是同样的雪山的山底。一瞬间，她陷入雪山之间，寻不见一条雪径了，好像被一阵朝雾，一层夜色所遮住。她又停下了，不能不慌恐了,她向四外张望,一无所有,这奇异而恐怖的雪上,只有她一人,这时候她听见仿佛有人喊叫,像父亲的声音,又像母亲的声音:"回来呀!朱琳!"

但是,她看不见一个行人的影子,这雪上遗留的脚印,都是她的。此外有的,是一种奇样的踪迹;她渐渐地愈看愈多,散遍在她所能看到的地方。她喊了。

"妈妈,这是什么地方?"

"那是老熊出没的地方呀!"

老熊是满洲最多而又最厉害的动物,她听后,立刻痛哭起来。她扑着不知来自何处的一种声音呼着:"那你为什么不快来救我?难道你不要你的女儿了吗?妈妈,你不能那样狠心!"

"我找不到你的地方呀!你不知道家人都在找你那个地方吗?"

她只听见声音,看不见人。正在她探望的时候,突然望见一只黑熊。她被惊得在哭声中流不出泪水来,慌张着,退走着。但那黑熊并不伤害她,而且告诉她说:"你到我的穴洞来吧!"

"我不去。"

那不是黑熊而是魔鬼了,强迫她去。她拒绝着,打着那魔鬼。这时候,她突然醒觉了。她呆呆地望着自己的身边,不是雪野,而是雪色的被褥。她摸一摸自己的脸颊胸脯,被自己的拳头打得还痛。她跳下床来,向身外寻觅着什么;屋内的一切,她都不需要,需要的,是一扇自由出入的门。甚至一个自由爬行的小穴,让她走到自由的地方去。她终于失望了,又哭了。

结果,她仍是在这诱人噩梦的房间,过度着陌生的初夜。

窗外的雪,沙粒一样地打着玻璃发响,不停地响着。这很像在海上的小岛,听着从沙滩涌来涌去的海潮,遗下的骚着,不停地扰着听者的安静。是的,满洲的雪,是扰人睡眠的。

她在似睡不睡的神态中,有时用被蒙起头来,有时把手脚丢在被外,有时拖长着哼声,叹声,断续的哭叫声。她这不安的睡眠,是雪扰的吗?不是的,满洲的雪,是扰着安于满洲睡眠的睡者的。

她清醒过几下,每次都是扬起头来,探望一下窗下,然后,把头又睡落在枕上。因为满洲的雪夜,还在窗外。这夜,在她感受还是生来的第一次长夜。

她醒来的时候,天还不明;因为附近工厂的汽笛响了,开始命令工人开动机轮，顺便唤醒了她。

窗外的雪，飘落了一夜，还不停止。路上的积雪，已经在一尺以上，往日的高墙，又短了几尺。雪似乎怒了。

阴森的晨色，在黑暗中，渐渐地开朗。松花江边被暴风还未打断的旗杆上，又将飘起叛了祖国的旗子，满洲的雪就是为它而怒了的吧？

她在不安中起来，带着比未睡更甚的疲倦，走到窗边。内窗被火墙温暖得明晶如常，外窗让寒冷冻起了厚厚的霜花；她向外探视的视线被隔在霜花以内。她打开内窗，用气息融化了外窗的一团霜花，投过视线去。窗外的往日的街头，在朦胧的色调中，依然是熟识的；那最熟识的家门，却隔远了，远在天外一般，纵然梦想长了翅膀，也难飞往。她想冲破外窗，已不顾窗下的高度，可以一跃跳下；无奈外窗被长钉钉牢。往日已经走厌了的家门，现在却引起她的想念。仅仅是一夜的隔离竟像千百年来的长久，那么，未来的遥遥的岁月，何日是终了……她不敢想了，再想下去疲倦的旅人的长途。人的渴望，是愈想愈远的。

后来，她在床上，比较安定地睡去了。她这种的睡态，就像一条无家的野狗，在流亡的途上，借宿于陌生人家，拘紧着肢体，有着不安小动作，冒昧，担心，恐惧，仍然留在睡的神情中。

窗外的天色，已经明亮，混浊的空气，不曾展开，阴暗还充塞着每个角落；这不是理想的早晨，晴朗的天空，火红的太阳——

突然，她醒了。

这时候，在梳妆台上，有人已经给她备好了新的牙刷，牙膏，毛巾，肥皂，还有盛了暖水的脸盆。

她懒懒地挺了一下身体，不经意地一望，望见了站在她床前的一个人。她认识他——昨夜的暴徒，引路者，陪伴，保护人，他的一切，都已不是她昨夜的记忆的印象，他换了整洁的学生服装，头发梳得非常整齐；看来，像是受过高等教育的学生，或是一个有思想的无业青年，最低也是有礼貌的公司职员。总之，现在他是一个不会使人发生反感的人，而且可以使人觉得他的可爱：高大而健康的身体，宽阔而凸起的胸脯，尤其是充饱着青春的精力的脸色，藏不住微笑而谦逊的眼睛。从他现有的姿态上，再看不出他昨夜的勇敢，横暴，疑虑，聪敏，无情而又有情的遗痕。今日，他是一个平常的青年，几乎平常得毫无个性。在他那平常的脸上，她发现了昨夜未曾发现的他的天性，善良而纯洁；他是有着一切灵魂之美的化身。昨夜和今天，其间只是人生短短的一段距离；但他昨夜是使人逃避的，今日是使人接近的，他表现了两种完全相反的类型。

在她看见他脖颈围起新的绷带的时候，被一种莫明的力量所引动，而把自己暂时忘在忧虑的境遇之中。她从床上起来，仍是穿着昨夜未脱的衣服。她仿佛是一个遭到意外不幸的病者的友人，在初次的慰问，她非常关心对方的伤痕，虽然她已经知道对方伤痕的由来，但是，还惯常地，不必要地问一句："你受伤了吗？"

他笑着，默认着。他想："你何必再问呢？"

"是我伤的吗？"

他仍然笑着。默认着，好像还说："如果不是自杀，有人伤害自己的吗？如果不是你伤的，是我自己伤的吗？"

"很重吗？"

他沉默地扯出自己被血染红了的衬衣之领，给她看，她望了一下，又望着他的脸色说："你对我为什么那样冷淡呢？我好像和哑巴说话，你还不原谅我吗？"

"只是一块小小的刀伤，有什么不可以原谅的呢？"

"刀伤，可以原谅——"她自语以后，放纵了自己的感情，随便地问："如果是枪伤呢？"

"是枪伤就死啦！"

"如果你还活着？"

他冷淡地笑了，代替了回答。然后，他故意严肃地问她："如果你昨天晚上有枪呢？"

"那你不死在我家里，也死在街上啦！"

这时候，她又记起了昨夜的情景，尤其是他那魔鬼的眼睛；仇恨的昨夜，重来了。仇恨重新占有了她的心，今日仅仅收获的微薄的友情，像雪一样地被投入火中了。她避开他，绵软地倒在床边，哭了。

在他唤她的时候，她勇敢地站起来，找准他的脸颊，狠狠地打了一掌。她止住眼泪，指着他的眼睛，暴躁地喊叫着："滚开，你这个土匪！"

他茫然了，呆呆地听着她的骂声。

"仇人，狗东西，我忘不了你……"

这时候，他对于她，只有效仿模范的母亲对于刁顽的孩子；当孩子任性哭闹的时候，必须尽量地顺从她，使她欢心而后，再纠正她的错误。他极力地控制着自己常常冲动的感情，把勉强的笑脸送给她，好像可以让她打——如果她可以满足欲望。她厌恨地推开他，不许他靠近身边来，她怕他怀着恶劣的企图。他更无趣了，只好避开些，惋惜地问："我们刚才的友情呢？"

"什么？"

"友情啊，友情！"

"哼，友情！"她施展着自己的聪明，加重地说，"友情是一时的，仇恨是永远的！"

"那你还恨我。"

"我不只恨你，我还要打死你呢！"

从昨夜到今天，他和她之间，是不可捉摸而更不可想象的无穷的变幻，明朗和阴暗，仇恨和友情，欢快和悲哀，仿佛给他们以人生的感情的总结。

他慢慢地走过去，正像工兵试探地雷的所在的时候，他仍是笑着问她："你还要打死我？"

"当然，当然！"

"那么，给你——"

随着，他从衣袋里掏出昨夜那只手枪，送到她的手旁，他还对她表示着。

"勇敢些！"

她望了望手枪，望见他握的是枪身，把枪柄让给她，这时候，手枪在等待中，寂寞而空虚，她把嘴闭紧起来，取过手枪——随她的勇气而骄傲，她立刻有一股长的气息，冲破了闭紧的嘴唇，她的勇气消散了，就是这样消散的，手枪受了耻辱，随着她的手而颤抖。

他知道手枪在弱者的手中，是常受耻辱的。他更知道弱者有勇敢的言语，难有勇敢的行动，尤其是她在今日，对他的昨夜的仇恨，曾有过一度的低落消解。

弱者的手枪，有时不是武器，而是受累的无用的东西；所以被她失落在地上，成为一块被弃的废铁。

然后，他把手枪拾起，又送给她以枪柄，有意地，嘲笑地问："不会用吗？我教你。"

她抖动一下肩膀，把头转向侧面去，表示拒绝着手枪。

"你要你昨天晚上用过的尖刀吗？我可以还给你用。"

她还未止住的哭泣，又提高了哭声。这是说她仍然怀着一种怨恨；但是，这怨恨，既不能报复，又不能容忍，结果，只有磨难自己了。

"你不恨我啦？"

"告诉你，恨是恨的。"

"那你怎么不打死我？"

"时间迟了，太迟了！"

"什么时间？"

"该是昨天的晚上，不是今天。"

她是表示自己留恋于今天的一度的友情的。

"你后悔吧？"

"——不！"

感情的波纹，是有限度的：突变的顶点，也只有一刹那，久了，自然平常。她不哭了，渐渐地恢复了常态，刷牙，洗脸，又开始日常生活的习惯。

最后，他安然地走开了。

他和他的同志共同决定一封信，给她的父亲——大意是索款五千万，限三日交到某地某人，这期间，如有意外发生而使送信人遭到不幸……一切都以她的生命担保。他派到一个同志把这信送到她家去。

然后，他又找一个同志，给她买来两个小面包和一瓶牛奶作为早餐。她疑心那牛奶不是消毒的，连小面包也没有吃，同时，她也因为感觉并不饥饿的缘故。

她为了排遣自己的无聊，无意地走进他们的房间。屋内变了，狼狈了，已经不是昨夜那般的美好。屋内的桌椅，以及一切的用具，都离开了适当的位置，集中在一角；让余下的空地，曾代替他们过夜的床铺。他们无枕头，无被褥，只有一条□毡还折皱在地上。他们起身不久，不及整理，他们在□成一缕折的衣服，还未舒展□来。他们的人数，比昨夜少了些，现在只余下三个人；有的理着房间，似乎怕有人来看出他贫穷的破绽，有的咬着好像几天以前的陈旧的馒头，吃得格外香甜。那最廉价的馒头，如比之于他们整齐的服装和富丽的住所，的确是一幅太不协和的想象的构图，而不近于一页真实的画面。因此，引起她一种莫明的兴趣。

她望着其中唯一的相识者，握住一个残缺的馒头，像穷丧之狗得一块骨头一样，一边贪食，一边吝啬，谁知道那馒头会损害昨夜暴徒的勇敢呢？就会泯灭今日的一个青年的庄严呢？就会使人忘形于细嚼之中？对他，她又有了新的感觉，新的认识。

在她这痴呆的凝视中，他被凝视得呆痴；他停下暂时的吃食，问她："你想吃吗？"

她呆痴地摇着头。

"你怎么不去吃呢？"

这时候，她惭愧，说不出主要的理由，而只说："我不饿！"

然后，她把那小面包和牛奶取来，送给他，被他分成均等的三份，随着他的二个同志一同珍惜地吃尽。她拖过一只椅子坐下，把头探进她那唯一相识的身边，茫然地问着："你们每天吃的，就是馒头吗？"

他似乎为了使她开心些，希望给她找到些笑料。于是，他说："不！"

"还吃什么？"

"什么也不吃！"

虽然，他把这话当作笑话说给她听；但这也是他和他同志的事实。

"为什么？"她的想念，完全倾注在他那虚伪的笑脸上，她立刻又说："告诉我！"

"这很简单，没有钱！"

"你们的钱呢？"

"我们从来没有过多少钱。"

"那你们这次一定得到我家很多钱，可以吃点儿好的啦！"

"这钱吃不得！"

"怎么？"

他幽默地回答……

"这钱，不是饭钱，是药钱！"

"你们有人病了吗？"她是赤裸的心，赤裸地问，"病得很重吗？"

"很重，几乎要死啦，你不知道吗？"

"不知道，告诉我。是谁？"

"是谁？就是中国！"

幽默的开始，沉痛地结束了。

对于一个人说服是难的，让生活影响是容易的，而且也是最有效的。

于是，她在那暂时属于自己的房间，不安地徘徊起来。她的步子，是那么沉重的，零乱的；好像跟着她那沉重的，零乱的心思的节奏。在她每步的起落之间，是那么不果决地拖延着时间。在这单调而迟缓的动态中，好像在说，祖国，不曾是诗人所歌颂的圣洁的诗篇吗？不曾是往昔英雄，武士为了保卫而牺牲的光荣的墓地吗？好像在说，他们就是现代的英雄和武士吗？好像在说，难道父亲就是一般人所咒骂的祖国的叛徒——他们的相反者吗？好像在说，她在那二者之间，究竟何所去从？……扰人而忘不去的思想，是苦恼的，她一只手握起拳头，不住地打着另一只手掌，她愿以肉体的痛苦代替思想的烦忧，她那洁白而柔嫩的手——她全部美丽的一部分，打得她像被樱水所染红，但她依然舒展不了心中烦忧的折皱，她用脚踏起地板的时候，她已经哭了，弱者的泪，是不珍贵的。

她的哭声，惊了那唯一的相识者，他来看她——一面爱护，一面监视，他望着她那美丽的脸面，毕竟比昨夜见时憔悴了许多，但仍似一朵鲜美的花，使人爱恋，仍似使人难于相信她就是丑恶的叛徒之女，这时，他想一朵鲜美的花——像她，它的生长地，为什么不是圣洁的晶石，竟是龌龊的垃圾——像她的父亲。他又望着她那跳动得不匀称的胸脯，那脸上露珠一般明晶的泪滴，他担心着像她这样弱小的生命是经不起过大的创伤的，于是，他默默地咒骂起她的父亲——祖国的叛徒，她父亲的罪恶，不是她的，她为什么代替父亲受累呢。难道世界上永远存在着无辜者的不幸吗？

不久，他找一个同志给她买来一些画片，糖果，他安慰她说："你还要买什么，你告诉我。"

"不买什么，我还不知道你们没有钱么？"

这话中，潜伏一种莫大的同情，这同情，她还是来后第一次交给他们——义勇军。

这时候，窗外下面的路上，有人叫卖报纸的喊声，响进屋来。

"看看，惊人的大绑票，看看，一人一枪绑去朱家小姐的消息。"

——大意和事实仿佛。此外，在新闻中间，有悬赏十万元破案的广告和她的一页照片。这照片，印得非常清晰，即便第一次看见她的陌生人，也会认识那照片便是她的面影。

她说："你给我买一份报纸来吧！"

他迟疑着，担心报纸的新闻会刺激她刚刚宁静下来的心情。

"可以用我的钱买！"

她误会了，从衣袋里掏出一束钞票送给他。他拒绝着，并且说："我们零钱还是有的。"

"不，把我的钱放在你的身边，留给我用，还可以给你们买点好的吃呢！"

他收下了，因为被拒的同情是易于引起反感的。然后，她又催促他说："你给我买报去呀！"

他仍是迟疑着，仿佛想着一种难忘的心事。她急得任情地推起他的肩来，使他成为一个软化的泥人。在这一瞬间，无形中表示了她那出于友情担保的一种动作，暂时忘记了她和对方的关系——绑者和被绑者。她友情的嘲谑地向他说："你快去呀！我这是第一次求你，你看你还摆起架子来啦！"

他为了打断她买报的念头，不得不对她那友情的嘲谑而还以友情的诙谐了："我也不是什么小姐，我敢摆架子吗？"

"你跟谁开玩笑，谁是'小姐'？你今天不说就不行！"

她暴发着稚气；这稚气是故意讨人怜爱的一种。他在她的面前，也故意装作一个孩子，他说："我今天偏不说，我看你能把我怎样！"

"要把你怎样就怎样，你不信，试试看！"

"你敢！"

"你看敢不敢，我一定要你怕我这一次！"

"我怕你？哼，我怕你哭！"

"该死的，你说不说？你说谁是'小姐'？"

"说你，说你！"

"我不是，不是，一百个不是！"

"你不是，你那么随便地叫人家去给你买报！"

"那么我自己出去买，你让吗？"

他用手揽住了门边，气着她。她拥了他两下，冲不出去，索性打他一拳，回来了，他问："这回你够本啦！"

"这回你够本啦呢？"

她饱起两腮，看着他，默然不语。

"你还想让我给你买报吗？"

"我也不让你买啦！"

他终于达到了目的。

从此，她拖延着那种稚气，不和他说话了；正像每个人童年常有的一种矜持。他几次来看她，寻找说话的机会；她却不理他，而且，故意地装作着一种违反心理的表情和动作，以示给对方的不满和报复。对方不是一个孩子，他了解那些：所以他不但不生气，而且喜悦——他那种变态的表现，正是证明她心理的常态——表示她把自己忘于暂有变境以外。

正是这时候，发生了一件惯常发生的事情，有两个醉后的日本兵，摇摆着斜的肢体，由于两脚失去了重心而抛着不准确的步子，走进这楼房，在楼上的过道上，他们两人相挽地走起来，仿佛饭后走上无人的旷野，拣了一条寂静的小路，消化着食物，并且，嘴里哼着听不清的淫乱的调子。有时，他们随便地踢开门，同门内的主人咆哮一阵，又哈哈大笑地关了门。因此，所有的门，都被各家的主人锁闭，以无限度的容忍，容忍下去。

然而，那种骚扰，在她听来，还是初次，她既觉得新奇，又表示不信任，这时，她不再矜持着对于她唯一相识者的那种稚气，终于向他说话了。

"你把门打开，让我看看！"

"不能！"

"这也不是让你去给我买报，又麻烦着你啦！"

她似乎又要恢复刚刚消散的稚气，而威胁他。

"喂，你别生气，等一等。"

他希望她见识一下，比报纸会有相反的效果。他怕开门以后她被辱而使自己的秘密败露；他只好把她的眼睛引到门的锁空旁边，偷偷地观望。她刚刚一望见的时候，便禁不住地喊了："你们这些牲口……不是人，不是人！……你们还有一点儿人形么……连狗都不如——"

他用手堵住她的嘴，让她悄悄地继续观望。她的话被制止了；但被禁不住的泪,像断了珠串,一粒一粒地零落下来,如果她不是弱者,她会冲出去,与门外的两个最不道德的醉汉决斗,她情愿斗败,而不宽容,如果她的感情再被刺激下去,她也会以昨夜对付雨文的尖刀;对付他们——即使她知道所得的结果和昨夜一样,或是更劣,因此,她被拖开了。

那短短的一刻,使她深深地认识了这世界的不公正,人与人之间,还有着主人和奴隶,一边是高傲的,高傲得忘形,一边是低贱的,低贱得无形,在这次被绑之前,她曾生长在与这世界几乎隔绝的家庭,家庭的往事,随便她怎样回想,也都是幸福的快乐的记忆。现在,她才开始走进这世界生活,她该感激引她走进这世界的人——雨文,义勇军。

如果说她对于雨文,义勇军,有了好感,那好感就是这样影响的。如果说她对于敌人有了复仇的决心,那决心就是这样决定的。如果说她对于祖国有了更深的热望,那热望就是这样引起的。如果说她对于父亲有了新的憎恶,那憎恶就是这样开始的。如果说她有了更大的不安,那不安就是这样来的。

的确,她不安了。因为她幼弱的理性,还分析不了,控制不了由于一刹那所扰起的纷乱的心绪。

他怕她苦于无谓的不安中,他在劝她:"你该安心!"

"唉,我看见的,没有一样可以安心的!"

"你该安心,像在家里一样。"

"哼,这里,不是我的家。这里,没有我的母亲父亲,没有一个亲人!"

"亲人未必是爱你的,而我们对你并没有恶意。难道你不知道你父亲是什么人,我们又是些什么人?你从前是高中的学生,现在还是一个好的青年,你该知道这些!我说的不是吗?"

"我知道我的父亲……不管怎样,他还是我的父亲呀!再说,他是很爱我的,我知道。……可是你们不要以为我像我父亲一样!我知道你们是些什么人,可是你们对我究竟怎样?"

"我们现在对你不好吗?"

"昨天晚上呢?"她抽搐着鼻尖,沉痛地问:"你对我怎样,你忘了吗?"

"我没忘,一生都记得,一定记得很牢。不过,我告诉你,你不该袒护你的父亲,你不该以私情忘了公愤!昨天晚上的事情,我们一方面为了打击你的父亲,不是你,一方面也为了我们工作的必要,就是钱。你是无辜的,我们知道。我说的话，你明白吗？"

"我明白，所以我现在站在我父亲和你们二者的中间说话！"

"昨天的晚上呢？"

"昨天的晚上——已经过去啦！"

"明天呢？"

"明天还没来，没来的，我不知道！"她随着诚意地要求他："你说我明天呢？"

"我说你明天——"他想想以后，非常严肃地告诉她："明天，你可以上天堂，也可以下地狱！"

"天堂，地狱？"

她望着屋的一角，自语着，她陷入那二者的幻境中去，快乐与痛苦，光明与黑暗，任她选择其一。

"你怎样想？"

她不回答。

"地狱吗？"

她摇起头来，表示否认，

"天堂吗？"

她默认了。

"那么你站在我们这边来，丢开你父亲的那一边！"

虽然，她还有些踌躇，但是，在晚间接她父亲的回信以后，她坚决了。因为她的父亲的回信是这样的意思，如果不减低赎款的数目，他不惜牺牲他的女儿，其实她父亲的话，未必是果决的，看来仅是威胁雨文和他的同志减轻一部分损失的意味而已，在她想来，却不安了；对父亲起了从未有过的憎恨。

"汉奸……汉奸，不怪人家都这样骂你！该骂，该骂……汉奸爱的是钱不是女儿！……你不是我的父亲，我没有父亲——汉奸的女儿是没有父亲的！"

她忏悔着过去，为什么寄生在不名誉的家庭？为什么被父亲——祖国的叛徒所累而招惹别人的恨骂和不幸？为什么觉悟得太迟迟到现在？她想着，哭着，她仿佛永远生长在泪水中。

雨文在她的身旁，给她解释她父亲的回信，告诉她父亲是会赎走她的。

"我知道我父亲是爱钱的，如果他不赎我呢？"

"那我已经答应过你,即使他不赎你,在一个月内,我们也必定放你回家,你可以安心!"

"我不回家,不回家!"

"你不回家更好,我不是更多了一位同志吗?"

"你不撒谎吗?"

"我告诉过你,我是不撒谎的。"

于是,她那一度无依靠的灵魂,又有了新的寄托。于是,她对那暂住的房间,打算住到长久;把屋内每一用具,都给它们以适宜的位置——比方,她让那花瓶靠近床边,准备睡前也可以方便地看见。于是,她感觉他们每个同志,都比来时亲切,她把他们看作自己的哥哥和弟弟一样的同居者,把他们的痛苦看作自己的不幸,把他们的企图看作自己的希望,她卑视他们没有美的观念,开始自动地给他们整理零乱的房间,最后,她给他们拉拢着随处抛下的污秽的衣袜,裹成一团,她为了避免臭的气味,捏着鼻孔很久,这工作,她在家时,也从未做过。

"歇歇吧,你看看,已经脏了你的手!"

雨文劝阻着她。但她仍带着一种稚气,执拗地反驳:"什么你都要管,用你管吗?"

她一直做到自己满意的时候,停了,也喘息了,不住地拍打着自己的胸脯。

然后,他们都围在她的身边,夸赞她。有的说:"你真是我们的好妹妹!"

也有的说:"你真是我们的好同志!"

随着,他们便不自禁地,像欢迎雨文一样地把她举起来,在空中摇摆:使她笑,不得畅快的笑,使她呼叫,不得自然的呼叫,更不得自由的呼吸,一切的动作,都不得自主。他们把她摇摆得几乎晕眩,才停止下来。她疲倦了,已经站立不起;她躺在床上,初尝着同志的爱,比家族的感情更亲。这是她在人生的路上,第一个温暖的梦。

"……你们都是我的哥哥,也许有我的弟弟,我怎样呼唤你们呢?……我不能离开你们,不能呀!……如果我身边没有了你们,还能有谁呢?……我不能离开你们,不能呀,不能呀,我愿与你们生死在一起,永远在一起!……雨文,你怎么这样呆呢?……真呆呀,真呆呀,你是世界上第一个呆人!……你为什么还要用手枪？……真呆！……你偷偷写一封信，明白点儿告诉我，多好呀……呀！我不是立刻就来了吗？……你看你还受了刀伤……刀伤！……你不要怨我，这都因为你呆！……不，你们都呆呀！呆呀！……不，我也呆，我为什么要撞你一刀？……我呆！……"

——她在那梦中，兴奋得失常。这时，她躺着，合拢着眼睛，两手交叉在胸脯，一动不动。她的脸上还有一种满意的微笑，像照片上的笑影，永不改变，也不消退。

他们逐着她那迷茫的状态，又把她举到空中，继续摇摆。他们要在继续的摇摆中，把自己对她的热情继续向她倾注无遗为止。

她被摇摆得失知而忘形，任随身体一时高起，一时低落，一时摇来，摆去，任随如何地弄玩。在那弄玩中，高崇，圣洁，不需要她有着不必要的顾虑；她已经忘记了人的性别——不自由的隔膜。她不想拒绝，也似乎唯有这样，她才感到不曾有过的快乐。现在，她知道了，真的快乐，珍贵得难得。纵然有人快乐得一生，也难抵她这一刹那的快乐——如果可能长到永远，她以外，世界难再有快乐的人。

不过，她临睡的时候，仍然像昨夜一样未睡。这未睡的原因，并不是被昨夜一样的情绪所骚扰；人的快乐，有时快乐得失眠。

屋内的灯光，花瓶的花朵，以及所有的东西，都是快乐的，都在诱着她的眼睛，格外的清澈。于是，她紧闭了眼睛，让窗外的风雪之声给她催眠。

两点钟以后，她睡着了。

夜深了。快乐的人，已经睡着了。给人以快乐的人们，还未睡成。他们正在桌边，开着小的集会。经过一点多钟的讨论，才决定了给朱琳父亲的回信：赎款由五十万减到三十万，如少一文，便以朱琳的生命抵偿；仍限三日内答复，逾期，不再另议。

然后，雨文又派了一个同志送信去。他和余下的同志，还讨论着另外一些问题。

静的街，静的房屋，一切几乎都是静的。在静中，只有睡者轻轻的鼾声，只有不眠的风雪，陪伴着他们低声的谈话：

"如果朱琳的父亲不赎她，我们再怎样准备第二步的办法呢？"

"如果他肯赎她，可是还要减少赎款，我们究竟可以减到多少呢？"

"……"

第三天。

朱琳由于由□境快乐的梦扰，也没有经过好的睡眠。她醒后，仍然在疲倦中起来。她把被褥叠得整整齐齐，放在小床的一角；她又把瓶中憔悴了的花朵，一一地摘落，让花枝只留下新鲜的绿叶——就是说她仍爱它的生命，愿它在青春中长生。然后，她擦了桌面，窗台和小床的四边。这就像她对于自己往日的卧室一样，清洁，整齐，保有一种正常的秩序。不过，在家时，有女仆代她工作，她从不亲自动手：就是有小物件落地，也常唤女仆拾起。有时，女仆装饰卧室，和她的观感不一样，使她常常不满，现在，她整理过房间以后，看一看，处处都觉得满足，经过自己的手的，常是如意的。

窗外的雪，又落了一夜。并且，还在落着，满洲的雪，落起以后，谁也不能想到停止的一天，纵然在冬季的太阳下，也难免落雪的时候，太阳融化不了满洲的雪。满洲的雪固然是寒的，但也不怕太阳，满洲的雪，是世界稀有的，它有着倔强的个性，它加强着满洲无数反抗者斗争的精神。满洲的雪，是保卫满洲的最忠实的护卫。

窗台的外面，已经被雪落满，窗外的玻璃被遮住三分之一还多；使内窗在不知觉中，也结一些薄薄的零散的霜花。屋中人感受着的寒气的意味，就是从那霜花间透过的。

于是，她想燃起已经熄灭的壁炉，但她那不曾接近过炉边的两手，不熟燃火的技术；她费了许多火柴的结果，炉中仅有一团团的浓烟，由炉口向外，向她的眼睛，喉咙浸塞。她忍不住地咳嗽了，流泪了，她失望地关了炉门。

她去找雨文，想让他做成这一工作。

然而，雨文躲在地上，像其余的几个同志一样地睡着。并且，他的脖颈，由于刀伤而臃肿起来，有一种腐化的血，流出绷带以外，他的脸色，特别苍白，憔悴，已经露出病者的特征。现在，她望着他，难过起来，在迷茫中加于他的伤害，便是给自己清醒以后的痛苦。这痛苦，比他的伤痕还重，弱者是经不起忏悔和自责的。她一手撕扯着自己的头发，一手抚摸着他的脖颈，无意地触痛了他——醒了。他还未睁开眼睛的时候，先用手势保护着自己的脖颈；他不耐烦地说："谁？不许碰我的伤口！"

"你的伤重了吗？"

这惭愧的调子，使他立刻听出是她的声音，坐起来，表示对她的关怀和重视。她托着他的头，又送到鞋子和衣服做成的枕上。但他终于随着别的同志起来了。

"你到我这屋里睡睡吧！"

"不，我还有工作。"

"你看你的伤太重了。"

"是的，我痛了一夜。"

"怎么重起来了？"

"我想是那天晚上受了风。"他无意地说，"这是纪念呀。"

"你原谅我吧！要不，你再撞我一刀。"

她扑到他的怀里，哭了。这一哭，使他窘了；他不知道把自己怎样安排在片刻间。幸而她自动地把头从他的胸前移开，强迫给他换着新的绷带。她不住地说着："我希望很快就看见你的伤好！"

然而，有他的一个同志来了，微笑地告诉他说："钱已经如数收到。"又转向她说："朱小姐，请你回家吧，谢谢你！"

她听见以后，似乎有些茫然；她一边继续给他的脖颈裹着新的绷带，一边愁着。

"那个人告诉什么？……什么回家？……"然后，她立刻问雨文："是要我回家吗？"

"是的，你该回家啦！"

于是，她刚刚停止的泪水，又继续流下了。她那渐渐安静下来的心情，又被扰得不安了。从昨天，她已被他们的生活征服，倾心于他们，希望他们给她以归宿。她已厌恶了自己的家庭，尤其是父亲。她曾盼待从黑暗中转到光明。而现在，她一度美好的梦想，又将被打得粉碎——离开难舍的他们，独自寂寞地走回厌恶的家庭；所以她哭着，而且喊叫："我不能回家！……不能回家呀！"

"不对，你该回家去！你听我告诉你理由——"

"我不听，你是一个骗子！！！骗子！！！"

她骂着他，骂得很厉害。但她仍在给他裹着棚带，而且，裹得更加谨慎，不让绷带之间遗下一条细缝，或是一段脱落的线条。

别的同志，看到这种情景也感觉无法应付地摇起头来，同时，还等待这一工作快些结束，他们的住址，需要立刻迁移。

他知道，比他们知道得更清楚些，可是他呆着，好像在说："那又有什么办法呢？"

她给他换完绷带的时候，他说："谢谢你！"

"不用你谢！谁用你谢！关于一切都是假的！"

"那我骗过你吗？"

"你想呢？"

"我想我没有！"

"没有？你昨天的话，今天就忘了吗？你昨天说我是你们的一个同志！可是——可是今天就赶我回家！你说你不是骗子吗？"

"啊——"他表示了解了她现有的心情，然后他说："要你回家也非说你不是我们的同志啦。你回家，你当然还是我们的同志！"

"那你们不回家，偏要我一个人回家呢？"

"你听我告诉你，你回家的理由——"

她不听，哭着跑回她的房间去。随着那屋内的桌椅，都代她响起气愤的声音。她咕噜着，似乎在说些什么："……父亲……你做了汉奸……你有了钱……何必再要女儿……你是爱钱的……何必再爱女儿……女儿不要你这样的父亲……"

她扑在床上，好像她来时抱住电杆一样，不肯离开一步；她认为这暂居的房间，便是长久的卧室，她不听任何人的劝慰；别人对她的好言，只有惹她反感。她怀着一个过于主观的想头："我不走，看你们能把我怎样！"

她的来，是那样意外的难的；她的去，又是这样意外的不易的。

雨文安慰她，甚至驱逐她，这完全无效，他的确感到工作意外之累了。

几乎迟延半点钟了。别的同志，都捆好了自己的行囊，只在等待她去；去后，他们立刻向另一个秘密的住址迁移。如果久了，发生了意外，那么，他们便不止三十万元的损失；他们的头，是无限价值的。

过道的骚音和步声，随时都惊动着他们不宁静的心情；好像随便的一个侦探，一个宪兵，都可以为了破案走进全市的每个房间，现在，便快轮到检查他们了。如果在他们走前的一刹那，捉住他们，将怎样回答雪野的武装的同志？

所以雨文急得走来，走去，像初到她的家时一样。最后，他跑去握起她的手——这是第二次。她不等他开口，便先问了："你又想用枪打死我吗？"

"唉，朱琳，不要这样！你听我告诉你——"

"不听，不听，一百个不听！"她愤极了，打着他胸脯，她还喊着："你是用手枪逼我来的，你再用手枪逼我回去吧！……"

"来的时候，因为你是外人。去的时候，你已经是我们的同志；我们的手枪，不是给我们同志预备的。"

"不听！……"

"朱琳，你听说！你听我告诉你，你回家的理由，比方，你这次不回去，不要紧，我们也希望你立刻和我们一起工作。那么，你应该注意，你的父亲一定认为我们害了你，骗了他的钱！——"

"那我可以写一封信告诉他！"

"不管怎样，他得不到你，他的钱是白费了，你想不是吗？"

她点着头，表示承认了他的意见。

"如果以后我们为了钱，还需要做一件同样的工作，因为受了你的影响，可是谁家还肯用钱赎人呢？不是吗？"

她不想再点头表示，但他的话的理由，使她不能给他以否认。

"你是聪明的妹妹，你该了解我们的苦衷。你是好的同志，你该帮助我们的工作不是吗？"

她点着头，又表示承认了他的意见。

"那么，你现在回家去吧！"

然而，她痛哭了。因为她一切都顺从了别人的理由，而违反了自己的心意。

最后，她不能不走了，她说："好吧，我信你的话！"

于是，他一边欢笑着，一过匆忙起来，给她拭了脸上的泪水，又给她穿起了大衣。她不忍离开这房间，停了很久。她问他："我不可以再多住一夜吗？"

"不可以，你去吧。"

"可是我以后希望再看见你！"

"我还希望你将来和我们永远在一起工作。"

她笑了，满意了。

在她临去的时候，他突然爆发了一种惜别的情绪，他难舍她从自己的身边离去——去后，见时渺茫。短的相识，谁知相会何时？虽然他相信她可以成为一个同志；但是谁能担保，想象可以生成事实？在这奇异的遭遇中，他一旦和她分手；此后，如果在人生的路上，相背而行，那么，他以往难忘的记忆，将怎样打动着他的心思？于是，他要他的同志先走了，迁移了；他送她回家去。他愿在这最后的一次送行中，以慰现在和将来所有对她由怀念而起的不安的心。

她被沉默地陪着走出来时的屋门，房门，走着来时的院路。她从身边不住地外望，去时已非来时一样：来时，是两天前的夜深，曾感到憎恶，去时，是这早晨以后不久，觉着一切都值得留恋。但来时又和去时一样，来去全非自愿。仿佛是一个梦，他在梦中勾留了几乎三天，这三天，仿佛是像度过了一年，又仿佛快得像是一霎间。

他们两人并肩行走，已是一对好友，他们在别离中，是短的；送别的话，长得无限。送行者和被送者同是不肯抛开长步，同是怕路缩短，同是希望延长片刻的时间，使双方多有一句两句的赠言。他们两人便是这样；这去时，和她来时相似，和他的来时却完全相反。

突然，在路上，她站下了；但这不是来时的停留。她想了想，而得说：
"我有什么东西，忘在你那里了吧？"
"我想没有什么吧？"
"不，有一本琴谱。"
"啊，还有一把尖刀！"
他并不是有意说的，而使她难堪。但她红了脸，她的脸颊红得像新涂了胭脂；遗憾是难忘的。她稚气地打了他一掌，制止他再提起"尖刀"的两字。

雪不断地飘落，随处都被雪落满了。街边积起无数的雪堆，雪山；雪路狭了。已经妨碍着人和车的行进。早晨新扫的行人的雪径，又被雪封闭了。他们脚下拖着的积雪，高过脚腕，几乎浸入套鞋。

暴风的吼声，可以听到很远的地方。风中，仿佛藏着无数的钢针，刺透着他们脸面的每个毛孔；但他们不曾觉得冷，因为他们的血热；而且怀着一种热望。这热望，可以压服寒带的冰冷。

街上的行人很少，马车和雪堆比较多些；马蹄后的毛上结了无数的冰坠，跑起路的时候，响得像铜铃，加以礼拜堂的钟声，在她听来，还是往日那般优美的音乐，只有她的眼睛，经不住雪地的反射；这雪地，仿佛比往日多了飞散的金星。

"快到家了吧？"

他望着一条街道的尽头，不住地闪着眼睛——被雪地反射得看不清晰，所以问了他。他看了看，告诉她还有一半的路程。她又问："你想送我到家吗？"

"当然！"

"那你到我家坐坐再走不好吗？"

"奇怪，我怎么还可以到你家？你家那个多嘴的老太婆不认识我吗？"

"有我，你怕什么？"

"不！"

他对于她家多话的女仆，仍有所顾虑。

然而，遇见了她；而且，跟随着几个侦探。她一见朱琳，便忽略了雨文，随着，她的话就开始了："小姐！我可真想死你啦，我这三天就好像过了三十年！呀，我的头发都白啦！——"

朱琳如果不制止她，她的话，是不会中断的。朱琳望着她和几个侦探，不觉茫然起来。

然后，女仆告诉朱琳，现在侦探已经查出破案的线索，正去逮捕犯人；并要她去认出那个绑架朱琳的首犯。

朱琳虚伪地叹了一声，她说："现在迟了！"

不过，侦探还要实地调查一次，或者可以搜得一些证据材料。因此，留下一个侦探，预备保护朱琳，其余的去了。

这时候，雨文早已回避起来，站在朱琳的一旁。他想走，怕走得唐突，被女仆认出来，他如果停留，也是有着同样的危机。于是，他不安起来；但还要忍耐。他想："朱琳，这次可以试一试是不是同志！"

女仆并不注意他，因为她积蓄了过多的言语，正向朱琳倾吐："小姐，你看，我的头发可真白啦！小姐，你走以后，我的眼睛没有闭一闭。还有那个绑你的土匪，把我的颈子踏得还痛呢！那个土匪可真凶呀，杀人不眨眼！小姐，你说是不是？我说，要是把那一个小子抓住就够啦，让我来一刀一刀把他割死，他要是不死，也叫他活遭罪！小姐，你说是不是？我的嘴要不是留点儿阴功，我可真说那小子不是他娘养的！一定是牲口下的！——"

雨文忍不住了，他转过身来，向女仆了瞪了一眼，这表示是："认识我吗？住口！"

女仆一见他，立刻闭住嘴；抖索起来，她像是燃起的蜡烛，渐渐地熔化下来。她不敢说话，只给那个侦探一些暗示，好像说："那个家伙，就是土匪！"

于是，那个侦探立刻掏出手枪来，监视住雨文。这时候，女仆慢慢地，搂抱过朱琳来，敢说话了："你看不就是他吗？"

朱琳是聪明的。她说："你发疯啦，他不是才和我同来的吗？你没看见他吗？"

"我看是看见啦！可是现在我才看出他来！小姐，我记得他的眼睛，你看不对吗？"

"不要胡说！"

"小姐，他是谁？"

"我的朋友呀！"

那个侦探的手枪，又悄悄地收起来。女仆讨了无趣，垂下头来。朱琳为了避免侦探和女仆的疑心，故意挽起雨文的臂来表示这个人是不可以侵犯的，因为："这是我的爱人呢！"

然而，从相识到现在，她并不爱他，正像他不爱她一样。他和她爱的，同是一个第三者——祖国。

雪落着，已经落了三天。这回的大雪，是常有的；因为是满洲的雪。

他和她这次别离以后，她又回到家庭，不久便迁移了新址；他不久被调换工作，而去另外一个地方了。因为双方的变动，无从探知地址，五年了，断绝着一切的消息。不过，在这五年中，他们二人常常询问自己的同志，自己的朋友："你知道朱琳吗？"和"你知道雨文吗？"

《申报（香港）》1939年3月9日至5月20日

华北的烽火

《华北的烽火》是抗战初期问世的集体创作长篇小说。"这书里的故事，包括有将士们的浴血抗战，汉奸们的卖国求荣，民众的愤慨，平津失陷前二十九军将领内部之不一致，宋哲元之惑于'能和'……一大幅血淋淋的现实。"（茅盾《此亦"集体创作"》）全书共分四部分，从卢沟桥抗战起，至平津陷落。每部2至8万字。集体创作活动1937年8月在上海着手酝酿筹备，有20余位作家参加创作，1938年2月8日开始在广州《救亡日报》连载。到4月28日，先后发表了沙汀的《前夜》、艾芜的《演习》、周文的《怒火》、舒群的《爆发》、蒋牧良的《突破》、聂绀弩的《找和平》、张天翼的《左右为人难》、陈白尘的《全线总进攻》、罗烽的《反正》等章。虽然以后未见继续刊出，但这部小说在当时颇有社会影响，被誉为"抗战以来，动员了全国优秀作家最伟大的一部集体创作"。长篇小说的集体创作，是抗战这一特定时期出现的一个新事物，能迅速反映社会巨变和斗争宏图，以鼓舞人民奋起抗日，却也不可避免地带来粗疏和各部分之间不够协调等弱点。在它的影响下，当时还出现了其他一些长篇小说的集体创作，如《给予者》等。

天色很黑，几乎看不见来近的模糊的人影，近于车站的地方，闪着一些弱的灯火，这是黑暗中，仅有一点的明亮。

几个排哨，穿着廉价而破旧的军服，胸前交叉着两条饱满的弹带，背上背着一把战刀，手里握着已经握惯了的步枪。有时候，他们停留在那明亮的地方，可以听见他们几句清亮的谈话声。有时候他们走向黑暗中，只留下一种他们的脚掌与沙地合作的骚音，渐渐地远了，低消了，也许是渐渐地近了，声亮了。不管他们停留，或是行走，他们都是勉强着自己的眼睛，企图透视着黑暗，注意铁路的北边——天天被日军所学习，所践踏的地方。这中国的地方，好像已被他们的暴力占领了一样，任意障碍交通，摧毁田苗，任意实弹学习，惊动着近处的驻军与居民；所以这几个排哨的责任，非常重大，不容他们有一刻疏忽了自己的勤务。

这四处，很安静，好像无人经过的墓地一样的死寂。也许经过很久，铁路上才驰过一次客车或是一次货车；仅有的轮声与笛声，响过了，便又沉默了。

过了一些时候，有个排哨突然发觉了什么似的指着铁路的背边喊着："喂，你们看，是不是一个人影"？

"哪里"？

"看，顺着我手看！"

"啊，是两个人影，是两个人影！"

于是几个排哨，不待谁来指挥，自动地站开了，取了准备射击的姿势以后，有一个排哨向前高声地喊了："口令！"

没有声音回答。人影，而且移近着。

"口令！"

"天！"

从这回答的声调中，他们可以辨出是同排的一个中士的喊声，然而随后又听见另一种喊声："八个牙路。（日语滚蛋的意思）我的，我的！"

这野蛮的喊声，二十九军的每个士兵，几乎完全听惯了的日军兵士特有的一种语调。

人影移至他们身边的时候，他们看见了只是两个人：一个中士，一个日本兵。他们奇异地围住了那个中士，在逼问着："怎么一回事？"

"这个日本兵拿来送给团长的一封信，说是他们今天学习的时候，丢了一个兵，他们要派人到宛平城里去搜查——"

他们不待他说完，便有人截断了他的话，抢着说："又丢了兵？哼，在丰台那次因为马就占了丰台，这次又要因为兵，占我们的宛平吗？你快把那封信撕掉就算啦。"

那个中士领着那个日本兵见了排长的时候，排长也只有另派一个兵头领着那个日本兵，向宛平去。然后他命令全排的兵士准备同动。每个兵士都非常紧张，他们每一动作的表情，每一动作的姿态，都在现示着他们久蓄的愤怒与仇恨，已经不可抑止地爆发了。他们有的重裹着裹腿，有的束紧着皮带，有的检视着自己的步枪与弹带，仿佛准备同动，往火线去，冲杀他们最大的敌人。排长率领兵士出动以后，他发下了这样的命令："散开！"

全排的兵士，都沿着铁路的一边散开了。每个兵士已经选择自己所在的位置，枪支与弹粒完全备好，只待着排长命令的开放。

宛平的城影，在夜色中，模糊存在着，被一种夜的凄清与死静所托衬得好像是一座孤独的庙宇。

二十九军驻扎宛平的最高的一位长官，是二十九军三十七师一百十旅二百二十九团长吉星文。他的身体高大，健壮。他的脸面很饱满。他只有二十九岁。他从十四岁当兵直到现在，曾经过"北伐"，"豫南"，"长城"等等的战争，经过团长以下各级的阶段，才升至团长。在他接到那个日军兵士送来的信的时候，他知道了——据信说的是日军在今天学习的时候，丢失了一个兵，要求宛平开放城门，让日军入城搜查；他更知道了这是日军的一种借口，企图占领华北的一种预谋，所以他立刻拒绝了日军的无理要求，然后，他一边通知宛平的县长王冷□，一边向北平的市长秦德纯请示；当他打电话给秦德纯的时候，秦德纯已经接到日军桥本的同样的通知，也同他一样拒绝了日军无理的要求。因为正是夜深，日军入城搜查恐怕发生意外的变故。于是他向城内所有的官兵发下临时戒严的命令，城边加多了武装的兵士。

宛平只是一个小小的城市，在夜里，静了以后，却又骚动起来了。居民惊慌着，互相地问询着，有的仍在睡梦中，也开始渐渐地醒来。狗群好像有着前约一样地在每家的院人，吠叫起来，好像它们更加仇视着日军，拒绝着日军的无理要求。一切的居民，都没有高声的谈话，只有临近窗边的时候，才可以听见一种低沉的声调。街边经过着军用的车马，整齐的兵队。在黑暗中，使人感受了战前的气氛。

吉团长沿城检视着防城的兵士，有时，为了勉励兵士作一些简短的训话："弟兄们，这是准备打日本，都精神点，给我卖点力气！"

也许兵士中有的自语般地说着："日本兵若是真开枪啦，我们这枪不还枪呢？"

吉团长听见的时候，他便说："啊，怎么不还枪呢？一定要还枪，弟兄们听见没有？"

因此，每个兵士都欢快了，因为他们已经收受了抵抗日军的命令。自喜峰口一战以后，这也许还是第一次；所以有的兵士为了过度兴奋的缘故，高声地喊起来了：

"看着点啊，瞄准，只打他妈的脑袋！"

"等他妈日本兵来了的时候，我们就冲上去，用大刀砍脑袋！"

"对啦，用大刀砍脑袋比用枪打脑袋还痛快多啦呢！"

…………

吉团长听见的时候，他更被感动了；他相信这时候如果仍像从前一样地忍辱，压迫着兵士——也许因此而疯狂，也许自动地叛了他，自动地起来抵抗日军。他不仅为了自己的国家，自己的民族，就是为了保存他的职位，爱护他的兵士，也要发下抵抗的命令。

整个的宛平，被兵士团裹着，严防着，每个兵士的食指都贴住引铁，弹粒都在等待着发放，尤其是防守西门的兵士，更加注意，因为西门正是容易被日军攻击的目标，日军的第一炮，也许正是去向西门。在西门负责指挥兵士的是一个连长，他已经这样地告诉了兵士："弟兄们，我们要守住西门，如果我退下来的时候，看见没？"他举出了自来法的手枪，给兵士看，随着继续说一句："我就打死他！"

他充分地表现了他是一个勇敢的军官。在他身边有一个比他更勇敢的士兵只有十八九岁的年龄，也背了一把战刀和一只自来法的手枪，与兵士一样。不过有许多的兵士因为他年青，常常戏弄他："喂，你们看看这个小家伙，也背了刀，他妈的也来装人啦。你们看着吧，他不用等到听见枪声的时候，他的腿就软啦！"

他非常不高兴听这种话，他相信自己比谁都勇敢，只有他才是战争中的英雄，所以他放开着喉咙反驳地说："我腿软？等着看你们自己腿软吧，哼，不用他妈跑半里路跌倒就不起来啦！你们等着吧，等老爷我给你们做个样儿看看！"

"你这个小家伙，算他妈谁？还是一个小兵崽子呢！跟我们学两天再说吧！"

"你们跟我学两天再说吧！学也不能白学呢，还得跟我睡两天觉呢！"

他骂起人来，然后，有的兵士踢他一脚，也有的兵士打他一掌："你快点找连长去吧，别等着他开火的时候，你腿软了还得找人抬。也许有人不知道你是吓坏了，把你抬到伤兵病院去，那时候，你多丢脸！趁早快点找连长去吧！"

然而他不肯走，他只知道保护着城，不让日军冲进城来，好像他在等候他的将要临近的希望一样。

夜，更深了，渐渐地在开始着第二日的黎明。城的四野，仍被黑暗，恐怖所包围。

所有的兵士站在被指定的位置，不但没有睡意，而且也不感觉疲倦。比从睡中醒来更清醒，更兴奋，他们防城，好像可以防几夜，一直几月，几年，不调换另一部军队。

突然发觉了一下尖锐的声响，穿过了高空。于是有一个兵士喊了："喂，你们听是什么声音？是枪声吧？"

"不是他妈枪声，还是他妈炮响吗？到时候了，看哪个小子有本事！"

那个十八九岁的士兵说过以后，连长便沿着他的防地不住地喊着："准备，准备！"

枪声又连续地响了几声以后，可以听见五里店骚动了，有不断的炮声，机关枪声，清晰地传来。守城的兵士，已经知道日军开始攻击五里店了，所以他们不自觉地喊了："冲上去，冲上去啊！"

防守西门的那个连长，他不待长官的命令便派出了一排的兵士，去援助五里店的驻军。那个十八九岁的兵士也不待他的命令，便追随着被派出的那一排兵士去了。

不久，吉团长派金营长一营兵士，去五里店增援的时候，防守西门的那一连兵士即是金营中的一连，所以那个连长率领其余的兵士又追随着那个十八九岁的兵士去了。

五里店已经中了炮击，有的房屋起了火焰；那一种雄壮而愤怒红光，渐渐地扩大着，高起着，冲向着天空。

人喊的声音，狗吠的声音，孩子哭的声音，枪与炮的声音，混成一片，一团，向五里店以外传散着。另外有一种超过一切声音的声音，是中国兵士在战争中特有的喊叫："杀呀……杀，杀——杀杀……杀呀，杀呀！……"

这喊叫，使人听见的时候，会感到可怕，也会感到兴奋，更会感到中国民族抗战的英勇，并不是任人可以征服的奴隶。而且，这一次是从九一八以后经过了几年的被压迫，被欺辱所造成的一种反抗的情绪，所以更加响亮，雄壮，像□□了的黄河一样，不是任何暴力所可以抑止的。

在抗战中的这一排兵士，只不过三十几人，他们都握住了战刀与几百的日军兵士相肉搏。有的兵士战死了，有的兵士受伤了，有的不死不伤的兵士仍继续在抗战。地上，积留着的破碎了的骨肉，流走着的鲜血，那种无情的残酷，已经被黑暗所遮没。不过可以听见受伤兵士的喊声："弟兄们……弟兄……们……杀——杀……杀呀……杀呀……"

他并不怕因为他的声音，引来了日军兵士的刺刀被刺入胸腔，或是又中了弹粒。他不怕死，因为他的死是光荣的，解放中国的伟大的牺牲；中国史上永远不朽的伟绩，中国的一切人民不仅暂时哀悼他，而且要永远地纪念他！然而这不是他所预想的，他只知道他的职责：不失中国的土地，不失中国军人的身份。

不久，中国兵士，除去死的以外，余下的，完全被日军众多的兵士冲散了。有两个自动地躺地上，像死了的，伤了的一样，许多日军的兵士冲过了他们的身边去追逐，去包围中国在抗战的兵士。其中一个扯了一下另一个的衣袖，低声地问："你是谁？是王福吗？"

"我是李德胜！"

"我以为你受伤啦呢！"

"我还以为你死啦呢！"

"他妈的你说点吉利话！"

"小点声，日本兵来啦！你看看几个？"

"一个，两个，四个！"

"四个不多，拿着刀，起来！"

他们起来的时候，四个日本兵士刚刚走近他们的身边，因为没有防备，有两个被他们砍了两刀倒下了，余下的两个与他们肉搏不久，也受伤了；然而却不住地呼唤着同伴。他们狠狠地几刀砍下了两个头；然后又躺下了。有一个喘息着，低声地说："他妈的，喷啦我一嘴血，这回我才知道人的血是□的！"

"少谈话吧。我们别靠着死尸躺，来，换个地方！"

于是他们从地上爬行着，爬远十几步的地方停下了。有一个痛苦地呻吟了："唉……我才知道我也受伤了！"

"哪地方，给我看！"

"看不见，你摸吧，我的这个手腕！"

"呀，血流得太多啦！"

他撕下了一条衣襟，给他的同伴裹起了伤痕。他扬起头来又有一群的人影近了。他说：

"躺好，别动一动，来得太多啦！"

一群的日本兵士过去了。

四处，渐渐地静下来。五里店，好像已经被日军占领了。驻守五里店的一排中国兵士，也许只有他们两人仍在生存着，躺在地上。

"来啦，又来啦，两个，两个！你受伤了不要起来，让我一个人对付这两个！"

他等到来的那两个日本兵士刚刚走过去，他悄悄地起来了，很快地向他们一人砍了一刀，可是并没有把他们砍倒下，且更凶猛地与他敌抗起来。他的受伤的同伴，握着刀，挣扎地站起，去援助他，与他们肉搏起来。

"杀——杀……杀呀！……"

他不自觉地喊起了。可是被另一些日本兵听见了，冲来了。虽然他们已经把那两个日本兵士砍死；但是冲来的另一些日本兵士，也以弹粒换取他们的生命。

驻守五里店的一排中国兵士，完全战死，他们也许是最后战死的两个人。

然而被防守宛平西门的那个连长派出的一排兵士和吉团长所派的金营的一营兵士，已经达到了。

《救亡日报》1938年3月6日至3月13日

血的短曲之一

这是一个人所讲的故事

清子是日本人，是日本领事馆的书记。她的脸面，不像日本人，仿佛是欧亚混血的姑娘。她的态度，也不像日本的公务员，仿佛是高贵的女伶。

如果说她美丽，美丽的是她的眼睛，如果说她可爱，可爱的是她的热情；这便可以诱动而占有任何一个男人的心。

我已经忘去了她的年岁，只记得她的住址，只记得她爱笑，爱穿和服，只记得我们相爱了两年；这中间，我们从不曾发生过什么不幸——甚至一次小的误会、小的口角。我们常说，我们两人只有一个灵魂，我们的爱情像天一样的高，像海一样的深，而且与天与海，永远同在。

"八一三"开始的时候，我还住在上海，不过，我停了自己所爱的工作，准备着充军。在我临行的前一天黄昏，我早睡了。突然，我的门被人拍响着；响的声音很大，好像被最紧急的事情所逼迫，不容许轻微。我开了门，又开了电灯；我看见来的人是清子。她的身上，换了西装；她的脸上，深藏着忧郁。她不说话，便抱住了我，使我感到奇异，不得不立刻问她："你这是为什么？"

她张大了眼睛，注视着我——好像注视着一个初识者，向记忆中，搜索着不忘的印象。

"你为什么还问我呢？难道你不知道中日已经发生了不幸吗？"

然后，她让我静听远处传来的清晰的炮声，一一给她的话以证明。同时，她仍在注视我，问："你怎么不高兴了？我说错话了吗？"

"'不幸'！哼，是谁造成的呢？不是中国吧？"

"也不是我吧？除去日本的军阀，日本人没有一个爱战争的。"

我不说话，她也沉默了。

这飞机不知是中国的，还是日本的，从高空中响过了。不久，我听见密集的高射炮声响起了，因此，我知道了中国的空军又在轰炸黄浦江上的日本军舰。我的心，激动了，我几乎不能再在屋内停留，最好握起枪来，去往战场。她开始疑心了，推动我的肩膀，在问我："你怎么生气了？我没有说话呀！"

我仍不回答，她却不再沉默了。她独自寂寞地说着："'八一三'前，你那样热情，'八一三'后，你这样冷酷，你知道吗？——我这次来看你是多么难，你看看，为了怕中国人发现我是日本人，我都不能穿我爱穿的和服，装作一个小鼠来看你，可是，你又变成一个大猫。大猫，你捉去我吧！"

她的话，虽像丝一般的柔软，却像钢条一般地缠紧了我的全身——被感动了。我想自己这样无情地待一个无辜者，不是罪恶吗？于是，我向她说："清子请你原谅我！因为我心里怀着仇恨——"

"对我吗？"

"不，在爱情中没有仇恨！"

她满意了。然而，她的脸上，并没有一丝的笑容；还是被忧郁所遮饰，而且，深入了她的心吧？不然，她的唇边，为什么由红而渐白？

在轰炸中，发出几声巨大的声响，震动了我房间的玻璃窗；她把头投入我的怀里，以颤抖的声音说："我怕呀……"

"不要怕，我们这不是在法租界吗？"

"不是的！"

"那你怕炸毁你们的军舰吗？"

她从我的身边跳起来，拍响着我的桌面。我看见她气愤，这还是第一次。

"你杀了我吧！"

我担心她的喊声，扰乱了邻家的寂静，我只好轻轻地告诉她："世界上，没有杀自己爱人的人。"

她安静了些，又坐近我的身边。不过，我们中间已经隔开了相当的距离，而且，她还说："世界上，如果没有杀自己爱人的人，也不该有讽刺、侮辱自己爱人的人。"

"我没有讽刺你，更没有侮辱你。"

"那你为什么说。'你怕炸毁你们的军舰吗？'"

"不然，你怕什么呢？"

"我怕我们中间将会发生什么不幸！"

"清子你不该有这种预感。"

"摆在我眼前的事实，不能不使我有这种预感！你还记得吧？你想想我们在以往的两年中，常常会面，哪一次会面像今天的晚间？"

随着，她又叹息了。因此，我坦白地向她解释，我为了仇恨日本的军人，对于日本领事馆的一个书记——像她，也许会引起反感。然而，这是不由自主的一种天性吧？

她被我的话激动了。她说："我为了安慰你，我应当辞去书记的职务。"

"那么，你的生活呢？"

这时候，她有些茫然了，仿佛是一只海轮迷失在航线以外。很久，她才说："我回国去，而且，我也愿意你跟我同去。"

"同志，现在一个中国人登上日本的海岸，不被打死，也被捕去。"

"你可以换一身和服，装日本人。"

我仿佛感觉自己的血液中，流入了一种毒汁，在毁灭我的一切。我终于忍不住地喊了："我有我的国籍，为什么装日本人？"

她低低地呼了我的名字以后："我是为了我们的爱情。"

"为了爱情谁肯甘心忍受侮辱！"

于是，她感觉是自己失言了，要求我宽恕她。我笑了——表示我给她以满意的答复。可是，她还嘱咐我："你不要记在心里。"

不过，我心里的确有些厌倦她了，希望她立刻从我眼前缩小，以至消失。

夜，渐深了，远处的炮声，已经停止；也许肉搏又在开始了。我附近的邻家都静了，只有街头的救亡歌声，还很响亮。

她看看我的脸色，又看看自己的手表，然后，要走了。我又拖住她的手——我愿再看一看她的眼睛。然而，这也是不由自主的一种天性吧？

"我后天，也许再来。"

"你再来的时候，我已经走了。"

"你往哪里去？"

我告诉她，我将从军去的时候，她的头低垂了，她的手颤抖了，她的眼角流下了泪水。我看见她哭，这也还是第一次。

我们都沉默着,可是,我们都积留着很多要说的话,不过,好像我们所会说的话,没有一句适宜在这时候说。

我呆呆地望着窗外;完全是黑暗。在我望见一粒微光的时候,又发觉那是流星。

她终于说话了:"你不能从军去!……你不要误会我,我是怕你牺牲了……你为什么起了这种念头呢?"

"我为了我的国家!"

这句话,好像给她做了一切的回答,使她不得不允许我,虽然她的心里,忍受着最大的沉痛。最后,她只是说:"你去吧,不要忘记我!"

"我感激你,我永远不忘记你!"

她去了。她走下楼梯,又转回了,在我的门外站住,为什么不进来?为什么也不说话?只是为了送回一片哭声吗?——是的。

在这一连,我是被补充而来的。经过一星期的战斗。我这一连又补充了一半新来的兵;这期间,我已经由兵士升为军士了。

连长的命令又来了,准备在夜间攻取北四川路的街头。

号令响后,由连长指挥出发了。到了我们最前哨的时候,我们全连分为三路,每路由连长领导伏在地上。又经过一刻的时间,连长与配合部队取得了联络,且指定了我们每路冲锋的路线。我们的排长命令我率着一班兵士担任冲锋的前哨。

天色黑沉着,这世界上,仿佛失去了一切的光明。远处、近处的炮声,交流在天空,耳边常常穿过着无去向的枪弹。我率着十几个兵士,沿着街边爬行;我们没有一丝的声响,比风吹过的羽毛还轻。我以全力张大着眼睛,向前方望去,终于望不见日军的所在——黑暗隔绝了一切。不过,我根据排长在地图上指示给我的记忆,我猜想日军距离我们最多也不过五十米了。

突然,机枪声响了。经验告诉我这是日军所发的。我们立刻停止爬行;在静听中,我知道了我们已经偷过了日军的前哨,仍未被发觉;被发觉的是我们排长所率的兵士,他们被日军前哨的机枪断绝着去路。因此,不久我们也被发觉了,机枪的子弹密集在我们的身边。这时候我们不得不跳起喊着杀声前进。

守着堡垒的,藏在街边的日军冲出来,冲散了我们。我已经找不出同伴的去向,只知道让自己迷茫地奔跑,前进。然而,我错了——最后,只余下我一人，身边完全是搜捕我的日军。于是，我不得不寻找自己从前所熟识的街路跑着——企图逃出这死境。结果我还是避入黑暗的门边。我尽可能地安定自己跳动的心，静听着，好像我在听取着世界上最轻微的音响。

远处的肉搏，正在激烈。近处搜捕我的日军传来了脚步声。我想立刻冲进门去，然而，门紧闭着。这时候，我的心情，非常单纯：准备好了枪与子弹。突然，我的背擦响了门壁，发出一丝微音；使我惊异地回转头来，发现是一块快要脱落的纸条以后，才安心了。顺便看了一下，我还能辨出那些模糊的字迹："海军部指定，公务员宅，禁军擅入。"于是，我立刻有了一种新的企图——从门上爬入院内。爬入了，我好像又复活了。

这院内，我很熟识，这透出灯光的窗子，我更熟识。然而，我已经记不起那熟识的过去；好像遇到了一个久别的朋友，忘去了他的姓名，甚至，一些过去的关系。有的门开了，从屋里流出来一片灯光和一个走出来的人——我立刻看出是清子。于是，我的行动不容我的思想再考虑一下，便跳进她的屋内。当时，她只见是一个中国的军人，并没有认出我来；她受惊了，叫起来了。我低沉的声音，制止着她说："清子！"

她听见我的话音的时候，仿佛失去了灵魂；手抖着，眼睛无感觉地望着我。她独自默默地说："我好像还在梦里。"

然后，她痛哭了，扑到我的怀里，用两手抚摸我的双颊："你还没忘了我吗？"

我告诉她，我并不是为了看她而来。我告诉她，我现在所遭遇的一切。她说："这是天定的机缘呀！"

这话，再打不动我的心，因为我在战斗中。我向她的屋内看了看，还像往日一样：窗上垂着白色的窗幔，瓶里插着白色的小花。我问她："你怎么还没搬家呢？"

"因为我想不到有今夜这样的战争。"

"如果你想到，也会不见我了。"

"如果我想到你来，就是在炮火下，我也要等你！"

一个人，为什么常常在动乱中失去了智慧呢？——我们都忘记关门。有她的一个邻人走来了，站在门外："清子小姐，你才受惊了吗？"

"没有……啊，我被猫吓了一下。"

"我们院里，从来也没有养过猫呀？"

"不知道从谁家来了一只野猫。"

她毕竟还是一个聪明人，然而，那个人临去的时候无意中向屋内望了一下，望见了我；他惊了。我的枪，已经瞄准他。清子忍受着难言的苦衷制止我说："不可以！他也是我的友人。"

"那么你要牺牲我吗？"

"请你相信我！"

我的枪口移换了方向以后，那个人立刻从袋里取出一支手枪，对准我，勇敢地走进来，勇敢地问我："你是谁？"

清子代替了我："你不要问他，你问我。"

这时候，那个人完全暴露了日本特有的一种蛮横的气质："你为什么收藏一个敌人？"

"因为我爱他！"

"你为什么爱一个敌人？"

"请你尊重我的自由，朋友！"

然后，她走近我的身边；仿佛有了一个准备。那个人冷笑了："清子现在我才知道，你叛了天皇，又叛了大和民族！"

于是，清子以敏捷的动作夺去了我的刺刀，刺中了那个人的喉咙。那个人也曾放了两枪，然而，空了。她证实他已经死了的时候，把刺刀又还给我。她锁了门，钥匙握在手里。

我刚要说几句感激她的话时候，我听见我们远处冲锋的号令响了；这声音，强迫我，不容我再在她的面前延长一刻。于是我说："清子我要走了。"

"什么？你要走了？……我呢？"

"你还留在这里，不会发生危险。"

"是的，我知道我不会发生危险，可是你呢？"

"我？我顾不到那些了！"

"在这可能顾到的时候，你为什么不顾到些呢？"

时间，已不容我再回答她，我也不愿再回答她——在她热情泛滥的时候。她却不断地说："我告诉你，外面随处都是日本的哨兵；你离开我，你就走进了坟墓。"

我仍沉默着。

"难道一个人不怕死吗？"

我气愤地喊了："不怕！"

"为什么？"

"我为了我的国家！"

这句话，好像又给她做了一切的回答。然而，她不允许给我钥匙开门。我说尽了一切的好话，也打不动她那像铁像石的心。

我们的号令更响了。我不得不向她捅了一刺刀。然而，这更是不由自主的一种天性吧？

她倒在地上，流着血；我流着泪，去取她手里的钥匙。她的手，仍紧握着，仿佛是失落在海洋中，紧握着救生带。这时候我想再捅她一刺刀，可是，不忍了；只有用牙齿咬伤她的手指，咬开她的拳头，从她手中取出钥匙。

我临去的时候，向她说："你恨我吧？你忘了我吧！"

"我感激你，我永远不忘记你！"

这曾是我给她的赠言，如今她又还给我。

《战地》1938年第1卷第5期

血的短曲之二

这是一个人所讲的故事

我与赵强士在行猎中,结下仇恨。在金山上,我曾向他开过猎枪;因此,瞎了他的左眼。此后,他随时都带着猎枪——并不是为了行猎,而是为了我;他想以一个弹粒换取我的生命。我呢,我也是一样,不惜以任何残酷的手段,把他逐出我的身边,让他永远离开这个世界。然而,在时光中不曾给我们一刻如愿的机会;只有使我们中间的仇恨,伴随我们的年岁生长。

有一次他为了自己必要的事情,将离远了我。他在临行前向我说:"我们有一天再见。"

"是的!"我的回答。

朋友很难找到,然而仇人容易相遇。

两年后,我与赵强士终于会见了;这是日军占领太原的时候,在山西新编的决死队的军中。

在他看见我的时候,他说:"很好,好极了!"

"是的!"我的回答。

他冷笑着,握住了我的衣袖:"那么,随我去吧?"

"去什么地方?"

"是你说?是我说呢?"

我从不曾在任何人的面前示弱,所以我告诉他:"你说吧!"

"那么你跟我走!"

于是,我随他去了。

我走在他的背后,他不住地回顾着我:难道怕我卑鄙地伤害了他吗?——不会的。因为他像我一样，从未怕过什么，而且，他腰间佩有刺刀。

　　天色，已经黄昏。路上的行人，更渐稀少了。很久才遇见一个逃难的农妇，她看见我们紧张的神情，迅速的步子，以为我们负有军中的勤务，所以立刻为我们让开路，使我们迅速地走过去。可是，她不经意中跌倒了，我的心中，感到些惭悔，赵强士比我也许还甚。他说："我们的仇恨要快些结束。"

　　"是的！"我的回答。

　　我们走近汾河边的时候，再遇不见一个人了。在这世界上，好像只有我们两人与两人的仇恨。

　　他站下了，问我："你说怎样吧？"

　　"还是你说呀！"

　　"我说我们两个人就在这河边，看谁能把谁抛进河里去。"

　　"好的！"我的回答。

　　于是，我们动起手来，经过半小时以后，我们仍然滚在岸边，没有一个人被投入河里去。结果，我们只是沾满一身沙泥，他的脚踢伤了我的脚腕，走起路来，好像成了一个跛行者。

　　他喘息着说："我们一同回去吧，以后再说，反正我们相处的日子很长，不是吗？"

　　"好的！"我的回答。

　　日军开始进攻临汾了。我们这队决死队还是第一次参加战争。

　　经过两次肉搏，日军终于败走了，而且，我们的部队立刻追击去了。只有伤兵仍留在原有的战地，等候着担架。我也躺在地上，不过我这次并没有受伤，只是因为那次在汾河边被赵强士伤了的脚腕，更肿了，不能行走。

　　天黑了，一切都在朦胧的夜色中。

　　救护队，渐渐地来了。在军中，不曾听见女人的声音，很久了。这次听见女救护员的声音，引我特别注意。我听见的最清晰的一句话是："喂，把他先抬到担架上来。"

　　"不，我没有受伤！"

　　从这话音中，我听出是赵强士说的。

　　"你没有受伤？"

　　"伤是伤了，只是伤了一个眼睛，不过，不要紧。"

"你既不要紧，怎么不跟追击的部队去呢？"

"因为我看不见路哇！"

"你伤了一个眼睛，不是还有一个眼睛吗？"

"还有一个眼睛？哼，那个眼睛，早就被我的仇人打瞎了！"

这时候，我的心难过了，悔恨自己不该用猎枪打瞎他的左眼；不然在追击的部队中，还多有一个战士。这时候，我感觉私仇溶解于国仇中了。于是，我摸索着，爬行着找到了赵强士，我说："朋友，我来了！"

他听见我的话的时候，他茫然了吧？很久，他才问我："你来复仇吗？"

"不，你忘记金山的一枪吧！"

他开始沉思了；在沉思中，叹息一声以后，他告诉我："那你也忘记汾河的一脚吧！"

然后，我们决定，不让救护队担回后方；他背起我，我指示着去路，追随追击的部队去了。

在路上，他突然站住，放下我，他问："我们走过这一段地方以后，你不会丢下我吗？——请你告诉我。"

"我丢下你，我也不能走呀！"

"真的吗？"

"朋友，请你相信我！"

"你如果医好了腿，你不会再想起我们过去的仇恨吗？"

"你呢？——如果你医好了眼睛的时候。"

"我愿意永远忘去我们过去的仇恨，甚至金山和汾河这两个名字。"

"是的！"我的回答。

然后，他继续背起我，我继续指示着去路。

《抗战文艺（汉口）》1938年第1卷第5期

血的短曲之三

一九三七年，"八一三"以后，我在上海读到了帮助中国人民抗日战争的《中苏互不侵犯条约》。不久，各地就显出了苏联援助中国抗战的气象。一九三八年，在汉口，我看到了苏联空军志愿队；并且，看到了武汉上空的帮助中国抗战的苏联无名英雄空战的胜利。

八月里，记不准是几号，反正是下午一点钟发出警报那天。为了看看光荣的空战，我没进防空洞，就躲在江堤的树底下。不一会儿，我听到轰轰声；想是敌机来了，但怎么来得这样快呢？等到飞机从头顶一过的时候，只是一架，在四五千尺高的天空，模模糊糊的，像苏联援助中国的战斗机：小型的，飞快的，类似疾风里的一片绿叶子。再等到高射炮打响以后，我才又肯定了它是敌机。我看得清清楚楚，高射炮的烟球，围住了它，在它刚刚上升的一刻，有个炮弹击中了它。它带着一股浓烟下沉，随着，掉下一个白球，变成一个白伞，慢慢下落，恰好，落在我的对面——长江那边的武昌。我看见一群人围上去，打起来。我的周围，人人拍手称快。有人还遗憾地说："怎么没把这个日本鬼子掉在江里呢！"

那时，我在编《战地》杂志。有一天，我收到从武昌投来的几首"歌谣"。作者是湖北省高等法院的文书，署名"不平"。这份作品和那天我所见的空战有关，但在事实上，却非常矛盾。我按他的通信处，给他写了封信。在信里，我提出"创作的真实性"的问题。他很快给我回了信，除了"人证物证俱在，何谓不真"以外，并以文艺青年的热情，要我回答他所提出的创作问题。我给他写了第二封信，关于"体验生活"和"认识生活"的问题，我一般地原则地回答了他。关于他着重提出的"表现生活"的文艺形式问题，我回答得比较多些。信的大意：第一，不论诗或散文、小说或报告等等，在形式上，一律平等，无所谓高低贵贱之分；如反之，则属于形式主义者的偏见之一。第二，大胆创作，不惧，也不羁于形式的"定义"，"内容决定形式"者，即内容创造形式之谓，或不妨"自我作古"之意，如否认之，则属于保守主义者的偏见之一。第三，如果内容不能脱离现实，那么形式不能脱离民族，不能脱离广大读者群众，倘创作者只管埋头"创作"，不管有无读者，有多少读者，人家有什么意见，如有之，则属于官僚主义者，或"孤芳自赏"者，"瞎创乱作"者。（可惜我那时还没读过"社会主义的现实主义保证在艺术创作方面有更多的可能来表现独创性，来选择各种各样的形式、风格和文体"的名言。）此外，我特别着重地问："可否将物证见示。"第二天，我收到他挂号寄来的一个纸卷。他的名字改了，发件地址也改了，并且，再三嘱咐我"绝对保守秘密"。我拆开一看，原来是法院的一份口供。为了尊重他的嘱咐，我一直保密到湖北解放的今天，凑成一篇四不像的"歌谣和口供"，以留纪念。（原文已失，仅就个人记忆补充，难免有所出入；加以模仿原文那种文绉绉的旧笔调，显然十分无味，尚希作者和读者指正。）

歌谣一：法院
新衙门，旧房屋，
清朝网，封建蛛；
多少人民哭，
多少人民有苦无处诉。

歌谣二：法官
官老爷，头顶秃，
脸光光，两撇胡；
问了一世案，
硬要耍混蛋。

歌谣三：司法警
黄衣裳，好威风，
见"犯人"，气冲冲；

贪了一辈子昧心钱，
当了一辈子狗帮凶。

歌谣四：文书
年轻人，好可怜，
进衙门，为吃饭；
跟着法官屁股转，
转到何时完？

歌谣五："犯人"
案子一，"犯人"六，
论情由，难忍受；
个个喊冤枉，
喊也喊不够。

歌谣六：案情
高射炮，眼睛瞎，
不打敌机，打自家。
你问为什么，
我说他妈拉巴。

法官：文书！笔墨纸张，准备齐全没有？
文书：准备齐全了。
法：写上，检查官缺。堂下，值班的！
司法警：有！
法：今天重审斗殴一案，当面对供，带所有"犯人"上堂。
司：回禀老爷，全部带到。
法：中学生王均信？
王：来了。
法：商人马川盛？

马：在这儿。

法：高射炮……司令？

司：回禀老爷，传票被卫戍司令部驳回。

法：关系重大，何故竟不出庭？岂有此理。排长刘成山？

刘：有。

法：班长赵喜国？

赵：有。

法：中国空军上士唐达？

唐：有。

法：苏联空军志愿队隋利……什么托夫，好长的名字，别嘴至极。苏联空军少校？

苏：（由翻译口译）是的。

法：本法官宣布，本案案情复杂，故而开庭重审。本官为官四十年，公正无私，敢称清官。尔等当面对质，据实招供，重者减罪，轻者免罪，均由本官做主，倘有混淆黑白、颠倒是非、避重就轻、瞒心昧己者，本官以法治罪，绝不宽贷。现在（拍了一下惊堂木），苏联空军少校，你先讲你起飞前后的情形。

苏：当天，警报前一刻钟，我就接到防空前哨的敌情报告。我负责指挥空战，立刻布置战斗：决定派出二十七架战斗机，在武汉外围，东南北三个方向搜索敌机，并展开截击。警报发出时，我们战斗机，已经起飞。我叫了我的射击手唐达上士，因为他年轻，也可以说还是个孩子，没有什么战斗经验。我对他说："注意敌机，勇敢射击，我希望你成为光荣的中国空军。万一发生危机，孩子你不要怕，有我帮助你，尽一切可能帮助你。一句话，我愿和我的中国战友同生死。"他说："我相信你，我听你话。"随后，我们上了飞机起飞。我把飞机渐渐地升到五千尺以上，往我所布置的战斗方向，检查工作。

法：唐达，他讲的话对不对，是否如此情形？

唐：难道苏联朋友还会撒谎吗？

法：（拍惊堂木）法院重地，岂敢玩忽！

唐：请你尊重国家空军。

法：王子犯法，与民同罪。

唐：我抗战军人，忠心耿耿，出生入死；你说，我犯的什么法？若犯，就是犯的日本法！

法：住口！那个做买卖的呢？

司：马川盛怕什么，怎么一个劲儿地往后躲？没进过衙门口？男子汉大丈夫，敢做敢当，往前站。那是老爷，不是老虎，你哆嗦个什么劲儿？往前站！

马：我马川盛，老爷开恩，怎么罚，我怎么领。

法：我不是给你写判决书，是问你当时躲警报的情形，何必惧怕，有本官做主。

马：那天，我老婆生孩子刚三天，孩子有病……

法：不是问你家事，是问你躲警报的情形。

马：是是。我上街给孩子买药；药还没买到手，警报就来了。吓的我，没地方藏，没地方躲；好容易跑到江边，碰着一个防空洞，可是人又挤满了，没法子，我就站在门外边。

法：停！王均信讲。

王：那天，我的同学们都在街上进行宣传。我们这个小组，被派到江边，老百姓越聚越多；等警报来时，我们许多人，都没找到防空洞，就躲在树底下。我趁着这个时候，又开始宣传……

法：可谓爱国青年。

王：不仅我一个人，我们所有的同学，也都是一样，热心于宣传工作。除了汉奸、走狗、亡国论者，我们所有不愿做奴隶的人们，都会热心于宣传工作，就像我们宣传的《论持久战》中所说："如此伟大的民族革命战争，没有普遍与深入的政治动员，是不能胜利的。"

法：《论持久战》不是毛泽东作的吗？

王：正是。

法：文书，删掉"可谓爱国青年"一句。赵喜国，你讲吧！

赵：俺没做亏心事，不怕半夜鬼叫门，讲就讲吧。那天，俺们排操练一早晨，累得俺一头大汗。法官，你若不信，你就问问俺排长。吃过早饭，俺领着俺那个班擦炮筒子，洗炮架子。法官，你若不信，你就问问俺排长。俺们把炮洗得干干净净，擦得贼亮贼亮，法官，就像你这个脑瓜壳似的。你若不信，你问问俺排长。

法：废话连篇！

赵：俺本来不会讲话，就会放炮么！

法：（拍惊堂木）住口！

赵：你别拍桌子，吓耗子……

司：老爷让你住口，你就住口。这不是你家，这是大堂！

赵：你在一边搭的什么茬，瞪的什么眼珠子，帮的什么凶！

法：（连拍惊堂木）刘成山，你讲！

刘：我排当天情况，就是赵喜国讲的那样。我再补充一句，警报到紧急警报这个时候，我们完成作战的准备，就是射击的准备。

法：苏联空军少校，你讲讲中弹前后的情形。

苏：我检查过东面北面以后，又往南面检查战斗的布置。当我们经过武汉市空的时候，我突然发现高射炮火。我的直感，以为敌机侵入。因此，我开始搜寻，准备指挥迎击。搜寻的结果，并没发现敌机。可是，高射炮火，更加猛烈，而且都在集中射击我机。我们被炮火包围了。当时的情况，不容我再考虑什么问题，我只有脱逃危险，突围上升。可是，我上升还不到五百尺的时候，就中了一弹。我已经准备牺牲自己，让我的小战友逃命。于是，我仍一边极力上升，一边叫过我的中国小战友："你勇敢地跳伞，赶快！"不能怪他，每个空军，对于第一次实际跳伞，难免有所惊慌疑虑。而且，我们的飞机，已经逐渐失掉效能、失掉平衡，面临最后的危险了。此刻，不容我再有丝毫的考虑，决定带着我的中国小战友尝试冒险。我让他手抱住我的腰，他脚盘住我的腿；我俩就像中国南方榕树干似的缠在一块儿，像两股钢丝似的拧在一起，像一对马戏团的绝技表演者，抱得紧紧的下了场。我如同一块大石头，又带着一块石头，从飞机上跌下来，约以一分钟三十里的速度跌下来；一阵寒冷，一阵眼花，我却清醒地拉开降落伞的锁，抖开伞，我的背上开了那朵大白花。这时候，我们约以一分钟一千三百尺的速度下降着；我感谢中国没有风的天气，那么好；感谢我的战友，年岁那么小，人那么轻；我感到冒险而后成功的喜悦，感到突然而来的悠闲。我看了看，我的小战友，紧紧地贴在我的身上，紧紧地闭着两只眼睛，好像早已睡着了。

但是……

法：不愧英雄豪杰！文书，这句话，不必记。（对苏）你等等再讲。唐达，讲！

唐：我没什么可讲的。

法：何故？讲！

唐：我一直是昏昏沉沉的，有什么讲的？一定要我讲，我只有一句话：我一辈子忘不了苏联的空军战友，对中国人民的忠诚和英勇，对我的忠诚和英勇！

法：那个做买卖的呢？

司：马川盛怕什么，怎么老往后躲？没进过衙门口？他妈的！敢做敢当，往前站。这是法庭，不是法场，你哆嗦个什么劲儿？往前站！

马：我马川盛，老爷开恩，怎么罚，我怎么领。

法：有本官做主，你讲吧！

马：听见飞机声音，可是看见飞机不像日本鬼子的，没有那块红膏药。

法：是你看见的吗？

马：这……不是……我看见的，是我听人家说的。不大的工夫，听见高射炮响，看见把飞机打出烟来，掉下一个白球球……

法：是你看见的吗？

马：这……不是……我看见的，是我听人家说的……

法：胆小已极，混蛋已极！文书不必记！王均信，你讲。

王：我一看飞机，像是中国飞机，不像敌机。

法：是你看见的吗？

王：是我看见的，是像中国飞机。可是，响起高射炮以后，不知为什么，就说是"敌机"，还说"敌人"跳伞了。

法：是你说的吗？

王：是我说的。

法：赵喜国，讲！注意，不准冒犯堂规！

赵：俺不过是一条蓝线，两个星，一个小班长还敢冒犯堂规？俺是个乡下的大老粗，抗战俺才当兵，说话不文明，你听起来不顺耳。俺不是老王卖瓜，自卖自夸；俺是灶王爷上天，有一句说一句。

法：赵喜国，言多语杂。

赵：俺言归正传。俺一听见飞机的声音，俺从望远镜里一看，是咱自己的飞机。

法：你看得清吗？没错吗？

赵：俺看得清，看得明，是咱自己的飞机。

法：是你说的吗？

赵：不是俺说的，还是你说的？

法：不会改口吗？

赵：大丈夫一言出口，驷马难追；就是刀子按在俺脖子上，也不能改嘴！

法：既然看清是自己的飞机，那为何开炮射击呢？

赵：俺也是说，为什么开炮打咱自己的飞机呢！

法：我在问你！

赵：俺在问俺的排长呢！

刘：你问我干啥？

赵：俺不问你问谁呀？

刘：不许你问！

赵：俺要问！

法：（乱拍惊堂木）肃静！苏联空军少校，你讲你落地前后情形。时间太久了，也快水落石出了，你摘要地讲，讲吧！

苏：是的。当我们将要着地的时候，我发现下面是滚滚的长江。绝望吗？没有！我准备落水之前，设法解脱降落伞，然后，我带着我的中国小战友游泳渡江。意外的，一阵小风，把我送到陆地。我唤醒我的中国小战友，我俩无言无语，若呆若痴。在我俩突然狂热拥抱的时候，意外的，拥来一伙子人，把我俩揍了一顿。

法：打你们的，有这个马川盛吗？

苏：有。

法：有这个王均信吗？

苏：有。但是，我不怪他们。我听到大家喊着："打意大利人！""打德国人！""打日本人！"他们误会我不是"德国人"就是"意大利人"，误会我的中国小战友就是"日本人"。

法：高才，难得"误会"二字。

苏：最后，我们都被送到法院。

法：高才，难得"误会"二字。唐达，"误会"二字的用法，你同意吗？

唐：我完全同意。

法：你不冤吗？

唐：你怎么这么麻烦呢！

法：高才，难得"误会"二字。那个做买卖的呢？

司：马川盛还怕什么，怎么还往后躲？没进过衙门口？他妈的敢做敢当，往前站。这是"误会"，不是"有意"，你还哆嗦个什么劲儿？往前站！

马：我马川盛，老爷开恩，怎么罚，我怎么领。

法：苏联空军少校，已经用了"误会"二字，你何必还怕，讲。

马：我是跑过去看热闹的。

法：你是否动手？

马：动是动手了，恐怕也没打着，就是打着一下两下，也打不痛。老爷，你看我身板多软弱啊。

王：你打了，承认就得了。真急死人。

法：你打没打呢？

王：我打了！

法：为何无故伤人？

王：为什么，苏联少校不是已经说过了吗？

法：读书人，应该明礼，打人是犯罪的，你知道吗？

王：知道，我是犯罪的，特别是打了援助中国抗战的苏联朋友，我是有罪的。现在，我先向苏联朋友和这位空军青年赔礼。

法：赵喜国！

赵：有！俺还讲啥呢？俺一讲，又要和排长吵嘴！

法：你继续讲！

赵：俺也不懂得，为什么开炮打咱自己的飞机呢！

刘：不是你开的第一炮吗？

赵：开是俺开的，俺不愿意打咱自己的飞机，俺没瞄准啊！

法：第一炮是你放的？

赵：是俺放的。

法：为何放炮射击自己飞机？

赵：俺说："是自己飞机！"人家说："军人以服从为天职，服从命令！"俺没法子，就瞎放了一炮，也不知道打到哪国去了。

　　法：谁给你下的命令？

　　赵：你问俺排长么，就是他呗！

　　法：刘成山，你据实招供，为何竟敢下这大逆无道的命令？

　　刘：不是我下的，是我连长下的！

　　法：你们连长，为何竟敢下这样大逆无道的命令？

　　刘：赵班长这样质问我，我这样质问连长，连长这样质问团长，团长这样质问指挥部，就是一句话："军人以服从为天职，服从命令！"

　　众人：这是汉奸命令，汉奸命令，汉奸命令！

　　法：（乱拍惊堂木）肃静！肃静！现在宣布闭庭。文书，把"汉奸命令改为误会命令"，难得"误会"二字。

　　文：你虽难得"误会"二字，我却不能"误改"二字。

《少年先锋》1938年第11期

血的短曲之四（存目）

血的短曲之五（存目）

血的短曲之七

这是一个人所讲的故事

"如果有人要跟从我，就当舍己，背起他的十字架，来跟从我。"

因此，有过无数的人，像耶稣一样地被钉死在十字架上；美国妇人特茹丁格（E·Trudinger）便是其中之一。

我在山西军中的时候，有一次夜行军，从马上坠落下来，跌伤左脚，伤得很重，急于就医。但是，军中既缺乏医药，随军更不便治疗；军医院还在很远的后方。这时候，恰好有一位从纽约来的美国随军新闻记者，为了我的伤痕，特意给我介绍一位朋友；这位朋友，就是美国妇人特茹丁格。

他说，她是住在附近一个城市教堂的传教者。他说，她爱中国，更爱中国人，旅居中国已有三十多年；她不忍离开中国和中国人，宁愿把自己的坟墓长埋中国地下。他说，她必然庆幸与我的相识，把我的伤痕托给一位最有把握的医生。他说，她不但是耶稣虔诚的信徒，也将是你忠实的朋友！

是的，特茹丁格是像那新闻记者所说的一样，在我见她以后，便深深地感到了。

我去的时候，恰是这城市被日本飞机炸得最残酷的第二天早晨；特茹丁格正在教堂，给昨天被炸死的受难者祈祷。她为了我这陌生者初次的拜访，不得不含着泪水走出教堂，接待我在她那简单而清洁的卧室中。她一见我憔悴的脸色和落满战场灰尘的破碎的军装，仿佛替我分尝了人类一种灾害的不幸；她眼中久蓄的泪水，禁不住地流落下来。于是，她抱住我，吻了一下我十几天来不曾洗过的前额。她独自默默地说："'你务要至死忠心，我就赐给你那生命的冠冕。'"

然后，她给我一杯茶，要我休息一时；她跪在墙角悬挂着的圣像前，继续完成在教堂还未完成的祈祷！

"——主哇，昨天日本飞机炸死八百多无辜的中国人！——主哇，你把他们的灵魂引到天堂去吧！……"

她已经是五十多岁的老人，她的头发白了，脸上，被皱纹割裂了青春的美丽。她的心，是圣洁的，温暖的；她的温暖，温暖着人类每个不幸者。

"恶人的道路，却必灭亡。"这是她祈祷的终结。

然后，她以自己医学的知识，要先为我检验一下伤痕。她在检验之前，先洗了手；她用那戴有一个黑石戒指的纯洁的手，给我解开裹腿，脱下袜子，抚摸我这带有臭味的左脚。突然，她的手指给自己一种感觉，使她惊了。她惋惜地，直是求上帝宽恕地说："我不该耽搁你的时间，请你原谅我！"

"不要紧。"

"不，你伤了骨头，赶快要找医生去！"

然而，在她领我就医的时候，警报的声音，又来了。那位美国年轻的女医生，停止给我诊察。她对我说："现在是警报的时候，我们这里是医院，是慈善机关，请你暂时走开吧！"

"慈善""走开"，这是不合"文法"的字句；我气愤极了。我如果是一个教师，不该给她一次小小的教训吗？可是特茹丁格劝阻我，和平地问她："为什么？"

"因为他是军人。"

"军人又怎样呢？"

"军人是危险的，在警报的时候，也许给我们医院引起什么不幸。"

最后，她表示不容我有一刹那的停留。如果她以一个美国医生的身份，可以把我从这开设在中国土地上的医院迫到院外，难道我以一个中国人的资格，不可以把她从中国的土地上逐到境外吗？如果世界上还有正义的剑，能不染她的血吗？我为了人类的这种不平，不惜动武，甚至牺牲。可是特茹丁格仍是劝阻我，她说："'凡动刀的，必死于刀下。'"

我为了使她安心，我忍受着心的苦痛，伤痕的苦痛，悄悄地走了。临走的时候，我忠告她留在医院，免得随我在警报中辛劳；并且，那年轻的女医生也好意地对她说："你不必走，可以在我们医院暂避一下。"

然而，她拒绝了，她一边用手在胸前画着十字架，一边注视我而回答着那年轻的女医生说："'爱上帝的，也当爱弟兄，这是我们从上帝所受的命令。'"

她终于为了爱护我，随我走了。

在我想来，我生到现在，还是第一次接受人类的爱，她所给予我的温暖，使我走在这冬天的街上并不感觉北方的冬天，是寒冷的，真的，在身边有她，便没有了冬天。一声紧急警报响过了，我们还在路的中途。这时候，城市仿佛死了，静得如同荒野一样；除去少数防空人员，这往日繁荣街头，再不见行人的影子。不久，可以听见从遥远天边飞来的日本飞机声。我劝她随便拣一街边，或是高楼的下面，躲避片刻。她不听，她凭着自己的信念，继续前行，无所畏惧。她向我说："你安心，上帝在你的身边！"

但是，后来，我们被防空人员阻止了，不许前行一步。这时候，她不得不把我送到街的这边———一家石门的下面；而她为了探望广阔的天空，走到街的那边，她开始祈祷："……主哇，你保佑这个城市吧，你保佑你这城市的儿女吧！……这城市已经被炸过五十多次了，被炸死的人，已经不止几千！……主哇……"

飞机的声音近了，残酷轰炸的声音，就要爆发。可是，她站立不动，镇静得像常时在平安的早晨一样地祈祷。

对于她，的确可以说，"妇人，你的信心是大的；照你所要的，给你成全了吧。"

然而，日本飞机不惜冒犯圣灵，开始轰炸了。中国几百年来所建设的城市，已经被炸得残缺；再经过这次轰炸，更炸得遗迹无存。一望无边的火焰，遮满这城市的上面，渐渐地高起，接近了天空。炸弹的爆炸声，仿佛要把整个地球炸得粉碎。

我正怀念特茹丁格的时候，有一颗炸弹响在附近，我被震昏。我醒来以后，警报已经解除，我被救护人员抬入医院。我问起特茹丁格的时候，无人知道她的所在；我想，她被炸死了。可是他们说，我所在的附近，没有炸死一个人，我心安了。

不过，我走到教堂并没有找到特茹丁格。我立刻又走到她站立的地方。这地方，被炸成一个深深的大坑。是的，不像有人被炸死在这坑下，因为找不到可怕的血迹。

最后，我在坑底只找到几只零碎的手指，其中有一只戴着黑石的戒指；这手指，仍是温暖的，仍是温暖着我的血流。

"因此，我要在外邦称赞你，歌颂你的名字。"

——美国妇人特茹丁格。

《文艺阵地》1939年第3卷第7期

血的短曲之八

这是一个人所讲的故事

她给我留下的一种感觉，是这样的。

温暖的不是异邦如意的床，而是祖国冰冷的地，死在后者的地上，比睡在前者的床上温暖。

我与她的结识，是这样的。

有一次，我们在山地击败日军以后，向附近的房屋、树林，以及一切可以隐藏敌人的地方，开始搜索行进。大约四五里以外，在一处年代久远的院墙内，我们发现了敌人。我们要求他们避免彼此流血，他们缴械以后，与我们同行；而且，我们特意说明，我们并不想用别人的生命而换得自己的光荣。但他们回答我们的，是枪弹，而无一句言语。因此，一刹那间，这小的战争便开始了。一点钟的时间，我们就得到结束；我们冲入院内，立刻恢复了往日和平时代所有的安宁。在这被血染过的院内，还有一切战争不可避免的悲惨景色；他们死的，安静地躺在地上，伤的，呻吟在自己寻找的痛苦中，活着的，送出自己的枪和弹，然后垂下头和手，好像自知已经接受了俘虏的命运。她便是其中的一个——唯一的一个女的。

不过，她没有使用过枪和弹，甚至一件小小的武器，她曾是一个无辜者，受难者。

她的年龄，很幼小，最多不过十六七岁。她的身体，很瘦弱，瘦弱得使人感觉她的生命难有几年的长久；好像初春的嫩苗，被暴风雨摧残过，在世界上难有长久的勾留了。她的脸型，她的脸色，就是她生来的不幸命运的记号。这不仅可以看出她是朝鲜人，而且可以证明她是日军之中的妓女。关于这，在我们问起她的时候，她哭了，表示默认了。

她的哭声，充塞在这阴惨的天空的下层，这秋风吹不尽荒草，落叶的院中，一声一声地传入我们的耳里的时候，使我们更感到了人类爱和憎的距离，同情和仇恨的所在。因此，我们从俘房中把她引到一间空房里，由我负责。

我看她似乎疲倦极了，我用稻草给她铺成一个小床，要她休息一时，准备不久以后遭受长途的辛苦。她扬起眼睛，轻轻地看了我一下，她说："不！"

"你不疲倦吗？"

"不！"

她给我的回答，好像永远只有一个"不"字。于是，我故意问她一句："你痛苦吗？"

她默然了。她用手抚摸自己的胸脯，来抚摸着自己的痛苦。

"那么，你不快乐吗？"

"我生来就不知道一个人还有快乐；也许有，可不是我的，不是朝鲜人的！"

这时候，她刚刚停止的哭声，又开始了，更大了。仿佛她只有一个简单的感觉，表示感觉的，就是她的哭声；仿佛她的幸福，一被人用不幸换去，结果她自己余下的和加多的，都是哭声。

当我们归队的时候，我向她说："不要哭了，走吧。"

"走到什么地方去？"

"领你到快乐的地方去。"

"你别骗我！"

"我没有骗你。"

"什么？没有骗我？哼，世界上没有一处快乐的地方，是我的，是朝鲜人的！我知道，你别骗我！"

她说着，呜咽着，勉强地随着走了。

走了不久，我们走上一条崎岖而难行的小山路。这小山路，爬过无数的山头、河流和稀有的而且荒废了的矿场、田野，爬向一望不尽的遥遥的远方，我们身边所望见的，不过是高空低落到山头的一片阴暗的云层。此外，便是被风吹起，吹到云层以外的尘土的黄烟。这云和烟相混的宇宙，不见一间房屋，一棵老树，甚至一个小生命的动物一刹那的寄居，或行旅，好像荒凉而寂寞的太古的时代一样。我们行进其间，的确感到孤独，而且渺小。

我们的队伍和俘房走在前面，我和她跟随在最后边，背上背着太阳西落的余火，走向这余火所照耀的地方去。

突然，她停下了，仿佛被身边恐怖的景象引起的一种疑虑，而觉得迷茫和踌躇。她一边望着身外，一边问我：

"告诉我，我们走的是什么方向？"

我用手引她转过头来，指了一下残缺以后的太阳。她又问："那是西边吗？"

"是的。"

"那我们去的是东边了！"

于是，她不走了。她为了一种欲望，一种梦想的追求，她的脸色，沉入失常的神情中。这神情，是超过痛苦以上的。因此，我对她安慰，劝说继续行进，免得和队伍的距离隔开太远。但是，她说："不！"

"为什么？"

"不，不为什么！"

我为了避免她妄想的痛苦——幸福，我用枪迫她随我走了。

然而，她用仇恨的眼睛向我表示，她随我走并不是幸福的，好像我引她走了和幸福相反的路子。她终于又站住了，而且，由于她的一种决心，使我的枪也失去了尊严。

她向我声明："我一步也不走了！"

我被她引起的一种茫然，是不可以解释的，于是，我强迫她说明停止的理由；但她只是自语着："越走越远了！"

"怎么越走越远了？"

"当然越走越远了！"

我指了一下我们要去的方向，我问她："难道那边你不愿意去吗？"

她点头，承认了。我又问她："你愿意往哪边去？"

她为我指着与我所指的相反的方向。我气愤了，我无情地责问她："你想往敌人那边去吗？"

于是，她好像受了欺辱一样，立刻又哭了，哭着向我说："先生，我告诉你，我的家住在那边，就在那太阳下。"

这时候，她仿佛更记起了而且渴望着她的祖国、故乡、家庭，人类圣洁的感情依托的所在；她痛苦得打起自己的头来，不惜打到粉碎。

是的，一切已失的比现有的亲切，不仅是祖国，就是短短的难忘的记忆，也常有恋恋的时候；当被泛滥了的感情所磨难的那一刻，是有着一种不可抑止的想念的——虽然也知道是空虚而痛苦的。即使我安慰她，这安慰也是易于引起反感的；所以我故意地顺从了她。我向她说："那么你去你要去的地方吧！"

"你让我去吗？"

"让的。"

于是，她转了相反的方向，望着太阳所在的地方去了。

我站在小山路的当中，注视她的背影由迅速而变慢，渐渐地终于停止了。她去时的勇气，从她垂落了的松软的两手，已经消沉下去；从颤抖着的松软的两脚，拾得一个永远难忘的失望而已。不过，她不肯回来，仍在失望之中寻找着希望。在她停留的时候，她散垂着的长发，被风吹乱了，一时飘起，一时飘落，飘得无所依依，尤其是她仅有的一件类似西装的衫子，像她的体质一样，几乎再经不起一阵暴风的吹打。她在风中，孤独得仿佛人类再无一个她的亲人了。

我走到她的身边，要她转向归路去，她叫起来了："我不回去，死也不回去！"

"那你就站在这里吗？"

"也许！"

"永远站下去吗？"

"也许！"

于是，我故意地说："那你一个人站在这里吧，我去了。"

然后，我很自然地走开了。走了不久，我便听见她的哭声追随在我身后了。我停下，等她到来的时候，我问她："你怎么又回来了？"

"回不去……也只有回来……"

"那我们走吧。"

"不，你告诉我，我什么时候可以回去？"

"快了。"

"快了？只我一个人回去吗？"

"不，所有的朝鲜人——愿意回去的。"

在我们归队以后，我把她移交另一负责人。她与我告别的时候，给我一个淡淡的微笑，笑得那样勉强，好像她生来第一次的尝试。

《中学生》1939年第3期

血的短曲之九

这是一个人讲的故事

这城的旗杆，失去了祖国的旗子，我……我失去了一切的自由。

这时候，天空是蓝的，蓝得没有一块异色的云片。地面是绿的，绿中匿藏着稀稀蒲公英的黄斑。这之间，仿佛空阔得一无所有，幽静就是一切。或者偶然一听，听见鸟的不熟练的歌唱，山刚刚穿了新衣的骚音和河又开始急行的流声。这仿佛就是说，它们都从自然取得了自己所要的，所爱好的；可是人们呢？

这蓝和绿单纯的两色之间，一切诞生和灭亡的所在，是如何的高遥而广阔。近处，远方，甚至蓝和绿相交的一线外，同给人以郁恋，以向往的神秘的梦想。宇宙的青春之美，是多么诱人而迷惑的呀。有画家，诗人和旅行者吗？来吧，随便用色调描画，用声音讴歌，还是用眼睛鉴赏，只要不辜负这伟大的新生而留以记录，便将与之同化而同在呀。

这季节，人们叫它春天。是的，春天是美丽的，一切美丽的母亲。

然而，我被押于黑暗的囚室中。门上有铁锁，窗上有铁栏；我呢，我有梦和想，寂寞和仇恨。结果我有欢快，我的欢快是悄悄地攀住窗上的铁栏，把视线投于窗外。即使是一刹那，我便满足了。我好像骑了一匹野马，放松着缰绳，且加以野性的鞭打，于是，我自由了，我不惜把自己的命运交予马蹄，任随奔驰。或者长途会使我感到疲倦，那么，让轻飘而柔暖的小风，吹一吹我这类似马尾的长发吧；我相信，稍稍的一待，便舒适而又兴奋了。如果我渴了的时候呢？我可以去吻朝霞之下的露珠，还有被夕阳映成胭脂一般的溪水。前者的结晶，可以比于圣液，后者的鲜艳，直是少女的嘴唇。只要一吻，一吻便消解了一切的欲望。有乐趣而无忧伤，我永远幸福的时候。可是，我一从窗外收回视线以后，我还有什么呢？我只能说，我还有空虚；此外，或者有窗外燕子的嘲笑和门外看守的辱骂而已。

因为我窗外住了两只燕子。黎明的时候，它们自由地飞出。黄昏的时候，它们又自由地飞回。总之，它们仿佛有意地挑拨我对于自由的渴望。尤其是每当我"空虚"以后，它们常常自由地飞在我的窗前，显示着带有骄傲意味的翅膀；仿佛是几片落叶，随风飘来飘去着，飘去飘落着。甚至，它们有时不飞入巢子，而在我的窗阶上休息。此刻，它们不住地望着我。可是它们的小眼睛，有着多少嘲弄的光芒啊。这好像给我表示，只有它们的一类仍然保持着天赋的不可侵犯的自由。

因为看守几乎全是恶毒的暴徒，尤其是我们说的这一个。他想钱，想女人，想在别人的不幸中间，找到自己的幸福。比方，他公开剥削犯人买食品的钱，而且窃取少许的食品，引诱女犯歌唱。比方，他对于犯人，常常无理打骂，他为了一件小事，不惜断送一个人的生命。虽然，他爱猫，爱鸟，爱许多的小生物，但这也不过是玩弄中的一种享乐和摧残哪。依我看，可以说他是主人的狗，自由的魔王。

这就是我对于燕子和看守的仇恨的由来。我曾几次想打死它们和他，但终于不像打死一个老鼠那么容易。因为，我找不到手枪，甚至一件小武器。这样，只有让他和它们一样的生活下去；而使自己加多着仇恨吧。不过有时我又想，难道不可以捣毁它们的巢子加以驱逐吗？世界是大的，何处还不是它们的新址呢。对于他，除去容忍，我能有什么法子呢？

于是，我趁着他睡了，它们也睡了的时候，悄然地爬起来，紧紧地靠近墙壁，扬起头来，向那窗口尽量地呼吸几口自由的空气。然后，我攀住窗上的铁栏，想捣碎那个巢子。可是，这时窗外的景色，诱住我。我可以看见一块天上的异色的云和月亮。有一丝微明的月光，照在我的脸上。我幸福了，光明并未忘我在黑暗中。我还可以看见一段高墙的墙顶和那一块小得可怜的空间。墙外是什么地方？是住宅？是广场？是失了自由的人群的家？我不知道。好像墙的那边，有一只手伸向空间，向我打一下招呼，这时我又重新感到母怀的温暖。因此，我要跳过墙去。但当我一感到铁栏的坚硬时，便完全绝望了。这以后，我突然记起了自己原有的企图。于是，我握紧一个拳头，撞了一下燕巢。被撞的并没有坏，我的手却伤了。而且燕惊了，拍了几下翅膀，把一些小土块打到我的脸上，然后飞走了。如果说看守敏感，那么他们的耳，最是敏感的。我所仇恨的那个看守，自然也是同样的，他在睡中的耳孔也不放过一丝轻微的声音；所以他醒了。他一边骂着，一边走近我的门来。我立即躺下了，装作睡身一样。可是他走至我的门边，问我："是你吧？"

我用手揉开了眼睛，挺了一下腰臂，装作初醒的态度。我问："什么？"

"别他妈装着玩啦！"

"我什么都不知道！是真的！"

"我听见的，是在你这里！"

我不但难于脱逃，而且已经临近了不幸。他取来一根木棒以后，开了我的铁门，我镇静着，检视着室内的每处，这意思是，我将要代替什么东西受难呢？当我故意从窗阶下捡起一些小土块的时候，指给他看我窗外的燕巢："不是我，是燕子。"

我固然为了解脱自己的不幸，同时，也希望他因此驱逐了那两个讨厌的小东西，以达到我的目的之一。

然而我不但失望了，而且他成了它们的保护人，因为他是爱小生物的。他每天常常站在我的窗下，挥动着它们，摇着手，希望它们飞入他的怀中。每次当他初来和临去的时候，总是向地上丢下一把食虫。久了，它们认识了他。不然它们每次见他怎么都是摆头表示着敬意呢？是的，它们是他的朋友了。于是，我厌恨它们，也许比厌恨它们的朋友更甚。

有一天，我看见他正值班，一边把一根长杆和一个小网套连在一起，于是，我想到他朋友的末运了。可是，在他初试的时候，却失败了。不管他在地下丢了多少食虫，他的朋友，一见他的网套，连巢都不出了。随便他怎样施展着小聪明，也不过换得它们几下探望而已；而且，这探望好像表示："朋友，我们的翅膀是爱自由的！"

很久了。他耐不住地登了梯子，用网袋接近着他朋友的窗处。突然，它们就从网边飞走了。

从此，它们和朋友绝交了。每天早早地飞出，很累地飞回；中间也许在我的窗前，几次打着旋子，用以看守或是探望自己的家。不过，它们的朋友，却不曾忘记它们。他常常准备网子，等候它们。

以我看他们难再恢复往日友情了。因为即使他聪明，但它们也不愚蠢。这样，对于我倒是一种便宜；他们之间的纠葛，使我得到相当安逸的时间，在这机会里，我可以用眼睛往窗外寻找我的自由，我的理想。

又有一天，那个看守站在我的窗前，为了他朋友的归来而等候着，等候着。久了，他不耐烦了，唤了我。他问："燕子每天什么时候回来？"

"快了。"

"快了。……究竟是什么时候呀？"

我为了报答他那无理的蛮横，想说："你去了以后。"

这也是事实。可是，我不能说。结果，只有随便敷衍他一句："也许还要一点钟。"

"飞回来的时候，你告诉我。你记住，不要忘啦。若是忘啦……哼……你自己想吧！"

他这是说我忘了的时候，是免不了被痛打的。因此，我故意问他："如果我不忘的时候呢？"

"那你就是我的好朋友。我抓住燕子的时候，还要重重谢你呢！"

他向我笑着去了。这是我第一次看见他的笑，而且是笑给我的。这时候，我想到用仇者的手，消灭另一个仇者，是值得的。所以我开始替他守候那两个燕子。但我并未忘记自己对他所有的仇恨。等待一久，我自然也厌倦了，不得不沿着室内的四边踱起来。这样自由的行走，原是禁律之一，可是他这次看见的时候，并不再制止我，且仍以笑脸望着我，不住地问："还没飞回来吗？"

黄昏以后，那一对将要受难的小动物飞来了。它们沿着我的窗子绕了几圈，便飞入巢穴，准备安眠，而我却喊着："飞来了！"

他听了我的话，一边感谢我，一边跑出去。可是他刚刚伸出木杆的网套，那两个燕子又都惊飞了。我看见它们在黄昏里拍着模糊的翅膀，一直飞向遥远的天边去。

虽然他又失望了，但仍笑着问我："你想想还有什么更好的法子呢？"

"让我想想看……"

直到夜深，那两个被惊飞的经过几次的试探以后又飞来了。这时候，我已经备好了一种捕捉的方法。为了免去用手拖住窗上的铁栏，便把马桶移至窗下。登上去以后，我就从黑暗中悄悄地伸出手来，堵住一个燕巢的小口，于是捉住了一个，而另一个却从另一侧巢口飞走了。它飞往哪边去，我都不曾看见。因为我手中的一个，还不住地挣扎，它好像要咬伤我的手指，立刻追它的同伴去。可是我握紧了它的头，它所能够的，也不过让翅膀用力地打着我的手。或者，我手稍一松懈时，它还有几丝轻轻的叫声。

"又是他妈的……谁又闹事？"

我最厌恨的那个看守被惊醒了，他骂着跑过来。在我答应了一声以后，他用一种原谅我的声音问："你还不睡呢？"

"我给你捉燕子嘛！"

"捉住了吗？"

"你看吧！"我把代我受难的小东西交给了他。

"你才真是我的好朋友！"

于是，他在可能的范围内，给了我少许的自由。允许我随便地唱几声，踱慢步，随便登上马桶探望窗外。并且有时候，给我送来一些廉价的食物，有时候，也用一些好听的言语安慰我，所以我的同伴们都说我是囚徒的王。

然而那只燕子却不自由了，被拘在一个鸟笼里。它整天摆弄着翅膀，希望飞出鸟笼去，可是它每次结果只有撞落一些羽毛而已。而且另外飞走的一只，也失掉了自己的家。它不再在我窗外的巢里留宿，虽然这巢是它用泥水和辛苦一滴一滴筑起的。夜里，它流亡何处去？我不知道。我只看见，它在白天常常飞回，在我窗边较远的空间，失常地飞行，或在囚禁我的高墙的顶端，默然地停留。不论燕飞行，还是停留，只要我一见它那颤抖的翅膀和不安的眼睛，我就可看出它是怎样在寻找和等待失去的同伴呢。

春天去了不久，夏天也去了。随后，便是初来的秋天。现在，北方的寒冷，是迫燕子南去的时候了。天空常有布满的燕列，一列一列地飞过去。也许只余下失了同伴的那一个，仍在北方飞行，或是停留，至于它的同伴和我还是初来时一样。我在囚室，它在鸟笼。我更瘦了，且常生病。因此我渴望自由的心，一天比一天迫切了。它呢，头早已撞破了，羽毛几乎落尽。它临到最后一息的时候了，还不住地挣扎着，盼望着自由的日子。因此它打动了一些年老犯人的同情，而哀求他的主人："做点儿好事，放了它吧。它有什么罪呢？"

"放了它，你说得真容易。你没看见捉它的时候多难吗？他妈的！我看谁敢放它，我就要谁的命！"然后，他对对方恶骂几句，或是痛打几下，做了收场。

为了这个缘故，所有的犯人，都对我有了恶感。他们说我所以是囚徒的王，因为我是自私的野兽。他们开始把我看成另一个人了，仿佛我就是他们所仇恨的看守的助手。不是可以看得见吗？每当放风的时候，他们把我从群里冷落出来，使我在孤独中更加孤独了。于是，我有些悔恨了。我为什么在不自由中而又牺牲了它的自由呢？

冬深了，天气已经严寒。有只燕子为等待自己的同伴不愿南归，而冻死在北方的墙上。我每次一见它的小尸身的时候，我就想到它崇高、善良，而且有着超人的同情。我说不出我的苦衷，可是我被一种不可捉摸的心情压倒了。我要爬起来呀。于是趁着一天放风的机会，走到囚着燕子的鸟笼旁边。它的主人问我："朋友，你想些什么？"

"没有，没想一点什么。"

"你的脸色难看得很呢！……你一定是有什么想头，你说！"

"如果我有什么想头，那我只想这样……"

于是，我突然用手打开笼门，让那只半死半活的燕子飞出去；我为了它，情愿接受比它更不幸的命运。然而它只渴望着自由忘去了光明中的障碍。当它一飞出鸟笼的时候，用了全力不顾一切地向着光明直飞，它，就碰死在玻璃窗上了。因此，我被它的主人打了一顿，几乎打死。我的伤养了一个冬天。

燕群重返了。我一望天上，都是望不尽的闪动的翅膀。春天又来了。但我觉得春天也并不美丽。现在，如果有人问起我来，最美丽的是什么，那我将说："翅膀。"

《抗战文艺（桂林）》创刊号，1940年3月1日

我们的同伴

　　一九三八年，十月的武汉三镇，一片秋色，不仅是天凉地冷，花凋叶落，而且是兵荒马乱，人去楼空。这时候，正是国民党军节节败退、日本侵略军步步逼近市郊，而人们已经面临最后的撤走，逃难。

　　我为了助编一个文艺刊物的临时特刊，坚持工作到十月二十三日。这天，我想必须走了，但怎么走呢？一共只有两个退路，重庆和桂林；其路线倒有三条：长江上的轮船，粤汉湘桂铁路上的火车，天上的飞机。在码头、在火车站，行李堆行李、堆成山，人挤人、挤扁了人、挤死了人；我呢，挤不近岸，也挤不近站。但飞机场，到处都有枪有刺刀把守；飞机有是有，而飞机太少，国民党大官又太多。人说他们，有如"过江之鲫"；我见他们，倒像"抢机鹌鹑"。我想上机，那比上天还难。

　　最后，我谢谢这位好心的老朋友——李先生。他买到三张通过洞庭湖开往长沙的船票，除去他和他的女儿两张，给了我一张。在这样紧张的战时，能够买得船票，并非易事；他呀，是通过特殊的关系——怡和洋行，买到美国轮船船票，而票价高过一般票价十倍还多。他的这个早年丧母而被父惯娇了的、还在大学念书的不懂人情世故的女儿，拿着船票，嘴里一直嘟嘟囔囔，嫌票价太贵："票价为什么要这样贵？"

　　她的父亲——这位念了二十年书的美国留学生、教了二十年书的大学教授，就幽默地说："票价不卖这样贵，纽约怎么繁荣呢？"

　　女儿没有去过美国，也没有见过纽约，她反正嫌票价太贵："这是帝国主义明目张胆的剥削——趁火打劫！"

　　"中国黄种人买美国白种人船票，花多少钱都不算贵；若是黑人花再多的钱，还不一定买得着呢！"

女儿读过不少书，也读过不少美国虐待黑人的事迹，而不管这些，她反正嫌票价太贵："您说不算贵？您想想，您一年大学教授薪水，能够买几张船票呢？"

"哎呀，我的女孩啊，爸爸买一张船票给你坐，你还嫌贵；若是爸爸买一艘轮船，陪送你嫁人，你还嫌贵不？"

"哎呀，我的爸爸呀，像票价这样贵，您得当多少年教授，才买得起一艘轮船给我呀……"

"爸爸今年刚到五十岁，再当五百年教授，在我女儿出嫁的时候，我一定陪送你一艘美国轮船，头等的漂亮轮船。"

可是，我们坐的这艘美国轮船，并不漂亮。它停在波浪滚滚的江上码头，就像刚刚从江底捞出来似的，浑身泥沙。而且，我们二等船票的舱房也没有了，被塞进餐厅就算作罢。这儿还是特别挤，在地板上，我们三个人好不容易挤出两个人睡觉的地方。如要描写这艘船，那有三个字就够了：脏，挤，乱。如要一定找点漂亮的东西，那倒有漂亮的——从美国船长到美国守卫，都别有味道：衣服穿得那么白，帽子戴得那么歪，口哨吹得那么响，眼珠子滚得那么活，脚步走得那么闲……既亚赛风流小生，又好比纨绔子弟；论漂亮，如此而已。说起旅客，倒有各式各样的人物。三四等舱的人们，都像货物一样，装在一起，而所差的是，三等货装在甲板上，四等货装在船底下。反过来，舒适单间的头等舱旅客，大多数都是洋行的老板之类的，太古牌的，美孚牌的，怡和牌的，花旗牌的，雁丰牌的，麦加利牌的……一句话，差不多都是"上海——冒险家乐园"的代理人牌的。至于二等舱的旅客，用我们餐厅里的人们，可以代表：没有坐飞机资格的，或没有买到头等舱票的，穿着黄军装和大马靴的、长衫和坎肩外披中国式风衣的国民党官员，和他们的太太、姨太太、小姨太太及其子女等等；再剩下来的就是我们这路的——为了坚持抗战的提着小稿箱的作家、戴着八百度近视眼镜的大学教授、携着心爱的书报《论持久战》《新华日报》的革命救亡人物等等。突然，在快要开船的时候，我们这里添了一位特殊的外国人。

他，虽是外国人，但穿的是中国粗布军装，腰上带着一支左轮子枪，是手枪中最有威力的枪。他，虽是黄头发、蓝眼睛、高大鼻子，但他没有船长和守卫黄头发、蓝眼睛、高大鼻子的那种神气。他一进餐厅门，就先用中国话说一句："您好！"

从他的服装上、神情上，特别是他的这句中国话上，根据抗战的常识，我们都能肯定他是中国军事顾问人员——苏联同志。

这位教授女儿——女大学生，极其热情，除了熟练的英语，还会说几句俄语；她为了向援助祖国抗战的国际友人表示敬意，特意说了一句俄语："您好！"

这位国际友人一见，厅里挤满了人，就退到门外去。而女大学生仍是为了向援助祖国抗战的国际友人表示敬意，特意把自己刚刚挤到的一个座位让给了他，并说了一句俄语："请，请……"

"谢谢，谢谢。"

可是，他没有进来坐，仍旧站在门外。按他们的习惯，都是男人让座给女人，哪有反行其道之理呢？

"谢谢您援助我们抗战的辛苦！"她用英语说。

"这是我们的道义、我们的责任。"他也用英语说。

"这……"她指的是座位，"这是我们的友谊、我们的敬意！"

在她诚恳的谦让中，再不能拒绝这种友谊与敬意了，他才走进厅里坐下来。这样，他就成了我们的同伴。

随着，我们的同伴摘下帽子，松了松皮带，把左轮子枪从腰侧移到腹前，像是便于看护或使用似的。

我们的女大学生，一看见枪，就发生了兴趣。中国抗日战争有一年多了，她从来还没有摸过枪；对于它，她有着种种的梦想，看了再看，看不过瘾，就说了话："您可以把枪借给我摸摸吗？"

她的爸爸瞪起了眼睛，开了口："枪可不能随便摸，那不是好玩的！"

我们的同伴，为了不使她失望，给她讲了这枪的构造和效能，尤其是它的久远的来历。

在一九一七年，彼得格勒的工人举行罢工、示威游行，同警察发生武装冲突的时候，有一个工人从警察手里夺过来一支手枪。那个工人，就是现在我们的同伴的父亲；那支手枪，就是现在我们的同伴身上挂的左轮子枪。它曾反对过沙皇，反对过克伦斯基，反对过托洛茨基，反对过英美帝国主义。在苏联无产阶级革命胜利之际，它的主人由于追击科尔尼洛夫受了重伤，而终于致死。

在弥留之间，他给儿子留下了遗嘱："这枪的历史，就是我的历史、苏联的历史。现在，我把它给你，你要记住，它获得过布尔什维克的光荣、列宁的光荣……此后，它落到你手，你不能辱没它……"

说话的人，说完了，他最后又加了一句："它又将获得支援中国人民抗日战争胜利的光荣！"

这个故事，引人入胜，特别是最后又加的一句话，使人鼓舞。

差五分钟到了下午四点钟，到了开船的时间；这一刻，怎不令人迫切而急待啊。每个出过门、坐过车船的人，都懂得，起程前的片刻，多么折磨人；启航渐渐迫近的瞬间，又多么兴奋人；万一误了点，更多么气恼人，何况又是战时紧急的撤退。而现在，我们正在尝着这种气恼人的滋味。因为起锚之前的检查未毕，宣布延迟四十分钟开船。大家都不耐烦了，许多旅客骂起来。我们这位女大学生，就从美国轮船票价，骂到美国帝国主义，表现了"五四"反帝传统的气概。而她的爸爸说："一寸光阴一寸金，四十分钟太短了……"

乍一听他的话，还听不大明白，究竟是个什么意思。但不一会儿，有事实说明了。果然，轮到检查我们餐厅旅客的时候，误时更长了。问题在于美国检查员借口海关条例，没收了旅客一块带有纪念性的银圆，发生过一阵争论。结果，美国检查员还是把那块银圆放进自己的兜里。这使我们的同伴大为反感，禁不住横眉竖目起来，眼盯住他凑到我们大学教授跟前，理直气壮地问道："喂，你带的什么？"

"我戴的近视眼镜，没有别的。"教授玩世不恭地答道。

"我问你带了什么东西？"

"我带了一个不愿做奴隶的女儿，没有别的。"

这个带着一个守卫的尊严的检查硬汉子，在教授面前，碰了两个俏皮的橡皮钉子，显得异常尴尬，狼狈；为了摆脱窘境，顺便在我们女大学生的脸蛋上摸了一下，聊以解嘲地打了个口哨。此时，我与教授忍不住愤慨，起而干涉。而女大学生拦住我们，自己一个人以无所畏惧的抗日英雄气势，冲向前一把抓住侵犯人权、侮辱妇女的无赖的衣领，喊道："你别走，站住！"

横行惯了的强人，对于意外的反击，的确没有精神准备，所以他被她这一揪，这一喊，吓得吃了一惊，忙说道：

"放开手，礼貌些。"

"对你，这就是礼貌！"

紧跟着，她就给他一个大嘴巴。这个响，响得真脆快，竟使厅内旅客们喊了一声："好！"

这时候，他摆出帝国主义者的凶相丑态说："你一个中国人，竟敢在我们美国船上打我吗？好吧，你看看我的厉害……"

我们的同伴猛地站起来，愤怒地说道："我在此，我要亲眼看看，你胆敢再次欺辱中国人民！"

当头一棒，受了击中要害的人，反而不在乎，以"笑骂由你，其奈我何"的态度，打起了轻蔑的口哨。于是，更加激怒了富有正义感的我们的同伴，严正抗议："你不尊重中国人民、欺辱中国人民，就是美帝国主义者的罪行！"

被骂的人，受不住了，就转过身来，走到骂他的人的面前，怪腔怪调地问："朋友，你是哪国人？"

"用不着问，你该知道。"我们的同伴，仪表庄重，堂堂正正地高声地答。

"你是俄国人吗？"

"我是苏联人！"

"我问你，你既是俄国人，你有什么资格代表中国人说话？"

"现在，我为神圣的中国抗战服务、为伟大的中国人民服务，我就有资格说话。"

"现在，你有资格对日本人说话，但你没有资格对美国人说话。你以为怎样，先生？"

"我不但对美国人，而且对各国人都可以说我应该说的话、必要的话。你以为怎样，先生？"

"那么，在船上，我也有资格检查任何人；现在，我检查你，请你把手枪交出来！"

"为什么？"

"难道你不知道吗？"

"不知道！"

"先生，你如果有常识的话，那么你应该知道：在这次中日战中的美国态度，是中立的、中立的。因此，我不能容许任何武器侵犯中立国——美国的船只。"

"我认识美国，更认识帝国主义。我的手枪，曾经反对过帝国主义，今天又在反对帝国主义。它代表苏联的尊严，也代表中国的尊严，绝对不能容许任何侵犯！"

被侮辱过被复仇过而被声援过的女大学生，拼着她所有的热情，喊起来了："反对帝国主义！打倒帝国主义！"

这种反帝的流血斗争，到今天，我们已经流了一百年。一八四〇年，鸦片战争的时候，我们流过。一八八三年，甲申之战的时候，我们流过。一九〇〇年，八国联军之役的时候，我们流过。我们年老的流完了，我们年小的流；我们一代一代地流啊流，流到"九一八"，流到"七七"的时候。这个流血的口号，我们一遍一遍地喊哪喊，喊过无数遍、无数遍……望着"铁的浮城"，或是洋兵营，我们喊过。通过挂着"华人与狗不得入内"牌的兆丰公园，或是租借地，我们喊过。我们年老的喊到死，年小的喊到老；我们一世一世地从陆上喊到水上，喊到船上，喊到我们这个女大学生口上。这并非她一个人的声音，是我们被损害的孤儿弱女的声音，是我们被欺凌的全国人民的声音，是我们被奴役而"不愿意做奴隶"的、全国高唱《义勇军进行曲》的声音。因此，我们全厅绝大多数人由她带头都喊起来了。这说明我们各个旅客并非是零散的，单个的，孤立的，而是一个一体的整体人民；在北方且有整体人民为首的毛泽东，在身旁又有亲密的武装同伴，所以呼喊声音越喊越高。这高高的声，像海啸，像山呼，震撼甲板，惊碎水魂。

魂惊胆丧的美国检查员，一溜烟走了。我们以为一件未了的事，未了了之。到此刻，已经超过宣布的误时——四十分钟了。我们但等笛声一响，船一开航，便卸掉等待已久的重担子，就轻快了。可是，那个溜走了的人，又回来了；并且，他领来美国船长和两个美国武装守卫。他悄悄地眯在一旁，让船长一个人出头说起话来："俄国朋友，请你接受我这个友好称呼；同时，请你尊重我们美国——中立国的立场，把你的手枪暂时交出来，等船一到终点，便把它还给你。"

"你们美国自称居于中立的立场，为什么要带武装的守卫？"

"为了保护我们自己的安全。你呢，先生？"

"是的，你们为了保护自己的安全，实质是为了保护自己的利益——自己的侵略。可是，我——我们苏联人确实是为了保护自己的安全，为了保护中国人民的利益——中国人民的安全。"

"因此，你丧失了中立的立场。因此，你要把枪交出来。"

"不能，永远不能！

趁此时机，沉闷的教授，打开自己的笔记本念道："这是一九三七年，美国输日主要作战物资的类别与价值（单位千美元）：生铁——9.672，废钢铁——30.386，铁及钢半成品——23.005，铁合金——1.366，煤油及其产品——44.900，铜——19.212，铅——754，飞机及其零件——2.484，汽车及其零件——15.206，棉花——61.724……"他向美国船长、检查员以及武装守卫们，捧着自己的笔记本继续义正词严地说道："美国的人们，请你们认识认识美国的中立立场吧，一边是日本的武装侵略，一边是美国的武装援助，即谓美国有财可发，不顾国际正义大发横财，难道你们船票的票价不就是其中小小的一例吗？"

他写的笔记、说的话都是英文、精通的英文，像照妖镜似的照出美国的原形。因此，这个窘态毕露的船长向我们的同伴改变了态度，和解地说道："那么，我们暂时保存您的枪，给您打个收条。"

苏联人不肯虚掷光阴、浪费唇舌，一语不发；但，他用无声的眼睛，警惕着任何的无礼之举。

"那么，请您从皮带上解下来，放到您的兜里。"

苏联人依然如故。

"那么，给您退票，请您下船。"

苏联人依然如故。

"那么，我下命令，停止开船。"

果然，开船时间迟延久了；自然，厅里厅外，船上舱底旅客们，都哄动起来："美国人岂有此理，岂有此理……"

这之中，有一个便服阔气的大胖子，看样子，必定是国民党的大官，为着避免是非问题，躲到甲板上去，携带两个姨太太悠闲地散步，自言自语地说道："奇怪，一条鱼，腥了一锅汤……让让步，不就得了，何必那么认真呢……"

小姨太太有点埋怨大胖子说："我说买飞机票，买到两张，就先走两个人呗！"

大姨太太一听，气炸了肺，赶紧说："两张飞机票，只顾你们俩先飞呀？自顾自，好不要脸……"

忽地，小脚的正房太太，赶快从后尾扭搭上来了，急急忙忙地喊道："唉，不管在家还是出门，我都跟你们干遭罪……你们俩不管走到哪儿，总是一个劲儿地醋言醋语，争争吵吵……"

突然，船上汽笛响起，自然而然的反应它必是开船的信号，人们皆大欢喜。但再一听，它拉长的响声带起江上陆上一片同样的嘶鸣长吼，乃是久已熟悉的空袭警报。于是，厅内人们挤出散开，几个美国家伙惶惶回到自己的岗位，大胖子的两个姨太太仓皇窜往船舱底，而他与他的正房太太，一者因为体胖、一者由于脚小，跑不快速稳当，只得把船上飘扬的星条旗，作为保护伞、救生圈，或听天由命地蜷缩于旗底下。像一对老爬虫似的。然而，我们与我们的同伴，依然就座，稳如泰山。紧急警报还没有来得及响，敌机已经窜入武汉三镇市空开始高空投弹低飞扫射，同时四郊响起隆隆炮声。在这一点上判断，敌军进攻，迅雷不及掩耳，即将攻占武汉三镇了。

因此，船上的旅客们都急了。他们互相打听："什么时候才能开船呢？"

谁都回答不出。他们只得前去质问美国船长。而美国船长回答：

"什么时候解决手枪问题，什么时候开船。"

据此，我们的同伴为了众人的要求和希望，也愤愤地去找了美国船长。他挤到船长室门口问："为什么不开船？"

"为什么不交枪？"

"不交枪，是我的权利；开船，是你的义务！"

人越聚越众，甲板形成人海，汹涌澎湃起来。我们的同伴和美国船长讲来讲去，讲不出个结果。结果，他转过身来问大家："这个蛮不讲理的美国船长不开船，我们怎么办？"

"反对帝国主义！打倒帝国主义！"

这种反帝的流血斗争，到今天，我们已经流了一百年。在西太后的手下，我们流过。在袁世凯的手下，我们流过。在张作霖的手下，我们流过，在蒋介石手下，我们流过。在溥仪的手下，我们流过。我们年老的流完了，我们年小的流；我们一代一代地流哪流，流到"九一八"，流到"七七"的时候。这个流血的口号，我们一遍一遍地喊啊喊，喊过无数遍、无数遍……反对《辛丑条约》《何梅协定》，我们喊过。举行五四运动、一二·九运动，我们喊过。我们年老的喊到死，年小的喊到老；我们一世一世地从陆上喊到水上、喊到船上、喊到我们这伙人口上。这并非我们这伙人的声音，是我们被损害的孤儿弱女的声音，是我们被欺凌的全国人民的声音，是我们被奴役而"不愿意做奴隶"的、全国人民高唱《义勇军进行曲》的声音。因此，我们全船绝大多数人由我们这伙人带头都喊起来了。这说明我们各个旅客并非是零散的、单个的、孤立的，而是一个一体的整体人民；在北方且有整体人民为首的毛泽东，在身旁又有亲密的武装同伴，所以呼喊声音越喊越高越广。这高高的声，这处处的声，胜过海啸，胜过山呼，震裂甲板，惊散水魂。

于是，魂惊胆丧的美国船长慑于强大的可畏的声势，软了，蔫了，乖了；而天早已黑了，他被迫下了夜航的命令。等到轮机发动而使船离开码头的时候，已经到了下半夜、到了第二日——二十四日的清晨。

几乎，大家斗争了一夜，终于达到了起航的目的；由于过度的兴奋，谁也不感觉怎么困倦。我们与我们的同伴，握手相抱，交谈同欢。而我们的女大学生却自己跟自己念着秧儿——抱怨地在独白呢："票这么贵，还惹一肚子气……"

而我们的大学教授在她身旁，嘲笑地说道："票本来是不算贵的。说实在的话，你还捡了便宜……"

"咦，我还捡了便宜？"

"是嘛，你留了一天一夜洋，受了一顿美国教育；人家多慷慨，还没收你学费呢……"

二十五日，船在通过洞庭湖而尚未到达长沙之前，我们从船上无线电得知：国民党军防线，全线崩溃，敌军势如破竹，长驱直入，已经占领了武汉三镇……

附　注

（一）我到长沙之后，尽速写毕这篇急就章，掷之于箧。因为我知道国民党书刊检查官员难于饶恕我的爱国心，必然划上朱笔：非法××，予以禁绝，故未投稿……而今忽见此文，遂即冠以题目——《我们的同伴》。（一九五〇年十月二十六日）

（二）按上所注年月日，此文适逢幸时——中华人民共和国宣告成立、《中苏友好互助同盟条约》已经签订、中国人民志愿军抗美援朝开始进军之际，但我却记不起此文是否曾经发表……如今惨遭抄劫，而此文忽然现于劫后笔记本中，且非我的笔迹所录，但我也无从考知出于某位友人同志的功德，唯有于此致以谢意、敬礼而已。（一九八三年四月十三日）

作于1938年10月29日

手　铐

在失去了的我的故乡，我被以"叛国"的罪名逮捕了。然而，我终以最大的冒险打伤一个看守，逃出拘留所以外，脱去了自己的手铐。

正是春天。一年中，正是春天的景色那才美丽而诱人呢！那鲜绿的树枝，结满着鲜绿的小叶，在风中，自由地、任性地抖动着，尝着新鲜的空气，风停了的时候，它们仍保持着原有的可爱的姿态，诱着行人；仿佛它们都是最美丽的小姑娘，却不满成人的年龄，使一个最荒淫的男人，也只有爱她，留恋她，而不敢占有她、对她起淫念。那高空中天面，明朗而鲜艳，会使一个忧郁者，从他感受了欢快，会使人疑心它是经过名画家的笔，描绘、渲染，不然，也是经过人工的移动，搬运，把全部的云片，改换了原来的位置，才配合起来，不让青、白、淡红仅有的三色显得单调。那春风，以一种温柔的气息冲入鼻孔，好像通过全身的血流，直至心的深处；即使潜伏着毒质，中毒而死，也绝没有一句的怨言，遗给人间，且会在脸上留有笑容，表示着死后的极大的满足。那一切的一切，都是自由地生长，自由地存在，虽然有灭绝的时候，也都是自由地灭绝！

我敬慕它们，更敬慕自己；因为我也自由了，有着它们一样的自由。

然而，我的心，却紧缩着，担心着我再被捕回的危险。不过，我决定了——以我的生命保卫我的自由；如果，我的自由失了，我也死了！

这时候，我恢复自由已经有十几分钟了。我走过江岸的一条石路，走向我的家去。左侧排列着高起的楼房与整齐的院墙，有商店，也有住宅，右侧是一条江流，迅速地流去着，好像故意催促我加快步子。我一边走着，我一边疑心身边走过的行人与划过的小船，不是被侦探查悉了我的行踪在追随着监视着我吗？——怎么他们都以惊异的眼色投向我呢？我检视着自己身上碎了的衣服，破了的鞋子，同时，我也忆想着自己憔悴的脸面，长而且乱的头发，这些不是已经替我说明了我是一个逃脱的犯人吗？我抑制着自己的感情，保持着我所能保持的镇静；因为我想象着自己也类似一个流浪人，莫非所有的流浪人都犯罪了吗？然而我发现手腕被手铐遗下的一圈的条痕的时候，这将是我最大的证据；我感到了手铐是我最大的敌人，我为什么不早些破碎了它？反而让它伤害了我！突然，我记起了手铐的形样：以铁质制造的一双相连的铁环，垂着一个坚固的小锁。它丑恶，它无耻，它代敌人施展着暴力，我悔恨自己，不该把它抛在路上，应当让它沉入江底，永远不让它摧残我以及摧残任何人。

幸是到家了，我并没被检查过一次。可是，我的母亲被我惊了，哭了。我不知道她曾如何地保留她那样大量的泪水，仿佛她生前没有流过一次，也仿佛她要把她生后的所有的泪水，在这一次流尽。我看她没有什么表情，只是惨白的脸色，只是因为哭声震动着胸脯，只是握着我的手腕，让我的手放近她的脸颊上——好像她的心情，要我从手指默默地感受！弟弟、妹妹都包围我，为了会见自己久别的哥哥而感到欢喜，可是为了母亲，又以欢喜换来了悲哀。他们不敢问我什么，也不敢问母亲什么，悄悄地站在我的身边，摸着我的衣袖、衣襟，又从上身摸至下身，他们几乎表演尽了人类的最高的爱情！他们的手指每次触动我的时候，使我跳着的心而更跳，使我感受了他们如何地亲近着我，爱护着我。突然，母亲从她的脸颊抛下我的手——我知道了自私的心征服了母性的感情，她担心着我被发觉再被捕回以后，连累了她，甚至牺牲了她。她匆忙地离开我，走向另一房间去；取来了我从前的几件衣服。她要我换件衣服逃走，逃向何处，随我自便。可是，我要求她，收留我；她不肯。我再要求她，收留我一天，一刻，待我剪去长发，或是砍断了我的手腕，我情愿此生做一个残缺者；她也不肯，要我立刻离开家门，哪怕只要在门外一步。这时候，我们母子天性所遗传下来的感情断了，如同路上相见的路人一样；也许她死，我死，彼此都没有一丝的留恋。于是，我决心离开她了；虽然我知道街上为了我，已经布满了侦探，像网一样地隔着我的逃路，网的隙孔如何地使我偷过！我换着衣服，可是母亲又哭了，她的心情，如何地矛盾，唯她自知；她哭着为我梳理头发、洗脸。不久，我便走出了家门；在窗外我听见了弟弟、妹妹的呼声，母亲忏悔中的叹息。

街上的景色，仍然一样美丽而诱人哪！可是并不给我以美丽的感觉。在我只有冒险的恐怖与畏惧。我为了藏起我的手腕，把手深深地伸入裤袋里——发觉母亲给我偷放的几页钞票。我的心跳着，几乎要跳出身外，身边驰过的汽车的笛声，都会使我突然惊抖，我急于需要一杯酒，麻醉一下神经；可是走错一家水果店退出以后才转入地下的酒室，饮尽了一瓶酒。我走出酒室的时候，我的步子错乱了，被我视取的地方，模糊了。

时间，近于正午了吧？公务员该下班了吧？侦探也是公务员，他们不休息一下吗？

太阳以清晰的轮廓留在天面，为什么有时涨大又有时缩小呢？它的光条为什么有时放射又有时收回呢？它每天每时都是如此地幻变吗？

街树倾倒着，错乱地倾倒着。然而地上却不见有倒下的树存在，仿佛它们都有着弹性，倒下会自动地弹起，仍然在原位直立。

我身边的房屋，都在滚动，旋转，不住地阻碍着我走去的方向。在一条街边的转角处，我突然听见了一声警笛的声响，我好像从梦中醒来了，神经清晰了。我知道逃，让自己的步子越快，越好，跌倒了，再爬起来，立刻继续着逃。我发现前面没有一条去路了，便转入了公园。

大批的警车赶来了，大批的侦探与警察包围了公园——每一门边都设了双人的岗位，在园里游春的人们，很多，男的，女的，老的，少的，完全骚乱了，分作数批人群拥塞着每个门口，可是警察不许他们走出，同时，侦探也不得走入，互相堵着门口，双方都是一样地不能满足各自的企图。我藏在人群中，我很安心，至少这一刻我很安心，一刻以后，我不能想，也不能究竟将临如何的境地。最后有一个侦探来了，他右手握着手枪，左手拿着的，就是我抛弃的手铐。他命令警察从这一个门口放人，放出一个人检查一个人。这时候，我该承认自己，不但不醉，而且比常人清醒——我记起园内的公务员的住宅中，有我一个朋友的家庭，我悄悄地从人群里退出来，去了。

朋友的门锁了，他从窗子看着我，明白了我遭遇的不幸，表示同情我；可是不给我开门，我商议他，几乎是哀求他，收容我一刻，待过这暂时的危难。他终于被我感动了，开了门。我感谢他，不是任何言语与任何礼拜所能表示出来的那般，情绪在我的脑中膨胀着，使我抱住他痛哭了。他抚摸我的头，安慰着我。然而，他的妻子，怕为了我，使她的丈夫陷入不幸；要他把我送出，或是逐出。他以严厉的眼色，制止她不该有那种念头，表示一个人的卑鄙、无耻、罪恶，失去了的天性。然后，她走近我的身边来，哀求我，要我自动地离开她家。我看看窗外。是一片的绿色，和平而安静，路上没有一人经过，只有在枝间飞舞着的一只小鸟；我要扑住它的翅膀，随它飞出她家，飞出园外，任它飞往何处，我不怕生活不幸福，只要有自由。我看它很久，并不飞近我来；在我面前的，仍然是她：抖动着我的衣襟，催迫着我。因此，他愤怒了，不惜说出了最伤夫妇感情的言语。随着她也愤怒了，激烈地喊着，逐我去；这种表示，并不是向他报复，而是为了更爱护他。我如果是一个有血气的人，我该走了——即使走后危险，甚至死亡，可是我仍然忍耐着，看着他们夫妇的感情为我而决裂。

窗外，渐渐地骚动了，杂乱的步声传近来；游人走尽了，侦探开始搜捕了吧？

于是，她疯了一样，骂着我，打着我，扯着我的耳朵，想把我扯出门外。他越劝止她；她越加高她的声音，就像告密一样。他慌了，他的手与脚，都找不到适当的位置停放。我不能不走了，他却拖住了我，表示也许在幸中过了难关，如果不幸被难了，他愿与我同亡，所以他更不惜用短刀伤了他的妻子，把她送入内室。我有些惊异，在这世界上竟有他这样的一人，任肯牺牲自己妻子的感情、肉体，为了援助一个不幸的人，为了保存人间几乎灭绝了的正义！这时候，我被他感动得情愿交出自己的头颅，不让不幸临近他。不过，侦探敲门了。好像他已经为我备好藏身处：地下停放的衣柜，我进去以后被他锁了。我蜷伏着身体，眼睛靠近了衣柜的锁孔，窥视着。

我的朋友开了门，侦探进来了，客气地问着他；他也客气地回答着侦探，否认着他收藏任何的外人。侦探几乎信了，并不疑心他什么。然而不久又一个侦探进来了，右手握着手枪，左手拿着的，就是我抛弃的手铐。他以一种凶暴的脸色，逼问我的朋友；仿佛要给我的朋友戴上我抛弃的手铐。

我气闷着、心慌着，头上流满了汗水，一滴一滴地沿着我的脖颈爬下来。我也不知自己在做着什么想象，只听见我的朋友的话声以及他的妻子的呻吟，仿佛是一条一条的钢针，刺透着我的耳孔、我的心。我盼望一切的声音，立刻结束；因为我忍不住了一种精神与肉体，合成的苦衷，我要从衣柜里跳出去。

突然那个后来的侦探，用我抛弃的手铐打了我朋友的脸颊，这种侮辱，比侮辱自己更甚！我想着，为什么让我抛弃的手铐，摧残我的朋友呢？我悔恨着自己，不该把它抛在路上，应该让它沉入江底，永远不让它摧残我以及摧残任何人。

我的全身都被汗水湿透着，眼里却有火一般地燃烧着；不然我的泪水比汗更多。

在我看见那个后来的侦探第二次举起我抛下的手铐要打我的朋友的时候，我暴怒了，一脚踢开了衣柜，一拳打倒了他，从他的手中夺回了我抛弃了的手铐："还给我吧，这是我的手铐！"

松花江的支流

江星军舰，是江防舰队之一，是江防舰队的主力舰。不过，它的生命，已经过了长久的年月，已经过了舰龄；舰底常常需要修补，水线甲带已经渐在腐朽。如果在强国的海军中，早已为它举行了葬礼，或是开除了它的军籍。它所保持江防舰队的主力舰的尊称的，是它仍有着舰型的雄姿，是它的主炮与副炮，比起江防舰队中的任何一舰，仍有着可骄傲的口径；虽然，它的战斗力，不及日本陆奥号，长门号的百分之一，虽然，在江防舰队中，如果江防舰队的全队，是松花江，它也不过是松花江的支流。

哈尔滨失陷的时候，正是冬天。

江防舰队都集中哈尔滨的船坞，停在水面上，没有经过一丝的抵抗，便悄悄地降服了。

江星军舰自然也是悄悄地降服了。因此，所有的舰员，都纷乱地谈论着，都有着不同的主张。

舰长的意思："……我只要保持我舰长的地位——……我只要保持我舰长的地位——……"

副长表示着："……我们应该抵抗，可是我们的军舰已经被冻住了，已经被俘虏了。……"

一个叫马平的水兵喊着："兄弟们，我们应该请求舰长把我们改编陆战队，干一下，干到死！"

另一个叫陈瑞祥的水兵，劝告地说："弟兄们，别傻干吧！我们当兵，当一辈子，穷一辈子，趁着这个机会，我们也许发点财，不是吗？"

三个月以后，松花江的冰期尽了。坚固的冰面，渐渐地散开裂了纹，渐渐地碎成了冰块，大的，小的，都各自有着它的奇形，沿着水流的去向流去着，融化着，渐渐地只余下了松花江的一条水流，沿着江底的旧路，开始了无休息的长期的旅行。这时候，江防舰队的每只军舰，已经飘起了煤烟，开动了机轮，从船坞驶入松花江的主流，各自选择了停泊的地方，等候着江防舰队司令部的命令。

江星军舰在较远的江流中，以较长的锚链，投下了铁锚。它以一种严肃的姿态，停留着，任着春风激起的波浪打击它，而且高扬着主炮与副炮，傲视着它的敌人，好像它并不承认自己超过了年龄，已经老朽，更相信着自己正在年轻，正在有着最高的战斗力的时候，以它的威力，可以威胁其他任何的武器，必要的时候，它可以征服它的一切敌人。然而它的无能的懦弱的主人，也让它不幸地随着主人做了俘虏，以最大的耻辱，耻辱了它，舰尾失去了国籍——舰尾空留一条不悬旗子的旗杆，寂寞地伴着两条赤裸的绳段。在它几声的笛声中，可以使人听见它久蓄的愤怒——刺耳地叫响着，仿佛催促着它的主人执行抗战的使命，仿佛要从它主人的手中逃脱，自由地航行，驶向它敌人的战线去，施展着它的威力，替它的主人洗去些耻辱，为它的祖国争取些光荣，让这保留着人类的正义，不然，暴力不是毁灭了一切的弱小者而更要毁灭了这世界吗？甚至，仿佛它要从松花江驶入海洋，向它的敌人决定最后的一次胜负，它并不惧怕所谓的"铁的浮城"（日本自称舰队的豪语），即使败退了，破碎了，也不辜负它祖国的人民所养育它的，期待它的情谊。

时间，一天一天地过去了，江星军舰仍停在原地。锅炉的煤块，虽然天天燃烧着，机轮却不曾开动过一次。并且，所有的水兵也不是从前那样地爱护它：刷洗着甲板，涂油任何一处的污点……开门的把手的四边，遗留着无数的指纹的斑痕，所有的梯阶、司令塔、炮塔，都积满了沙尘。它好像已经被人厌恶了，且遗弃了，它的存在与失去，已经消灭了区别。它原有的严肃的姿态，几乎被破碎了，颓唐了。

"我们反对投降，要求抗战！"

"谁做亡国奴，谁都不是他爹娘养的，那真是他妈杂种的儿子。"

…………

幸是在江星军舰的甲板上，舰长室的板壁上，发现了这种字迹，又提高了江星军舰抗战的情绪，虽然，它的四处更加积多了破旧的军服，绳段，以及不经意遗下的油滴，煤块……

因此，舰长气愤了，特意召集一次全部舰员训话，主要的是说："本舰长在舰上，仍有最高的职权，本舰长的命令，应当绝对服从。如果有人故意破坏军纪，仍以军法从事！"

并且，他恶意地质问那些字迹，他问："究竟是谁写的？自己说！"

所有的人，都默然着，默然地向他表示了失望的脸色，可是，他仍在继续着："马平出来，是你写的，你怎么不承认呢？"

"舰长，怎么知道是我写的呢！"

"在昨天晚间，我看见了，你还不承认吗？"

"我为什么不承认！可是，不完全是我写的。"

"还有谁写的，你说！"

"我也不知道。"

"放屁！"

于是马平被罚了五十军绳（海军惩罚的一种。以军绳代替陆军的军棍），而且开除他的军籍。

"舰长，马平从来是一个很好的水兵，并且这次他也没有犯什么错误，就是犯了错误，舰长已经罚了他，也不必再开除他，请舰长还是收回开除他的命令吧！"

副长私自向舰长商请，要求给他些情面；幸是被接受了，马平得以保有自己的军籍。这消息被传出以后，不仅马平一人感激他，而且所有的水兵都这样地赞扬他："这才是我们真的长官，这才是中国人！"

马平经过军医的医治，渐渐地好转来；在停止很久举行升旗礼后又第一次举行升旗礼的那天，他完全恢复健康。

"今天举行隆重的升旗礼，一切人员都要列队参加。乐队要准备军乐！"

这是舰长的命令。

水兵听了舰长的命令以后，几乎完全惊异起来，因为从来的升旗礼，都很简单：当他们听见升旗的军号的时候，便停止了一切的动作、谈话，如果在舱外，是行军礼，如果在舰内，只是立正的姿势；所以他们都互相地探询着。最使他们疑心的便是："还敢升起国旗吗？"

因此马平特意跑到厨房去，探望一下他所记忆着的一面国旗，在炉旁，已经做了擦布？原有的三色，几乎被煤烟染成了一色。

集合的军号响了。一切的舰员，都在甲板上排成队伍。

因为江星军舰没有装置礼炮，以二十一发的纸炮行了海军最高的军礼，欢迎着舰长陪来的一个敌人。然后舰长命令升旗：红、蓝、白、黑、黄，五色合成的旗面，慢慢地飘起。任着舰长随伴那个敌人如何地鼓掌，听来也只有他们两人单调的响声。十几人合奏的军乐，也并不像从前一样响亮，仿佛所有的乐器，都渐喑哑了，而且，错乱着节奏，不相协调，有的人，只有装作着奏乐的姿势，却听不见他的乐器的音响，有的人，继续地奏响着，也许他在担心乐声中断下来，有的人……所以舰长以一种严责的眼色传给他们。于是，他们响亮地奏了一段，然而从狂欢的乐谱却转为悲哀的葬曲了，仿佛不是在祝贺着一种典礼，而是在旷大的墓场，哀悼着千万的死者，或是，凭吊着祖国的亡魂。

经过那个敌人的演说与舰长的训话，该是礼毕的时候了，可是舰长又向所有的人说："我喊你们也随着喊！"

于是他举高拳头喊了！

"'满洲国'万岁！"

"'满洲国'万岁！"

后句却不如前句那般的诚恳，雄壮而有力。

舰上的人，渐渐地散退了。马平独自走向舰尾去，探望那面新旗——随着江风飘荡着，缠绊着旗杆，发着一些轻微的骚音，好像故意向他逗着骄傲，做着豪语，使他羞惭，更使他厌恶、愤怒，他要把它撕成细小的碎堆，破成一丝一丝的线条，投入风里、水上，飘向遥远的天边去，或是沉到深深的江底，永远不让它有复合的机缘。

陈瑞祥走近来，拍着马平的肩，用一种悲惨的脸色开着玩笑："我们都是'满洲国'的海军了！"

然而，他们军帽边上的金色字，仍是"中华民国江星军舰"，这使马平更苦痛起来；因为祖国的灵魂，已经碎了，只余下了祖国的躯壳——终会有腐朽、灭绝的一天。他哭了，痛哭了，他所抑制不住的泪水，一滴一滴地流下来。

陈瑞祥掏出了一块手帕给了他："你哭什么！一个男人的眼泪，是那样容易流下来的吗？"

"那么你笑吗？"

"可是我也不笑！"

然而，陈瑞祥确是笑了——在江防舰队司令部犒赏的那天。

江防舰队司令部受命征服松花江流域的吉林救国军，准备命令舰队出动，特先犒赏舰队。水兵以上的舰员，不知收受了多少赏钱与什么赏品。水兵每人分得了两元现银与一条毛巾：一端印着"忠勇之'满洲国'海军"，另一端印着"江防舰队司令部赠"，马平接过来的时候，他望望自己身边的五六个同伴，默默地用毛巾包裹了两元现银，又默默地从小窗投沉江中；平静的江面，被击破了，散开着一圈一圈的水纹，渐渐地又平静了。随着有几个水兵仿他做了同样的动作，最后只余下陈瑞祥一人，手里仍握着一条毛巾与两元现银——集中着身边所有的人的眼睛。于是陈瑞祥脸红了，他仿佛负疚于一切注视着他的人，垂下头很不自然地说："你们为什么抛掉了呢！"

马平激愤地说："你不抛掉，你可以留着吧！"

"抛掉一条毛巾还可以，抛掉了两块钱不是很可惜吗？"

"真是'财迷'，你都留着吧！"

陈瑞祥有些难为情了，他突然向窗外抛了一下，毛巾落在江上，两元现银仍留在手里。

"到底给你们看看！"

这意思是表示他也有一种慷慨的举动，让他们不再卑视他。可是他们更卑视他，与他手里的两元现银，他只有冷笑了，冷笑地说："钱，我是不抛掉的，我们当兵的赚两块钱多难呢！你们也知道吧？"

"不要脸！"

马平骂着他，甚至有人打了他一掌，他终于保留着两元现银，送入自己的衣袋里。

此后他便被大部分的同伴抛弃了；虽然也有小部分的同伴同情他；因为人常常被金钱所迷惑，所驱使。

江防舰队出征的另一天，每只军舰都派来两个敌人，担任"指导官"，其实是监视着每只军舰的行动。舰长的命令都要经过"指导官"的许可，才可执行。江防舰队的临时司令部，设在江星军舰，司令官，由江星军舰的舰长负责。出征的舰队，共有六只军舰，一切的军事，完全任江星军舰舰长指挥，这使他从上校升为少将，这更加强了他效忠"满洲国"的决心，所以在他向每只军舰训话以后，他另喊了一句口号："效忠'满洲国'！"

于是所有的"指挥官"，更加信任他了，而且向他表示了一种"敬意"。

然而，全部的水兵，却都卑视他了；最是江星军舰的水兵，不但不为他们自己的舰长的高升而夸耀，且增多了仇恨。

"他是卖国的东西！"

水兵都是这样的承认着舰长。因此马平找了几个感情好些的同伴，问他："我们恨不恨舰长呢？"

"谁他妈不恨他！谁都不是人！"

陈瑞祥来了，他们立刻不说话了，他说："我听见了！怕我做什么？我告诉你们吧，我还是一个中国人，我还有中国人的血气！"

马平又继续地说："我们别跟舰长挨骂。我们该对付对付他了吧？"

"你想想，我们有什么方法对付他呢？"

"只要有几个人就行，我算一个！"

"人，不是很多吗，我也算一个！"

继续着又有人也说："我也算一个！马平，你说怎么对付他？"

"用枪打死他！"

有人为了他的话，感受了些颤抖："这不是连我们的命也没有了吗？"

"谁怕死，谁就不要干！"

"那只有你干了。"

结果，他们的预谋，也只是一段空谈；终于被舰长指挥着，他们随着江星军舰出征了。

沿江的两岸，已经不似往年。往年已被农家在地下埋了种子，青色的田苗，满了广阔的原野，现在，生长着绿苗的几处，只是一片一片的野草。

农家的草房，倾倒了，空闲着，农夫与农妇已经走惯的江岸，却不见了他们与她们的形影，不知农家何时搬家了以及搬至何处。几十里以内很难看见一家人家——如果有，也只是一个老太婆，一个中年的妇人，或者伴着一条已经不健全的老狗。从每家门前延开的小路，生了草丛，与野地合成了一片。

岸上的电杆，倒下了，倾斜了，中断了，有的只是一条孤独的木柱。电线，有的连在原处，有的已经脱离了电杆，仿佛是无主的长绳，被弃在旷野。

春风，吹过着，吹近身边的时候，仿佛使一个男人投入女人的怀抱，仿佛有女人的手，贴着脸颊，使人感到了温暖而且柔嫩。然而不见有一人停留风里，领受些春风的好意。

那茫茫的、荒芜的景色，任着春风怎样地抚爱它、培养它——仍然一样的荒芜，好像是原始时代无人占有的，也无人开拓的一片荒原。

由哈尔滨至新甸的一段路程，从未接触过战争。新甸与依兰间，更发放一些轻微的炮火，协助"满洲国"的陆军前进。据说驶出依兰以后，将要开始大的战争。

江防舰队的任务是协助"满洲国"陆军向前推进，且防堵松花江两岸吉林救国军的集中与联络。江防舰队刚刚驶出依兰三十几里地的时候，便遭了吉林救国军主力队伍的袭击，战争开始了。

这时候，正是下午。

太阳在辽远的西天，仍以一种芒刺般的光条投射着。使人不敢正视它们，这恰是阻碍着江防舰队射击的目标，好像故意在优待着吉林救国军而苛待了江防舰队。

江防舰队每只军舰，隔着相当的距离列开着，江星军舰在全队的中间。舰长站在司令塔上指挥着，与另外的军舰交换旗语。他用望远镜探视着远方——吉林救国军的所在地。突然，他喊了："炮火集中西南！"

他好像说错了话一样，立刻又校正地喊着："集中西南！"

这样，使炮塔上的水兵忙乱起来，不住地转动着炮向，瞄准着距离。

副长沿着炮塔巡行、监视，他并不像舰长那样威严地挺着胸脯，以高傲的神情对待水兵。他走上主炮的炮塔，注视着马平——负责运送主炮的炮弹。

"副长，注意主炮，发炮怎么这样慢呢？"

舰长放高着喉咙喊了。副长开始注意着负责主炮工作的每个水兵；然后他又拣出马平一人注视："你快些，马平！"

马平每次从弹箱移出一颗炮弹，都要经过很久的时间，仿佛炮弹的重量已经超过了他的体力，使他无法自由地任意地转动它，也仿佛他不要把它移出，让它在弹箱里多延长一刻，甚至永远被禁闭着，永远不从炮口射出。他仍是如前地运送着，虽然副长已经说了话，而且在质问他："你胆怯了吗？"

"副长，我从小时候就在外面，我经过很多的险事，我不知道怎样是害怕——"

"快送炮弹！"副长又继续地问他："你病了吧？"

"副长，你没看见我的身体像牛一样吗？"

"报告副长——"

"快送炮弹！"

"报告副长，我不愿意再拿炮弹了！"

"你说，怎么？"

"报告副长我多拿一个炮弹，就多死一些人！"

"你这是什么意思！我们不是在作战吗？"

"副长，我们打的是谁？死的是谁？"

这时候，副长才明了了他的意思；可是，暗示他，不许他再说话，虽然，也表示同情他。

"副长注意！"

舰长指着左侧的副炮，向副长又喊了。副长临去主炮的炮塔的时候，他仍命令着马平："快送炮弹！"

"副长请你给我换一下勤务吧，我难过！"

"我比你更难过！"

副长抛了一下拳头，去了。

经过两小时，吉林救国军禁不住江防舰队炮火的威胁，沿着松花江开始退却了，几列模糊的队形，可以渺茫地看见他们爬行的模糊的踪影。

然而，这时候，江防舰队中的一只军舰上的一部水兵反正了，枪杀了"指导官"，副长……强迫舰长指挥向其外的军舰发炮。于是江防舰队骚乱了，互相开始了射击。结果，反正的水兵，游过江流，逃脱了些，被捕了些，逃脱者投向吉林救国军去，被捕者立刻遭到了死刑。

江防舰队以两个月的时间，完全占领了松花江流域，所以准备驶入黑龙江，向苏联做一次示威的行动。

然而在富锦的时候，因为大批富商的要求，又经过江星军舰的"指导官"与舰长的商议，决定江防舰队从富锦回驶。

江防舰队停泊松花江的主流中，只有江星军舰靠近了江岸，舰长命令一部水兵搬运大批的木箱与纸包，从岸边移至舰上，然后舰长又派了几个水兵看守！水兵奇异着，——还是陈瑞祥偷偷地在舰长室听来了秘密。于是他把那种秘密传给了他的一些同伴："我听见舰长和'指导官'——"

"什么'指导官'，他是什么东西！"

马平突然截断了陈瑞祥的话。可是陈瑞祥摇着手，意思是制止着马平开口，让他继续说下去："我听见他们说一共是四百五十二箱，两千七百八十三包，收入的保险费该是十万五千多元。喂！我们猜猜那些箱里包里是他妈什么东西这么值钱？"

他的同伴，都沉默着，没有一人喜欢让他的谈话延续下去，可是，他却仍在逼问地说："我们猜猜什么东西这样值钱呢？"

最后仍是他自己几乎费尽了心机，才想出了一个方法——他走入富商所在的大厅去，他说："现在松花江一带，还是危险，说不定什么时候又要打起仗来，诸位的东西，到底贵重不贵重，如果贵重，我们好替你们留心一点！"

有的富商被他的话惊了，抖动起来，仿佛感受了他的箱包失落的危险，他说："弟兄，都是贵重的，都是金箱和烟土包，请你们多多注意些，我们一定也要酬劳你们呢！"

于是陈瑞祥知道了木箱是漠河运来的金粒，纸包是虎林运来的鸦片。他的心，被金粒与鸦片诱动了，他找马平私自向马平问："你还想打死舰长吗？"

"我天天想打死他！"

"好，我帮你！"

于是他们两人说服了大部分的同伴。虽然他们并不完全出自正义而有的是由于利诱，但是他们却同样地议决了采取一致的行动——在他们解决了舰上的重要的舰员以后，携带精良的武器与所有的金箱、鸦片包，逃亡陆地去，做他们最后的决定。

天色，渐渐地黑了。天下，江上，完全是无止境的饱满的黑暗；在那种黑暗中，容易使人盼待着月光与星光，可是，高空中，只是一片无色调也无形象的天面，不透露一些月亮与星子所在的影痕。并且远处，近处，也不透出一丝灯儿，让黑暗中透出一线光明；只有江防舰队，在江的主流中，存在着一些并不明亮的灯光，被黑暗所包围，几乎渐在熄灭。茫茫的江水，已经分辨不出它的色质，在近处，只见它在流，仿佛在匆忙地爬行，匆忙地爬向着远方，去寻找光明。

江上不住地吹过夜风，让人看不见它的形影而只感受了它的一种阴湿，一种清凉，一种骚扰的音响。

江的两岸，寂静着，好像是永远无人凭吊的墓场所有的悲惨的寂静，会使一个大胆的孤独的夜行者，停下了步子，甚至退却了他的行进。

虽然在灯光下，江防舰队列成了一条长影，像是巨大的浮桥，但是在广阔的天面与广阔的地面中间，更显它异常渺小，孤零——仅是漠野的一粒沙粒。

寂静更甚的时候，用人力代替时钟的钟声，每只军舰同样地响了。又响了——也许是故意地破碎着更甚的寂静，故意地响了几下清脆的声音。

夜深了。

江星军舰的水兵，开始了活动。在重要的舰员门前，自动地加了一个岗兵却握着步枪，瞄向门内，取了射击的姿势。在舱面与机舱交通的梯口，停留着更多的武装的岗兵，断绝了舰面与机舱的来往。马平、陈瑞祥与另外的两个同伴，他们的第一弹，赠给了"指导官"——在梦中接受了赠品。他们的第二弹该是属于舰长的了，然而弹粒只是伤了他的肩，所以他清醒着，知道了他所遭受的境地，向他们跪下了："弟兄，请你们——留我一条命吧！"

他们没有说话，立刻又向他放了一弹，让他在门边安然地躺下了。

他们转至副长门前的时候，他早已被惊醒了，被门前的岗兵看守了他。

"副长受惊了吧？"

马平安慰着副长。副长奇异地问着他："你们这是做什么？想打死我吗？"

"我们不敢，副长还是我们的长官；我们向副长报告一下现在的经过——"

于是，副长平静了些，他慷慨地说："我赞成你们的主张。不过我的意思要把我们的军舰开出几十里地外，我们才能下舰逃走。"

他们听从了副长的话。

江星军舰的骚动结束了；虽然那些富商不住地在询问着变故，虽然仍有几个舰员被监视着，虽然轮机长被威胁着，不得不开动了机轮。

其外的军舰，因为发觉江星军舰上的枪声，又发现了它自动地行驶了，便决定了是发生了意外。于是其中的两只军舰，相对地开放了探照灯，让灯光停留在司令塔上，以旗语制止它前行。

然而，江星军舰终于没有停止，开动了的机轮，终于遭了其外军舰剧烈的炮火。它一边还炮抵抗着，一边更迅速地前驶。仅是半小时内时间，司令塔与副炮的炮塔被摧毁了，有几处装甲被击透了洞孔，所有的玻璃窗，被震碎了细片，一阵一阵地落下来，而且被其外的军舰追过了，包围了。

这时候，江星军舰恐慌了，起了极大的骚动。副长立刻召集了几个重要的水兵——有马平，有陈瑞祥，还有另外几人，商议最后的决定。只有陈瑞祥一人主张："下舢板逃吧！"

其实，已经没有逃的机会了，所以陈瑞祥以外的人都这样主张：不能与舰同生，也要与舰同亡。

不久，江星军舰受了重伤，渐渐地向水中沉落着，全部的水兵，已经伤亡了半数，所以副长发下了严重的命令："停止攻击！"

集合的军号响了。所有的舰员，有的自动地，有的被说服地，有的不得已地集合在甲板上，由副长指挥着列成一条队伍，整齐的，严肃的，仿佛是一队待发的先锋。

突然有两人离开了队伍，一人是马平，一人是陈瑞祥。

陈瑞祥最先试探了一下金箱的重量，因为过于重，他便放下了。然后，取了自己已经准备好的救生带——两条束在胸前，腰间。两条裹紧了几个鸦片包，猛然地投入江中，向岸上泳行。副长望他很久，然后向他开了两枪，使他与他的鸦片包分离了，渐渐地远了。

马平从厨房取来了那面已经失了形色的国旗，举行着升旗礼。

军号响着，国旗爬至旗杆顶点的时候，江水已经浸没甲板四尺以上，只让一列人头留在水面，同声地喊了最后的一句："中国万岁！"

婴　儿

　　一般海轮只需要航行四十八小时的海程，这只货船已经行了两昼夜，才驶过海程的二分之一。

　　我们这些乘客，被堵塞在货舱的缝隙间，同货物一样地被运输着。如果以我们的票价与货物的运费相比，即使我们与货物的重量、容积相等，在船主也许有了损失吧？这是由于要供我们以水饭的缘故。因此，我们也许并无权利要求船主增些速力而只希望更加缓慢，使我们这些贫穷者不至受着饥饿。如果货船被搁浅了，我们也该感谢船主的慈悲吧？

　　不过，我们中间有一个年轻的妇人，却咒骂着。因为她要临产了。而且她是一个独身者，并没有友人照看她。她躺在装包着货物的麻袋上，有时抚摸自己凸起的腹部，有时让拳头不住地打击着自己的胸脯，有时凝望着小小窗孔透入的一团飞溅的水沫，或是一堆灰白的远天好像在盼待着停船的码头，让她脱难。可是只有天面与海水，交替地占有着窗孔，总是望不见渺茫的陆地的远景。她叹息了，从一个皮包中取出纸笔，开始写信了。然而，她终于忍受不了一种痛苦，皱紧了眉，撕碎了信纸，用钢笔撞刺自己的皮肉叫着："谁救救我吧！"

　　她似我们中间的难友一样，我们谁不想援救她呢？可惜寻不着一个医生，一个产婆，甚至一个有看护的经验者，而且我们中间只有一个女人——十五六岁的小姑娘。她的哥哥逼迫她去照看那个年轻的妇人，可是她惧怕一个产妇在未产前所有的表情与动作。

　　于是，那个年轻的妇人仍然是一个人滚转着，用拳头撞着腹部，仿佛她在悔恨给她遗下胎儿的那个男人，仿佛她要毁灭胎儿，或是毁灭自己。

　　货船的重载，已经禁不住海浪激荡，来了动摇；海上，吹来了可怕的暴风；在窗孔下，有着一种鸣叫的声响。全船的乘客，几乎都晕迷了，躺下了，有人，开始呕吐了。船上的水手与役者，也散开了，他们惯于海上生活的人们，竟被暴风威胁了。

"你们谁做些好事吧，杀了我！"

我听见那个年轻的妇人叫起了。这时候，每个人都像遭难了，顾全自己比顾全他人心切，我自然也是一样，只有听着她那在难中可怜的叫声。后来，不知那个小姑娘的哥哥被什么感动了，他一手扯着他的妹妹，一手扯起了我："我们该去帮助那个女人！"

在那个年轻妇人身边的时候，他好像命令我说："你抱住她的腰，抱紧些！"

然后，他又命令他的妹妹说："你给她先脱下裤子，再给她解开衣扣！"他仿佛有着女人生产的常识，指挥着我与他的妹妹。于是，那个年轻的妇人听从他散开了上身的衣服，赤裸着下体，让我抱着她的腰部，不曾拒绝，这情形，她好像绑赴屠场的小羊，任人刀杀。这时候，在她已经没了女人惯守的秘密。在我们也失去了性别的感觉。只有他的妹妹脸上浸透着一层处女的红晕，让自己的手遮掩着脸颊，不敢扬起她的眼睛；所以他有些斥责她的声调说："羞什么？你给她揉揉肚子！"

她被她的哥哥逼迫哭了，因为她的手不敢贴近那要临产的腹部。

同时，那个年轻的妇人，疯狂了一样地从我的怀抱中挣脱起来，不住地伸曲着手指。好像要抓取一个把手。于是他交给她一只手，另一只手为她揉搓着腹部；渐渐地，她安静了些。他的汗粒，却从头上流下来。他问她："你这是初生吗？"

"是，这是……我第一次生孩子。"

"那么，我劝你不要怕——"

"我不怕，我绝不怕……可是我痛苦极了！"

"这是一个健康女人在生活上必经的痛苦，你该忍受些，不是吗？"

我从他们两人谈话的字句间、声调上，知道他们同是知识分子。也许只有他的妹妹没有受过高等的教育吧！

黑天的时候，有几个水手私谈着船头被撞漏了一处。有的乘客听见了，传开了，于是，所有的乘客都惊慌起来，拥挤着舱门，向外奔逃。最后，在舱里只余下我们四人：我与那个年轻的妇人，那个小姑娘与她的哥哥。

"你们逃吧！"

那个年轻的妇人诚恳地向我们说了。然后那个小姑娘的哥哥更诚恳地向我与他的妹妹说："你们逃吧！"

我与他的妹妹，谁也没离开一步——表示了我们生死于一处的决心。

于是那个年轻的妇人，安慰了，笑了，她尽量地让她的嘴唇贴贴我们每个人的脸颊，或是手掌，而且她挣扎着伸张两手，以坦白的热情拥抱我们每人一下。她说："够了，你们既然有了这样的表示已经够了，我就是死了也安心，你们还是逃吧！"

这时候，我们被她那热情的举动，热情的言语感动了，有谁肯逃呢？

然而她哭了："为什么因为我一个人累了你们呢？谁不爱护自己的生命呢？……"

我们为了使她安心，给她匆匆地穿了衣服，扶助她一同逃往舱外，希望逃脱我们已临的危境。

天与海间，充饱着黑暗；天与海相连的边缘，在颜色上，只有深浅些的区分。

暴风使货船好像变作了一片落叶，任它吹打，随着浪流漂去。

甲板上聚拢着杂乱的人影，叫喊着，都希望保全自己的生命，甚至希望长起翅膀，飞出这货船，这茫茫的海洋。可是四外没有一处透来救生船的灯火，船上悬着的舢板仍留在原处；大副不住地斥责着乘客破坏了船上的秩序，要所有的人都离开舱面，不然，被暴风有吹落海下的危险。并且他郑重地声明，已经派了水手及工作人员正在抢险，敢保证一切人都无生命危险。乘客渐渐地退回舱内，只余三五个人，仍在甲板上徘徊着、焦虑着。

我们扶住那个年轻的妇人，又把她送到舱内的原处，让生产的苦难折磨着她，也许是被风吹了，也许是受惊了，也许……使她感受了更甚的痛苦：滚转着，不住地打着自己。她的手突然握住了自己的乳头，撕着，好像她要撕成一块一块的碎肉。

突然那个小姑娘的哥哥在一个水手的房间里要来一盆暖水，放在她的身旁。他只要我抱住她，不使她在我手中滚动。我听他在喊着："到时候了，你用劲，用劲！"

她的汗水，湿了我的衣服。她那兽般的喊叫，像针一样地刺透着我的耳孔。可是一切的船员与乘客都在集中抢险，都在注意自己如何逃脱；并没被她打动。

不久在这世界上便又有一个人诞生了。

我看见的时候，那个婴儿已经被剪断了脐带，留在暖水的盆中，哭着，仿佛生下便感觉了自己的不幸的命运。

"是一个男孩呢！"

从那个小姑娘嘴里说出的。因为我与他的哥哥都在忙着照看那个产后的妇人——发热了。据说这是产后最可怕的现象。我们为了看护她，留守她的身边。

他脱下自己的一件衬衣，给婴儿做了被褥。然后，他睡了，临睡时，他告诉我，如果我疲倦，要我唤醒他，代替我。

舱内仅有一些轻微的灯火，每个角落，都饱藏着黑暗。我想认识一下婴儿的脸孔，也无法分辨他的美好与丑恶。

乘客渐渐地安心了，有的，已经响起了鼾声在诱着我的睡意。蒙眬中，我听见那个产后的妇人唤着我：

"先生，你睡了吗？"

"没有，没有。"

"你疲倦了吧？"

"不。"

"那么请你替我找找钢笔。"

我从她的小皮包中取出了一支自来水钢笔，给了她。她又说："再请你给我找一页信纸。"

在她的小皮包中，不仅找不出一页信纸，就是一条洁净的纸条，也终于寻不见。并且我自己的衣袋里，只有一份报纸。于是她摇起头来，叹息了，感到了一页信纸的艰难与珍贵。

"你想写些什么吗？"

我问她，她仍是摇着头。

"不写吧，写也没有什么好处！"

可是她仍在握着钢笔。

在深夜，我不自觉地睡去了，又不自觉地醒来的时候——天亮了。

这只货船经过水手与工作人员的修理，已经脱险了；然而那个产后的妇人却死了。

我惊慌地唤醒那个小姑娘与她的哥哥，我们互相流了眼泪：因为我们遗憾的是：没有询问那个死去的妇人的籍贯、住址、姓名，我们把她的婴儿送往何处？

最后我们从婴儿的手腕上，发现了已经透入皮肉里的几个字迹：

  东北好男儿
  马革裹尸归
   母绝笔

《战地》1938年第1卷第2期

夜　景

　　在月光与灯光相混的明亮下的街路上，我遇见一个几乎赤裸着身体的女人，向我跑来；跑近我的身边，她抱住了我。

　　即使我不是一个勇敢者，我也绝不承认自己是一个懦夫，不过为什么我的全身都抖动呢？使我想象着世界上确有传说中的魔鬼吗？不然她为什么不向我说一句话呢？我抑制着自己的恐怖心情，镇静了一下，细细地检视着她：脸面被她那长长的开散着的发丝与泪痕遮没着，不让她的眼睛、鼻子、嘴唇完整地露在外面，在她那般枯瘦的身体上，却有着一双饱满的乳头和饱满的腹部——藏着临产的胎儿，腹部以下，便是仅仅被一层皮包裹的两条腿骨，支撑着沉重的上身，我几乎担心着她的上身压断了她的腿骨，她的手，仿佛是巨形的鸡爪，抓着我的肩膀。在我检视以后，我认为她并没有一处失脱了人形的常态，相信谁也不敢把她分划在人类以外，指为其他的动物之一吧？可是，她为什么仍然不说话呢？只是让她的嘴唇颤抖着；她的话，好像都留在她的嘴唇以内。

　　"你告诉我——你是谁？"

　　我终于问了。她摆动一下头，让遮蔽她眼睛的一束发随着夜风飘向头后，认真地看了一下我的脸面。于是，她尖锐地叫了一声——经过颤抖的嘴唇，好像沿着一条曲线，起伏地传入我的耳孔，使我感受了她所感受的惊奇、恐怖、羞愧。这时候，我知道她捉错了人。然后，她立刻放了我，继续她的路跑开去。

　　我留在路上，注视着渐远的赤裸着的背影。这时候，我被好奇心所激动，转回自己要走的路，追向她去。

　　我追上她的时候，这次我拖住了她。她看看仍然是我，她要立刻在我手中挣脱:"你放开我!"

"我不,我要知道——"

"你要知道什么?你这个讨厌的大兵!"

她憎恶地望着我,好像要把我身上的军装撕得粉碎。可是我向她仍以友善的态度:"我要知道你是谁。"

"你想我是谁就是谁!"

她用一只手打起我握住她的另一只手的手来。其实,我该放走她,任她去。可是,我却仍在问着她:"我问你——你要做什么?"

"我要去——我就是要去呀?!"

"去向哪里?"

"去追一个人!"

"哪一个人!"

"害了我的一个人!"

我听了她的话,不知为什么没有经过一些思索,便很直率地问了她:"害了你的一个人,是强奸了你的人吗?"

"放屁,放屁!"

随着她就在我脸上打了一掌,我为了隔住她的第二掌,我的手指触了她的胸脯——这仿佛故意毁弄了她那女人的尊严一样,狠狠地又踢了我一脚。我如果以一个军人的身份,我不该让她这样侮辱我了吧?不知为什么我还在问她:"你追的那个人,究竟是谁?"

"我的丈夫!"

"你们为了什么事情呢?"

她不肯说,同时我也没有再追问她,因为夫妇间永远保藏她不肯外传的秘密,所以我放开她,让她跑去。并且我也没有更多的余闲,在一小时内,我要辞别几个好友,明天我将要随着军队开到前方去。

我刚刚走开几步的时候,便听见了她又在背后唤我:"你回来,我要问你——"

"你问我什么?"

"你是从这条路上来的吗?"

"是的。"

"那么你遇见我的丈夫了吧？"

"你问的真奇怪，我知道你丈夫是什么样的人？"

"你不知道这路上在夜间很少人走吗？"

"这路上，在夜间，是很少人走。可是我也不敢说我遇见的人，就是你的丈夫吧？我知道你丈夫是什么样的人？"

"他和你一样，也是个大兵！"

于是我记起了在路的转角处，有一个士兵，叫开了一家已经关闭了门的酒店，进去了。我告诉她的时候，她那忧伤与愤怒的神情，才淡了些。她要回家穿好衣服，再去会见她的丈夫；请求我先为她看守她的丈夫，她未来前，不让他离开酒店。

"你为什么不先穿好衣服再追他呢？"

"他怕我追他，他才趁着我睡觉的时候跑了；等我穿好衣服他跑得更远了！"

"你想想，我有什么权利看守他呢？"

"你做些好事，你不可以想一种方法，让他在酒店多等些时候吗？我告诉你，他是爱喝酒的！"

我因为忍受不了她那小羊一样的哀求，便允许了她，我临去的时候，我决定只是去监视一下她的丈夫，并不让他知道我是为她在看守着他，因为我不知道他们夫妇间究竟发生了什么事件。

她向回路跑去了，我又问她："如果他不是你的丈夫呢？"

"我告诉你我的丈夫在机关枪连，他叫张海山。"

然后她去了，我也去了；我们中间的距离，渐渐地延长了。

天上过于明朗的月亮，使得夜云也染上金黄色。有的，如同透明的白纱，轻飘地游览着天空的每处。它们不被其他云块阻留；好像最爱自由，往自由的地方去的。云间，有一些散乱的星子，不住地在施展着自己仅有的一些光亮；有时候，被行云遮没了，仿佛从天上失落了一样。天下充满着月光，使我感受着有一种气氛包围了我。

路边的人家，没有一些声音，骚扰着夜的平静，我想他们已经睡熟了，没有人再知道我从他们门前走过吧？

我走着，我的身影，跟随在我的背后，它总是不肯离开我，更不肯消灭，好像它永远要伴着，要安慰我这样的一个孤独者，实际使我更感受了独身的悲哀。因此我在敬慕着张海山，他与我是同样的一个士兵，可是他已经有了女人，他该比我幸福，在他们夫妇中间不应当再发生任何的不幸——像今夜我所见到的事件。

我走进酒店的时候，酒店的人几乎都睡了，只有一个年轻人在招待他的主顾——一个士兵。我看了那个士兵胸前的记章以后，我知道了他就是张海山。他并不是一个高壮的人，脸上也没有一丝野蛮的神情，从此，我几乎完全默认他不会害了他的女人。他的一只手撑着头，另一只手握着酒杯，倚在桌上，已经是半醉了。我为了监视他，也要来二两酒，与他坐了同桌。他看看我，又要来一些残余的酒菜——向我表示着同情，这也许正因为我们是同样的军装，又被注定了同一的命运；虽然，既不相识，又不是同一连部的弟兄。

我们两人举着酒杯，隔着桌子的距离，相敬一下，各自饮尽了一杯。他第一句话问我的便是："朋友，你结婚了吗？"

"没有。"

"你有家在这吗？"

"没有。"

"好！好！"

他说得很响亮，为我竖起大拇指来。我与他又相饮了一杯，我问："你这是什么意思？"

"哼，什么意思！不要说有家，就是有了女人，不是也累住了脚吗？"

"我想有女人总比没女人好！"

"像我这样的有了女人，可真倒霉！"

"我摇着头，表示不相信他的话。于是他的拳头把桌子敲得很响：

"朋友，你不知道我们明天就要开防了吗？"

这时候，我才明白了他的苦衷，以及他与他女人不幸的所在。

我的二两酒还没有饮完，他的女人已经来了。她在未说话前，便扯住了他的衣领，问他："你为什么偷着跑啦？"

"我不跑，我有什么办法？"

"你知道没办法，你就不该娶我！"她喘息着，继续喊着："你只顾你自己，说走就走了，你这没良心的大兵！"

"我愿意走吗？这是长官的命令！"

"命令？狗屁的命令！你只听命令，你就不替我想想吗？"

"我也不是没有替你想啊——"

"替我想？你什么时候替我想过？我看你只知道命令，命令你开出东北，开到西安，你都不该让我知道，不是我来找你，你还能想着我吗？这次你又要开出西安，还等着我找你去呀？这里没有我一个亲人，你想想我哪有钱去找你。再说你今天开到这地方，明天又开到那地方，我看看，将来要把你开出中国，你也等着我去找你吗？你这狼心狗肺的东西！"

他不作一声，只是听着，忍受着。不过，我看他因酒，因气愤，他额旁的脉络，已经涨满了血流，这并不是为了她的责言，而是由于自己也有更多的责言，无处发泄，所以他说："你只知道怨我——你没睁眼瞧瞧这是啥年头啦！"

"啥年头，你就不养家了？"

她的每句话，都像钢铁的塞子一般，堵塞着他的喉咙，使他无话可说，使他终于哭了。

最后，他向自己的胸脯，猛猛地击了两拳，又掏了所有的衣袋，凑起八角五分钱丢给她了。

"朋友，请你替我付了酒钱吧！"

他向我说了，便走了。

然而她却又追向他去。在门外不远的地方，我听见他们撕扯着衣服和打击着皮肉的声响。这时候，我很悔恨着自己，如果没有我，在他们别前，彼此的记忆中不会再多留这一幕悲惨的印象吧？所以我立刻冲出门外去，解开了他们互相的厮打。于是他在这一刻的机会里装作一匹老鼠样，窜向暗淡的街道去，失了身影。

"你没良心的东西，你去吧，你去挨刀，去挨枪子，让你死后没有葬身的地方……"

她跳着脚，骂着他，她待他好像待她的敌人，只是仇恨，没有宽恕。

当她确定了他不再转来的时候，她的话却柔弱了，柔弱得使人感到女人待男人那种最深的热情。

"你走了，你怎么不给我留下一把刀呢？"

她自语着，然后又问我："他真走了吗？"

"是，他真走了！"

我为了我们也要分离，我随便这样说了一句："你也回去吧？"

"我回哪去？"

"回家去！"

"哼，我家，只我一个人！"

我只好再这样地说一句："你还是回娘家吧！"

"嗯，我的娘家在东北！"

据说第二天的第一列兵车驶出以后，在铁轨上，轧死了一个女人，全身被轧成三段，血与肉都失去了原色与原形，不过，在她破裂的腹部中，仍然有着一个完整的胎儿的头部。

《文摘》（战时旬刊）第38号，1938年10月9日

渔　家

　　这山，是中国的名山，为了去游览它，我随着海军测量队做一次短途的航行。

　　天与海间浮着浓雾，仿佛是一种不可透视的烟气——由天空降落，或是从地上升起，总之，它充塞每个细小的隙孔，使一切的形色，都在它的包围中模糊了。

　　在岸上停留的人，探望着远方，只望见几步远的地方，在岸下动荡着的只是一条海流，再远些便没入雾中了。这使人感觉着自己以外，完全是雾的所在，唯有自己身边是被雾遗弃的地方；经过一刻便证实了自己也正在雾中——皮肤湿了，衣服也湿了。

　　四处的轮船，在航行中，不住地叫响着；却看不见它们一些轻微的影子。如果是两只轮船相遇了，唯有临近了，几乎相撞了，才各自辨出所遇的轮船的轮廓。这使旗语在船行中也失去了效力，使任何有经验的航海家也不敢保证自己所驶的轮船绝对安全。

　　临近海岸的小岛上，灯塔以红色的灯光和一种特殊的笛声，隔着同等的时间，一声一声地连续地叫着，引导着入口的轮船；出口的轮船却延期了。

　　然而，海军测量队的军用小轮船，一方面因为有司令部的命令，一方面又因为是短途的航行，便准期驶出了。

　　海上的狂暴的海风，勇敢地冲着雾的包围，激溅着海水，吹往自己所去的地方。它会把一只逆着它行进的轮船在一小时内，减慢三四里，同时，它也会让一只顺着它行进的轮船，加倍速力。海军测量队的军用小轮船，沿着海边行驶，也感受了风力的威胁，船身动摇着，交替地向左右两侧倾斜，倾斜得几乎接近水面——甲板上流入了水，甚至投入了水面，有倾覆的危险。急滚的浪头，打着船底，不让它平行一刻；有时候，突然涌起山丘一样的大浪，吞食着附近的小浪，滚近船底，与船底相撞而破碎。被激起的浪花，从船侧的一面飞上甲板，也许飞过甲板，落向船侧的另一面去。这军用的小轮船，在这种浓雾里，任着海浪激荡与暴风吹打，勉强地转动着机轮，向前挣扎。舱面上仿佛遭遇了暴雨，处处都被水湿，玻璃窗上垂落着明晶的水滴。甲板上已经没有人在停留，完全被雾占有。全部的船员，除去为了负责自己职务的以外，都回至自己的舱位，安静地躺下。像他们这样惯于海上生活的人们，也同样地经不起意外的折磨。

海军测量队队员，有十几人，其中陈飞与屠杰山是我很好的友人。我与他们都集拢在大厅里，昏迷着，静默着。在那般死静中，我们的呼吸，仿佛也停息了。

桌上的茶杯，墙上的镜子都被震动落了，碎了。其他的一些东西也都离了原来的位置，只有他们没有移开自己坐定的长椅，发着怨言："这是什么天气！"

浓雾渐渐消溶了。海水也减退些暴力，那山的山底渐渐地从雾中脱现出来。船也安定了。

"快到吧，这船慢得像老牛！"

陈飞最先离开座位，他从玻璃窗透视着外面的山影，好像一段凸起的天壁，接连着海边，与船的距离，已经不甚遥远。不过，在进行中，仍需二三十分钟。他从每人的身边走过，寻找什么东西似的。

"你们谁看见我的小纸包啦？"

他问着，推动一下屠杰山，从屠杰山的背后拾出一个小纸包——被压破了一块。于是他有些愤怒了，同时，另有几个队员，互望一下，采询小纸包里的东西。

"不要问吧，这不知道吗？"

屠杰山望着所有的人，好像不经说明，他的话，已经可以使人明了。然而我却不知道，我向陈飞伸出手去，要他把他的小纸包放在我的手里。他给了我，随着我便解开——那是一件有着红色小花的衣料，我有些迷茫了，因为我不知那衣料，他要赠送与谁的，或是别人赠送与他的；或是别人所有，由他暂时保留。

那山近了，我立刻被这景色所迷惑，便把那衣料交还陈飞，随着屠杰山走出门外。我们倚着甲板边的铁棚，张望着，山底临近海边，远方的巨石，不住地粉碎着涌来的潮水，隔绝着潮水的去路，让一束一束的鲜绿的海草，留在岸上，给山与海做了一条相隔的边线。山腰长着一列一列的松林与竹林，红色的庙宇，插在中间，好像最大的叶子围绕着最大的花朵。此外，便是从石壁间突出的巨石，山脊没入永远消逝不尽的雾烟中，只是透出一些轻淡的边痕，给人示以高度。这仅是临近我们的山的正面。它的两边延至看不见的远处。它的背后还有一层一层的不齐整的山脊伸出。船因为靠不近水浅的海岸，便在海岸外几丈远的地方停下了。这时候，岸边停着的一只渔船，漂向我们的船来，屠杰山引着我们的眼睛，去看渔船上的一个渔夫，这渔夫穿着蓝布的短衣长裤，腰上束紧着一条异色的腰带，我看了许久，也不明白屠杰山给我的暗示。他好像故意强迫我注视那个渔夫，不许我移动视线。我一直望到渔船近来，那个渔夫也近了我的面前，他并没有什么奇特引我注意的地方。是一个很平常的青年。

"他叫小刘。"

屠杰山开始告诉我。我奇特了。他又说："他有一个很好看的妻子！"

"很好看的妻子？"

"……是的！"

屠杰山随后笑了，笑得那样神秘。

渔船靠近了，停了，它送我们渡过我们小轮船与海岸距离的一段海路。

在路上，我随着屠杰山行走。陈飞伴着那个渔夫谈话，走在我们后面，他们仿佛是一对最好的朋友，维持着最纯洁的友情。走至路的破口处，他们都打了一下手势告别了。陈飞跑到我的身边的时候，他又转开头去，问了那个渔夫一句："你明天出去打鱼吗？"

"对啦！"

第二天的早晨，他便独自一人走了，携去了有着红色小花的衣料。

海军测量队临时的办公处，是在一处庙宇里另辟了的一所房屋。墙边摆满一周床铺，中间放着大的长桌。桌上有仪器、几页纸张、三角板、丁字板、长尺和一些其他绘制海图应用的器具。每一床头，有的放着小小的木柜，有的挂着几件破旧的海军军装，有的散着几本书，什么气象学、航海学、测量学，也许有几本最流行的小说，有的贴着字画，或是中国的山水画，这种东西的不同，好像暗示着他们每人的个性。不过他们每人都有一根手杖——这山的名产。因此，陈飞与屠杰山都允许替我找一支。

海军测量队的队员被分作两批：一批去海上测量，一批留在室内绘图，每天几乎都是同样的工作，他们在工作以后，有些留在屋里读书、写字，有些集中在他们特造的一所网球场，有些分散在伸向附近的青村的小路上。我常常只看见他们走去的背身，不见他们归回的面影。所以在夜间常常空闲着很多床铺，没人睡眠。

于是，我有一次特意问屠杰山："在夜里，他们都住在什么地方呢？"

"自然有他们更好的住处！"

"那为什么你没去住过一次呢？"

"我……"

然后摇摇头，代替了他要说而未说完的话。

我因为不肯这样地结束我们的谈话，我又问他：他们住在什么更好的地方？"

"他们都有自己的家，明白吗？"

他笑了。这笑，就是撒谎的证据，而且，我已经备好一句反问他的话："那么陈飞呢？"

谁都知道陈飞既无家族，又无亲人的一个孤身者。因此，他诚意地向我说："这是多情的地方，他们都有他们自己的情人！"

然而，我感觉有些疑意。这山附近几乎完全是庙宇与渔家，他们的"情人"究竟在什么地方呢？

我不仅不知道他们的情人所在地，就是这山的景色，渔家的生活，我还没有过一次深切的探望。这原因，很简单，我缺少一根必有的手杖。这山路，是难行的。

为了寻找一根手杖，有一天我与屠杰山沿着山底的一条草径，走向山间去。山路非常狭小，而且不是夹于草丛间，便是藏在石块下，使陌生人很容易迷失在路上。我们两人经过几条山路以后，走到断绝的地方，我们停于山腰的一处，向身外探望着，前面是叠落的山层，后面是几所模糊的庙影，右侧是茫茫的海面，左侧山脊临近着天边。我有意转向回路去，但他又不肯被这渺小的山路所困败。于是，我们既要前进，也只有爬行，脚踏着石块，手握着草束。

同时，要试探一下被踏的石块，被握的草束，是否禁住我们踏，我们握的力量；然后，让身体靠近山面，换着另一石块与草束，向前移动，这不能不说是一种冒险的行动，我们随时都有从山上滚落海下的危险。还没有经过半里的行程，我们的手腕与脚腕已经麻木了，再不听我们使用。我们各自拣了一块平面的石块，不得不坐下休息一下我们疲劳了的肢体。

一团完整的太阳，悬于并不高遥的天空，好像刚刚被潮水从海底涌出海面。火红的阳光，异常鲜明地碎于海面的一处，碎成一片跳动的光圈和光条。远天下的海面，浮荡着一层雾气，遮没着去向远方的渔船的帆影。在秘密的地方，藏着一些山鸟，互相唱着有节奏的歌子。有时不知从何处飘来一个飞影，在我们的面前飞绕几圈，仿佛特意为我们在寻找去路。

突然，我们看见了在山脊上行走的一队渔家妇女。她们提着同样的小柳篮，几乎完全穿着一样蓝色的短衣，红色的裤子。发上系着红色的发绳，媳妇绕着发饼，姑娘梳着长辫。其中只有一人剪了短发，而且穿着与他人不同的蒜色的衣裤，她停止了，向我们注视一下。我们知道渔家的妇女，甚至刚刚可以步行的小孩，都熟悉山路。她站着，正像给我们做了引路的标志。于是，我们追赶她来，希望她把我们引出迷失的路径以外。可是我不经意中踏脱了一块石，随它从山腰滚落山底。我茫然了，突然被一阵巨潮把我卷入海中。为了不让巨浪吞食我，或者把我打沉海底，我尽量地施展着游泳术，使自己的头部留在海面，挣扎着。

"救救我呀……"

在我看到屠杰山的时候，他仍然停在山腰的原处，好像在注视着远天行过的一块白云。我呼唤他，都像没有听见。

"朋友，救救我！"

这时候，我才知道一个人由于贪生的欲望，不惜向人呼救，甚至求怜。同时，我也知道我的友人被恐怖威胁得茫然了。我终于失望了。

然而渔妇中剪了短发的那人，疯狂地跑来了。跑至与我相近的海边时，他向我说："你等等我！"

这句话，给我的刺激，是说不出的；我感觉着是诗一般的美丽，是母亲所有的仁慈，是永远不灭的一句名言。这时候我认为在这世界，她是我唯一的亲人，人类的一切，都可牺牲或毁灭，只要有她存在，我所需要的，已经完全满足。是的，对于生命的留恋，有时人是最自私的。

她脱下外衣，在身上只留着衬衣和衬裤，一下投入海中。她很快地泳近我的身边。她一只手夹住了我的腰部，让另一只手，拨着水，向岸上泳行。

"我感激你，永远忘不了你的好心！"我说着。

可是，她把我拖上海岸以后，她散步似的去了。

好像有许多的话，还要向她说，所以我又唤回她来。问她："你姓什么？"

"姓刘。"

"你的名字？"

"小玉。"

她回答我的，虽然是两句简短的话，但从她的音调听来，我知道这山不是她的故乡。她是异乡人，近乎我的同乡。

于是我又问她："你是什么地方人？"

"阿什河。"

"在吉林省吗？"

"是的，在吉林省，离哈尔滨很近。"

"可是离这山很远啦！"

"是的，很远很远呢！"

"那你为什么，跑到很远以外的地方来呢？"

"先生，你不要问我吧！这不都是因为九一八事变吗？"

于是，我知道了她也是流亡中的东北人之一。

"你是因为'九一八'……"

我的问话，还没有完，她便哭着去了——好像被我引起了她最痛心的往事。

好像仍有许多的话，我要向她说，可是我没有唤回她来，只是追着她，问着她的住址；她哭着说："你到村里去问，村里的人都知道我。"

她去了以后，屠杰山才一步一步地爬起来。他觉着他没有救我，带着负疚于我的神情，向我道歉："……请你原谅我！"

然后他又问我："你受惊了吧？你没有伤了身体吗？"

于是，我感觉腿骨疼起来。在骨髓中，仿佛有着针刺。这时候，我只有让他扶着，才可以步行。

回到海军测量队的时候,天色几乎黑了。所有的队员都来问我,且叹息着,仿佛为我在分尝一份惊吓和痛苦。

不过,我自己却很坦然;即使死了,也很安心。因为在死前,我认识了一个勇敢的、正直的,使人人都要敬佩的女人——小玉。

经过五六天,我的身体恢复了原有的健康。

在我病后,第一个走出海军测量队的时候,便去往附近的青村。

太阳正在天面的中点,直射下来的光条,比火燃更热;使人的脸上、背上披满着汗粒,仿佛要燃焦了土地,要熔化了山石,要吸尽了茫茫的海水。风,也是热风,没有一丝的凉爽,向脸上吹来的时候,几乎堵塞了呼吸。

我走着一条经过修补的山路。路上铺着石块和沙土,有的地方,沙土被风飘去,露了石块的缝隙。路的两边,是渐渐高起的石壁,有几处,经人修饰,被留下些纪念的笔迹。这笔迹新的染着红色,旧的已经透出原有的石质。有的,不知道是新的,或是旧的,是等工人刻字,或是刻成的字。有的,被风雨磨去,只余下一块平平的石板。我走过一处狭口的时候,两面的石壁又渐渐地低落下去,前面开展一片绿色的草原与一些简陋的低小的房屋。

路人告诉我,那便是青村。

山下,渡过一条溪水,两边集拢着洗衣的妇女和洗澡的孩子。我又走过了溪水上石块连成的石桥,走近了那些房屋。那些妇女和孩子,都以陌生的眼睛,探望我,好像在欢迎我,为我做出笑脸。

我在一个老妇人的面前,问她:"你知道小玉吗?"

"知道。先生,你问她做什么?"

"我要去她家。"

于是,所有的妇女,都放下了自己手中湿淋的衣服,奇异地看起我来。而且有人奇异地指着前面的一所房屋说:"去吧,那就是她家!"

那是草茎的房顶,泥土的墙壁所合成的三间房屋。门在中间,两边是破了的纸窗。窗檐下悬着一串一串的干菜很久了,已经失去了菜质的原形与本色。地上晒着一些湿瓜子。我在门前,停留了一刻,看了看引我注视的一切——没有一处不带有着农村的彩色,也没有一处不象征着农村的贫穷与苦痛。

我敲了门的时候,有一个我不认识的姑娘走出来。她奇异地望着我,好像我们中间,已经断绝了人与人之间应有的一种感情的联系。

"这是小玉的家吗?"

我问她,她用奇异的视线,在我的身上,看了一个圈子,然后她勉强答应我一声:"是。"

"你请她来!"

"她不在家。"

"她要在什么时候回来?"

"不知道!"

我去了。

可是她又唤回我,问我:"先生,你贵姓?"

"姓张。"

"你是海军测量队的吗?"

"不是的!"

"那你怎么认识她?"

"难道只有海军测量队的认识她吗?"

她默然地脸红了,仿佛在悔着自己说错了话。过了些时候,她勉强地试探我。

"你掉过海里吗?"

"是的,我掉过海,她救了我!"

"啊……"

她好像在梦中,刚刚醒来了,让我随她走进屋里。我一坐炕边,破了的苇席,几乎刺破了我的一块皮肤。

屋外是那般明朗,屋内却是这样黑暗,在时间上,好像有十二小时的距离——正午与子夜。尤其是一个人,刚刚走入的时候,眼睛立刻迷盲了;渐渐地闪起金星,黑暗才淡了些,露出了屋内的形象,简单的地桌、木凳、破碎的渔网,水盆中跳跃的鲜鱼,有着一种刺鼻的气味。

我呆呆地坐了很久,不耐烦了,因为小玉家里只有那一个陌生的小姑娘,她给我送来一杯水,并未说一句招待我的话。我寂寞着,沿着屋地踱起来。于是,她似乎为了劝慰我,她说:"你坐坐,先生,她就回来了!"

"你知道她在什么地方吗?"

"不知道。可是我知道她'赶海'(地方俗语,意思是指去海边采拾海物)

去了，因为今天是退大潮的日子。"

"她每次'赶海'都要在什么时候回来呢？"

"最多再一点钟。"

的确，不到一小时，小玉回来了。她提着小柳篮，放有新鲜的蛎黄。

她看见我的时候，也同样地有些奇异："你怎么来我家了？"

"你家里不可以来吗？"

"不是，我是说想不到你来我家呀！"

这样，她便在奇异中开始平淡了。

她站在我的身边。从她身上发散着的深浓的盐味，浸着我。她的衣服，经过海水浸湿，又经过太阳曝晒，在绿纹中，塞满着白色盐条。而且在袖边裤下赤露着的手腕和脚腕贴住了白色的盐层。

"这是我的妹妹，先生！"

突然她给我介绍了那个小姑娘，这时候，我才看出了她们的脸面，有着相似的特征，宽阔的脸颊，突出的颧骨，健壮的身体与勇敢的神情，几乎是同一的型，我赞美她们说："你们真是一对好姊妹。"

"先生，我们还是患难的姊妹呢！"

于是，我们的谈话转向往事去，小玉述说着"九一八"后她和妹妹所遭遇的事情；最使我难忘的几段是这样的：

"……有一次，在阿什河，被日本炸死了五六十人，我的父亲就是其中的一个人。我的母亲呢，她的年纪很大，吓病了，不久就死了。我的哥哥随着队伍当兵去了。这样，我们一家人只余下我们姊妹两个人了，我们投亲戚呢？找朋友呢？那时候，我妹妹的年纪小，事情是要我一个人决定的，我决定了，要我的妹妹随我逃走，先生你想想，我决定错了吗……"

"我们姊妹两人真是苦极啦！逃到天津，又逃到北平，最后，我们才到了这儿。这是什么世界呢？不许我们讨饭，警察把我们赶走啦。我们还去什么地方？什么地方肯救济我们呢？唉，那时候，我们想只有死路一条。……"

"有一个姓李的年轻人，我们感激他也恨他，感激他的是，我们投河以后，他把我们救上来，救活了，恨他的是：他不该引诱我们，要娶我们一个人做妻子。先生，他为什么是那样的人面兽心呢？现在，我明白了，我很能原谅他，可是那时候，我们骂着他，打着他，我到底离开了他。……"

"幸而我们又遇见了一个好心肠的老人。他可怜我们，收留了我们，他是我们的恩人。我们有了他，才有现在！"

"这是那个老人的家吗？"

"不是的。一年前，我们已经离开了那个老人了。"

我们的谈话，刚刚转回现在来，可是，邻家的一些妇女和孩子，都跑来小玉的家，指着我，讲说着。小玉看出了我被她们所拘束了的神情，她立刻停下了自己的谈话。于是，我站起来，表示我要去了。她却说："先生，留你在我家吃饭？"

"太麻烦，谢谢吧！"

"一点不麻烦，我们吃便饭，就是为了招待客人，最多也不过炒几个鸡蛋。"

"谢谢，我走了！"

"再坐坐，我很难遇见一个知心的人！"

她的这句话，是从热诚中来的。这样，我们中间，在默默中，好像有了一层深远的友情。

她叫她的妹妹去燃火，准备招待我的晚饭。

然而，我终于去了，只有默默地感激着她与她的妹妹。

祖国的伤痕

他来的时候,谁也不知他来自何地,只见他带来了人类最大的复仇的决心——虽然他也带来了祖国的伤痕。

一天早晨,那十字街头在骚动着。我从梦中,被扰醒来,披起衣服,开了窗子把头伸出窗外。于是,我看见了他,不整齐而破旧的军服,惨枯的脸色,头发很长,长至颈下。在他那颓败的神情中,潜伏着一种流离的痛苦。他的头,枕着手腕,他的背,靠着墙壁,在一家医院的门旁,沉沉地睡着。在他身外,围满了很多观望的人,疑心他是一个临死的病人,甚至,已是一个死后的尸身。于是,慌忙着,喊叫着,使这常常寂静的街头,在早晨,便破碎了寂静。

他被惊醒的时候,先用右手把左手送入衣扣间的衣缝里停放下来,从衣袋扯出一条裹腿,牙与右手巧妙地结成一个环子,套入脖颈,让它代替衣缝衬托左手。他的右手,仍放在左手的一边,伴着它,照顾着它,好像是它唯一保护者。然后,他扬起头来,才惊异围满他而观望他的人,使他感到了一种疑虑的茫然,且不可解释。因此,有人指认他是一个小偷,偷了物品以后,被人打伤了。同时,更有人说:"哼,如果不是小偷,谁敢打伤他的手腕呢!"

"真是一个无能的小偷,给他的师傅丢脸!"

"你别看不起他,他这家伙,一定是一个大胆的小偷,他一定常常偷兵营的东西,你们就看看他穿的吧!"

不过,我并不相信这些话,因为我不仅不默认他是小偷,而且,我也没有疑心他类似人们所说的任何的一个罪犯。

然而他身边的人,有的大人欺辱了他,有的无教养的孩子借着大人的庇护,随便地戏弄着他,踢他一脚,或是打他一掌。甚至,有一个几乎成年的青年，搜索着他的衣袋，好像故意要找出他的赃物，控他以罪名。他只顾左右照看着，保护着左手，任他们如何地踢他、打他、欺弄他，他也不为自己辩护，或是抵抗他们。可是，他的胸脯，渐渐地凸高起来，他的额边的几条脉络，已经涨饱了血流——我知道他是愤怒了。

"我们不应当欺负一个残废人！"

幸而有一个经过的学生这样喊了。

然而，几乎全数的人，都不满意这句话，立刻有人反驳地叫起来："他是一个小偷！"

仿佛一个小偷，已经被逐出人类以外，在谁都可以判他的罪名而惩罚他。

于是这不幸的受伤者被几个人威胁着解开了衣扣，让人搜查。一个小布包从他的腰带里被搜去了的时候，他终于说话了："还给我！谁敢说那是他的？"

他为了拒绝被人验视他的那个小布包，突然夺回来了以后，立刻又意外地被几个孩子抢去了，跑了。这时候，他疯了一样，不顾一切地去追逐他们。

那个同情他的学生，丢下自己的书本，援助他从孩子手中又夺回了那个小布包。他笑了，他的笑声中流露了自己对于那个学生的真诚的谢意。可是，有些人不平地重新包围了他与那个学生，以严厉的态度威胁着他们："交出那个小布包，让我们检查一下！"

他把那个小布包紧紧地握着，仿佛使它永远不脱离他的手掌，他爱护它，仿佛比爱护自己的左手更甚。所以他说："这小布包是我的命一样，我活一天，它就跟我一天；我不能让谁抢去！"

那些人群之中的卑俗者，专以玩弄别人的不幸而解救自己的寂寞，他们恶意地要他交出那个最平常的小布包。

"你们有什么权，检查我的东西？我随便地检查你们的东西，你们答应我吗？"

他见对方始终不肯放过他，去走自己的路，好像只有在这一个无抵抗力者的面前，才可以显得自己的尊严与权威。

"你们如果再难为我，我就撞你们啦？你们是他妈什么东西？"

他已经容忍到最后，从腰间抽出一把军用的刺刀，向他们比量着。这时候，他完全表露了一个粗野的军人的性格；无情的谩骂，无情的报复。

我希望快些走来一个警察，解散他们这一幕将要开演的武剧。不然，我担心他们会有人因此而遭遇不幸。因为天色很早，警察终于没有走来，他们开始打起来了。那个学生仍是援助着他抵抗着另外的六七个人。其余的人观望着，像舞台下的观众一样，在紧张的时候，他们的神情也随着紧张。我厌恨他们不肯解劝一下，我立刻跑出去了。

自然是多数人战胜了少数人；那个学生被人抱住了，也许因为"学生"关系，没人敢侮辱他；只是不让他再援助那个有小偷嫌疑的人。败了的人，被他们踏在脚下，而且，强迫地说："你再不拿出来，我们就要自己动手拿啦！"

"我的东西为什么要拿给你们检查？你们这群东西，你们欺压像我这样一个受伤的人，你们还有他妈的良心吗？好，你们不怕报应，就打死我吧！"

他的话，惹起了一个人的气愤，故意用脚踏住了他的左手，鲜红的血流，从手腕流下来，一滴一滴地浸透着地面。然而他并没有哀叫一声，或是哀求一句，只是咬紧着牙齿，忍受着不可忍受的痛苦。

"究竟为什么事情？你们这样对待他。"我走近的时候。

他们很奇异我。同时。那个受难者向我说："先生，请你替我拾起刺刀来！"

"你等等。"我向他说了以后，又继续向他们说："你们放开他和那个学生，我可以做你们中间的一个公正人。"

我的话，很严肃，我的态度，更严肃。于是他们退开了，还给了他与那个学生的自由。那个学生为了向他们报复从地上拾起了那把刺刀。我说了很多的话，才说服了他。可是那个受难以后的人依然躺在原处，他的右手，已经撑不起他的身体，他的左手，流满了血条。那个学生扶着他，扶起他来。

我向那些经过胜利而骄傲的人们开始说话了。

"你们为什么打人？"

"他是小偷！"

"你们怎么知道他是小偷？"

"他有一个小布包不给我们检查！"

"你们凭什么检查他的小布包呢？假如他不是小偷，你们怎么办呢？假如他就是小偷，你们应该把他交给警察。你们随便打人比小偷更要犯罪，知道吗？"

于是，他们渐渐地畏退了，散去了。那个学生为了自己时间的关系，把他扶至医院的墙边，也去了。最后余下我们两人。他忍痛地又把左手送入裹腿圈内，只让那个小布包留在手里，想着怎样把它安放在如意的地方。

"你可以给我看看吗？"

我问他。他立刻把那个小布包送给了我："有什么不可以的！"

"那你怎么不可以给他们看看呢？"

"他们都不是他妈爹娘养的，开口就说我是小偷，谁他妈是小偷？哼，反正他们是欺负我没有力量，如果在几个月前，我身体没有受伤的时候，今天我和他们就没有完，一定要打个活来死去，再说像他们这样的，也不敢！现在我受伤了，都看我好欺负了，哼！"

他说着，痛心了，几乎流了眼泪。我听着，被他感动，所以我没解开那个小布包，继续问他："你在哪里受的伤呢？"

"在南京，你看！"

他用右手卷起些左手的衣袖，腕上有一个透孔的伤痕。凝结着血迹。

"这是枪伤吗？"

"对啦，是枪伤！"

"那你怎么不入军医院？"

"先生，你不知道，我们退却的时候，退得很乱，我找不到连长的证明，就没有入院证。"

他又给我伸出手腕来，我用手指试出伤痕附近的皮肤，已经肿高。我问："什么时候伤的？"

"半个多月了！"

"太久没有医治，不要紧吗？"

"哼——"

他苦笑了，表示没有适当的话回答我，但也渐渐地愁苦了。他长叹以后，开始自语："……我死啦，就算啦！假如这枪伤换在头上，或是更重点儿，我退不下来，还不是早就死啦吗？……"

"我的话，先生懂吗？"

"我懂，可是，我希望快活些。这地方，你有亲戚还是有朋友？"

"亲戚，朋友都没有，什么都没有……"

"什么地方有，你该先到什么地方去养一养伤。"

"有是有的。可是回不去呀！"

他张大着泪眼，探望着遥不可见的沦陷敌手的远方，摇了摇头。

"你的生活怎么办呢？"

"生活不要紧，只要治好了伤！"

"怎么能说生活不要紧？"

"先生，我治好了伤，还要回前方呢！你看！"

这时候，他的脸上，露出不可抑制的骄傲。随着，这骄傲，便引起他复仇之前的一种悲愤。于是他本能地从我手中拿去了那个小布包，解开给我看，其中是十几粒步枪的子弹。我向他点着头，表示我知道他保藏着子弹的用意。然后，他又慎重地包起来，送入腰带去，仿佛送入一件珍贵的纪念品。

在第二天的早晨，我突然发现他去了，那十字街头寂寞着。

他去的时候，谁也不知他去至何地，只见他带去了人类最大的复仇的决心——虽然他也带去了祖国的伤痕。

《中学生》1939年第11期

画　家

　　在大连湾的海岸。她挟着大衣，提着一个皮包与一个小小的画匣，在她的面前，是停泊着的一只海轮与一些拥挤着的旅客；在她的背后，是她的丈夫。她因为和一个在香港的友人有了约会。而她的丈夫又在等待着同来的家人，所以她暂先离别了她的丈夫，独自走上了一条遥远的旅途。她默默地站着，回顾着，她的脸色潜伏着一种悲惨的表情，眼角留蓄着一粒明澈的泪珠，仿佛在留恋着她的丈夫，又仿佛在留恋着已经失去了的故乡。

　　海风从遥远地方不住地冲上海岸，使人感受了春天的温暖。风下的海面滚动着，一个浪头拥挤着另一个浪头，互撞而破碎，浮起一些白色的粉沫，渐渐地溶化了，淡了，没于再起的浪头之间。岸下不住地飞舞着的一片水花，一片水星，随伴风向分散着，或是灌养着岸边的绿苔，或是沉落海面，遗下一些轻淡的泡沫，沿着水波，蠕行一段短短的旅程，经不起浪头的冲击退却了，或是消逝了。

　　船上的载重机，不住地从岸边向舱移运货物；然而，在岸边被遗留着的木箱袋子，积成山丘一样在等待着它，于是确定了开船的时间，要被延长几小时。

　　她向一个水手问过开船的准确时间在两小时以后的时候，约她的丈夫整理一下自己的舱位，把所有的零碎物件集成一堆，嘱咐近边的一个老年的旅客替她照顾。她只要她的丈夫代她拿着一本大的速写簿，自己把握着几支炭笔，走下船去。沿着海岸，走出不远，拣了一块安静些的地方站下了，好像在探望着什么，向四处搜索一下。然后，她又移换一些位置，坐在一块大石上。她的丈夫，就站在她的身边。

　　"你又要画吗？"

她的丈夫问她。她默默地笑了，随着，握起炭笔，打开速写簿。

"你还是休息休息吧，免得船上疲倦。"

"不。我要记下来这幅流亡图，这是难得的材料。"

她指着拥挤在船下的旅客说的。她的意思是汽笛一声以后，他们将都是流亡者了。在她画完一群流亡者的时候，她被不可抑制的别离情绪所充塞了。于是，她要她的丈夫站在她所指定的地方。做着她所指示的姿势：挺着胸脯，高举着拳头，眼睛在注视着远处天与海相连的界线。她想把这幅静止的像，移在画面上作为主体，用前者——一群流亡者作为衬托，她想给它这样一个名字："在流亡路上的停留者"。

她开始她的工作。随风吹送的岸上，船上的骚声，包围着她的身边。但她并没听见。她的耳朵仿佛被棉质的塞子堵塞了，隔绝了一切的声响，就是她所取作画材以外的一切景象，也在她的眼里失去存在。她很快画完了一个模糊的轮廓。其间有许多线条，经过她手指的涂改，便每处都遗下一些不必要的斑点和轻微的指纹，看来，一时辨识不出她所取材的形象。她静静地停了一刻，然后，她向画面微笑着，脸色充饱着青春的力与神的尊严，使人对她敬慕。

"快些吧，苦死我啦！"

她的丈夫已经忍受不了这静止的姿势的疲劳。但她仍在观望着："你的头部真难画呢！"

"你画过很多的，为什么这次就难画呢？"

"因为这次我很难把握住你的情绪。"

是的，她画了擦，擦了再画，几次都没画成。因是在他的眼里有着一种光。这光，带着无限永别的幻想，深藏在一粒珍贵的水滴之中。当她捉摸着把这光表现在画面上的时候，他催促她说："快画完吧？"

"你又受不了这一点苦啦？"

"不是的，你的船也要开了！"

她探望一下海轮的岸边积留的货物，已经没有多少余留，但她的灵魂，依然迷失在画面上，忘我于去留以外。

"你如果一定要画我，我们相会的日期很近，不是随时都可以画吗？所以我愿意你还是立刻上船吧！"

"我们相会的时候，怕是我已经没有现在这样的情绪了。"

"如果在你未画完以前，船开了，你将怎样？"

她似乎不曾听见，仍在继续她的工作。但是在她最后重新画他面部的时候，岸上预告开船的锣声响了。她仍是安然不动，并没有想到在她完成工作以后，海轮将把她遗弃在岸上。她的丈夫离开了她所指定的地方，以暴力夺去了那未完成的作品，把她拖上海轮去。在岸与船间活动的梯阶上，两人握了握手便别了，一个走上来时的路，一个被载往海上去。

当她检视着那幅未完成的作品时，眼里蓄饱了泪水。她对于自己用线条和色素所组合的生命，比自己以热情和衷心所占有的躯体还爱。这爱，是一个艺术家忠于艺术之心的表现，而不是对于她以外任何人的剖白。

检查旅客的日本宪兵来了。在检查她之前，向她那未完成的作品，先踢了一脚。这无故加人以侮辱，使所有看得见的旅客，都难于容忍。但她为了爱护自己的作品，终于容忍了。她想她的敌人，仇视她的作品是自然的。可是这个日本宪兵，为了施展帝国的"尊严"与军人的"武威"，仍在夺取那幅未完成的作品。这时候，她不惜以整个生命冒险，去拒抗他。结果，那幅未完成的作品，被失落在地上，而她的脸颊又被打伤了，流了血。这样，那个日本宪兵便满足了欲望上的某些缺陷，不再检查她和她其余的东西，笑了笑，就去了。

日本宪兵去后，她还感觉幸运。她想如果他们检查她身边的一个布卷，她带来的几幅最喜欢的油画：《死了的故乡》《神圣的战争》《奴隶》《尸》《反抗》，也许她丧失在他手上，或是脚下。

机轮声，渐渐地响亮了。这直是说船已经离远海岸。白色的海鸥，如同失去了家乡的流亡者一样，没有自己的巢子，随着船尾，飞过着茫茫的海面；飞倦的时候，便在船尾的某处偷落一刻；饥饿的时候，只有投近海面，寻觅些从船上丢下的果皮、菜茎和米粒。巨浪打击着船底，使船面感受着很大的动摇，海鸥也随着那种摇动，摆动翅膀。高些低些飞着，好像在空中划着一种曲线。给旅客记下流亡的海程。

她从地上悄悄地拾起那幅未完的作品，用手帕一边给自己拭着血迹，一边为它擦着尘土。血与尘土相混，在她的手帕上，遗下一个罪恶的记号。这记号，就是说她和她作品的命运，同是一个。当她发觉它的破痕的时候，比脸上的一个伤疤破坏了自己的美丽更加痛惜。在她感觉，就像一个处女被蹂躏了贞操一样，因为处女把贞操看成珍贵的、神圣的。

在她到香港以后，她的友人为了某种必要的事情，未能践约，便离去了。因此，她不久即决定上海之行了。

她到上海的那天，深浓的阴云，由高空而下降，几乎低近地面。春雨的水滴，就是从那些云层间透过着，下落着。地上积留的雨水，已经合成了一些交错的细流，弯转地向低下的地面流去，使积满雨水的小池，又从一些破口处向外溢出几条细流。虽然春雨仍含着冬天的清冷，但是，吹过皮肤的时候，使人可以感受了些温暖。枯萎的树枝，已经生出新芽，嫩小的绿色的叶子，在雨中更加新鲜。在她看来，这是她理想的象征，象征着她的青春，她丈夫将与她重逢中给她带来的幸福，她在流亡中重新结成的艺术的果子，或者还有……

她走进一家旅店，旅店的主人迎着她，领她选定了房间。她看见在墙上贴着很大的字条："旅客银钱，如不交柜，倘有丢失，概不负责。"于是，她先把她包裹几幅油画的布卷，送向旅店的主人去，她说："这是请你替我交柜的东西。"

"这是什么东西？"

"你不要问，好好地替我保存就是啦！"

"在交柜之前，我们要检查一下东西，记在账上；不然，如果丢了，我们怎样负责，不，该说怎样赔偿呢？"

于是，她解开了布卷，把几幅油画送给旅店主人检视一下，然后又卷好。这主人，几乎笑了："小姐，我看这东西，你不要交柜吧，就是放在街上也不会丢的！"

这简直对于她是一种侮辱，她有些气愤了："你只限'银钱交柜'吗？"

"不！"

"银钱以外的呢？"

"比银钱更宝贵的东西。"

"那么我的画就是。"

旅店的主人被她的话迷惑了，向那布卷开始一次不吝啬的注视。她向他说："你收起来吧，你是不懂画的。"

"小姐，就是我不懂画，我也看出这是不值钱的东西。"

旅店主人一边说着，一边收起她的油画。最后，她随便嘲谑他一句："值钱的东西未必珍贵，珍贵的东西未必值钱。比方，你能给天才一个估价吗？"

他被她谈得有些茫然，他生来在言语中从未听过"天才"这两字，正像他从未听过"无知"这两字是一样的。

她把那幅未完成的作品，收在自己的身边。当旅店主人看了一眼她那未完成的作品以后，他轻卑地说："哼，还缺一个头呢！"

于是，她决定在候她丈夫的期间，把那幅未完成的作品重画一张大的油画。她用了一星期的时间，最后仍是一幅未完成的作品，因此，她很苦恼。她时时搜取着与她丈夫别时的记忆，以为从记忆中可以找得那一刹那情感的遗痕。但她不曾想到，恰是相反，她越想得长久，她的丈夫所遗给她的面影愈加模糊了；所以她另外找了一张画布，先试作几个面型。但其中选不出一个是她满意的。结果，仍是把原有的缺陷留在她的作品上。她决定在她丈夫来后，再完成它。

一天过了，两天过了，连续地过了一星期。每天去码头迎接她的丈夫。她每次去时，她寻了所有的由大连驶来的海轮，寻遍了所有海轮下来的旅客，没有寻到一个她相识的人。并且她写信打听她丈夫给她的通信处的消息，也没有一封回信。于是，她恐慌了，立刻向家寄去了一封双挂号信。在一星期后，那信件完好地被退回了，附贴着一页字条："此人他往，退回原处。"最后，她给大连的友人寄去一封快信，才知道她的丈夫与家人在上船那天被日本宪兵以嫌疑犯的罪名捕去了。

从此，她在流亡中是一个孤零人了。

那幅未完成的油画，被她镶了古典的画框，悬在墙壁的一面。她看待它，比看待她完成的作品更珍贵。她想象它，也许是她与她丈夫永别的唯一的纪念品。

她渐渐地感到有完成它的把握了。她曾几次最热心地把一切画具，都拾在身边；但是也曾几次因为生活问题骚扰了她完成的决心。最后，她积欠公寓的费用，已经不容她再延迟了。

那天，是她忍受着饥饿的第二天了，当她一望见她那幅未完成的作品的时候，她仿佛感觉有什么东西咽下了，随后她发觉经过喉咙的不是什么食物，而是补救不了饥饿的泪水。

"它也许是一幅成功的作品吧？"

她自语着。这不是安慰，或者赞颂。她的作品，的确是有高的评价的。然而不管它是怎样成功，它有着怎样高贵的价值，它不是食粮。艺术品与生活费是最不调协的对比，永远占有着两个极端。

"在它上面，我如果再添上他的头部，也许是更成功的作品吧？"

她挣扎着，撑着手腕起来，她的头昏迷了，感受四面的墙壁在她身边打着旋转。她勉强地移到门边，让役者唤来旅店的主人，她哀求地说："请你允许我，再给我送一次饭来。"

"为什么只要吃一次饭呢？"

"因为我要画完它！"

"你画完它，有什么办法吗？"

她默然了。

旅店的主人，用一种恶意的脸色开始劝告她："小姐，你为你自己，为我们，总应该想点办法……"

"我没有办法了。"

"喂，女人没办法，男人更没办法啦！"

她忍受不了这甚过利器的伤害，她施展着全身的力量，打他一掌。她还叫着："我还有什么办法呢？我的被褥卖了，我的衣服当了，你看看我还有什么办法可卖可当呢？"她昏倒在地上，仍是叫着："如果有什么可卖可当东西的，你尽量去，卖，去当！"

在晚间，役者给她送来丰富的饭菜。她一边吃着，一边感谢着旅店的主人。她想这主人，不失为一个慈善者，仿佛不该打他一掌。在饭后，她不自主地跳了几跳。这由于饱满一餐所引起的欢快，使她忘形于失常的动作中。在她感觉需要完成那幅未完成的作品的时候，旅店的主人又给她送来一元多钱。此时，她有些奇异了："你这是什么意思？"

他露着笑脸，回着说："什么事情都是不容易，这是小姐的运气好。我跑了半天，才找到一家外国旧书店，把你的画卖掉了……"

"什么？卖掉了我的画？"

"是，小姐！"

于是她愤怒了，把手里的画笔抛开了，油色在白色的墙上溅落了些黑色的斑点。她气愤得扯住他的衣服，指问他。

"谁允许你卖的？"

"就是你，小姐！"

"你杀了我，我也不会允许你！"

"你说过，如果有什么可卖可当的东西，你尽量去卖，去当！你忘记了吗？小姐。"

这时候，她不再仇恨着他，只有悔恨着自己说了错话，哭了，打着自己的胸脯。她问："卖了多少钱？"

"一共卖了十五元，扣下欠我们的费用，这是余下的钱。"

"你卖给谁家了？"

他告诉了她，那家旧书店的地址以后，他说："小姐不要难过，只要有钱就可买回来。"

然后他去了。

她在流亡前，从几年来作的几百幅作品中，选出最心爱的几幅，这次全部失去了。所余的只是那幅未完成的作品而已。

从此，她每天注意报纸的"聘请"广告，她不仅为了生活，且为赎回她的作品。她很幸运地找得一个小学教员的职务，供给膳宿，还有月薪十元。在她要从旅店搬往学校的那天早晨，她又剪下这样的一条聘请广告：

本校拟聘一位女性模特儿，年龄十八岁至二十五岁。面目清秀，身体强健，无特别嗜好者。每天工作，三小时至四小时。不供膳宿，月薪二十元。如有同意者，请先投最近四寸半身照片一份。合格后，复函通知，亲来本校，检验身体，始作最后决定。此启。

她认为模特儿比教员好些，因为模特儿，距离她的园地更近。她觉得模特儿是艺术与生活间的界石，如果偏侧些，很容易被侮为匠人的模型，但也可能被赞为艺术家的神。她是画家，她有把握从"模型"与"神"之间选择某一个。所以她决定做一次投考的尝试。这之前，她需要照一页相片。于是，她不得不带着那幅未完成的作品，去找那家旧书店。

旧书店的主人，是一个白俄老人，他大约是一位赏识家。他暗淡的小室里，除去四围的书架以外，壁上与橱里放着的、悬着的，完全是画。他对于某时代某作风的作品，分析得非常清楚。比方他绝不把米勒的混在V派等人的中间。

她走进以后，已经无暇于鉴赏。她立刻送出那幅未完成的作品，第一句话便问："你可以收买这张画吗？"

那个白俄老人，立刻戴起眼镜。在他看的时候，他仿佛受了什么刺激似的把肩膀抖动两下说："可惜是一幅未完成的作品……我可以收买，可以收买，你要多少钱？"

"随你便吧！"她停了一下又说："不过请你要给我保留十天，请允许我在十天以内，我可以用加倍的价钱买回来。"

"十天以外呢？"

"随便你卖给谁，或是卖给我，价钱，由你自定。"

"那么，十元钱吧！"

她接过一张十元的钞，那幅未完成的作品被留下了。她在临走时，询问那个白俄老人："不久，有一个中国人，卖给你五张画吗？"

"是的！"

他指了指墙上悬着的几幅画：《神圣的战争》《奴隶》《尸》。她望着，她用哆嗦的手，指着问："为什么只有三张了呢？"

"已经卖掉了两张！"然后他又说："这位作者将是一位伟大的画家。"

她听了，她的泪水随着落下了。她想了想照相的费用，最多不过两元；所以她问："我用八元钱，你可以卖给我一张吗？"

"八元钱？请你原谅我说一句，把一件艺术品，估以价格，本来就是嘲弄。八元钱，简直是侮辱。"

请于本月二十三日下午五时来校检验身体，勿误。

她刚刚读完这字条，便穿好衣服去了。因为她是一个陌生人，不熟知上海的街路。最后，她不得不让一辆人力车拉往那学校去。

上海的春天，是多雨的天气，常常三五天没有停息过。那天却很例外，早晨落过一阵雨丝，很快地便晴了。晴朗的天空，找不出一丝阴云的遗痕。高空中完全是蓝色静止的云团，向着天的边际低沉，没落。太阳孤零的色调，鲜明地普遍地投射下来，让阳光透入每个细小的隙孔。这种天色，也好像在伴送着她走向她光明的处所。

那学校，已经是放学的时候了。学生们连续地走出校门，留在校内游戏着的，多半是住宿的学生们，男的，女的，他们不分性别地混成几团。她走进校门，他们的眼睛都集中在她的身上，追随她走入传达室。她对于这些艺术的儿女，示以极大的热情。她的意思，好像是在说："你们这些未来的画家，我亲爱的同伴哪！"

然而在传达者引她经过校院的路上，她却听见有人用一种轻卑的口气说："这是投考的模特儿！"

"模特儿，我的小宝宝！"

而且有人更高的声音，更淫荡地说："要她先脱下衣服，给我们看看！"

她有意停下脚步，向他们分辩几句，或是解释一下一个艺术学习者不应有卑陋和庸俗观念。不过，这时候，她记起了她做学生的时候，也有一些无知和无聊的同学，常常向模特儿取笑的故事。现在她听见在她身后有人替她反驳了："无耻的东西，你要先脱下衣服，给我们看看！"

她终于没有回转头来，探望一下，一直随着传达者会见了校长和王教师。

"你等一等！"王教师向她说了之后，又向教务部说："我向你说过我买的一张画，现在给你看看！"

他举起他手拿的一张画。那画是这样的，惨淡的天色下，几乎倾斜的草房旁，有一条伸向远天的雪路。路上被雪封锁之后，还未遗下一个脚印，路的尽头，是低下地。那边有一排刺刀的尖端伸过来，但无人影。这边房前有一个农民愤愤地握着拳头，开始踏破着这条完整的雪路，因为他身后只有少少几个巨大的脚印。这画的题名，是《反抗》。他放下画的时候，问教务长："你看值多少钱？"

"我也不是你那样的鉴赏家，怎么敢随便评定作品的价值。"

"你猜。便宜极啦！"

"你在谁家买的呢？"

"就是那家白俄旧书店。"

"啊……猜不出来，还是你告诉我吧！"

"四十块钱，你能说不便宜吗？"

"便宜，便宜，可是你怎么知道有这张画呢？"

"那家旧书店我差不多是天天去的。恰巧那几天我病了没有去，有一次一个学生买来一张叫《死了的故乡》的画，拿来给我看。我一看好极啦，可以说在中国的作品里是很难得的。所以我不顾一切去买这张《反抗》；你知道我是没有钱的。出于一个人手笔的，还有三张，你要买，你快去买！

最后他很惋惜地说:"可惜不知道这位作者是谁,如果知道,我一定去拜访这位画家!"

"你看看画下的签名啊!"

"我看了两天啦,也没看出这两个简写的字是什么字!"

有许多学生拥挤进来,有的鉴赏着《反抗》,有的特意来看投考的模特儿,把教务长的办公室塞得异常饱满。那可怜的投试者在墙角边,被挤得不得动转。王教师担心着《反抗》被挤破,特意把它举过头顶想挤出人群去。但教务长又追回他来,把所有的学生们劝说出去。

"你决定用不用这位投考的?"

教务长恳切地向王教师说了,王教师却有些拒绝的意思。他问:"为什么要我决定呢?"

"因为你是画家,又是鉴赏家!"

王教师答应教务长之后,他向那痴然坐在椅上的可怜人说:"你站起来!"

这可怜人站起来了。

"你转过身去!"

这可怜人转过身体去了。

王教师从她的前身与后身,还不能决定她的身体,是否美好,所以问她:"你可以脱下你的衣服吗?"

"可以,自然可以。"

于是,所有的窗幔被教务长拉闭了。她很快地脱下长袍、胸衣。在她继续解开了裤带的时候,虽然她可以忘形于艺术之中,但她把自己裸体摆在陌生者的眼前,仿佛本性地感到几分羞怯。

"还是请你都脱下吧!"王教师严肃地说。

于是,她又脱下短裤,赤露着整个的裸体。她那洁白的皮肤,美满的乳房,在这一刹那的静止中,仿佛正是名家雕刻的女像。她站着不动,任人鉴赏。这在她成年以后,除她丈夫以外,还是第一次让自己裸体接触外人的眼睛。她在不得已的拘缩中,脸色有些微红了。这时候,她几乎动摇了来时的原意,而懊悔这一初试了。

然而王教师已经满意地录取了她。

她开始工作的第一天的第一小时,随着铃声走入教室。这教室中的一切,在她是非常熟识的。以前她饱尝这相似的情景，曾有过几年。不过她这次再尝时，却感到另一种滋味了。王教师在学生群中，望着两幅画。一幅是《死了的故乡》，另一幅是签名弗洛芒丹的作品。他默默地注视了许久，然后，他问起后一幅的买者："是谁的？"

"是我的！"有一个学生走来回答。

"你画的成绩和画的知识都不够，以前我希望你多用些功，少买些画。你看你买这张画又用去了一百元钱！"

"弗洛芒丹的作品，还不值一百元钱吗？"

"可惜它是假的，弗洛芒丹作品，你以为他的真作品可以剩在你的手里吗？你看看《死了的故乡》要比它好到几倍！"

他看见她在候着工作，便停止谈话，引她走进墙角处的布幔去。不久，她赤裸裸走出布幔来，悄静地走上靠近墙壁的木台。摆出王教师指定的姿势：两腿靠紧着，头部垂下些，两手握住拳头，一只撑着下颏，一只在垂着。这种沉默的愤怒的姿态，已经被她表现得完美。他退后些，望了一下，他赞扬地说："这姿势好极啦！"

随着有一个学生也在说："太好啦……"

然而另一个学生却说："好什么？乳那么小，你看那一条一条的肋骨吧，真像瘦狗一样。屁股倒很大，也许只有她的屁股还够画的材料！"

王教师和许多学生，都严责了那辱人者一次。这被辱者气愤地转动起来。因此她的姿态：不能恢复原有的美善了。

这一次，她受的打击最大。她觉得画家的成就，真是无辜的牺牲。她在情感冲动中，几乎可以否定艺术的存在了。

于是，她向教务长请求辞去模特儿的工作。但限她的日期要在一月以后，始可退去。

她忍着疲倦，侮辱，做过十天的工作了。这期间，她时时焦虑着她那幅未完成的作品。她为了赎回它，想预支一月薪金，但终于失望了。因此，她的神经完全失了常态。有一天，她不安地走向教室的时候，几乎跌在院场上。她的苦衷，无人知道，而她又不愿倾诉。这一次，她刚刚走进教室里，便看见了墙上所悬的一幅画，这画就是她那幅未完成的作品。

"这真是一幅杰作，可惜没有完成！"

王教师异常惋惜地说着，绕着学生们踱着。他停下时，望着每个学生说：

"我自己没有胆量完成它，因为我怕我画错一笔，毁坏了全幅，你们谁敢大胆地做一次试验？"

她未等学生们回答，开始痛苦了。这时候，她完全是一个疯人了，跳着，叫喊着，仿佛要与恶魔决斗一样。学生们被她惊吓得近于死静了，都用奇异的眼光望着她。王教师也因为她突兀的变态而感到茫然。他开始这样说一句：

"你安静些！"

她安静了些，指着那幅未完成的作品问王教师："你用多少钱买了它？"

"一百元。"

"我很爱它，我可以用我一年的薪金从你手中买来吗？"

"我也很爱它，你就是用你一生的薪金，也买不去它！"

这句话好像把她的灵魂和躯体分离了。她绝望地叫了一声之后，昏昏地倒落在一只椅上。

所有的人都认为她有神经病，不敢再惹动她，让她在椅上安静片刻。

王教师为了完成那幅未完成的作品，继续向每个学生问着："你们谁敢大胆地给这无头人添上一个人头？"

"我敢。"

"我敢，我敢。"

有几个学生答应着。然而他们在另外的一张纸上，试画的几个人头，没有一个是王教师所满意的，所以他又向其余的学生们问："你们谁还敢试试？"

学生们都静默着。

她清醒了些，从椅子上起来，跄踉地扑到王教师的身前，她说："我试试！"

这使所有的人都惊奇了，有的人，甚至抑制不住自己的笑声，用手掌堵塞了嘴唇。

"你不必试吧！"

王教师拒绝着她。她却严厉地反问一句："为什么我不可以试呢？"

"因为你不是画家。"

"啊，因为我不是画家！"

她沉痛地重复一句以后，王教师为了安慰一个病者而敷衍她，送她一张纸，然后向她说："你先试试看。"

于是她借来一些应用的画具，安排在一张小桌上。在未画之前，她说："在我画的时候，不允许你们看！"

都默许了她，离远了她。

没有五分钟的时间，她便画完一个人头，使王教师和几个学生都意外地满意。王教师慎重地把那人头剪下来，送到那幅未完成的作品上对比的时候，的确完整无缺，就像从那画上剪下的一部分一样。他惊奇着，似乎有许多话要问询她，同时，他被一种欢快所迷惑，使他所要说的话，说不出一句。最后只是向她请求说："你是一位画家，只有你可以完成它，请你立刻完成它吧！"

"在我画的时候，不许你们看！"

所有的学生都把她看成神秘的人，退后了些，在那幅未完成的作品的后面，静默着，等候着。

她画完的时候，转过画的正面给他们看，他们都同声地赞颂她说："好哇，好哇！"

而且王教师在叫着："啊，伟大的画家！"

她望着那幅作品，笑了笑。但她的脸色苍白了，手与嘴唇抖动起来。最后她下了决心，向他们说："我还没有画完，请你们再站后些！"

在她表示一切都已完成的时候，所有的人，立刻都凑到作品的前边。那作品，每处都很完好，并没有损坏一处，只是在整个画面上，写满与画的彩色不相调和的几个大字：

"最后的作品"。

《国民公论（汉口）》1939年第2卷第7期

一位工程师的第一次工程

他是土木工程毕业的学生，是我很好的友人。他取得毕业证书那天，他这样坦白地向我说："我要做一个有名的工程师！"

我很相信他的话。

以后他又留英三年，我更相信了他的话。

不过他归国不久，便是九一八事变了。他没等待，也没寻找他发展自己才能的机会，立刻从东北逃至青岛。然后，我又追着他的行踪，追至青岛。原因：随着他可以保障我流亡中的生活，不致发生恐慌，因为他是一位工程师。

在青岛两个月，他没有找到应用自己所学的机会。最后，我们趁着还有些路费的时候，去了上海。

然而在上海，也与在青岛一样。住了一家廉价的旅店，他每天外出奔走，寻找他的同学，或是友人。找到了同学与友人，有的做了工程师、制图员，也有的放弃了自己的所学而就任了下级的公务员，甚至也有的，与他一样，固然有几个友人，在社会上有相当的地位，允许他，给他介绍工作。他等待着，几乎过了一个月，并没有一封信，告诉他些消息。我们的生活，已经陷入恐慌的境地了，不仅欠了旅店的费用，而且当了自己的衣服。最后的三角钱，吃了两次饭的时候，我很忧郁地说："我们怎么办呢？"

"不要难过，我们总有办法！"

他仍然是一样地自信地安慰着我与自己。可是安慰，只是安慰，事实我们有什么办法？除去我们身上的衣服与他几年来所积蓄的两箱书以外，别无所有。我不自觉地叹息了！

叹息了几声，他说话了："不要难过，难过什么？今天不是快要过去了吗？"

"明天呢？"

"明天？明天再说明天！"

夜来了，又去了。

他很早地便从睡中唤醒了我。我迷蒙的眼睛望了一望窗子，几条微弱的光条，刚刚移近窗边，窗外的天上，还遗着一粒星子，大概最多也不过六点钟。我告诉他说："我还要睡一下。"

"还睡？你睡得太久了！"

"只要能睡，我就睡，睡一天也好，两天也好，一直睡到死更好！"

他笑了笑我有些稚气。于是，他仿佛戏弄一个孩子似的说："你睡吧，快到吃饭的时候了。"

"吃饭？哼，我们从今天起。只有睡的时候，没有吃饭的时候了。……也许有，不知道要在哪天！"

"你睡吧，到了吃饭的时候，我也不叫你。"

然而，在两小时以后，他又唤醒我了。有十几个馒头和一小包咸菜，放在我的身边，我立刻从床上坐起来："哪来的？"

"不会飞来，也没有人送来，自然还是买来的！"

"买来的？你买来的？"

"你想想我以外有谁买来呢？"

我想了很久，终于想不出谁来。因为我们的住处很少有人来过，即使有人来过了，知道我们在饥饿着，也绝不会只买来馒头和咸菜，最低也可以请我们吃一次小餐。我问他的时候，他只是笑着向我说："你吃吧，不用问了！"

我一边吃着，一边检视着他身上的衣服，仍然是整齐的一套西装，甚至一个衣扣也并不缺少，那么他做了小偷了吗？我知道他，更相信他——如果肯去做一个小偷，他早已向他的同学或是友人借贷。我吃完以后，为了逼问他说出实情来，故意地侮辱着他："我知道了，你把你的钱偷偷地藏起来了！"

他经不起我这种的责难，愤怒了，在我身边拍着手掌，跳起来。于是我问他："那你为什么不告诉我？"

"像你那样好发愁的人，告诉你做什么？告诉你不是让你更发愁了吗？"

我看他打开书箱拿出几本书的时候，我便明了了。他要我随他走进一家旧书店去。那里有一个老年人，很客气地向他打着招呼："先生，你又来了。"

然后，我的友人把书交给了那个老年人换来一元钞票，回来了。

我们的生活，便是这样地在维持着，在等待着他的工作。可是一日又过去了，他的工作也没有消息。而且旅店的主人，天天表示一种难看的脸色，使我出入旅店不敢扬起头来，我的友人却安然地从他的身边走来，走去。役者不但不招待我们，反而常常讽刺我们，认为我们是最下流的人。因此我宁肯在街头露宿，也不愿再住旅店，几次都被我的友人劝住了，他说："不要难过，慢慢地就有办法了！"

第一个书箱的书，几乎卖尽了，我们生活的办法还没有想出来。他的自信心，几乎被动摇了，虽然他为了安慰我，仍向我说些自信的话。

旅店主人的最后一次警告来了，限制我们两天内迁出他的旅店。

在晚间，我倚在窗侧，贪恋着窗外几块有彩色的飘走的浮云，像我们一样地去无定所，虽然，它们很美丽，很使人热爱。渐渐地一块一块地远了，没过了一处高起的楼脊，不知道它们究竟去向何处了。我回转身来的时候，我的友人正在望着我而沉思着计划着我们此后的生活。我没有扰他，又转回身去，注意天空：又有几块白云来了，去了。窗下的人，仿佛组成了密连的队伍，来去地行过着；每人都很奔忙，也许都为了生活奔忙吧！

邻房的旅客，又吹起笛声来，哀怨而凄凉，更加深了我心中的悲愁，在眼里久蓄的两粒泪滴，几乎随着笛声流落下来。我要制止他吹，我怕吹伤了我的心。

"在这是最后的一夜了！"

我自语着，离去了窗边，沿窗踱起来。我的友人的视线，随着我移动很久，他问我："你才说什么？"

"我说在这是最后的一夜了！"

"你不要难过，我有办法！"

"做强盗吗？"

"做强盗还没到时候！到了做强盗的时候，就去做强盗！"

他的话很愤慨，也很悲壮，使我听见的时候，抖动了一下身体。

"现在到了做什么的时候呢？"

"现在的时候，有很多可以做的……"他想了想又说："你不要管，睡觉好啦！"

我失眠了。

他独自在地下整理着书本，仿佛分类地把它们分别开来，有的抛开了，无次序地积起一堆。那是他仅有的财产，他为了生活要全部卖出了吗？我不忍心他卖出全部的书籍，因为那是他唯一的热爱的东西，且是他必要的东西，所以我说："朋友，你另想办法吧，你不要再卖书。你知道吗？我看你卖自己的书，就像看你割自己的肉一样。"

"我不只是卖书，我还要买书呢！"

"咦？"

"你不要问，睡觉吧！"他向我开玩笑似的又说。

天快亮了，我睡了，醒来的时候，他与他的书箱都不在了。他丢下我私逃了吗？我不相信，因为我们两人几年来的友情，曾给了我们最大的保证。

我找了旅店的主人，我问他："王先生搬走了吗？"

"没有，我又答应你们住下了，因为他做了一个小生意。"

"小生意？什么小生意？"

"你自己出去看看，往东边走！"

我出去，便看见了他。在一家小店的窗下，摆开了他的全部书籍。他寂寞地徘徊着，盼待着他的主顾。这种情景，使我感觉仿佛有一个最大的恶魔在摧毁着他——他的希望，生命，使我抑制不住已经爆发了的悲痛；所以我不愿他看见我，距他几十步远的地方，我停留着。

清道夫，菜贩走过他身边的时候，都以奇异的眼色注视他，低语着，也许认为他是人类中的一个怪人，出现于街边了。

我垂着头，一步比一步沉重地走向他去；走近他，我还没有说话，泪水已经纷纷地落下了。他一只手托高着我的头，一只手拍着我的肩："告诉我，你为了什么？"

任随他怎样问我，只有保持着沉默。因为我怕话声激起我的哭声，使走过我们身边的人，起了更大的惊异。他扯着我，扯到墙边，让我坐了他的书箱，给我拭着泪水。我想，我的母亲待我也不过只有如是的抚爱吧？

过些时候，他又低声地问我："告诉我，你为了什么？"

"就是为了……"

他笑了，用力地打了我一下，然后张开着两手，指着我与他的书："怕什么？我们凭东西卖钱，既不犯法，也不丢人。不是吗？有什么可怕的！"

"也不怕什么，只是你这种情形使我难过！"

我说着，我的眼泪便随着落下了。

他安慰我说："不要难过，我们将来会有些发展！"

街上的行人渐渐地多起来，常常有人不经意地踏了他的书本。也许有人停下了，随便地翻阅一下，又丢下去了。书的次序，我们不住地恢复着，同时，又不住地被人破坏着。两小时的工夫，没有卖出一本书。而且我们靠临的那家的小店开门了，有一个年轻人，不容我们说话，便把书籍踢乱了。他还恶意地骂着我们："也不问问，就摆开啦，不要地租吗？快滚蛋，别找麻烦，听见没有？滚蛋，滚得远远去！"

他已经握起拳头来，我的劝解，才使他松开了。

"滚蛋，快滚蛋！"

这声音，逼迫我们不得不离开此处。我们把书箱移至不远的另一街边的一条夹道间，得了巡捕的许可，我们又摆出了全部的书籍。

我们两人都默默地站着，不住地探望着由两面墙壁隔成的夹道，这里只有五尺宽，十几尺长，一端连至已经不通行的铁门，一端接着大街，到处积满了日久的垃圾物，有一种难嗅的气味，不住地被风飘起着，透入着我们的鼻孔，我们几乎呕吐了，虽然我们仍是在饿着肚子。然而，不久，我们的幸运来了——有一个高贵的女人捡起了一本几何画问："多少价钱？"

我的朋友卑下地从手中取过几何画，翻开了版权页：定价一元二角。他说："打六折吧！"

她好像被惊了似的耸起一下肩膀，转身走了。他立刻追着唤回她来。他在她的身后张着两手，隔断着她的去路；如果有巡捕来了，看见他那种姿势，也许疑心他是一个路劫者。不过他的态度，却是过分的平和的，以一种柔软而胆怯的音调，问着她："你说多少？随便多少，你说吧！"

"两角吧！"

"你看看，这书还是新的呢！"

"三角，三角！"

"请你给四角吧！"

"三角五！"

"你也不差那五分钱！"

"三角六，你再不卖我就走了。"

于是，我的友人立刻答应了。

这天，他在这同样的情形中，卖了一元多钱。还了旅店的主人一元，余下的我们吃饭了。

在夜间，他计划我们自己去租一间比较便宜的房间，离去旅店；所欠的费用，我们一边卖书，一边补还。于是他又预算起了我们的长远的生活。我为了生活，忍受不了种种的侮辱，我向他诚意地说："朋友，我要离开你走了！"

"你往哪走？"

我表示了另去开拓生活的途径。开始的时候，他阻止我——担心着我的生活。最后，他允许我了——怕损害了我的希望。

我卖了自己仅有的一套西服，做了路费，只穿着余下的衬衣衬裤走了。

他送我到了车站，在开车一刻的时候，他的手紧紧地握住了我的手，仿佛我们两人是不可分离的同生的一体而却要分离了。他的脸色悲惨，避着我的视线。我几次地想向他表示感谢他待我的好意，可是我几次地也没有说出来。我们默默地站着，好像是一对哑人。直到笛声响了，他说："去吧，祝你平安！"

我的泪，落了。我的心，几乎碎裂了，让他扶着我登上了车踏板，随车渐渐地离远了他。可是他一面追随车辆跑着，一面嘱咐着我："不要难过，我们将来会有些发展！"

然而，我在一年中，走遍了许多大的商埠，找遍了每处所有的友人，结果只给了我短时的生活和离去的路费，终于没有获得一份职务，甚至临时的短工，最后仍是被迫回上海了。

这次我见了他的时候，他没有什么改变，像从前一样地在那条夹道寻找生活。不过，在夹道间，他建筑了一间简单的小房；一扇小门，两扇更小的窗子。此外，便是几处板壁，完全染了红色，很新鲜，刺着人的眼睛，只是低小，如果在门边不是挂了"此处发卖收买旧书"的纸条，使人从远些的地方看来也许误认是新制的木棺。

这是我们别后他的"发展"，也是他的第一次工程。

《国民公论（汉口）》1939年第2卷第3期

谎

　　这老好人有七十多岁了。她已经驼了背，白了头发。她的言语，有些模糊。她的耳孔，好像已被塞子塞住，即便是响亮的声音，她听来也不过那么轻微。她的行动，如果没有手杖，必须有人扶持。除去她的眼睛，她的确临到暮年了。但她要强，不仅管理家务，而且常做琐碎的事情，比方，她早晨喂鸡，晚上浇花等。她这种吃苦的习惯，邻家都作为谈话的好资料。相反，她也有最大的缺点，那就是她的唠叨。为了一件小事情，她不惜浪费许多的话长久地叹息。她是禁不住一点儿打击，是真的。幸而她有一个幸福的家庭，一切都是安慰她的，而使她欢喜。她的两个儿子都是铁路的高级路员，每月收入的钱很多。而且结了婚，生了孩子。她的女儿，也读过很久的书，为了伺候她，还未嫁人。她还不满意。因为她的儿女并未完全为她而生活着。

　　自从东北沦亡以后，她的两个儿子，全被日本宪兵捕去了。关于他们生命的安全，谁也不敢保证。因此她的两个儿媳，一个抱着自己的孩子投江了，另一个带着自己的孩子走失了（也有人说她嫁了别人）。这时候，在她的身边，只余下负不起生活重载的女儿了。

　　从此，她的动作和言语，又唐突又错乱。她常披散着头发和衣襟，冒着冬日的风雪，在街头来去。甚至向一切陌生人哭泣，也有时喊叫。她见相似日本人的，她就狂呼"还给我的儿子"。小孩子们被她吓哭了。大人们用奇异的眼光把她冷落在她所在的地方。聪明的人，就说她是疯了。为了这，女儿十分焦虑了；加以日来恐怖的威胁，迫她不得不设法逃往别处。她每次和母亲一谈的时候，母亲总说："你发疯吗？"

　　因为人是爱故乡的。尤其是一般的老年人，一想到故乡，就想到祖坟。有时重视前代的尸骨，超过自己的生命。同时由于衰老所迫，更容易感到归宿的关切；远行一步，就像离自己的坟墓近了一步似的。并且愈年老愈想念子女，已经把子女看成最结实的手杖了。像这老妇人，自然也是一样。何况她有着更多的理由呢？幸福的家庭遭了不幸，随伴她的儿子又被捉走了。所以她死也不肯离开这个地方。

不过传言愈多，愈难捉摸。有的说她的两个儿子受刑而死了，有的说被枪毙了，又有的说日本宪兵又要拘捕她的女儿。因此女儿听来，特别着急。她想立刻逃出这危险的一带。她向母亲说道："妈，我们赶快走吧！"

"我说过，你的两个哥哥不出来，我是死也不走的。"

结果，她还是随着母亲住下去，住到什么时候为止，她自己也不知道。但她一天比一天不安起来，仿佛有不幸和死亡紧跟着她和母亲。于是，她最后一次向母亲说道："妈，我们走吧，哥哥他们已经到了北平。"

"怎么，你怎么知道的？"

"你看他们有信来，你看……"

"那我们赶快去吧！"

她的谎，成功了。然后，卖了一切金饰品，加以往日少许的积蓄，往北平去了。

到了北平以后，这老妇人自然没有看到她的两个儿子。为了这个缘故，她便逼问起女儿来："到底是怎么一回事，你说呀！"

"我去找过哥哥的朋友，他们说，哥哥都到上海找职业去了，几天就可以回来……"

于是，她们在距离北宁路不远的地方，从一家院内分租了三间房屋。每天，随时都可以听见北宁路上火车的笛声，并且，在房后倒了的泥墙塌的缺口，可以看见北宁路上的两条铁轨，一列整齐的枕木，往复的客车与货车。院内开放的几株丁香花，已经有了凋散的花瓣，垂落地上。可是花的香味，在风中，仍是深浓地刺着鼻孔。开了院门的时候，院内有一面窗子正遥向着突出密集的房脊以上的天坛。这一切的景象，彩色，都使老妇人感受意外的新奇。

在迁来的前两天，老妇人总是跟着女儿，好像一个小学生跟着她的教师一样，时时地指问道："都是什么？"

这句话，几乎是她的惯语了，随时随地说着。现在她很少唠叨一些故乡古老的故事，只须探询初见的一切。即使一朵无名的花草，她也不肯轻易放过。

她暂时被新奇所困惑而忘形于流亡之外了。

有一天。老妇人从院内走出院外，在院门前停下了，遥遥地望着远方，问女儿道："那是什么？"

"天坛。"

"什么？你再说给我听。"

"天坛！"

"做什么的呢？"

"以前是皇上祭天用的。"

"啊，那是有神有灵的地方！"

她说着，绕着墙边，走到泥墙的缺口又问道："那是什么？"

"那是北宁路。"

"你怎么说的呢？你再说给我听！"

"北宁路'北'是北平，'宁'是辽宁。妈，你忘了吗？那不就是我们来时走过的那条铁路吗？"

"这就是我们回家去的路吗？"

"这是我们来时的路，当然也是我们回去的路。"

"我们什么时候回去？"

"那等哥哥来了再谈吧。"

这样，她想故乡和盼待儿子的心情，一天比一天迫切了。她在这陌生的地方，一切都是不习惯的。后来，她几乎再也住不下去，又开始叹息和唠叨了。不是埋怨儿子不归，女儿失当，就是咒骂自己命运的缺陷。为了这，她常常整夜不睡。

据医生两次诊察，证明她的精神因为刺激过大，已经变态。

女儿为了安慰她，常常设法催眠她，必要时，又是谎。

可是她并没有好转，且渐渐地沉重下去。有一天，她突然把她所有的物件理好了两个包裹，换了一件新鲜的长衫，把散乱着的长发，梳成一个光泽的小发饼，默默地走到泥墙的缺口。她望着前面的铁轨，她的脸色阴郁中露了轻微的笑容。

女儿找来，惊了："妈，你在做什么？"

"我的好孩子，你猜？"

她说了，便大笑起来，仿佛这是她最幸福的时候来了。女儿仍是装作着正常的神情，从她的背后伸过手来，搂住她的头颈："妈，你让我猜吗？"

"让你猜！"

女儿虽然知道她的心思，可是她为了避免打动她这不安的心情，却故意猜向无关系的方面去。所以女儿每次猜完以后，她总是摇摇头，表示没有被猜中。最后，她忍不住地自动地说道："你听着，孩子，我要走了！"

"往哪走呢？"

"回东北去。"

恰好有一列平津快车经过，放了一声汽笛。老妇人立刻跳出墙外，仿佛她感受了两个包裹的累赘，便丢开去，独自跑起，追往车行的方向去。她不是老人了，好像又恢复了青春的年代。女儿追着她，好久才追上她。这时候，母亲激愤了，用拳头打伤了女儿的脸颊。

附近邻家的窗前，门边，有人以为她们是婆媳吵架，跑来劝说，也有人误会一个年轻的虐待一个年老的，表示不平。即使是好话，也解不开他们相持的局面。女儿几乎想尽了方法，也挽不回她来，最后她凭着一点儿小聪明的启示，她向母亲傲然地说："妈，你去吧！我留在这儿等着哥哥。"

这时候，老妇人开始动摇了。关怀儿子的念头，渐渐地拖住了她的脚。她在沉默中，转过身来，走了回头路。在路上，她那衰老的步子，零碎得可能跌倒下去。女儿扶助她，并且代她拾起路上的包裹。

这次，老妇人在冲动中所受的辛苦，疲倦几天。待她休息过来以后，女儿说："妈，我领你去逛逛吧？"

"往哪逛去呢？"

女儿先说中南海，或是北海，然后又说景山或是中山公园。老妇人都不同意，她要去的是天坛。

"天坛太远，也没有什么好逛的，还是上别处去吧！"

老妇人坚持着自己的主张，结果还是去了。

到天坛的时候，老妇人并没有鉴赏一下天坛的伟大的建筑和那种刺眼的鲜明的色调。她只是垂着头，随着女儿，走尽几段高起的石阶，走入门内，在陈列着的供桌前，虔诚地跪下了。她仿佛是一个忠实的教徒，开始祷告："有神有灵的地方，保佑我的儿子平安地脱难了。现在让他们快点儿来见我……我等急了,我要找他们……我等着他们……"

"妈,起来吧,你看看人家都在笑你呢!"

女儿陪母亲,站立一旁,但她经不起那许多游客的包围,突然红了脸颊,一面隐着自己的羞容,一面推着母亲的肩,要她起来。

可是母亲不听,而且哭起来。有一个守门人来了,驱逐了她们。

此后母亲的病,便更加沉重了。

再据医生说,能够医好她的病的,不是药品,而是精神的治疗。就是顺从她的心意,避免一切的打击。如果在她精神失常的时候,顺从她不可能,那只有欺骗她,慢慢地引导她转入正常。最要注意的是不能让她发觉,不然,她渐渐地会疯狂,也会死亡。

女儿为了听从医生的嘱咐,时时都在预防母亲遭受任何的意外刺激。但母亲却一天比一天狂暴起来,她常用打骂对待女儿。而且逼问着:"你说,你哥哥怎么还不回来?他们到底在哪儿呢?……你说!"女儿被迫到最后,她那从前易于成功的谎,现在,也不难失败了,于是中了医生的禁戒。母亲虽未死过去,但再也不肯在这陌生的土地多留一日了。她只是说:"我要回东北去……去找我的儿子……"

这时候,恰好又赶上七七事变。女儿在这种逆境,安慰母亲而敷衍一天,也是不易的。当她敷衍到最后一天的时候,她既不敢再欺骗母亲,只有商量了:"妈,我们到上海去,好不?"

"什么……我们往上海去?"

"赶快往上海去?好?"

"上海离北平有多远呢?"

"一千多公里。"

"北平离咱家呢?"

"也是一千多公里。"

"那我们到上海的时候,离家更远啦!有两千多公里吧?"

"……差不多……"

"啊,你去吧,我不去!"

"妈,你去……"

"我跟你走,越走离家越远……别的我都不管,我就要回家找你哥哥!"

这时候，女儿才感到自己的话，是浪费了的。并且使母亲的病，更加重了。结果，母亲免不了唠叨起来："我说不走，就不走……我要回家去，你把我骗出来，你要把我再送回去……若不……那你就杀了我吧！"

母亲这种厉害的唠叨，是稀有的。她翻了脸。最后，终于逼着女儿这样答应了："妈，我送你回家去。"

于是，母亲松了一口气，渐渐地安静下来。临去的夜间，她躺下很早。她合拢了眼睛以后，她的手和脚再不移动，好像已经睡熟。女儿有时在她的身边，看守着她，有时沿着屋地的一边，踱着。她在沉默中，整着什么，好像一切的话，完全失去必要。他唯有不时地偷偷地呼出一口叹息。表白一下自己的想头。好像说怎么办呢？停留吗？移动吗？她陷于极不安，极矛盾的心情中了。

桌上古铜色的小钟，摆动着的声音，仿佛一刻比一刻加快着，仿佛没有一刻不是在催促她有一个最后的决定。

"去……"

她不由自主地说出口来。母亲还未睡，听见了，问她："往哪走，告诉我！"

"妈，我告诉过你啦，回家去！"

"好孩子，对啦，回家去。咱们的家，咱们不回去，那让谁去呢？"

母亲睡了一夜好觉。早晨起来得很早。她在吃饭前，已经开始回家的准备了。可是，当她发觉女儿脸上那不可解释的阴郁的时候，她问："孩子，你又想不回家啦吗？"

"没有呀，妈！"

"是回家去吗？"

"当然，回家去！"

"那你要快乐点儿，孩子，你看我……"

她狂笑起来。好像怀着一颗童年的心！没有别的，只有欢喜。这时，看起她的身体，并没有衰老，更没有疾病。她的健康，可以和壮年相比。一切的行装，都是经过她的手理好的。然后，催促着女儿说道："走吧！"

"还早呢，妈。"

"早点儿走，别耽搁了车。"

女儿仍是慢慢地理着自己的书和一些有纪念性的小东西。她似乎想用迟缓的动作，拖延着无限长的时间哪，不过母亲耐不住了。又问她道："究竟是不是今天走呀?"

"当然是今天走。"

车站上拥挤着逃难的人。候车室内已经没有停留的余地。她们来的时候,母亲一见就说:"回家的人,真多呀!"

等了不久,车就开了。可是这车是南行的。她们在三等车内,被挤得找不到座位。母亲兴奋着,倚近窗边,探望着窗外景色。女儿却不安,心跳着,不时地劝着母亲说道:"妈,别看吧,你太累了!"

老妇人却没有一点的倦容。她总是在探问女儿车到家的日期和猜想儿子的情形。

车过了天津的时候,天色已经黑了,窗外的景象与彩色都被没入黑暗中。这时候,母亲问女儿道:"我看不见了,可是到山海关的时候,你要告诉我!"

"告诉你做什么!"

"我要看看山海关,我这次回去以后,一生都不想再出关啦。再说进了关,离家也就近了,不是的吗?"

女儿默认了以后,母亲倚靠窗边,渐渐地朦胧过去。

夜深了,逃难的人,都保持着各自被拥挤的姿势打盹或睡去,好像只有女儿一个人醒着,想着这车轮达到目的地以后。母亲以后……

"还没到山海关吗?"

母亲醒了。女儿窘了一下说:"已经过了山海关,妈!"

"怎么不告诉我呢?"

"你已经睡着了。"

"为什么不唤醒我呢?"

"我唤你,你不肯起来!"

老妇人又睡了。直到车过了济南,天亮了,她才起来,一面揉着眼睛,一面嘱咐着女儿说:"到沈阳的时候,你要告诉我!"

女儿用手给母亲指着窗外济南的远景。母亲一边探望,一边开始怀疑。她说道:"那是沈阳吗? 不像!"

又是女儿的谎。这谎快成功了,同时也快失败了。失败以后,母亲以后……

《新军》第2卷第2、3期合刊

海的彼岸

在他用三粒枪弹暗杀了一个被仇视的日本将军以后,在他孤独一身走上长途逃亡以前,他需要会见一个人。这个人曾以自己的不幸换得他的诞生——他的母亲。

他带着自己的一个暗影,沉默地站在这沉默的海边。这时候,这宇宙,静得好像只有他一人生存——人类唯一的继承人。任随深浓的黑幕把他裹紧,甚至被消灭得无形,他似乎忘记已是夜了。任随涌来的潮水,涌近他的脚边,任随暴风卷来的暴雨,浸湿他的衣服以至皮肉,他似乎忘记自己所遭的一切苦难。

虽然,他曾是朝鲜的贵族之子,往日的"昌德宫"上,也曾自由来去。虽然,他的童年,曾在"黄莺舞"和"雅乐"的演奏下,欢快得忘形。

虽然,他在美丽的记忆中,曾保留着"檀君"的光荣和骄傲……但是,这一切都已成为昨夜之梦,渺茫而难寻。

现在,他那天赋的智慧和勇敢,使他常以生命冒险;他不惜以自己的坟墓,代替"南天门"最下层的基底。现在,他在祖国的躯壳中,寻觅祖国已经失散的灵魂;他不让国魂随着"李朝"而去,一去不返。

他的家庭,随着国运渐渐地衰败下来;现在所遗留的,不过是小小的土地和几间房屋——以往万一的繁荣而已。但是,这土地和房屋,在今日的朝鲜人中,也是稀有的。如果他比之于一般的朝鲜人,还不失为乞者之中的绅士。不过,他的家庭,现在已经不再可能允许他像往日一样地自由行走或停。幸而还有这几十里外的海边,不忘它的主人,让他久久地等待,等待他的母亲。

往日贵族的少妇,现在被践踏的老太婆——他的母亲,她从童年到老年,饱尝了人生的幸与不幸,经历了祖国的一度的兴旺与没落;其间,她消磨了六十多年。在这长久的岁月中,她生过五个孩子;最后的一个孩子生了不久,她便成了寡妇。那时候,她还年轻;为了给自己以清白的终生,她不愿再嫁任何男人,她容忍着青春难言的苦痛,把自己的孩子一个一个地养到成人;她希望以长久的辛苦,换取自己临终的一刹那的幸福。谁知道她仿佛被厄运注定,今生她难再摸索到幸福的边缘。在监狱,在刑场,在失踪的路上,她已经永别了四个孩子。如今,她又将与最后的一个孩子告别;别后,她便是一个孤独的老人,除去自己的坟墓以外,无所凭依。

被损害的朝鲜人,母亲和孩子常是分离的,常是孤独的;常不知道什么是骨肉的感情,什么是家庭的幸福。二十年前,耻辱的"北京道"上,重造了耻辱的"独立门",从此,被损害的朝鲜人更加唱起"阿里郎"了。

在风雨和夜色所模糊的海边宛如云雾之间一样茫然,天与海,只是深淡两种黑色,一切的景色,甚至奇迹,完全消逝在那两色中。所听的,只是雨滴像水箭一样地射着沙滩的音响,还有不知去向的海风吹过沙滩时所遗下的一阵一阵的吼声。秋夜对于人类的恶毒和摧残,好像已经达到顶点。

他渐渐地看见了在黑暗中慢慢移动而来的一个黑影;又渐渐地听见了那黑影低声地唤着他名字的声音——冲过风雨骚音之间,传近他的耳边。于是,他奔跑过去,抱住来者——他的母亲。

他沉默,她呜咽;这沉默和呜咽,仿佛就是这母子衷心的告别。

他们不敢相望,只是望着远方;自由,幸福,以及他们一切的理想,仿佛就在所望的天与海相连的一线之外——海的彼岸。

久了,她终于说话了:"那边就是中国吗?"

他默认了。她又问:"明天,你就是往那边去的吗?"

"是的,明天我就是往那边去的!"

"你真是一个人去吗?"

"……妈,我……我不能带你去,我只能一个人……妈,你该知道,我的路是不容易走的!"

是的,"阿里郎"山岗是难行的,纵然是大理石铺平的路。

这一刹那间,她仿佛看见了自己留在海的这边,而他已在海的那边,这无情的海,把他们隔离了;纵然,这海遥远而广大,海上究竟何处是他们再会之所?于是,她藏在眼角的泪水,禁不住地流落下来,突然,由呜咽而哭泣了。

这时候，她老年仅有的体力消散了，软化了的两腿，支撑不住沉重的身体，不自主地把头贴在他的胸前。然后，她从自己衣袋里，掏出一条手帕，拭着泪水。

"妈，你安心吧！将来你去找我，或是我来看你，不管怎样，我们必有相见的一天！"

"我在临死的时候，只要再看到你一眼，那就够了！……"

她对于自己这低微到可怜的小要求，也并没有把握；所以她的哭声更大了。当这哭声引起他一种恐怖的时候，他暴戾地制止她……

"你的哭声是会给别人听见的，不许你哭！"

人的理智，有时约束不了感情，尤其是她——一个不幸的老妇，在与她的孩子告别的一切都不可能预言的时候。

"不许你哭，把手绢给我！"

她顺从了，把手帕给他。她不哭了，直到与他别后。

别后的第二天，她便写了一封短简，等待得到他的通信处，然后立刻寄发的。然而，一天两天，一年两年，那信不曾离过她的身边，伴她，随她而行，行过遥远的旅程。她曾被指为"帝国叛徒的母亲"，而没收了她的土地和房屋，她曾被亲属，友人认为"灾星"，而拒绝收留。从此，在她看来，世界上都是"禁地"，将与人类断绝了一切的联系。从此，任她孤行，随便天外还是地底。

她在困苦的生活中，卖掉了一切私有物。

最后，在她的身边，好像只余下那一封信。信是这样写的：

我儿：你走了，愿你平安。你的平安，就是我的幸福。

我仍像往日一样忘不了你，在今天，在明年，在死后——墓前长满荒草的时候。

我常想，我并未老，你还那般年少，我们未来的岁月，是很长的；难道我们不能再有一度的相逢吗？逢后，我可以和你永别，死而无怨。

告诉我，你的生活如何？

母　亲

一九二九年十月十一日

当他在上海收见这封信的时候，信封，信纸，信上的字句，都旧了。唯有收信人的地址和名字，是新的笔迹；还有信尾多了几行新字：

> 我在病中，不便重写，还是把这封信寄给你了。现在，我知道你给我的信很多；但我因生活所迫，住址无定，仅仅收到由人带来的你最后的一封信。惟愿此后，莫再断了往还的音信。

此外，那信仍是原信，并未更改的，不过是信的最后——"一九三八年十一月二十二日"而已。这与原有的时日相比，中间的距离拖得太远了；把人从青春拖到老年，从老年拖到墓边。这时候，他的背，由直线曲成弧线，他往日的黑发，一半已经脱落，一半变为斑白。

他读完信以后，在他的记忆中，开始起伏着一些零碎的记忆，像是来时海边的潮水，涌来涌去。这之间，他曾欢快，也曾感伤；当感伤引起他一丝两丝忧郁的时候，他仅是长叹一声而已。因为他知道，既是革命者纵有母亲，甚至情人，也难免不是孤独者，在这世界上不止他一人。

此后他和他母亲常常通信，未曾有过间断，最后他母亲有一信说，她在世界上难再有长久的勾留了，在她长埋地下以前，希望一见她最后的一个孩子。他被感情所操纵，允许了她。

然而，这时候，日本的魔掌，又伸到上海的每一角落。除去朝鲜的叛徒，革命者，又过起秘密的生活。

在母亲来到上海的那天，他为了迎接而候在码头。他看见了经过海上长途的一只海轮，驶进黄浦江，停在码头；也看见了从旅客之中被拥挤出来的一个老太婆；纯白的头发，无限皱纹割裂了的面孔，以手杖支撑着的衰弱的身体，被幻想所迷惑的幸福和兴奋的神情……他认出了这就是他的母亲。但他不能扶助她，把她引到住所，也不能向她轻轻地呼唤一声。而且，不能不避免她的视线触到他的身上。因为在她的身后跟随着日本的侦探。他们希望从她的线索，捉到一个十年不曾捉到的"杀人犯"——她的儿子。

结果，他还是跟着日本的侦探，从他们的足迹上，找到他母亲所住的旅馆。三天以后，他以盗贼的行动，到了他母亲的房间。

夜深的时候，屋内已经熄了灯火，无尽的黑暗占有着一切。床上躺着他的母亲，为了几日来在盼待中所积起的焦虑，使她重犯了旧病。她的呻吟，像是人生最后的失望的叹声。

他轻轻地移近床边，低声地说："妈，我来看你！"

这声音，最初给她的感觉，是一个梦。后来，她听清了的时候，立刻挣扎起来，向黑暗中伸出两手，摸索着："你在哪呢？……孩子快点儿来，这是我的手……你在哪呢？孩子……把灯打开，让我好好地看看你！"

在他看来，灯光便是一切恐怖和陷害的引线。

"那赶快……赶快让我划一根火柴，一根火柴也好……"

这时候，他认为，他认为火柴的微小的光亮，也是不幸和罪恶的根源。

因此，这片刻的会见，她只是听到他几句话声，不曾一见他的脸孔——她久来的渴望，并未满足。所以在他临去的时候，她嘱咐过他："你明天早晨，在我的窗下走过一趟，让我看看！"

他听从她的话，第二天早晨，他特意从她的窗下走过；走过几次，终于没有看见从窗边探出的她的面影。

后来，他听旅馆的一个役者说，在那房间住的一个老太婆死了，死在早晨刚亮的时候。

十年，十年不短；十年的别离更长。十年之间，他们不得一见，十年之后，一见仍是茫然。谁想到他们两人把这十年的遗憾，一人从生前带到死后，一人从现在带到永远。谁想到十年，十年也是无期的。

他走了，走到无人的街头，不自主地哭了，又不自主地掏出手帕，拭着泪水。他忘了那手帕曾是为了母亲的哭泣而夺来的；当他记起的时候，他把那手帕当作纪念品珍藏起来，不再用它拭泪——因为手帕拭不尽泪水，泪水也洗不清仇恨。

《文学月报（重庆）》1940年第1卷第1期

快乐的人

　　这里是人们向往的革命的圣域——快乐的天地，是事实，但也不能也不该否认有人有时有自个儿的烦恼，也是事实。

　　关于他，人们传说他是有钱人家的儿子、大学生和诗人；因为他的作品倾诉过自己往日的生活。人们传说他是模范的知识分子、优秀的革命者和标准的布尔什维克；因为在每一个会上和谈话中，只要一有机会，他便忘形于自己的剖白中，剖白自己是怎样从落后到进步，从茫然到醒觉，从动摇到坚定的信仰的。人们传说他是快乐的人；因为他憎恶一切的消极荒唐和悲哀，而最爱快乐。

　　至于我所知道的，无非这样，大约他有三十几岁，头顶已经开始脱发了。他的身体，很软弱，胸脯凹进去，背后似乎突出着脊椎的棱角。他的脸，是更瘦的，他的鼻子，几乎是脸的全部。他惯于抻出细长的脖子，让人家看见自己的笑脸。还有，他和我一样，同是这里的教员。我们住的窑洞很近，中间只隔一层天然的土壁。我们常常来往，下跳棋，玩五百分和打乒乓球，从未产生过什么意见和争执。所以说，他是我的好同志、好朋友、好同事和好邻人。我敬重他，而且爱他。还有最近他为同学们将要举行的诗歌朗诵会正在写一首长诗，以及这诗所附带的下面另外的一个故事。

　　这是一个下雪的日子。我们这儿很难找到有钟表的地方，遇到没有太阳的天气，真是无从计算时间；久了，我们唯有凭着感觉。我记得一早还有过阳光，听见有人喊过晒被子。也许是随后不久，也许是午间，变了天气。这时候，大概快到黄昏了。

　　我推门一看，仿佛什么都变了，什么都变为白的，一个白的静止的空旷的山野。山下小市场的路，早被雪封闭了，看不见一个走路的人，也看不见平常经过的牛羊。没有了乌鸦和鸽子的天空，飞舞着一片茫然的雪花，混沌而朦胧，在这混沌而朦胧中，我无意发觉了眼前的，一种鲜明的东西——我邻人新添了紫色被面的被子。这被子，大概是他一早晒出来，又在忙于写作长诗而后忘了的。于是，我去唤他。我在他门前唤了许久，没有回声以后，便把被子给他送进去。他的窑洞是空着的，一切都收拾得很整齐。他从来没有过这样整齐，好像任何一个单身汉也没有过这样整齐，床上也干净，放着一个干净的枕头。不曾蒙过什么的桌子，也蒙了一块布。这布还是前方的战利品——一幅日本的军旗。平常地方安排的东西，也都找到适当安排的位置。此外，我们常常打五百分的小方桌上，堆满枣子和花生，两边摆好两把便于对谈的小凳子。看这样子，他一定是准备招待一位绝非我们同山的任何熟人，而是外面的自己极其敬重的来客。我临走时，嗅到了那炭盆上砂锅冒出的肉香气；这气里有点夹着烧焦的味道。为了这，我应当告诉他。我想他不会走远，可能在别人的窑洞里谈着，摆脱着等待中所难免的烦闷。可是我一直走到底，敲过将近二十扇门，都没有他。我不知道怎样偶一踌躇，也不知道根据什么经验，从雪上发现了我的脚印以外的，还未被雪填满的脚印。随着，我跟着这脚印走向前边去。在我们一向少去的古老的坟冢一带，我到底找到了他。他一个人正在散着步。他沿着坟头之间的空子，用慢慢的步子，把完整的雪面踏出无数错杂的小路；看起来，仿佛是风吹破了的巨形的蜘蛛网。他正在注视山下的某一点，忘情于一种迫切的盼望中，不自觉地还衔着早熄过了的烟斗。可是，他告诉我："我在想我的诗呢。"

　　因此，我转回来，并没有告诉他——我要告诉他的。那是我理解一个作家创作的过程，很怕一些不足道的小事情，扰乱了那神圣的沉默和思想。虽说，在这雪的天地间，仿佛只有他是唯一的异样颜色，唯一的活动形影；同时也唯有他显得那样寂寞而困苦，有如孤独的受难者。可是最终，有谁的真正作品，不是受难的结果呢？

　　当我在这默然想象的时候，看见一个从山下向山上升起的影子。我从那把脸裹得紧紧的帽耳间，渐渐地看出了长过男子的颤抖的发丝以后，才确定这人是女的，是年轻的学生，是我这邻人的崇拜者。如果这不是罪过我倒要说她所崇拜的人，对她有点偏心。他不管当面或是背地，常常夸奖她，放肆地说她是天才而潇洒介绍她所写的东西，假使他不是有着好名誉的话，人家一定会说他在她的身上，偷偷地撰着一个自私的梦。她却完全不同。她崇拜他，尊敬他，羡慕他，只是把他看作伟大的作家，父辈的一代，未来的理想。因而听说她不但听诵他的诗，模仿他的诗，连字也是学他的。这别怪她，幼小的生命都具有模仿的本能，而且不是还有些比她更大的，相似她父母的同年人，有意地狂热地模仿着有名人物的讲演、走路和骑马的姿态吗？她拄着手杖，蹦跶着，踢着雪，小鸟似的飞过来，她脸冻得绯红，就像初熟的李子似的。她没有和我说话，只是笑了笑，表示打过一个沉默的招呼，就一直走进我的邻家去。在她扑了空以后，才来打听我，她要找的人的所在，我以自己的所知回答了她。她因为不熟悉那边的路径，要我陪她去。我一想到自己之前因她的连累而加他以烦扰的时候，对自己便难免有所咎责。而以我这样郑重地问她："你找他有事吗？"

"怎么？"她以为我问得有点突然。

"他正在那里思索，准备写诗呢。"

"谁告诉你的？"

"他自己告诉我的，就是刚刚不久的时候。"

"不会，不会！"她一边比谁都有自信地说，一边像个耍赖的小妹妹推着我，推着我走。"今天上课的时候，我已经和他约好了，我说我晌午来看他。现在不知道是什么时候……反正来得太晚了。恐怕他等得太急还要骂我呢……像个怪老头子似的那么怕人……"

他和她的话，前后有点矛盾。假使和事实比较起来，那我该相信她的理由多些。果然，当他看见我们来找他的时候，不自主地一怔：一半是欢喜，一半是既反感，又心虚。前者是由于她而引起的，后者是为了我。最初，他完全对着她，紧张得手脚都找不到适当的位置安放，脸被止不住的笑，快要笑破了。这笑是表示不管笑前受过什么磨难，终于得到报偿；后来，他才稍微转向我些，从那已经被她占有的眼睛的眼角边，让出一个小小的位置，不得不暂时收容我一下。我看得出，我是被收容在如何难堪的角落里的。其实我来，只是出于毫无代价的效劳。我还看得出，他那悔恨和负疚的所在，好像他从未被人发觉过的隐秘，终于被我发觉了；而且，他负了这隐秘所引起的谎言的责任。稍待一下，他又从那眼角边收容我的小小的位置驱逐了我。他向她说："走吧，到窑洞去。"

"我还要早点回去呢。"

"急什么，不要急。"

"天快黑了，我怕狼呢！"

"不要怕，我送你……"

因为他防备我，话也就中断了。我被防备地随着他走进来，我在窑洞里，好像有太多的时间，使我听着他和她；对着她，我可以完全确定了自己从她那所得到的认识。的确，她是怀着一颗单纯的心接近他的。同时，我也应该承认自己对于他的判断，是对的了。如果我的判断并不欠周到，那我敢于公开地说，他为了她而有了隐私，甚至在隐私中失迷了。假使有谁质问我，那我说，他的眼睛就是一对泄露自己隐私的小窟窿。

最后，我陷于沉闷和怅惘中了，因为我在他给我的所有的记忆中，这次是我们相识以来他给我的，最初的陌生的印象。我想，我和他怎么也像和另外一个人一样呢？好像和他在什么地方会过面，握过手，也谈过话，却又完全是生疏的。好像有一时很亲密的，有一时却又那般隔膜。好像在窑洞里曾经放任地赤诚过，一到外边却又戒备起来。难道我们只有躯壳的接触而从未有过灵魂的交往吗？

天黑了，雪还落着。真是静，我似乎听见雪落地还有声音。

看不清什么，天只有不可猜测的黑暗。地上的雪，不管远近，似乎依然可以望见。望得最清楚的，是那边山上的一个机关，一排排的门窗仍在亮着。是的，夜的窑洞，的确是灯火的楼阁呀。

也许是深夜了。我们这边住的人差不多都睡了。除去我，好像只剩下我的邻家还在清醒着，谈着。我失眠了，在外面一个人不住地走来又走去。在这来去当中，我听到山后的狼嗥声，顺便也听到这样的一段谈话：

"真的吗？"男的问。

"真的，一点都不假。我就是为了这事来告诉你的。并且想问问你有什么意见没来。"停了一下。"怎么不说呢？"

"……我祝你结婚快乐。"

"你看你那脸色吧，难道你不快乐吗？"

"我有什么不快乐的。我的学生告诉我，她快要结婚了，我还不快乐吗？……同志，谁都知道我是最快乐的。"接着是一串我所熟悉的听惯了的笑声。

"真的，人家都说你是快乐的人。"

风渐渐地刮起来，地上的积雪一阵阵地飘过来，又飘过去，飘在门窗的时候，可以听见一片清晰的声音。不知道是谁家的孩子，被这声音惊醒哭起来，随后又引起来母亲睡梦中催眠的哼哼声。

一声门响，门开了，走出谈完话的两个人，走下山去。她在黑夜里，比来时稳重，他倒有点慌，因而忘了夜里的门是该关好的。我为了给他关门，便向他的窑洞里望了望，什么都乱了。尤其是小方桌的周围，有一边乱扔着枣核和花生皮。曾经有一个人在思虑之后，无心吃东西的结果；又有一边落满一地烟灰和散散落落的烟叶末儿，这可能是另一个人曾经用烟斗不断地调解着掩饰着自己难以言喻的苦恼而遗下的一种记号。总之，这窑洞坐过两个相反思虑重重的人物。

不知道是为了了解还是由于好奇，我悄悄地追过去。追了一下，就追上了。她挂着手杖走在前面，他跟随着她身后。他们都走得慢。他好像以为这段短路经不得一走，不得不迟缓些而有所留恋。她似乎当心山道是窄的，又埋上雪，便更难走了。她步步地试着、走着，遇到难走的地方，就让他扶过去。在他，他愿尽自己全身所有的力气帮助她。可是走到学校的时候，他便无从帮助了。门已经关了，而且上了锁，他们被迫地停下来迟疑着。突然，她记起厕所旁边，墙上有一处缺口，便走过去。不过，这缺口有半人多高，她爬不上去。不管他怎样设法支撑她，她仍是被隔在墙的这边。最后，她根据自己几次失败的教训说："要是能找到石头垫起来，那就好了。"

不止石头，雪把什么都埋住了，如果要找，那是不容易的。于是，他伏下来，代替了她所需要的东西。这时候，他想象于一只长凳，或是一条小木板桥。而且有点腐朽了禁不住一踏似的。风刮得更大，这天冷极了。雪落在脸上，比刺的还痛。他一动不动，好像什么也感觉不到，好像他所有的聪明和智慧都消失在这新的形象中了。她踏上去的时候，好像踏上了活动的浪木，或是将要散架子的阶梯，真有点禁不住她那健康的身体的重压了。可是，她还差些攀不过去，急得说："再高一点，再高一点……"

他在喘息中施展了最后的一口力气，总算让她爬过去而使自己得到解脱。可是，他还不走，呆呆地望着停留在墙里的影子。这两个人，谁也不说话。一切都是寂静的。只有在远处还有狼嚎的声音。她终于说话了："谢谢你。你还是快回去吧，早点睡觉……怎么还不走呢？你也怕狼吗？哪，把我的手杖给你。"

鸡啼了。在河边，有吹号的人又练习起五音来。我躺在床上，还没有睡着，只是等待着从窗门将要渐渐地透过来的明亮的天光。至于我那邻人，当然比我更苦哇。不用说睡，恐怕连躺他都没有躺过。我和他的墙壁间，从前为了防空留过一个孔道，后来又用稀薄的泥土堵住了，但依然隔不住什么声音。所以我清楚地听见他动作的声音，呜咽以及后来的哭泣。他哭得比受了委屈的孩子还厉害。在这哭泣中，他仿佛是在说，一个人长久隐藏着的爱情，有谁知道呢？仿佛是在说，用整个生命所卫护的一个珍贵的小泡沫，被风轻轻地一吹，就失掉了，不是可悲的吗？仿佛是在说，这可悲的遭遇，谁是同情者呢？于是，天一亮，我就起来去看他，我想找一个机会给他一点安慰。我第一句先试探着问他："你睡得好吗？"

"好极了，连梦都没做。"

"那你现在怎么……"

"现在，我正在想我的诗呢。"

这句话拒绝了我的来意。我只有退开去，仍让他一个人受着他所难受的吧。

从此，我几天都没有再去看他。我知道他仍是在夜里哭泣，或是叫喊；而且，在这叫喊和哭泣中，为着一种天赋的责任似的写他的长诗。可是，每天吃饭的时候，看他的样子，仍像平时一样，一边吃，一边笑，总是有着那么一副笑脸。不过他那失眠的受难的隐藏着痛苦的眼睛红肿着，那小得可怜的嘴唇更干瘪了。对于这变形的小东西，好像只有我看得清清楚楚。

经过一个短时筹备，诗歌朗诵会终于开了；并且，附带举行一个婚礼。地址就在俱乐部。那是一个只有简单桌凳的大窑洞。几盏清油灯光小得很，地上燃着的几堆炭火，倒是照得通红；倘要和外边暗中的雪一比，却是鲜明的对照。时间快到了，人们都挟着作为自己座位的凳子，从那白的寒冷的境界，陆续地走进这发红的温暖的巢子来。这样不久，便挤满了人，热闹起来，一阵阵嘈杂的浪头互相激荡着，混淆着；再也听不到一声清晰的声音了，人们都好像被那浪头裹了去，沉下去。

我的邻人，是这会上的主席，同时，又是被临时邀请的证婚人。结婚的仪式很简单，只有证婚人讲话这一项。证婚人讲的话更简单，只是说："我祝你结婚快乐。"他赶快又加上一个"们"字，改正过来："我祝你们结婚快乐。"

　　婚礼完了就是诗歌朗诵会的开始。

　　开始不久，因为炭气太大了，我走出来。这夜，月亮映得高空那样清明，有的雪地还闪着金星。我走回来时，迟了。我想要听我邻人的，特为这诗歌朗诵会写的那首长诗，他已经朗诵到最后的一段。这时候，他特别认真的，用那失眠的受难的隐藏着痛苦的红肿的眼睛，望着手里拿的本子，用那小得可怜的干瘪了的嘴唇朗诵着：

　　"我生活，我快乐。

　　"我献身于这快乐的生活。

　　"快乐呀，快乐……"

　　本文发表于延安《谷雨》第二三期，因马兰草纸，经历年久，字迹模糊失形，不得已，多以臆测补之，并感谢陈明、袁良骏、刘风艳、许红、李霄明等多位同志的大力帮助。

《谷雨》第 1 卷第 1、2 期

大 角 色

在这一九四二年的元旦日,我们想要开一个好的同乐晚会。这晚会,最好不是吃吃花生和枣子,或是拉人唱几句什么就完了的。因此,在我们决定的节目中,还有化装朗诵果戈理的《钦差大臣》这一项。他们根据我对于戏剧的爱好,要我担任这项的筹备人。这真是一个重担子,压在我的身上了。

我们平常没有一点戏剧的基础和经验,筹备一个世界名剧的化装朗诵,当然也不会像想的那么容易。不用说服装,就连朗诵的角色也不够。费了几天的工夫,男的总算凑足了数,女的却只找到两个人。而且,这两个人都是和我们同志有关系的。其中,有一个是某人的爱人,年纪很轻,声音也很清脆,担任玛丽亚这一角色,还相当合适。另一个是某人的妻子,从来不接触人的,好像只会照顾自己的孩子的妇人,让她充当其余的任何角色,不管是安娜,或是木匠妻和校长妻,甚至女宾等等,都不大相称;好像不止这剧,任何剧中也难有相称于她的角色。总之,不管怎样,我们这剧中还需要几个女的。尤其是安娜,成了我进行筹备中的最大难题。

我跑到这里,又跑到那里,全都跑空了。人家正在忙于工作,或是学习,没有一个人能为我们抽出时间来。我到剧团去请吗?恐怕更难,他们都在筹备大的演出。在这种情形中,我不能不感谢一个人:他终于替我找到了。他告诉我,那个人是很有表演戏剧的历史和经验、名誉和地位的。他告诉我,可惜那个人结婚以后随着丈夫而工作了,不然,一定可以成为一个天才的演员。他告诉我,如果不是他发现了她,别人也发现不了;即使发现了,也不容易求得允诺。最后他还告诉我:

"你要给她一个大角色。"

是的,我要给她一个大角色。有了她,我将不辜负所有同志托付我的责任。有了她，我们的同乐晚会将会得到成功。有了她，我们说不出我们将是如何的喜悦啊！为了这，我希望早些会到她，依靠她的帮助和指导，早些做到一切要做的。

当我会见这位大角色的时候，不曾想到她原来是这样矮小的胖子。并且，她的肚子凸起着，已经怀了胎儿，看起来，她便显得更胖，简直要把灰棉衣的两个扣子绷掉了。她的脸当然也是胖的，胖得像是一个打满气的大皮球，或是比大皮球多一个鼻子和两条眉毛。这眉毛，黑而浓，有如一对没有把子的刷皮鞋用的小刷子似的，横压在那饱满的有点暮气的晦暗的眼睛上。女的胖子，固然有很多的，但未必有这样的眉毛。也许只是她，才有这样特别的记号——使人一记起这记号，也就可以在所有的胖子的印象中，特别熟悉的先记起她来。也许就是这个缘故，她是那么容易被人记住了的。再还有她那使人难忘的，是她那胖得少有的从嘴边拖下来的两条皱纹。这可能是说她的年岁相当大了，至少也在中年，可能是一个十多岁孩子的母亲了。

我觉得她是很熟的，却又不知道她的名字，好像她曾经在我的记忆中抛下过什么，却又空白起来。我想着，不住地想着，想的完全落了空。结果，我模糊地想起了，大概是这样的：也许是在市场，也许是在饭馆，也许是在很多的讨论的和玩的集会上，我们被介绍过，也谈过的；好像在热闹的人多的地方，总是有过她，需要过她，如同我们这次需要她一样。

不过，我有点踌躇了。我想她作为我的朋友，也许可能，如果充作《钦差大臣》的化装朗诵的角色，恐怕倒难了。比方，这剧除那几个角色以外，女的重要的人物也不过只有两个——玛丽亚和安娜。玛丽亚和她的年龄，相差得太远了；并且，我已经找到了人。安娜吗？那也不能不嫌她太胖了些；同时，她又是一个孕妇，也不能说她没有缺陷。此外，那还有什么大角色呢？所以她在这剧中，恐怕成了一个多余的大角色了。

可是，凭着介绍人所说的，她表演戏剧的历史和经验，天才和荣誉，尤其是她对我们这无条件的热忱的帮助，我要格外地尊重她，和她考虑这个问题。

"你对我们化妆朗诵《钦差大臣》这个剧本有什么意见？"是我先问她的。

"这个剧本好极了。"她似乎被引起了极大的兴致。

"我告诉你，这是果戈理的杰作。我非常喜欢这个剧本，并且演过它……还演得很成功。我告诉你，我演的时候，把人家的肚子都笑破了；我常告诉人家，果戈理真是讽刺的天才，我也不失为表现这天才的一个演员。"

"在这个戏里，你演的哪个角色？"

"我演的是女儿，就是玛丽亚。"

"你想这一次呢？"

"当然还是演玛丽亚?!"

糟了，她完全肯定了这个角色；好像她就是玛丽亚的化身一样，她坐在我用砖头堆起来的沙发上，背靠着墙，翻着我新买来的一九四二年的月历：她好像一个在候车室的旅客，买了票，一切都准备好了，只等着搭车，奔往自己的理想的目的去，这去前的多余的一刻，不妨安闲地随便地翻着已经读过了的一份报纸。这时候，我再不便提起自己所要考虑的问题，如果还考虑什么，也只能考虑她充当某角色而已。

"请问……你多大岁数？"又是我先问她的。

"怎么？"她有点怀疑我这一问的由来，"怎么问起……"

"同志，我以为我们可以随便谈谈……不是吗？"

"没有什么。我告诉你，过了年，我刚刚二十四岁多一点。"

如果说合适，那是不如把她说的这个数字颠倒过来，对她的年岁更合适些。我这并不是责备她什么，无非觉得一个忠实的人，是该忠实于自己的年岁的。当然，也有些忠实的人，常常在回答自己的年岁的时候，显得那样虚假，好像永远要在隐瞒中显示自己的青春，甚至夸耀自己在青春年代有过什么成就似的。

"真的吗……真的二十四岁吗？"

"怎么……是你以为我很老吗？是你以为我不适合这个角色吗？我告诉你，璃玛希拉五十岁不是还演朱丽叶吗？"

她好像听到一声汽笛，车开进站来了，使得她有点忙乱而把没有多大用处的报纸，随便一塞；于是，我新买来的月历掉地下了。自然她是对的，有理由这样说的，一个好导演不该完全根据演员的年岁，决定他的角色。同时，一个好演员，如果不是"定型化"了的，他的角色，应该多方面的——不管老的少的，如何的性格的：应该超脱了自己而表现随便的另一个人，另一个人的外形和内心。不过，一个好演员的体质和体态，也难免有所限制；有时候，他不能太自信地选择自己所爱的角色，这也就是说他在角色的选择上，不该有所偏爱——在角色的选择上，是没有完全的自由的，因此，我不得不让她再回答我一个疑问。

"你觉得你的身体适合这个角色吗？"还是我先问她的。

"怎么……你是说我胖吗？"

我仿佛冒犯了她所忌讳的什么，使她有点忍耐不住了，她脸上松懈着的拖拉着的肉块，一块一块地集结着，紧皱起来。我除去默认她的角色以外，还能说什么呢？于是，她好像已经登上车，找到一个独占的座位，才安然了。在这安然中，突然，她似乎又记起了刚刚被塞过的报纸，随着便从地上拾起来我那新买来的月历。

结果，这剧中所需要的角色，我都找到了。不过，我先找到的相当适合的玛丽亚，改为安娜，把让出的位置，给了那位客人。我用了几个下午的时间，集合着所有的人，读过剧本也校正过字句和声调；这样才渐渐地熟了，可以朗诵了。最后，只剩下服装的问题。我们单单为了一次朗诵，自己做起来，觉得很不值得，而且没有这笔钱。我们向个人借，也很难，没有谁可以找出几身西装来。幸而在临用的时候，从剧团凑够了一些半像半不像的外国样子的服装。

这元旦日，商店和农家的老百姓，也如此抛掉了长久的习惯，把旧历的除夕改在这天晚上。他们在门上贴了合乎抗日字眼的对联；还有的，似乎表示着"冬学"的所得——而用新文字写的。并且他们穿好的、吃好的，仍似旧历年一样的，显示着一切的所有。至于我们还是和常时礼拜日相似，最多也不过是会一会餐，或是筹备一些什么游艺的节目；比方我们的化装朗诵，就是其中的一种。

天快黑了。那种黄昏以后的朦胧的气氛，从天和山相连的边缘上升起着，缩小着这山沟的一带。晴朗的高空，早已出现了那似乎不大成熟的既未圆又带着乳白气味的月亮。我们作为临时化装室的窑洞，燃起煤油灯，非常明亮。所有的角色都挤在一堆，已经开始化装。其中最难化装的，有两个人。一个是安娜——她本来是玛丽亚的样子，要化装成为比她老一倍的妇人。另一个是玛丽亚——她除去胖，扮为安娜也许比较容易，饰作安娜的女儿，在那不精于化装术的手中，倒是非常难。因此，我不得不帮助她。她正在孕期的时候，脸是那样苍白的、贫血的，像是蜡质的模型似的。我给她修饰了很久，从她的脸上还看不出一点少女应有的青春的光彩。她拿着一面小镜子——也许像剧词所说的："就上镜子那儿去装模作样，看看这边儿，又看看那边儿……"大概她也看出了自己的脸色仍然遗留着自己的年岁的痕迹，便和我说："你多擦点胭脂呀！"

我擦，几乎擦尽了所有的胭脂，才把她的脸颊擦红了，擦得血淋淋的，好像某种充血症炸裂了血管似的。可是，除去这脸颊，别的地方，又太白；在这太白的颜色的衬托中，眉毛显得更粗，也更黑。她从小镜子里，似乎也感到这颜色孤立得刺眼。便又和我说："你用手拔一拔呀！"

因为手不便于拔，我便去总务科借来一把小镊子，拔着她的眉毛。当我每次用力一拔的时候，仿佛本身也接近了一种磨难；所以我不住地问她："痛不痛？"

"不怕痛，你用力拔吧！"

我拔着，不知怎么偶一不慎，拔出血来，染红着刚刚拍上的白粉，渐渐地将要和红的脸颊连成一色了。我自疚地呆了，已经替她感到了身体遭受伤害的疼痛。因此我说："对不起，痛不痛？"

"不痛，一点不痛。"她照了照小镜子，奇异起来，"又擦胭脂了吗？够了。怎么把额头都擦红了呢？快用点粉盖上吧，这样子真难看。"

我听从她，一一地做了，总算完成了她这副脸的化装。这时候，别人早已做完了一切，焦急地候着她。俱乐部的观众，听说也挤满了，不安地骚动着，等待开场。于是，我赶忙地帮她换服装。这服装，是帐子改做的专门用于舞台的，上衣连着长裙的西式女衣。她太胖，而这女衣又太瘦；她穿了许久，也穿不上去。最后，她急得跳起脚来，头上的汗珠不停地流着，冲淡着，搅混着她脸上的白粉和胭脂。她终于对我发出那在危急时所发出的迫切的命令："谁有裹脚找一条来！"

"找裹腿做什么？"

"勒一勒肚子呀！"

随着，我找到一条裹腿勒起她的肚子来。我一边有意地用力勒着，一边又不自主地无力地松开；我深切地感到了自己所束缚的不是她，而是另一个太幼小的无辜者。这无辜者为着她，也为着我们，正受着残酷的虐待，如果她会说话，他能不控诉她和我们的罪名吗？而她和我们又将怎样给以解释？可是，我看得出她正陶醉于想象的角色中，大概她想用春天的花装饰着青春，用夜空的星子映亮着眼睛，用黄昏的红霞染着嘴唇，用池边被风吹过的又被太阳渲染的水波做轻柔的金发，用美丽的想象代替一切缺陷而成为世界第一个完整的玛丽亚。这时候，她忘了自己，自然也忘了自己所附带的另一个生命。她不住地愤愤地命令我："勒呀，勒呀！"

勒过以后，她穿上了。这时候，她穿上的衣服，被撑得变了样，纱布的细小的孔子，已经变成了大窟窿。所以她好像被扮成了一个披着渔网的、怪样子的渔妇。

在观众焦急的掌声中，我们的化装朗诵终于开幕了。除去动作，我们一切都按照剧本进行；尤其是剧中人的出入场的次序，一点没有变动。当第一幕第六场她用着记忆中的俊俏的姿态，跟着比她年轻的她的母亲安娜出场的时候，全场立刻由静中哄然大笑起来；特别是在她向那比她年轻的母亲安娜呼过"妈妈"以后，那可怕的笑声压住了一切；所有的剧词都消沉在这笑声中间了。她完全失败了。这时候，我想到她，她几乎受了任何演员所能受的精神和肉体的损害——特别是可怕的笑声的损害，的确是损害得她太多太多了。我还想到一个人和一件事的失败，真是决定于所需要和所能的对比上的吗？

可是，她在终场下来的时候，抱住我大笑着，笑得几乎发狂。这笑，使我感觉是每个人在工作成功以后才会有的。而且，她还和我说着："果戈理真是讽刺的天才……我……我也不失为表现这天才的一个演员……"

"怎么见得？"

"难道你没有听见他们的笑声吗？"

《解放日报》1942年1月24日

我的女教师

我的父母，凭着劳动，供我几年书。高小毕业以后，同学们升学的升学了，下乡的下乡了，做买卖的做买卖了。

"我呢，往哪去？"我记得清清楚楚，那是一九二七年，我十五岁，已经明确感到了这个人生的大问题。

我跑到哈尔滨，考进第一中学，因为没有学费退了学，又回到一面坡。我跑到小铺子，人家用不着多余的小伙计；大买卖家，没有铺保，也进不去。没办法，我拿定主意，去当学徒，学会手艺，就能养家糊口。谁想到，我这一个人当了两个徒弟；因为，一家铺面开了两个铺子：一个石印所，一个扎彩铺，他们两家合伙收了我一个徒弟；说句实话，就是他们两家合伙雇了我一个劳动力。从早到晚，上街跑腿，在家打杂，我什么也学不到。扎彩铺掌柜的，脾气还好，可是，我学这个干什么呢？难道我就扎纸人纸马为死人耍一辈子手艺？石印所男掌柜的，倒好说话；那个女掌柜的，简直是个母夜叉。她那一对眼睛，好似两根钉子似的，钉在我的背上，不但不让我闲，而且，打我，骂我。我看透了她的心，一天，趁她冷不防的时候，踢了她一脚，而后跑掉了。"我往哪去？"我不愿意想，但又不能不想；想吧，越想越糊涂。

于是，我参加了野孩子群，东闯西撞，胡打乱闹，过了今天，再不想明天了。想不到，在这个时机里，我认识一个朝鲜孩子，成了好朋友。

他是中东铁路（今称中长铁路）苏联子弟第十一中学的学生，名字叫作果里。听到我的苦处，他同情我；可是，他没有什么可以给人的，只有给我一个好心眼。他说："你别愁，我想办法，介绍你进我们的学校。"他领我到学校的门口，让我在门外等他的消息。

一面坡这个地方，我住了七八年，别墅似的火车站这一带，我不常来，只有从前春秋结队旅行的时候，来过几趟。每趟，都没玩够，就回去了。今天，我又来了，却什么也不想玩，只是爱看这个学校，这所杏黄色的大楼；只是爱听这楼里的铃铛声。这声音向我招呼："你往这里来！"可是，果里出来说了声："不行！"一个天地，给了我两个感觉：刚才那么明，此刻这么暗了。我哭起来，果里也陪我掉眼泪。直到放了学，我还没哭完，他的眼泪也没掉完。苏联学生们围着看，有一个苏联女教师跟果里谈着话。我不大会俄国话，果里用中国话翻译，告诉我："因为你不是苏联人，又不是中东铁路中国员工的子弟，不能收你。她让我劝你走吧。"我似乎本能地问："我往哪去？"女教师翻来覆去地解释和劝说，末了跟着一句："好孩子，你别哭了，走吧。"我想来想去，想不出别的话，总是自言自语地说这么一句："我往哪去？"时间太久了，围着的人们都回家了，只剩下我们三个人。结果，女教师说："你跟我走！"

她手拉着我手，身后跟着果里，我们走在蜿蜒河边的小路，谁也没说一句话。路静，人也静，耳旁只有流过沙石的河流声，飞过天空的雁群声，走过落叶的脚步声。这脚步声，就是一个声。谁也分不出来，那是谁的声。谁也分不出来，哪是女教师的，哪是果里的，哪是我的。谁也分不出来，哪是苏联人的，哪是朝鲜人的，哪是中国人的。总之，一条路上的一种脚步声。我回头看了一下果里，他真有一种同甘共苦的气概。我再看看拉着我的女教师。她有二十五岁以上，三十岁以下的样子。她的眼睛，真像海一样的深，一样的蓝，一样的水水灵灵。她的头发，真像金丝一样，一样粗，一样黄，一样的光光亮亮。她的手，真像太阳一样，月亮一样，一样热而有力，柔而有情，一样伟大而不骄，有己而不私。我真感到了，跟她走着幸福的路。她，幸福的引路人。当我们到了她家的时候，天快黑了。她留我吃了晚饭，给我几本苏联画报——我第一次看见了列宁和斯大林。她抱住我的头，亲了再亲，说："你这个中国孩子，我收你做我的学生！"

我站起来，恭恭敬敬地给她行了个礼。可惜，我不惯于她那种斯拉夫民族的习惯——亲她，再亲她；在我，只能够把她的手拉过来，贴在我的脸上。我说："谢谢你，我的女教师！"

此后，当面和背后一样，我从不叫她的名字，只称她"我的女教师"。现时和彼时一样，我都不会写诗，只是走进如此的诗境：

在我的祖国

我无故乡，我无亲人。
我只是一个人，一个身，
无人想念我，也无我想念的人。
我的女教师，
给了我一匹千里驹，让我向天下奔驰。我的去处，遥远而无止。
我的去处，凭我的马蹄子。
我不知道，我往哪去。

在我头一天上学的时候，我说不出来自己怎样高兴，我就是糖，全身都是甜的。果里和我不在一班，他把我送到教室，他就走了。我一进门，全室哗然。都欢迎着，喊着："中国同学，中国同学！"他们都从自己的座位上跳起来，拍起手。有的摸摸我的头发，为什么那样黑？有的瞧瞧我的鼻子，为什么那样低？有的拍拍我的脸，为什么那样瘦？他们使我感到两国的孩子，却有一个亲热劲。只有一个小家伙，也许由于调皮，也许为了好玩，他把我的帽子抢去，往门外一甩说："你怎么不留给挂衣室呢？"别的同学明白，我的身上只穿一件小袄，本来无衣可挂，何况又是个新规矩。因此，一群对他一个，吵吵闹闹，大家开起没有主席主持的斗争会。

这时候，我的女教师挟着书本上课来了。她首先喊了一声："各归原位！"然后又喊了一声："手往后背！"我学着别的同学，把手往后一背，挺起腰板来。我的女教师问过刚才一场吵闹的经过之后，迈开大步，从讲台走到抢我帽子那个同学的桌前，训斥地说："哥里沙，你不够我的学生，你不够苏联的学生！"随后，她用手指轻轻敲他的头，又是罚，又是爱。这个被罚和被爱的哥里沙，似羞似娇地笑了一下，把帽子找回来，并说："请你原谅我！"我的女教师，似乎仍不满意。她改了这一堂的科目，把文法课改为政治课。她不断地提起列宁和斯大林的话，不断地解释这些话。当时，我这个无知的孩子，听不懂她的话，但我懂她讲的意思：用今天的话说，不外是共产主义和国际主义精神。

从此，同学们再没有一个人，耍笑过我，而且，哥里沙对我，表现得更好。我常常从他们手里接到糖和点心，铅笔和练习簿、画片和纪念性的小东西。只有，上文学课那次，我的女教师问我："你知道高尔基吗？"我答："不知道。""托尔斯泰呢？""不知道。""普希金呢？""不知道。"大伙憋不住，突然笑出一阵声来。可是，我的女教师做个制止的样子——用手把嘴一堵，笑的人们，笑了半截，就把笑声憋回去。不怪他们，我只能责备自己的无知无识，只能责备中国的教育无知无识。不然，为什么，连这样有名的文学家都不知道呢？纵然，没有读过他们的书，为什么连他们的名字都没听过呢？下课以后，我的女教师安慰我说："无知并非罪恶，不学才是羞耻。"她接着又说："你愿意学，你愿意多学吗？你如果愿意，我愿用休息的时间教你。"

我的眼里，有点潮湿；我从她的身旁后退一步，恭恭敬敬地给她行了个礼。她抱着我，亲了再亲。

从这天起，她只有工作，再没有休息了。在礼拜日，在例假日，在每天放学后和就寝前之间，一句话，她凑着一切属于自己的时间，教我学习革命故事、文学名著、星的神话、科学知识……有时，我听不懂，她就讲一遍再一遍。有时，我太累了，她就领我逛小公园，林中走走，凳上坐坐，在我恢复精神以后，她继续教我。为了这个，有时，影响她吃饭，影响她睡觉，甚至差点影响她和一个人的亲密的关系。用常识判断，可以肯定那个人和她是爱人的关系，但不知是丈夫，还是未婚夫；我没问过，她也没说过。那次，是在礼拜天，我没遵守规定的时间，去晚了。我还像往常一样，一推门，就进了她的屋子。他俩坐在沙发上，笑眯眯地手握着手，正在谈心。我一进来，就冲散他们两个。因为我这不懂事、不懂礼貌的孩子，冒昧地闯来，使那个人显得有点不好意思，也有点不舒服。他一边比画，一边对我说："你是个学生！应该懂得这个规矩：在你进屋之前，应该敲敲门呀！"我的女教师打断他的话，向我说："他告诉你这个，是对的。不过，这是小事情，不懂得，不要紧，不要紧。"她转过身，又向那个人说："这一点小事情，你怎么都不能忍耐呢？你为什么气愤地说话？你影响了我的工作。你欺负了我的好学生。你应该向他道歉。"那个人想了半天，老老实实地对她说一句："请你工作"，又对我说一句"对不起"，就走了。从此，我每次进屋，都先敲门；凡是碰着他在屋的时候，他还是照样老老实实地对她说一句"请你工作"，又对我说一句"对不起"，就走了。我虽年幼，但我懂得这个人情。因而，我几次对她说，请她休息几天，并处理个人的事，但我都碰了钉子。我的女教师说："个人事小，工作事大。"

可是，有一次，她自动地对我说："从今天起，三天不给你补习。"

我明白，十月革命节快到了，她要买列宁、斯大林的像，买花、买酒、买糖，和爱人欢庆这个节日。我想的，也对，也不对。像，是她自己画的，花，是她自己在山上采的。画挂在家的少，挂在教室的多。糖和酒是她和爱人去买的，可不是他俩吃。在这个节日那天，她约了我们许多同学去吃。他给我们讲过十月革命的故事以后，又说："没有十月革命，你们没有今天的幸福。没有列宁、斯大林，你们没有今天的幸福。"她为了我，特别多加了一句："对你这个中国孩子也是一样的。"

我相信我的女教师，相信她的话。在她没说这话的时候，在我学习的时候，在我滑冰、看电影、逛俱乐部的时候，我就懂得自己是怎样的幸福；这个用不着思考，因为从不幸中过来的人，都懂得幸福。不过，这样幸福的人，不一定透彻了解幸福的来历。因此，我特别感激我的女教师，感激她的话。

可是坏消息来了。在课堂里，我听到我的女教师说：蒋介石这个坏家伙反共了，反苏了。而且，我嗅到了反革命的空气。有一天，我们学校里，来了一个"参观"的中国教育厅"督学"，走进我们教室的时候，一眼就看见我，问："你是朝鲜人，还是中国人？"我答："中国人。""你既是中国人，怎么在红毛子学堂念书？""我愿意！""愿意的事，不一定是好事，你还是到中国学堂去吧。""我不，我不！""你不？国家有法律呀！"

这可恶的"法律"，退了我的学，夺去了我的幸福。

在我辞别的时候，我的女教师送我两本书——通俗的共产主义读本和"七人"编著的俄文文法。果里和我一样，没有送的东西，他送我一滴眼泪。哥里沙和别的同学们，没有这个准备，送我一个"再见"，送我一个摇手的动作，送我一个留恋不舍的影子。他们还说了不少的话，我听不清，其中，只有一句，不知是谁说的，特别响亮："你往哪去？"

我的女教师没等我说话，她就代我回答了："他跟我走！"

她抱住我，亲了又亲。我跷起脚尖，挺起腰背，押起脖子，耸起我这少年的整个身子，我的眼睛，刚刚勾着她那低下来的将近中年的脸，我就用眼泪亲了这位比母亲还亲的人。随着，我又恭恭敬敬地给她行了个礼；拜别我的女教师，还有果里和所有的同学们。我走了，走远了。我只是一个人，手里拿着我的女教师送给我的两本书。可是，我觉得，还是像从前一样：果里跟着，我的女教师拉着我的手,领着我走。

北方冬天,天短;这时候,已经快黑了。一面坡,这没有火车开进来的小火车站,格外冷清。路上,人少,风雪大。我不说话,也听不到别人的声音:还是路静,人也静,耳旁只有刮着雪花的风声,飞着觅巢的雀鸟声,走着雪路的脚步声。这个脚步声,就是一个声。谁也分不出来那是谁的。谁也分不出来,哪是女教师的,哪是果里的,哪是我的。谁也分不出来,哪是苏联人的,哪是朝鲜人的,哪是中国人的。总之,一条路上的一种脚步声。我又回头看看果里,他仍有"同甘共苦"的气概。我再看看拉着我的——我的女教师。她的眼睛,仍像海一样的深,一样的蓝,一样的水水灵灵。她的头发,仍像金丝一样,一样粗,一样的光光亮亮。她的手,仍像太阳一样,月亮一样,一样的热而有力,柔而有情,一样的有己而不私,伟大而不骄。我照旧感到了,我跟着她,走幸福的路。

我的女教师,你走吧;你这个学生,一直跟着你走,永远跟着你走。不管你走得多远——是海外,还是天边;也不管你的学生受什么害——是断了腿,还是瞎了眼,总能够爬得动,摸得着,总能够跟得上。你的学生,跟着你,已经走了这些年;而且,跟着你,将走无数年。

当面和背后一样,我从不叫她的名字,只称她"我的女教师"。现时和彼时一样,我都不会写诗,只是走进如此的诗境:

在我的祖国

我有故乡,我有亲人。
我不是一个人,一个身,
有人想念我,也有我想念的人。
我的女教师,
给了我一匹千里驹,让我奔到圣地。
这个圣地,光辉而美丽。
这个圣地,写着毛泽东——伟大的名字。
我知道,我往哪去。

从那时起,八年后,由于怀念果里,鼓舞被压迫民族的斗志,我在上海曾经写过一篇"没有祖国的孩子"。现在，二十三年后，为了感谢一位苏联教育工作者，欢庆中苏友好新条约和新协定，我在沈阳又写了这篇"我的女教师"。

《山东教育》1950年第8期

童 话

一九二七年,我和哥里沙同学的时候,一面坡的学生,大致分为两派。一派是:戴着樱花帽徽的日本学生,戴着大鹰(记不十分清楚了)帽徽的白俄学生,也许还有些教会学校的中国学生,和日本学校的朝鲜学生;另一派是:戴着红黄蓝白黑五角星帽徽的中国学生,戴着镰刀斧头帽徽的苏联学生,戴着樱花帽徽的朝鲜学生。在放假的日子,这两派学生,自然而然地列开由八九人到八九十人的两条战线。这边有司令和参谋,那边有元帅和军师。这边有前卫、警卫员和通信员,那边也有先行军、保镖的和传令兵。这边有棍棒钩鞭,长于冲锋陷阵,那边有滚木礌石,善于断后截击。总之,两边可谓势均力敌。一旦开战,手巾旌旗蔽空,嘴里锣鼓齐鸣,呐喊助威、杀声四起,棍子石子、飞来飞去。假如弹尽器绝,交起手来,那就两个一对,一对一对地滚成双双的泥球,甚而弄得头破血流,腰弯腿瘸。这种孩子打群架,没个完;一仗完了,又一仗。反正,仗越打越厉害,仇口越闹越深,复仇方法越来越多。有时三更半夜,两个举着一个架高,我往你门外的信箱撒尿;或是两个帮着一个打眼,你砸碎我的窗门玻璃。有时,大天白日,三五成群,埋伏路口,认帽徽,不认人,你们揍我一顿,或是我们捶你一阵。因此,两边阵容都越扩越大,也越团结。

我和哥里沙都是被扩来参加的。这也就是说,在我俩参加之前,每个人都挨过揍。我告诉他,当我那回挨拳头的时候,曾想:"若是有你在,你一定帮我打。"他也告诉我,当他挨巴掌的时候,曾想:"若是有你在,你也一定帮我打。"我俩都说:"若是咱俩在一起,他们就不敢动手。"

自从参加以后,我俩更加要好起来,胆子也大起来。我俩一起上下学,一起遛街逛公园,凡是行动,就在一起。有次,我俩过吊桥,没小心,碰见三个日本学生。双方一见，仇气冲天，不容分说，举手就打起来。日本学生，一个对哥里沙，两个对我，把我按在雪地，往我脖领子里塞雪；冰得我，大喊哥里沙。他一脚绊倒敌手，就把我救起来。我刚起来，被他绊倒的那个，已经赶过来；于是，另开始了一个回合：一个对我，两个对他，又把他按在雪地，往脖领子里塞雪。我一闪，晃开我的敌手，又把哥里沙救出来。一个回合，又一个回合，打了半天，我和哥里沙吃了大亏。他的鼻子破了，我的手腕子也拧了，并且，弄得浑身冰湿。就在这次，日本敌手给我俩种了天大的仇。后来，我俩都说："若是咱俩有两根棒子，他们就不敢动手。"

此后，我俩找到两根杨木棒子，走到哪里，带到哪里；少数敌手见了我俩，果然溜走。我俩得意的时候，就拿日本大烟馆、洋行和当铺撒气——专打他们门前的灯泡。有一天，我俩从日本居民学校附近经过，碰见一大群日本学生，堵住路。我俩设了个妙计——想偷空子，打他们几棒子就跑。可是，我俩一共打了两棒子，棒子就断了。后来，我俩都说："若是咱俩有两根榆木棒子，他们就不敢动手，即使他们动，咱俩也不会吃亏。"

公园里，全是杨树。学校院里，也是杨树。找榆树，可难找。我俩爬山越岭，在十多里外，才砍来两根榆木棒子。因此，我俩都说："明年清明时，咱们自己栽榆树。"

这年，他十六岁，我十五岁，都正在少年。少年人爱睡觉，更爱做梦。我俩梦过海边的波浪，梦过天外的美景，梦过西伯利亚的雪景，梦过星和月的世界，梦过列宁和斯大林的面容；现在，又梦着榆树正在茂盛。

可是，这个梦没成，时局变化了，蒋介石反革命了。一九二八年的清明节，还没有到，东北被换了旗——红黄蓝白黑换了青天白日；我被换了学校——东铁苏联子弟第十一中学换了东省特区第六中学，终归把我和哥里沙拆了帮。不过，这两个学校，都在铁道北，相离不远，他可以常来看我，我可以常去看他，并且我俩常说："咱俩是生死的朋友，谁也拆不散咱俩。咱俩别忘清明节时栽榆树哇……"

他忠于我，我忠于他，我俩忠实于诺言。在清明节那天（我记不清楚是四月五号还是六号），在学校植树以后，我俩蹚水过了蚂蜒河，还是在十里外，拔了棵最好的榆树秧子。然后，我跟他，回到他的家。

他家住的铁路官房，非常好看。院子里，是花园。房子里，也是花园。门旁的玻璃屋，是花厅。每个屋子里，不论寝室还是客厅，摆的也是花。每块布上，不论桌布还是窗帘，绣的都是花。我从这个花世界，也分尝了哥里沙的幸福。他家的人口很少，只有父母两个人。父亲是开火车头的，每礼拜有一天，回家歇班。母亲是技术工人，每天上班检查，修理火车头，晚上下班回家。所以，父子相见得少，母子团聚得多。

有一天，我俩进屋的时候，母亲已经下班了。她是个快到四十岁的人，样子还像年轻人，腰粗，胳膊也粗。她最快乐，总是无牵无挂、无忧无虑似的。我见她总是那么一副笑脸。她责备哥里沙，也是笑着说："我等你吃饭，你怎回来这么晚？"她看我站在一旁，还是笑着说："中国小朋友，别生我的气，坐下一起吃饭。"我和哥里沙要先栽榆树秧子，让她先吃。她笑着说："我等你们一块吃。"

"清明时节雨纷纷"，是不假的。小蒙雨，从早晨就下，下了一天，还没停。可是地还没湿透，我们的镢头刨也刨不动，刨了半天，才刨个小坑。她一会儿探头看看，看看，末了，她三镢头刨了个大坑，而后让我和哥里沙栽树。是的，我俩埋着树，心头涌上一阵阵快感。我们不是在埋树，而是在梦着：一年、二年、三年……榆树长了一个杈子、两个杈子、三个杈子……我俩手里拿着一根榆木棒子、两根榆木棒子、三根榆木棒子……一个胜利、两个胜利、三个胜利……我们一锹一锹的土，埋下树根，我们一锹一锹的土，埋下我俩鹏程万里的梦想，我俩天长地久的情感，我俩出师凯旋的希望，我俩千秋万世的诺言。我俩埋完了，在榆树的嫩皮上，用铅笔刀刻了我俩的名字，而且，在榆树底下写了四行字：

吾未成人
树未成材
我须助你
你须助我

母亲在旁，哈哈地大笑起来。于是，我俩又用锹培了土。你多培一锹土，我多培一锹土，我俩培了一年多的土。一年多的榆树，多长了枝叶。一年多的人，多长了见识。

由于蒋介石两年前在美帝国主义唆使下，发动了反苏，包围苏联领事馆，开始了一九二九年的中苏战争。这个战争，用了半年时间，一万万元钱。结果，梁忠甲在前线被俘，韩光第在扎兰诺尔阵亡，江防最大的江亨军舰在同江沉没，两架飞机在绥芬河下坠，沈鸿烈从松花江上脱走，王树常从半路上退回。他们在前方，丢盔卸甲；在后方，耀武扬威。大批的苏侨被捕、被辱、被害，我的同学哥里沙也不例外。

他的花园，成了旷场。他的花园似的家，成了煤窑。他的父母被捕了，送到哈尔滨的监牢。有一个他父亲的老朋友，接了他，经过当局的允许，决定带他回国去。在临走前，他来辞别我。他问："你还有什么话要说没有？"

"哥里沙，我的同学，我要说的，只有一句话。"

"你说吧，你想什么？你说吧！"

"你别忘了我！"

"你放心吧，我忘不了。我将永远记得，在中国，有我的一个中国同学，还有我的半棵中国榆树。"

我俩肩并肩，手拉手，走进他的"家"。初秋的天气很好，到处叶还绿着、花还开着。可是，我俩到的地方，竟像到了冬天：红消绿尽，满眼荒凉；在风里，只见一棵小榆树，歪歪倒倒，站也站不起来。我俩没有铁锹了，就用手捧土，培树根。他一捧土，我一捧土，一捧一捧地培着，培着我俩过去难忘的记忆，我俩现在难舍的友情，我俩将来难见的想念。

培过土以后，我送哥里沙到火车站。恰好，车快进来了，旅客都上了站台。带他走的那个人，是个老头儿，只顾在候车室里抽烟，出神，不慌不忙。哥里沙有点急，催他说："伯伯，上月台吧！""忙什么，早呢。""车快进站了。""它进它的呗。""咱们误了车呢？""你爸爸知道，我是'旅行专家'，你不相信吗？"哥里沙告诉我，这个老头子当过十多年车队长。火车已经进站了，他还是只顾在候车室里抽烟，出神，不慌不忙。我都受不住了，催他说："你领哥里沙赶快走吧！""不，再待五分钟。""一分钟也别待了，你立刻走！""你赶我走吗？""是的，我赶你走。"这位可爱的老人家，被逼得透露了自己的隐情，他高声地问我："我的中国小朋友，我问你，假如你在苏联工作了十多年，你对苏联、对苏联人民，有了好感，你一旦离开的时候，你不留恋吗？假如你在留恋的时候，我赶你走，你心里，将会怎样呢？"

"你原谅我吗?"

"哪有五十多岁的老头子,不原谅孩子的。"

他一看表,还有三分钟,他才站起来。在出口,稽查处的军警问过他们,问我:"你干什么的?""我送他们的。"

"咱们是本国人,说句实在话,你送两个红毛子干啥?""谁都有他自己的朋友哇!""你不知道中俄打仗吗?""我反对反苏战争。""你敢讲这话吗?""我当然敢讲,我反对反苏战争。"不单我敢讲,我旁边几个六中同学也敢讲;不单我们六中同学敢讲,许多学校许多同学更敢讲:"拥护苏联,反对反苏战争。""反对侵略,反对日本修筑满蒙五路,打倒日本帝国主义。"为了这,东北学生,不是多添了一页光荣的"拥苏反日"的斗争史吗?革命的历史家,一定记得,一定比我记得更清楚。

火车头的汽笛响过了,车开了,哥里沙从车窗子伸出脑袋,和我说一句:"我的同学,我的朋友,别忘了咱俩的小榆树!"

我和哥里沙别离了。我和哥里沙别离五年,"九一八",日本关东军侵占东北以后,我走出东北。我和哥里沙别离十六年,"八一五",苏联红军解放东北以后,我又回到东北。我在东北大学工作的时候,常常想起自己的学生时代,想起自己的同学。我想起哈尔滨商船学校同学傅天飞、一面坡东铁苏联子弟第十一中学朝鲜同学果里、苏联同学哥里沙。我打听傅天飞的消息,冯仲云同志告诉我,他早已成为抗日联军的烈士了。我打听果里的消息,朴大昌同志告诉我,他正在朝鲜民主主义人民共和国担任军事工作。我打听哥里沙的消息,没人知道;又打听多少遍,也都白费。不知为什么,我想念的人,难见面,越难见面的人,越容易想念。一九四六年,我和哥里沙别离十七年,苏联红军撤离东北的时候,趁过路机会,我下车访问我俩同学时的故土。

我看了看这个旧址,都被日本破坏了,只剩下一堆破砖乱瓦。我又看了看,院子好像比从前小了似的,可是,那棵小榆树,长大了,树干有我腰粗,树的枝叶,早已成了荫。我再看了看,树底下还是新培的土,树干上我俩的名字,不但还在,而且跟着树也长大了;我再看了看,旁边还添了新刻的四行字。我念了一遍,在我的记忆里,是很熟悉的句子,只是改了两个字。我又念了一遍,的确是改过两个字的那四行字:

吾已成人
树已成材
我须助你
你须助我

　　我想找人问问,院子里没人。在院子外,火车站那面,有个摆小摊子卖烟卷的小姑娘,我就去问她:"你在这里,卖多久烟卷了?""好几个月了。""这街上可有人走吗?""没人走。""那院子里,可有人去吗?""没有人去。""一个都没有吗?""只有昨天,从苏军回国的火车上,下来一个官,进去过一趟,火车要开的时候,他才走的。"

作于1950年2月27日

一　夜

　　当这夜回到哈尔滨的时候，我忽然想起许多年前的一夜，"九一八"后的第二年——一九三二年的一夜。

　　哈尔滨秋末的夜，已经冷了。马迭尔舞客，穿上冬季夜礼服；小舢板的船夫，在星光下的松花江上，打起哆嗦。巡逻的日本宪兵，除了清酒的温暖，又套上皮面呢里的大坎肩。暖了的人，比夏天还快乐。冷着的人，开始受冬天的苦。能乐的人，爱怎么乐，就怎么乐；乐是没人管的。受苦的人，随便怎么苦，就怎么苦，苦，也是没人管的。日本特务只管反满抗日分子和共产党人。

　　蒋介石的亲信——吴铁城亲来新刷的"中国国民党哈尔滨特派员"的墙壁，让本庄繁贴了"倘对我军行动，欲加妨害者，必出断乎处置"的九一八事变布告，让溥仪贴了"王道乐土，当可见诸事实，凡我国人，望共勉之"的"'满洲国'执政宣言"，如今日久天长已被风雨侵蚀，被人手撕碎；而人们趁着黑夜，又用黑笔写上了"打倒日本帝国主义""打倒伪满洲国""反对蒋介石不抵抗主义""拥护中国共产党抗日主张"等标语。能贴的人，随便怎么贴；贴"布告"，贴"宣言"，是没人管的。日本特务只管黑夜，只管黑笔写的"标语"。

　　有个老牌的日本特务，擦过好多标语，杀过好多我们的同志。因此，这个坏蛋，扬扬得意起来。

　　我们不是恐怖主义者，可是，我们不能不给他个恐怖的处置，所以我和一个同志接受了这夜惩罚他的任务。关于惩罚的经过，留待以后再写；现在，我写的是，事后逃走的故事：

　　本来，我和那位同志早已计划好的、准备好的，一旦发生意外，便各人走各人的路。所以现在我俩分了手。

在夜色的隐蔽下，在特务的搜捕中，我正从事前试探过的、熟识过的路上急走，脱身；但我终于发现这条路的两端，都已被堵住，而两侧又都是墙——俄国式的小木栏子。于是，我跳了墙。跳了又跳，跳了又跳，反正见墙就跳，我也不知道究竟跳了多少墙。听过狗叫，我也不知是不是咬我；听过人喊，我也不知道人是不是看见过我。反正，我最后是被人拦住了，抓住了。我感觉出来，一共是两个人：一个力气大的抱住我的腰，一个劲小的抓住我的头，一下子摔倒我，从我身上搜去那把尖刀把我倒背手绑起来。我想，糟了，已经落到敌人的手里。可是，借着窗亮，我辨别出来，她们是两个女人。从她们的话，我又听出来，她们说的是俄国话。我想，日本特务机关有白俄男特务，难道还有白俄女特务？我怀疑，但注意听她们说话。年轻的声音："怎么办呢？"年老的声音："先把他放屋去。"我想，日本特务机关，多是多的，难道我就碰到特务机关？我怀疑，但留神一切。她们把我拉到屋，放在过道的时候，我看出来了，旁边是厨房，里边是客厅，可以肯定这不是特务机关，而是家庭。年轻的问："妈妈，把他绑在柱子上吧？"年老的答："女儿，别再绑了，把门锁上，让他舒服舒服。"我听出来了，一个是女儿，一个是母亲；可以肯定她们不是特务，而是母女二人。女儿问："问问他偷过几回东西，又来偷什么东西吧？""你问吧，问清楚，否则不放他。可把我累坏了，我得歇歇去。"她们这一讲，给我一喜一忧，喜的是，她们认为我不是逃走的人，而是小偷；忧的是，我不是小偷，如何回答呢？不回答，就不放我，一会儿特务来搜查怎么办呢？她们会不会把我交给特务呢？于是，立刻来了这么一个问题，她们究竟是苏联人，还是白俄？为了这，我才仔细地打量起她来。她穿的是：平底黄皮鞋，皮肤色高筒洋袜子，藏青色短裙子，朱红色毛线衣。她的样子是二十七八岁，浅黄色头发，浅蓝色眼睛，显着一种单纯伶俐的、勇而无畏的神气。我观察的结果，找不出解决问题的特征，但我必须找出来，才能决定我对她的态度。她还逼我："你为什么不说话？"我开口了，这是被抓后说的第一句话："我口渴，想喝水，一口水也好。"她领我进了小客厅的时候，一眼就瞧见了解决问题最有力的特征——在柜橱旁边，挂张列宁大相片。于是我不由自主地向前一扑，便用俄国语说话："伟大的列宁救我，敬爱的姑娘救我！"

她一张手，眼睛像一对大水晶球，闪光发亮。

她问："你不是强盗？"

我摆摆头回答。

"你也不是小偷?"

我再摆摆头回答。

"你到底是什么人?"

我把自己碰过的危险,和自己可能再遇到搜捕的情形告诉了她。她恍然大悟,给我解开她绑过的绳子,并向我道歉,问:"你能不能原谅我?"

"我不但原谅你,而且感谢你,感谢你的妈妈。"

她一甩头发,扭过身,进了卧室,把这个意外的头尾,告诉了妈妈。另外,我继续听到下一段话:"妈妈,怎么办呢?"

"向他道歉,放他走吧。先问他饿不饿,饿了,就让他吃过东西再走。"

"妈妈,特务看见他,怎么办呢?"

"我们也挖不掉特务的眼珠子,那怎么办?"

"无论怎样,也得想个办法,别让他落到特务的手呀。"

正在这时候,狗又叫起来;不用说,有人来了。这娘儿俩急得赶忙出来,在我的面前,急得团团转。老太太想出主意,她让我躲到床底下,再用两个皮箱,把我挡住。女儿反对说:"这样藏法,不用特务搜查,随便什么人都能发现,结果,还不如不藏。"

"玛丽,住口,现在不是闲谈的时候,赶快让他先藏起来。"

"妈妈,您别生气,我不同意您这种十九世纪的聪明。妈妈,特务是二十世纪的。"

"玛丽,那你就拿出二十世纪的聪明吧。你急死我了,你听外面的脚步声……赶快,把他藏在床底下。"

"妈妈藏得不好,真还如不藏好。"

"你这个傻丫头,藏起来总比不藏好。"

"这种藏法,真不如不藏好!"

"那你就不藏他,你把他送给敌人吧!"

"我就不藏他,为了不把他给敌人,我才不藏他!妈妈,你看。"她又转过头,征求我的意见:

"你同意吗?"

我不能预料日本特务将会在一个苏联侨民家庭施展什么专有的伎俩,所以只有这样说:"我相信你,一切都依靠你。"

她让我脱下长袍,换上破西装上身,用油灰抹了抹手脸,装扮她家的用人,给我起个名字,就叫"季代斯基"(中国人)。并告诉我:"你到厨房去,不管什么时候,你少说话。"

我走进厨房不久,就听见敲门声音。我从钥匙眼里,看见玛丽开了门,进来两个人。我估计他们,是一个日本特务和一个中国的狗腿子。这个狗腿子问:"刚才有没有人跳进你院子?"

"没有。"

玛丽回答以后,领他们进客厅去。我再听不清了,不知道他们谈的什么。可是,玛丽大声叫我,我听得清清楚楚:"厨子,季代斯基,请你来。"

一晃之间,我心里,变化那么多:是检查我吗?是发现了我吗?是抓走我吗?我相信玛丽,不管发生什么问题,她都会帮我。我走去的时候,那两个坏东西,正在检查柜子,玛丽对我说:"他们要检查床底下,你帮个忙,把箱子搬出来,让他们看个明白。"

他们检查每个屋子,每个柜子,每张床;我跟着搬床底下的东西,末了,他们检查厨房。玛丽抢先一步进去,给他们打开小橱、锅盖;凡是能打开的东西都打开了。随着,我一开炉门,一股煤烟呛出他们去。他们走出房门以后,只剩下检查的余波,对玛丽说:"这个厨子呛了我们。"

"季代斯基是我们的好厨子。"

"叫什么名字?"

"季代斯基。"

"'满洲国'成立了,给他改个名字吧——季代斯基最好改为'满洲斯基'('满洲国'人)。"

"我们叫惯了的名字,怎么能改呢;再说,今天改过来,明天不是还要改过去吗?"

余波平息,检查也完全结束了。那两颗贼星一晃,不知道掉到哪里去了。天还是那样黑,没有星光和月光。秋末的夜风,冷冷飕飕。一切都静,听不见人声、狗吠声。哈尔滨特有的教堂钟声,远远地悠然地一声声地响着。这时候,我感到跳墙摔过的腿,一阵好疼。

我卷起裤子一看,果然有个伤口。玛丽说:"妈妈,你看流了血。"妈妈也问:"呀,怎么伤的?""还不是你让人家藏在床底碰的嘛。""谢谢,可爱的女儿,你比妈妈聪明,二十世纪的人比十九世纪的人聪明。"这娘儿俩,像吃亲手做的香东西似的,有滋有味地耍笑两句。妈妈亲了女儿,女儿又亲了妈妈。妈妈说:"你给他上点碘酒吧!"因为,这夜巴拉斯电影院最后一场的时候,我还要在门前接关系,汇报工作。所以我说:"不,我要走。"玛丽说:"何必这么急呢?""我有急事。""你既然有急事,你为什么不早走呢?"我知道,因为我没有接受她这份好心,她赌气起来。我要知道时刻,以便决定我的去留。她手上戴着表,却故意不回答我。结果,还是妈妈看了看,告诉我,八点十分。我说:"时间还早,我可以等等再走。"玛丽拍下手,笑了。她帮我上碘酒,一边上,一边问:"疼不疼?"妈妈戴起花镜来,盯着看。这轻轻上碘酒的手,这牢牢盯着的眼睛,使我抑制不住内心的激动的感情。这娘儿俩和我相识,多么偶然,多么短促,还不是中国所谓萍水相逢吗?我给她带来的是骚扰、惊惧和不幸,她们都无条件地给我以赤心、热爱、平安,给我以战斗的新生。我虽是个二十岁的青年,但我将带着这个新生,战斗一生。我将不愧这年轻的手,这年老的眼睛。玛丽给我上完碘酒,裹好药布,收回手,妈妈才转开眼睛。玛丽说:"现在,你走吧。"

我洗了脸,换上刚才脱下的长袍。我知道不能再带那尖刀,就把它留下来。我和妈妈握了手。她亲了我的头,并说:"再见。"

我又和玛丽去握手,她没有伸出手来,但她那般热情地说:"我送你一段路。"

我摸清了她的脾气,怎敢谢绝;不然,她还会赌气呢。

在偏僻的夜路上,行人很少,车马更不见了。我们默默地走着,走着,快走到铁路俱乐部的时候,我才重新辨明了迷失过我的哈尔滨的方向。我们还是默默地走着,走着,快走到电车站告别的时候,她问我:"你怎么不说话呢?"

"我说什么呢?"

"随便你说什么吧!"

"我想不出说什么。"

"有一句话,你必须说。"

对的,有一句话,我是必须说的。按斯拉夫民族的习惯语,也必须说,我说一句:"谢谢你。"

"说错了。"

"谢谢妈妈。"

"也说错了。"

"谢谢列宁。"

她笑了,伸出手来,和我紧紧地握着手。在铁路俱乐部的灯光下,我看见她明亮的眼睛,还带着一层惜别的水光。最后,我听到她说了一句告别的话:"中国朋友,祝你成功,再见。"

《新华周报》1950年第10期

崔　毅

我从朝鲜战场回来，将近两年；我们争取和平的谈判，已经签字。但是，那些往事，在我的记忆里、我的梦里，仍然像珠宝似的，闪闪发光。特别是我到鞍钢以后——去年秋冬两季，经常在业余讲时事，讲朝鲜的事。不论在劳模楼，或是在别的工人宿舍，我讲得最多的，是崔毅同志。

有一次，我们公司里那个女宣传员，交给我一个本子。她说："你给我看看，有工夫再给我改改！"我原先以为是谁写的宣传稿，或者是宣传台的工作总结；等打开一看，从"崔毅同志"的题上，我就想到这是我那两天在工地讲时，她记下来的笔记。我问她记这个做什么。她说："我还想念给那些没听过的工友们听听。"她才十七岁，真是个有心的孩子，无时不在给自己的工作打算盘。我回到宿舍，把她的笔记翻了再翻。她和我谈过她的历史，从小做工，当中读过一年书，照她的口语说，还读的尽是阿、夷、乌、也、奥（日语字母的字音）；解放后，青年团培养她，使她提高文化程度，由普通工变成了宣传员。现在，她居然能记两万字的笔记，字句清楚，大致合乎我的口气；无论她的意志，她的愿望——这本身就是很美的故事。但可惜的是，有些模糊的地方——雨湿过吗？水泡过吗？不用再问吧，那是她听时受过感动，记时留下来她曾倾注过热情的痕迹。这样，如果整理它，我要准备足够的时间才行。因为大型轧钢厂将要竣工，我也像别的同志一样，工作繁忙，所以不得不把她的笔记暂时搁在一旁。

我们热试轧起始那些天，每天回来得更晚，我躺在床上睡不着；就在这样的失眠的夜里，我经过几番加加减减的功夫，总算把它的第一部分整理出来了。当我写完最末一笔的时候，偶然想起，既可以"念给那些没听过的工友们听听"，又何妨印给那些不知道的同志们看看，因此，我没有还给原主，而把它公开发表了。

一

　　一九五一年春天，我从沈阳起身，到朝鲜去。在敌人频繁的空袭下，通过许多盘山的公路、绿色的松林、清澈的溪水和满地残砖断瓦的废墟，我到了中国人民志愿军后勤的一个分部。在我没到分部之前，路上已经听人说：第一，抗美援朝的战争，后勤工作占有重要地位——"每个战役的胜利，有它一半的功劳"；第二，在建设炸不断的钢铁运输线上，这个分部很有成绩；第三，分部部长就是十多年前，我在延安认识的那位沈主任……因此，我带着极其兴奋的心情，暂时留下来，准备收集一些这方面的材料。

　　那时，我们正在准备第五次战役；按"兵马未动，粮草先行"的原则，分部工作，必然十分紧张。李政委去前沿检查工作，王主任带一批政治部的干部到下边去进行政治动员，只有沈部长领两个年轻的秘书留在部里，指挥全局工作。

　　这个晚上，照例，像昨个晚上、前儿个晚上一样，这作为部长办公室的一间小茅屋，将要通宵达旦，热热闹闹。屋门口，站个哨兵，一会儿叫口令，一会儿开枪警报防空："放下窗帘！"另外有一个警卫员，也守着门口。工作对于他，有时紧有时松。紧时，只见他进进出出，仿佛什么事情都要经过他，他成了江河上不可少的摆渡手；松时，他站久了蹲蹲，蹲久了站站，有时扒门缝瞧瞧，有时贴窗纸听听。因为他跟部长工作过五六年，从小鬼当到警卫员，他——冯小奎摸透了首长的脾气，甚而从首长的神色上、呼吸里，似乎都能看出听出首长的意图。所以我很喜欢他——聪明伶俐，对工作对首长，非常忠实。说过屋外，再说屋里。屋里，经常点着三根洋蜡，应该说这是这个朝鲜小村子里最亮的灯火；但如果要查查那挂在墙上的、五万分之一的运输路线图，至少还要再点上两根。墙角下摆的电话机，铃断续地响，人不停地呼喊。李秘书守着，叫总机，挂过社仓挂涟川；要仓库，喊过弹药喊炒面……他喊得嗓子沙沙的，一点儿亮音儿都没有了，简直是呕他的心肺。韩秘书的工作，说话少，跑腿多，动手多；跑机要科，跑电台，收发电报；有时，部长腾不出手来，他还要起些草稿。他的眼睛，都熬得通红，好像要从血丝里往外流血似的。沈部长说，他们年轻人，还比不上他这块老骨头禁折腾呢。他一个人的年岁，大约相当于两个秘书的年岁，那年，他四十三岁。他留长发，戴宽边眼镜，眼光炯炯地，从没停过思考的样子。他盘着腿，坐在朝鲜式的小炕桌旁边，看着、听着、说着，处理问题。看起来，他在工作上，经常是这样的"一心三用"；而他和两个秘书之间的工作关系，又必须时刻是那样的"三人一心"。在他处理问题的时候，我看他比从前更老练更沉着，真是面不变色，语不走调；特别是在非常紧张的空气里，他常说俏皮话，还带抒情味。此外，我觉得他不同的，只是他额头的皱纹深了些，鬓边的白头发多了些；只是他在沈阳穿的那身哔叽制服换了这套镶红边的军装。这些日子，我和他面对面坐、床靠床睡，出入也常同行，他给我最主要的一个印象是：有他在，没有什么不可以解决的问题。

可是，李秘书紧急报告："运输处说，仓库装好五十台车，开不出去了……"

沈部长还在看电报，他不慌不忙地问道："为什么开不出去？"

"仓库门前的公路，敌机正在摆定时弹。"

"命令高射炮营，集中火力，别轻饶它！再命令民工大队，组织人力，搬，搬掉它！"

最近，敌人因为轰炸无效，发明"撒钉"，因为撒钉无效，又在摆定时炸弹。当然，我们也不断地在加强对空斗争，借用沈部长精确的字眼说，用"蔽""骗""打"对待轰炸，用"扫"对待撒钉，近日又用"搬"对待摆定时炸弹。当然，"搬"还是个开头，而且比"扫"麻烦得多。

因此，沈部长吹熄面前的烛火，喊声小冯，亲自去检查这次"搬"的任务。我也跟了去。

半夜里，天很黑，地上更黑，只能听见声音，看不见影子。我们坐一辆小吉普车，不顾敌机的扫射轰炸，不顾道路的凸凹崎岖，摸着黑疾驰。说实话，真难为了我们的司机同志。他不能不遵守防空条例，闭住灯，照亮前进道路的，只能用自己的眼睛。他又不能不执行部长的命令，在这天上地下的轰鸣和震撼的紧紧包围之中，放开油门，把车子开快，快得简直使我感觉到大风浪航行中的可能覆没的惊险。小冯坐前座，在担任流动防空哨和标兵的双重任务。如果在往日，他一定告诉司机，暂时停车——一次、两次；但现在他不能这么说，他知道即使说了，首长也不会同意。所以我只见他把脑袋伸出去，观察上上下下；只听他帮助司机同志注意："敌机过来，扫射啦！""上坡上坡，大石头大石头……"我和沈部长坐后座，他安然地摸着我的胳膊。我懂得他不是要知道我是胖还是瘦，而是要把我紧张的筋肉从他的按摩中松弛下来。这一刻，我真体会了战场同志之间，为什么都称"战友"。

他像个诗人似的抒情地说："老舒，老战友，你知道我也有梦想吗？你知道现在我在梦想什么吗？假如你觉得'梦想'两个字不现实，咱们不妨换个希望吧。你知道我在希望什么吗？"

我自以为完全知道似的说："希望我们自己的飞机出现呗！"

"再有呢？"

"实现朝鲜的和平！"

"再有呢？"

我再答不出来了，只能等他的独白。他不像在炮火下行进的一位部长，倒像在研究室里的一位科学家，忘我地考虑一个科学的问题，他告诉我，"搬"，虽然能解决问题，但它的危险性大，威胁性也大，它是落后的原始性的；"卸"，才是进步的科学性的，纵然有危险，有威胁，那也小得多。末了，他说："我告诉你吧，我就是希望用人卸，不用人搬，你明白吗，你信吗？"

我知道他小时，做过铁工厂的学徒；后来，半工半读，他挣扎到大学，读过理科。他从事革命工作较早，入党也较早。在参加志愿军之前，曾做过不少的负责工作；所以他有他的实际斗争经验，也有他的科学文化学识。这次他在几个月的后勤工作中，他多次提出对空斗争的"梦想"：交通防空哨、防空假伪装……现在都已经变成真事儿。

因而，我说："我相信你！"

他反而将起我的军，他说："你怎么能轻易相信我呢？"

"因为我还相信咱们国家的科学技术水平，你能说不对吗？"

"我说的，不是专家性的'卸'；我说的，是群众性的'卸'，老战友，这回你懂了吧？"

我们话没谈完，走完十多里路，到了出事的地点。这一带上空，敌机挂了照明弹，几朵火球，闪着一片白光。在我们仓库门前的公路上，撂着那五个黑家伙，堵住公路上来往的和出仓库的三面汽车。参谋处长和运输处长，早已赶到，他们帮助民工大队动员的人手也不少；但因他们初次"搬"，有些人已不敢往前迈步。沈部长当然了解这种不可免的现象；可是，三路停车，越停越多，怎么办？谁都知道，在运输线上，这是最严重的问题，不仅延迟了运输的时间，而且，敌机正在上空盘旋，一旦遭到空袭，损失最大。为了这，那里叫，这里喊。车上坐的干部，带着党的文件，或者档案材料，往四外疏散。医务工作同志，老远赶来，提前从车上接收伤员。女护士背着伤号，压得东歪西倒。可是，不知怎么的，一个伤员同志发觉了背他的是女同志，他就挣脱，从她的身上跳（正确地说，应该说"摔"）下来……总之，每个同志都愿尽自己的力，抢担子担；但谁也分担不了沈部长肩上的重量啊。他到处想办法，走得呼呼喘。我这还是头一次看他显得有点儿忙。他对我小声说："我的工作没做好，你看，作了孽……"一阵子喊叫，把他的话打断。有些司机因为自己车所受的威胁，发了火，他们不知道沈部长已经到场，只是习惯地这样地呼喊："负责的呢？谁负责呀？解决问题吧，同志！"

谁都意识过自己的责任；责任究竟是个什么意思呢？也许各有各的解释。沈部长从发潮的仓库里，带头背过发霉的炒面，在被轰炸的爆炸着的弹药库里，领导抢过未爆炸的弹药箱——当然他经常意识着自己的责任。他的解释，只有一个，它——责任，是党性的召唤，是自觉的向往。于是，沈部长推开冯小奎的阻拦，走进现场，参观这种爆炸物；从五个当中，他挑了一个大个儿的，扶一把，爬上去。他站在那上头，开始向十米外的民工们讲故事："你们知道我是谁吗？我姓沈，就是分部的沈部长。你们知道我是来干什么的？我是来请客的！"

虽说，他平常惯于幽默两句，但是，他这时却故意强调了诙谐的口吻。我想他要利用轻松的空气，缓和一下民工紧张的情绪。我没想到有个民工倒信以为真了，问道："请谁呀？"

"你们看吧，这里还有谁呢，不只有这么五位美国老太爷吗。我是真心实意地请啊，可请不动他们呀：怎么办呢？那就得大家动手，搬呗，搬它个狗娘养的！"

就是在这个时候，我听到一个人不顾一切地，可嗓门子吼的声音：

"同志们，同志们……部长是咱们的首长呀……咱们得保护他呀……保护首长呀……"

因为这一吼，惊得别的声音都雅静下来。在这一刻难得的平静里，我从吼声中清清楚楚听出来：那种受沈部长所感动而引起的控制不住的激情；那种带着人民军队优良传统的英勇精神："轻伤不下火线"……我扭过头去看，他，吼着的，果然是个伤员同志——我刚才见过的、那个拒绝女护士背他的、自己从女护士身上跳（摔）下来的瘸腿人。因为天黑，我看不清他的眉眼，只见他高高大大的，右手拄着拐子，一瘸一颠地往前凑；看他急急忙忙的样子，好像打算跟健全的人赛跑，不惜全副精力，争取提早一秒两秒。起先，谁也不知道他要做什么，怕碰着他，都自动地给他让出路来；后来，大家才看出他是往现场跑，拦挡也拦挡不住了。他凑到沈部长身后，把右手的拐杖换到左手，只用一只左腿，站得那么稳；看来，除了右腿以外，身体别的部分，非常健康。他没说什么，也没容沈部长说什么，他用右手抓住沈部长的手腕子，好大力气呀，一把就把沈部长从定时炸弹上掳下来，缓下手，往沈部长胸脯上只是一掌，就把沈部长推出很远很远的。随后，因为他往炸弹上上，上不去，索性就坐在那上面，坐得安安然然；仿佛这一段路，他赶得太急，走累了，顺便就坐在道旁的木轱辘上，歇歇腿儿，凉爽凉爽。

他对已经走过来的民工说："你们放心搬吧，我摸得着它的脾气……"他弯下腰去，把耳朵贴在弹皮上，又说下去："若是炸，它先有声儿，我听得懂……若是它一有声儿，我就告诉你们，你们来得及躲。"

因为他这么一说，先来的民工们，劲头儿就高了，还没来的民工们也放开胆子上来。他们动起手来，往定时炸弹上绑绳子，准备抬小个的，拉大个的。有的一边干活，一边调皮地说："这客儿，难请，好费劲儿啊！"有的跑到那位伤员面前，劝他说："你躲开吧，我们用不着你在这儿！"

那位伤员正在听"声儿"呢，没听清人家说的什么，他迷乎乎地问："什么？"

"我说，你躲开吧，我们用不着你在这儿。万一它有了声儿，我们来得及跑，你呢？你腿不管用啊，你怎么来得及躲呢？喂……你看谁，我说的是你，是你！"

"我？"伤员同志猛听人问到"你"，一愣，不由得他懵懂地自问一声；随着，醒过腔儿来，用手摸摸自个儿脑袋，好像要对证一下，果真有个"我"似的。但他答道："我……我——共产党员，我好说！"

在此刻间，在敌机封锁我们交通和我们高射武器封锁敌机所组成的层层火网的夜空之一,在一无所惧地准备战胜困难之前,在我听来,觉得老实的朴素的语言,比那带一串儿形容词做作的空洞的辞藻好得多呀;因为他一句简单的平常话,道尽了一个人的最崇高的品质。

二

大概不到一个钟头的工夫,民工们把定时炸弹完全搬到一百米外的山根底下以后,车子开了,人们也走了。我们想找那位伤员,也不见了。我们在夜里认识的人,不能算少,但分了手没有像这回想得多——他是谁呢?他叫什么名,住哪儿?夜里也没看清他的模样,如果有一天碰上,怎么认得呢?他给人留下的怀念,那么深;他说的那几句话,都被人记住,给人一种影响——跑去听定时炸弹的"声儿"。我们回到部里,天快亮了,听说山根底下还有人听声儿呢。沈部长叫参谋处写了"定时炸弹危险"牌插上,也挡不住人去听。他又命令用绳子围起来,挂上"禁止入内"的条子,还是禁不住人去听。有个通信员就是因为听声儿被一颗定时炸弹炸死的。沈部长虽说没变样儿,但他的情绪,却复杂起来。他偏爱那个小同志为了追求一种理想的献身精神,又惋惜那个小生命的虚掷;他批评自己缺少雷厉风行的作风,他又说对四面八方来的抗美援朝干部必须进行军事纪律教育。最后,他叫警卫连派个哨兵去站岗;并命令道:"如果再有人去,执行纪律!"这样才算解决了问题。

一个不平常的夜,过去了。早晨照例地来了。冯小奎照例地扛上那在炕上烘过一夜的铺盖卷,催我们到大山洞子去睡觉。我掀开那雨布当防空布的门帘,从炕上跨一步,就算出了屋。如果照例的话,我们要在门前站一小会儿,伸伸胳膊腿儿。不知为什么,我们今早都懒得动,只是看哪看。眼前的景象,虽说还是昨天、前天的那样:一条山沟沟,一个小村庄;几所披蓑衣老渔翁式的茅草房,飘着几缕炊烟;一条银链子似的小溪旁边,走着身穿白衣服、头顶水罐子的妇女,走着背柴的白胡子老人和拉犁的大黄牛;但是,我们感觉比昨天、前天都有些两样。

这时候,比什么时候都安静,静到完全没有声,静到——使你一刻的享受,可以舒展你一切的疲劳。在暖暖的晨光里,闪动着一种诱惑——真的,使你想伸出手,从丝绒一般的彩霞背后,去摸摸太阳。一阵阵的春风,轻飘地裹着你,触动着你——真的,使你想把它抱住。那山上的绿松林,也绿得稀奇,绿得能染绿露水；露珠儿一掉下来，别的草木，也全染绿了，好像你一眨眼才绿了似的，绿得新鲜；好像为了你的愿望才绿了似的，绿得那么惹人爱。我们站在茅檐底下的走台上，从这个感观的世界里，一直在寻找那个走掉了的人。沈部长自言自语地说："他……哪儿去啦？"

冯小奎大概在洞子里等久了，又下来，才把我们催上山去。我们进了洞子，黑暗里的潮湿和阴冷，一阵阵地扑过来，使你立刻意识到"这是战争"。战争里的睡眠——宝贵，睡吧。我上帆布床，钻进带着炕温的被窝里，可是睡不着。一会儿一个电话说："有个炮弹库发潮了……"一会儿一个报告说："往前开的一个军到了，要领给养……"稍微消停一下子，沈部长算是睡着了。

冯小奎守着门，看着电话，无论来人来电话，他都说："部长好容易睡着了，让他睡一小会儿吧！"他像那些警卫员一样，有时也许调调皮，说说怪话；有时也许显得散散漫漫——所说的"自由兵"，但必要时，他什么毛病都可以没有，他只要有首长的安全、首长的健康。小冯和我说过，他年轻，他的骨头熬油，还比部长的禁熬呢……

突然，一阵子吵闹，把我搅醒。我听了听，两个人还在吵。一个喊着："你一套'吊兜装'还没穿破呢，也成干部啦……"另一个叫着："你别摆老资格，井冈山上下来的骡子，还拉炮呢？"我听得出来，后一个叫的，是小冯；我出去，看见头一个喊的，是警卫连的一个班长。

不用问他们，必定是一个要见部长，一个不让见，才吵起来的。我很怕吵醒沈部长，把他们拉到洞外头来。我问班长，究竟是什么问题，连等一等都不行。他从头说起：有个人又跑到定时炸弹跟前去，哨兵说服他，他不听；再说服他，他还不听，末了，说服他，他连动也不动，反正一个劲儿听……

小冯插嘴道："什么瘾都有，还有听的瘾。"

我挡住小冯，怕他们两个又对起话来。我和班长说，部长有言在先，执行纪律嘛。

班长说："已经把他押起来了。"

"那你又何必来报告呢？"

"可是我们连长怕押出问题来。"

"奇怪，为什么还能押出问题来呢？"

"因为他是个伤号，他说他还会摆弄这个玩意儿呢，说得活灵活现的，把我们连长都说迷啦,你说怪不怪……"

不用班长再多说,这一句话,已经使我想到那个人是谁了。别说这和沈部长的梦想有关,即使为了满足我单方面的渴慕,再远些,我也要跑一趟,去见见面。我告诉小冯,我到连部先去看看;如果有必要,再打电话来;不过,我预先嘱咐他,我要打电话来,可不能"挡驾",不让沈部长来接。他到底是青年人,闹一阵子,一听我的嘱咐,就笑了;他还笑着和班长握握手,表示赔个不是。班长临走,也说一句"怪我火性高"。

三

连部离分部大约有二里地,过条小溪,拐个山嘴,进了洼地,走几步就是。我和赵连长认识,他领我去看那个"犯人"。我进禁闭室,只见一个人,不用问,就是他——昨天夜里见过的那个伤员同志。他有小三十岁的样子,本来是光头,因为许久没有剪过,头发长得也不算短;瘦瘦的脸儿,焦黄——显出战争的折磨和残伤的亏损。身上披着带红十字的灰大衣,身边放着他的手杖。他坐在墙角,背靠墙;左手拿的小本子,放在支起来的左腿的膝盖上;右手拿小铅笔头,一笔一笔地写着;他低着头,一动不动,仿佛有一种什么理想的描画,迷住他的心窍。大概因为他昨天晚上给我留下好印象,以为见面就会投缘,怎么也想不到事情是那样的。赵连长唤了他一声"同志",他连哼也没哼。我说了句:"同志,你辛苦啦。"他连头也没歪一歪,眼皮也没撩一撩。喂,怎么不说话?我想他也许有什么不爱理人的特性;我走过去,拍拍他的肩头。

我问:"同志,你画什么呢?"

他别的都没动,只是嘴皮子动着:"哼,我不是反革命,不会画反动的东西……哼,也不会跑掉,用不着人在这儿看守。你们都有你们自己的工作,你们忙你们的去吧。"

他的话里有诚意,不是想要脾气;但是,说实话,我不高兴他那样由于一种干部身份的矜持,在哼哈的口气里,竟带那么多的刺儿;怎么,好像我欺负过他似的。我不能不表白一句:"同志,我不是看守,我们也没把你当作犯人。"我一想到他昨一天晚上的事,怎么能和他计较细节呢?况且把他押在禁闭室里,多少也受委屈呢。所以我又不能不说:"我是来瞧你的,你昨天晚上帮助搬炸弹了吧？我当时也在场。"

他一怔，停住笔。他问："噢，谁，你是部长同志吗？"

他猛抬头，给我第一次看清楚他那对从昨天晚上没看清楚的眼睛，又大又俊，多么动人，多么难形容。科学家也许说它"富有磁力的性质与作用"吧！作家也许说它"闪着智慧的光芒"吧！沈部长见了，一定承认它是"梦想的结晶"；我呢，我看它的光圈里藏着声波，它会说"我……我——共产党员，我好说"。不管他的眼睛给人什么感觉，总之，到这时候为止，在他给我们的印象里，难得他这种谈话的兴致。所以聪明的对他有好感的赵连长，赶忙撒了个无私的谎。他说："这位同志虽说不是部长，可是部长派来瞧你的呀。你刚才给我讲的，你再叨咕叨咕吧。"

他说开头以后，我倒看不出他有什么怪脾气；在这一点上，他也带着我们部队同志的典型的习惯，只要谈通了，就熟了，你到他那儿，他不把你当外人看；他到你这儿，也不以外人自居，使你感觉随处都是他的家，也都是你的家；互相间，岂止可以交谈，还可以谈心呢。他说：姓崔，名毅，鞍山人，今年二十七岁。家里祖辈三代都是工人，爷爷挖过鞍山的矿，父亲是鞍钢老钳工。他这一辈儿，兄弟两个，一同在鞍钢学的徒，又一同到沈阳当兵工。"八一五"后，他参加解放军；因为他会做枪炮，上级派他入炮队。五年间，他从战士当到连长。国内解放战争的时候，他挂过三次彩。抗美援朝，这是他头一次负伤——炸弹炸碎了他的右膝盖骨。他说：别看人残废了，还有命在，腿脚不灵，手头还好用。他本不想离开队伍，是营长命令他下来休养的。昨晚上，隔在路上，他看到部长同志的行动，十分感动；他才过去组织民工们。今天早上，他听说一个小通信员，因为记住他的话——"听声儿"，竟致牺牲，他觉得亏心的是，对不住这个小同志；但这个小人儿的模范事迹，倒鼓动了他的雄心。

他说："在医院里，办完入院的手续，转了党的关系，还没吃饭，还没换药，我跑到那儿去——我打算想法卸开它，免得它吓人。"

我问："你在兵工厂做过这一类的炸弹吗？"

"做是没做过。"

"那你怎么卸呢？"

"炸弹这玩意儿，都是一个理儿，我猜它比一般炸弹也不过多个自动装置——像表似的，慢慢地走，走到一定时间，烧着雷管，就炸了。"

"它爆炸之前，是有一种声音吗？像你昨晚上说的。"

"烧着雷管的时候，我估计它能有声儿。不过话得说回来，有声儿，声儿大小，听见听不见，谁也不敢保这个险。即便有声儿，也不一定容你工夫，像我这样腿脚，是不行的。"

"你昨天晚上不是也听过吗？"

"那也不过是：一方面试验试验，一方面给民工壮壮胆子呗。今天早上炸的那颗，可惜我不在场；若不然，倒是可以听听有没有声儿，声儿是怎么响的……管它有没有声儿的，若是有应手的工具，我保证一定能卸开。同志，请你告诉部长同志，请他答应我试试看。我不会拿自己的性命开玩笑的，别看残废啦，有时候自己也有点儿舍不得自己呢。你知道，党已经培养我好几年啦！"

他又拿他的小本子，给我看那上画的许多图样：定时炸弹的轮廓、它的各种断面，各种内部构造的假设。每种草图，还都精细，如果不是我刚才亲眼见他画，一定不会相信任何一种画，是出自他那又大又脏的手画的。他一边比比画画，指指点点，一边不断地仔细说明——唯恐由于一点不经心的小破绽，而令对方不能心服。我听着，听着，终于被他这种宣传鼓动式的热情和科学性的解释所感动了，说服了。末尾，他还提醒我一句："你帮助我争取时间时，若是它炸光，还没这么方便的机会了呢。"怪不得赵连长那样对他有好感，又"怕押出问题来"，又派班长去汇报，不用说，崔毅已经给他做过"一番工作"了，像给我做的这番工作一样。因而，我至少了解崔毅这一点，他不达到目的，不罢休，正像常说的"不到黄河不死心"。

四

我给沈部长打过电话以后，不一会儿，就听到小冯在外头吵吵嚷嚷的声音："敌机撵一路，闹了一身一脸泥。"随着，沈部长进了屋。他走得满头大汗，浑身泥土，连脸上的皱纹里，也有了泥水。崔毅兴奋得顾不得摸手杖，手扶墙，用一只腿往前跳。沈部长大概怕他跌倒，猛扑上去，一把搂住不放——在门口照进来的阳光里，两个人变成一个影儿。他们不分谁老谁少，谁的热情都不低，你拍我的背，我贴你的脸。看来，他们不像初次见面，倒像许多年前认识的知心的老朋友、同过生死的老同志，一旦在国外相见，你能想象到他们如何地友爱吗？你能想象到他们的友爱如何动人吗？不瞒你们说，我在一旁都觉到他们之间的友爱，有一种烘烤的热力，沸腾着一种气体，飞散着一股蜜味儿；你摸摸那气体，它还热，你闻闻那蜜味儿，它还醉人呢。不然，赵连长笑着笑着，怎么掉了泪？

他们交谈的时间，比相抱的时间更久。一位懂科学，一位会技术；一位反复地讲，一位耐心地听；接着一问一答，一答一问，从一般炸弹的性能谈到定时炸弹的原理，从定时炸弹的自动装置谈到动力的性质。我不懂得科学技术，一旦我知道，他们所谈的，不外达到一个共同的目的。

最后，崔毅问："部长，你同意我试试吗？"

沈部长爽朗地答道："我当然赞成。不过要有一个准备工作。"

所谓准备工作，也不外考虑操作人的安全问题，应有一定的安全设备。沈部长根据"有备无患"的原则，提出的方案自然复杂些。崔毅按"争取时间"的要求，提出的办法，当然简单。在这个问题上，他们开始有些分歧。

崔毅说："部长啊，它'定时'呀，不等你呀！"

沈部长说："没有准备好的话，这个仗是不能打的！"

崔毅急躁了些，他说："我在部长的面前，还是个少先队员，可别生我的气。部长，咱们不是彭司令员要准备一个大战役呀！昨天晚上，部长上炸弹，事前怎么没准备准备？"

沈部长还是心平气和地说："咱们不要在房子里争论，走，到现场设计设计！"

我们带上从医院已经借到的外科手术的器械：刀子、钳子……到现场去。

正是晌午，天上没云，路上没风，太阳照得田野一片阳光；刚刚犁过的新土，发散强烈的土香。不知怎么传出来的"部长卸炸弹"，我们远远地看到禁地已经解了禁，那里站着许多人：战士们、勤杂人员们、民工们，还有朝鲜老百姓们……沈部长叫赵连长和警卫员先去说"危险"，叫大家闪开；但他跟着崔毅往前走。

崔毅说："部长，在围子外站住吧！"

沈部长说："太远太远……"他又迈两步，进了围子。

"部长，不能再走啦！"

"我允许你，你反而不允许我了，哪有这个道理？好吧，你别急，咱们讲和，再走两步，才能瞧得仔细呀！"

沈部长仅仅前进两步，崔毅火了，把他拉出围子，说："部长，不能再动……"

沈部长用笑脸宣布了他的决心，他说："崔毅同志，我老实告诉你，如果你不同意我决定有关安全的问题，我是不能允许你的……"

"部长同志，我也和你说句心里话吧，我若是知道你原来有这个打算，谁说啥，我也不跟你来。"

分部同志们都知道部长一向是谦虚的，和别的同志谈到自己的工作，总是诚恳地说"没做好"；别的同志提到他工作的成绩，他总是诚恳地推到"上级的领导"和"下级的努力"；特别是在党内的鉴定，总有一条说他民主作风好。但在这个问题上，倒显得他非常"家长式"。同时，崔毅开口，一说就是板子上钉钉子，简直是个"死硬派"。一个既不愿让步，另一个又不肯服软儿；我想到，势必争论不休，成了僵局。赵连长说，让他代替部长去；没人理他。别人更不好说话了，只有我从中调解。崔毅首先变了脸，反对我的"中庸之道"。

他倔强地说："我只当白费一个上午的唇舌，又搭上一趟——白跑！"

他给部长敬了一个礼，一扭身走了。沈部长缓和了些，叫他，想要再和他商量商量，但他装作没听见，连头都没回。我们身边原来围过来的那些人，见崔毅一走，有人偷着埋怨起沈部长来，说"应该放手"。他们渐渐地散了，不知为什么都追崔毅去。等赵连长走了后，只落下沈部长、小冯和我三个人。

五

我们回来以后，我看沈部长那个样子，是又在重新考虑问题。我知道他在考虑问题的时候，从来不计较个人的威信、个人的得失；因而他完全改变了态度。他叫警卫员坐吉普车到医院去接崔毅同志；给院长写了信，还嘱咐小冯说："你告诉崔毅，我同意他的主张。请他来吧。"李秘书已经听小冯告诉过他是个什么问题，凭着和上级相处得非常融洽的友谊，他又顽皮地加上一句："你就说部长承认错误了！"韩秘书接着就用眼睛眯缝起部长来，就像部长真犯了什么错误似的。

沈部长坦然地说："如果犯了错误，等崔毅来，我当面承认；对你们，也可以检讨。"

按他的工作情况，每天晌午吃早饭，现在，快到下午两点钟了，还没吃。

他告诉老炊事员，再等等，有客人来，多准备两个罐头，把那两瓶葡萄酒也拿出来。这酒是他的妻子连书一块儿托人捎来的。他给妻子回信说过"书里有黄金，酒里有爱情"，所以书常读酒不常喝。我听说部里庆祝第三次战役的胜利和迎接一九五一年的新年，喝过一回。我见他和本村群众联欢，又喝过一回。我了解他不吝惜酒，他是珍贵"酒里的爱情"。这第三次他把所有剩下的酒都拿出来，可见得他为的是，款待贵宾。但他没想到小冯打来电话说，不但没有找到崔毅，还挨护士一顿批评——"分部带头破坏院规"。沈部长叫他再到连部去找，还以为那个人又关在禁闭室执行纪律呢；但等到小冯从连部打来电话说，那里也没有崔毅。沈部长又叫他跟赵连长一起到定时炸弹的现场去找；他还说："如果他在，你一定负责把他请来！"他放下电话，又和我说："他一定在那儿，你想呢？你见他那气概了，真是理想的科学家呀。我相信他的实验，一定成功……可是，我不放心呀，他只有一条好腿，万一发生问题，他怎么能跑得开呢？否则，我哪能和他争论呢！"接着，他又向我表白，要他来，不打算再和他争论什么，一切都按他的意思做，只研究一下他这种危险的实验，如何尽可能地保护他的安全……

我们一等崔毅没来，再等崔毅也没来。结果，还是小冯的电话来了。

小冯电话里的声音："部长，找到他啦！"

沈部长大笑起来，他说："我想他在那儿嘛。不是在炸弹那儿吗？"

"就是呀，就是呀！"

"怎么不请他来呢？"

"还来呢……了不得啦，部长。他一听见我说'部长同意你的主张啦'，他就煽动群众闹暴动啦……我再说啥，'请他来呀''请他来呀'，他都听不入耳啦；别人也都不听啦……部长，他们都成立统一战线啦，哨兵还和他订了口头合同，做他徒弟呢！……"

"连长呢？"

"连长……他，我看他是个两面派！"

"你呢？"

"我……我……"

"你呢？你怎么不说话呀？说呀，说呀！你是个动摇分子？"

他对我笑了笑，好像要我知道他并没有生气，无非是借题发泄一下同小冯长期积累起来的革命感情，说句玩笑话。

不知道是谁从当中插了一句的声音："小冯这小子呀，他成了俘虏！"

沈部长对着电话说了声"好吧"，放下电话，饭没吃，酒更没喝，只是盯着我无可奈何地嬉笑地说："闹个众叛亲离，不是吗？走，咱们投降。"

我们徒步走，走到半路，碰上小冯坐的吉普车。沈部长盯住小冯，等他说话。小冯叫苦了："一个巴掌，怎么拍得响呢？"我们上了车子再走，又碰见赵连长在路边上等我们。沈部长又盯住他，听他说什么。赵连长以为部长还没有"思想转变"呢，他有责任先给部长一个精神准备，所以他从群众观点谈到领导者应有的态度。他说："群众和老崔都是一个心眼哪！"我先听了小冯的话，再听赵连长说的，统统证明崔毅的"群众工作"做成功了。

果然，我们看见那么多的群众：战士、勤杂人员、民工和朝鲜老百姓，都在帮助崔毅，好像建设起来一个露天的临时性的小工厂。在原来山脚的背面，铲掉草，开辟一块小地方，铺得平平的，做厂址。那中间，挖个大坑，把那颗大缸似的定时炸弹搬过来，放进去，算是机器安装；地面上，留出炸弹头，四围塞上沙子，就叫安全设备吧。外科手术器械：钳子、刀子……是操作的一切工具；工具所在的地方，自然成为操作台。我们一看，所谓基本建设工程，已经全部竣工；参加建设的工人们，逐渐退出现场，上了二十米外山坡上的天然小平台；看情况，单等宣布开工生产了。因此，他们一见沈部长，都说"厂长来了"。不知道他们是原来计划好的，还是自发的，反正他们来了几个人，一请"厂长"，就把他拥上小平台——大家给他让出来的最适于瞭望现场的位置。他站在台上，往下望，显然不大满意这种单求速度而不求质量的工程，特别是安全设备，但一切已成事实，他还能和崔毅争论吗？不能。他还能禁止开工吗？不能。他如果那样做，现在反对他的，将不止一个崔毅，不知有多少人要批评他"保守"呢！同时，他看到一切进行得那么有步骤，安排得那么有秩序，他又不能不赞美那个主持人。他对我低声地说："他不单是工程师，还是个组织家呢。"可是，这位组织家在哪儿呢？我们一直没看到他。原来他隐蔽在林子里侦察呢。在他了解情况——所谓知己知彼了以后，他坦然地一跳一蹦地走出来，走到山坡底下站住，又把拐杖从右手换到左手，对准沈部长严肃地敬礼，像在战场上准备执行严重的任务一样。

他完全以一个军人的口吻，恭恭敬敬地说："请首长指示！"

沈部长笑了笑，似乎表示"事已至此，我还有什么可说的"。但他又觉得不能不说，他说："你已经胜利啦，祝你再一次的胜利吧！"

崔毅同志没说别的，只喊声"敬礼"。在他那两个字的声音里，一个举手的动作里，一种肃然的敬意里，我们体会了包括的究竟是什么意义。于是，我们不说话了，不动弹了，甚而连呼吸也停住了。这中间，只有崔毅一个人活动着；他还是那个老样子，拄着拐杖，歪着身子往前连蹦带跳。但是，从他旁影的姿态上看，侧面的神情上看，他显示的那种俨然的精神，如同一个刚出大学的、第一次接受任务的、往现场去的见习技术员，带着过分的欢喜，投身到实际工作中去；因为初次尝试的缘故，在那过分的欢喜中，难免还掩饰几分神秘、几分疑惧；不过，他终归相信自己，将在实际工作中，一定能够实现自己的理想、自己的创造性……所以他一伸手，就那么勇敢地操作起来。

赵连长带来一副望远镜，给沈部长和我轮换用。开头，轮换得慢，他不伸手，我不让，或者我不要，他不给；逐渐地越轮换越快，他刚看一眼，就交给我，或者我刚接过来，又马上还给他；到末了，谁都怕拿它看，但又不能不拿它看。看吧，我就拿着望远镜看。本来二十几米，不算远，再通过望远镜，简直近在身边。一切都看得清清亮亮的，要数头发丝，好像都能数出数来。他张着嘴，一直没闭住。这是炮兵的特点，炮兵的一种共同的习惯。你进炮队，特别是榴弹炮之类的炮队，第一天就会有人告诉你"开炮之前，你张开嘴，免得震聋你的耳朵"。现在，从他的嘴上可以想象到他是在做什么，打算什么呢。他右手拿钳子拧炸弹头，但钳子小，弹头大，不容易挟；而且，钳子滑，弹头也滑，挟住了，又不容易拧。他就是这样不容易挟又不容易拧地弄了半个多钟头。我看他急了，本来那样好的眼睛，现在变得十分可怕。他满头大汗珠子，一串一串地落。我坦白地说，我实在看不下去，但我又不能帮助他些什么，假如是能担的，我一定替他分担一半；在人面前，我从来没显得自己原来是这样无能为力的，只能站在一旁看。他用过钳子，又换刀子；用过刀子又换剪子；那几件东西，件件都用到。那类电镀的外科手术器械，不住地晃我眼睛，使我想起医生的一种处境啊。他即使是老名医，如果做的是大手术——肺切除，或脑开刀，一旦时间过得太久，他那轻巧的用具也显得重，轻巧的动作也变为重劳动，他不但不住地喊助手问脉搏，而且不住地扭过脸去，让护士给他擦汗。何况崔毅同志不是医生，面对面的也不是病人，所在的地方更不是清洁的安静的手术室；他是在火山上掘发火种，他是在春冰上赶路程啊，万一火山一爆，万一春冰一裂……

果然，轰隆一响，地一震，山一摇，打过来带火药味的气浪，鼓得耳朵嗡嗡地响起来，把我们中间站着的一个朝鲜姑娘打倒。一片烟尘滚来，在面前落下帐幕，遮住你的眼睛。开始我只能看见沈部长嘴动，慢慢地听见他喊崔毅的声音。

当我们听见前面应声"有"的时候，大家才放了心。这个声音，证明前面的人还在，那边除了他，没有别人。这个声音证明方才惊人的响动，原来是山脚那边、三颗炸弹之间的一颗到了"定时"，响了，炸死一头耕牛。从逐渐淡薄下去的烟尘里，我们看见他还在操作的影子。他一见我们，他停下手，扬起脸——像没来得及躲开炮栓带出的浓烟，熏个满脸黑。他以一个炮兵连长的习惯向我们下命令："部长，各位同志，你们注意，我一听到声儿，喊趴下，你们就趴下！记住，听我喊趴下，你们就趴下！"

沈部长喊："同志，你呢？"

"我？我……我……我好说！"

从这句话里，我可以想到他昨天晚上的样子。沈部长知道叫他休息，他不会休息；拉他下来，他也不会下来。但战士们自愿报名，三个人组织一个抢救组，编个尖刀队形上去；准备必要时，抢救崔毅。他们临去时，沈部长特别叮咛："注意他的腿，别碰着。"他们刚往上跑，忽听崔毅喊起来，喊的什么话呀，仔细一听，他喊的是："东特安克特！"我们志愿军的战士们都听得懂，那是和敌人交锋时用的、一句英语的喊话："不要动！"抢救组三个同志一听这话就停住，回头等部长的命令。可是，崔毅还在喊。奇怪，人家都不动了，还喊什么。我从大石头上拿起许久没人用的望远镜一看，全明白了：崔毅并不是对抢救组同志喊的，他正在拿钳子在弹头上打转转儿——这是他初步成功了；他为发泄胸中的闷气，把炸弹当作假想敌，他在打反语呢。当他把弹头拧下来的时候，我们全场起了骚动，大家一起伸手抢一个望远镜。那朝鲜姑娘说了声"巴力巴力（快快）"，从我手里夺去望远镜，把我的眼睛碰得很疼。

崔毅把弹头放在一边以后，用耳朵听听炸弹孔有没有声音，又用眼睛往里观察，再掏小本子对照一下图，在图上修改几笔什么；接着，从弹孔伸进手去，摆弄什么，看手势，好像在解什么难解的绳扣儿。因此，他又喊起来："给夫阿普钢斯，奥尔比，克尔得（缴枪不杀）！"抢救组三个战士，早赶上去。

他们正在做小徒弟,给他打下手。虽然,他十分疲劳,但他怎么能服一个绳扣儿呢。最后,他终于解下来一截绳头——雷管,解除了这位美国佬的武装。原来比铁还硬的汉子,到这时,浑身都软了,但一直记着炸弹里炸药的价值,他还无力地说:"威耳,屈赖特,康普提味斯(优待俘虏)!"

天地变了,人也改了样儿;我们大家喊叫起来,有人喊"好",有人喊"罩斯米达(好)"……那个被气浪打倒过的、从我手里夺过望远镜的、穿小粉袄绿长裙的朝鲜姑娘,唱起"白头山的山头上,白鹤的翅膀,闪闪,闪闪……"她先用脚尖儿轻轻地弹着地走,似乎在给自己的独唱伴奏,后来张开胳膊,一扇一扇地蝴蝶似的飞起来。她带头,大家跟她飞到崔毅同志面前。大家一阵欢呼,把他举起来,让那不便于走路的残废人飞起来吧,到高空去!

因为沈部长站在原来的地方,我和小冯也没离开他,他一动不动,仿佛发痴了。

我问:"怎么,你还在梦想什么?"

因为一种过分满足的缘故吧,他说:"我不梦想。没有梦想,只有现实,现实!"

后来,为了办训练班,崔毅同志搬到分部来。除了跑两趟医务所换药,他整天在院子里给人讲课,讲"卸法",讲"废物利用"(保存弹内炸药,用于朝鲜的建设)……很快,他训练出来大批的卸手,从此,我们就不用再"搬"了。不久,崔毅同志被奖为志愿军的特等功臣。在中国人民赴朝慰问团举行的庆功大会上,我没想到这位勇士由于报告自己的模范事迹,显得那么胆怯,那么羞口,开始想躲过去;但躲不过,他被沈部长和护士们逼上台。他拿着我预先给他打的稿,也念不出口。结果,他随便说了一句:

我就卸过那么一个玩意儿……有什么好说的……完了。

……他的事,还没完,我希望再有一个时间,把我们女宣传员的笔记统统整理完。

《人民文学》1954年第6期

藕　藕

陕北有一家烈士家属，全家三口，老少三辈：爷爷、妈妈、孙女。

孙女的名字叫藕藕。她年不满十一，可是未成年的小人儿，早已经能做成年的事。跟妈妈在家，烧饭补衣服，她强过个童养媳，跟爷爷下地，撒种子，她顶半个大人。她心灵，嘴巧，讨人欢喜，在家出外，人人爱她。

那年秋季的一天，天刚蒙蒙亮，几声鸡叫，一声驴叫，把藕藕唤醒了。隔着窗玻璃，她看见爷爷赶着毛驴出了门；妈妈站在门口，恭恭敬敬，好像在送客人呢。

"妈妈，妈妈，爷爷上哪儿去呀？"

"小娃子别管大人的事！"

咦，奇怪呀，妈妈说话不同往常，往常妈妈有什么心事，都告诉她的女儿，现在怎么变了样？

"妈妈，你告诉我，爷爷上哪儿去？"

"爷爷不让告诉你。等爷爷回来，你问爷爷吧！"

妈妈这一句话，说得藕藕一愣。咦，咦，好奇怪呀，有什么稀罕事要背着她呢？她从炕上爬起来，顾不得扣扣子，撒腿就跑，引得大花狗也跟着她追了出去。

山沟小村，十多户人家；每家门前，落起高高的谷草堆。宁静的田野间，飘着一阵阵的谷香。在黄土的小道上，有一个瘦老人牵着一头肥驴，隐隐地向前移动。

大花狗比藕藕跑得快，它比她先追上爷爷。爷爷瞧见狗，回头又瞧见藕藕。

"你这个娃，追我做什么！"

藕藕不作声，只呆呆地看着爷爷。爷爷的眼睛，一眨一眨的，分明有什么背人的事，毛驴驮着两个大袋子，压得它站不住脚似的，不停地搔着地。

"爷爷，你去卖粮吗？"

"用不着问，你回去吧！"

"告诉我嘛，爷爷，你上哪儿去？"

"不告诉你，就是不告诉你。回去，回去！"

爷爷牵着毛驴，又走起他的路。走到村头，在白色的雾气里，渐渐地剩下了模糊的影子。

藕藕想了想，末了拿定主意：豁着走上三里五里，看看你到底上哪儿去。她想，爷爷反正不会走远的，从她记事的时候起，爷爷还没有出过远门呢。

她跟着爷爷。大花狗跟着她。

她跟着走过三里五里，走过一个村子又一个村子。可是，爷爷连脚也没歇，一直走下去。既然跟上来，没有看个究竟，她怎么能甘心回去呢？结果，只好再跟着走上三里五里，一个村子又一个村子……她就是这样跟着走着，大花狗也就这样跟着走着，横过平川地爬过山岭，从大清早跟到快近晌午。她远远地看见一座山顶上的高高的塔影，越走越近，最后已经能数得出那塔有九层，最上层竖着一个尖顶顶。在塔下，有个热闹的市场，有个空洞的旧城，有条清亮亮的河水流过山间的一片平川。这是什么地方？哦！这不是年画上画过的、冬学里老师讲过的毛主席住的延安城吗？可是，从来没有听说过，这儿有爷爷认识的人呀。他来看谁，给谁送粮呢？她越想越纳闷。盯着爷爷的背、毛驴的尾巴，她越走越起劲儿。

爷爷顺着河沿走走、停停，打听着路径；忽然蹚过河，拐了弯儿。藕藕赶紧跟上去，照样蹚河、拐弯儿，抬头一看：咦，咦，好大的山窝窝呀。周围都是一排排的窑洞，层层叠叠，真赛过高楼一般，顶窗镶着五角星，侧门糊着粉连纸。山窝中间，有一所好大的大房子，墙是砖砌的，窗门是油漆的，门顶上的大旗杆上，还飘着红旗。她看着，稀罕着，着了迷。仰着脸，她只管看她的；她全不管路上来去的人们是怎样的在看她。就这么看着看着，她突然发现爷爷不见了。爷爷到哪里去了呢？她着了急……

突然，驴叫了一声，随着，大花狗要扑过去。藕藕赶快一把搂住大花狗，抬头一望，原来爷爷正在头顶的半山坡上，同一个警卫员谈着话。

"老大爷，他正在谈问题呢！"警卫员指着矮墙里的一间窑洞。

"那怎么好呢……我打算太阳不落山赶到家呢……"爷爷自言自语。

"咱们先把驮子卸下来吧，你等一等，也歇歇腿吗！家离这儿有多远？"

"一来一去足有七十里呀！"

"够远了，你歇歇腿吧，等那位同志一出门，我就去给报告……"警卫员还是指着矮墙里的一间窑洞。

"这窑洞里住的谁呢？"藕藕想着，一不小心，大花狗"嗷"的一声，挣开她的怀抱，扑向爷爷去。她没来得及躲藏，终于让爷爷看见了。

爷爷生着气，把藕藕叫上来。

"你跟来……告诉你妈没有？"

"没有！"

爷爷一听，更气了。

"你回去！"

"不嘛！"

"你不回去，我回去！"爷爷又对警卫员说道："同志，我不等了，反正也没有别的事。粮搁在这儿，就请你代劳吧！"

爷爷可真有一股倔劲儿，两撇胡都撅起来，拉过驴，就往山坡下走。

警卫员想追上，但是他不能离开岗位，追了两步，又站住了，举手招呼爷爷回来。可是，爷爷连头也没回。

别看藕藕人小，她可有她的主意：回也不能白回，那可得看个明白！她趁着这个机会，一钻就溜进了矮墙，溜到窗根底下以后，把脸贴在玻璃上，朝里望：在一张桌子的两旁，坐着两个人。坐在里边的，脸朝外，大约有四十多岁的样子，他不停地说着什么"财政""财政"。藕藕从自己仅有的常识判断，这个同志大概是个"财粮委员"。坐在外边的人，脸朝里，穿着一身灰色旧制服，在裤膝盖上补着大块补丁。可以听见他有说有笑，可惜看不见他的脸。藕藕从"财粮委员"所表现的虔诚的态度上猜想，这个同志一定是很有威信的"上级领导"。

"去年的公粮是二十万担，今年减掉四万担，只有十六万担，影响财政……""财粮委员"皱着眉头说。

"解决财政的问题，不能单靠公粮税收，我们还是要靠发展经济工作。"

"上级领导"说着。

"库存已经用完了……巧妇难为无米之炊……""财粮委员"低着头说。

"应该说，巧妇能为无米之炊，否则，就不算是'巧妇'吧！""上级领导"说笑话儿似的，哈哈大笑，笑得那么开朗、欢快。

当藕藕看得忘情、听得入神的时候，不料警卫员喊了她一声。猛然间，她一回头，哪知小手却把玻璃旁的窗纸撞了个窟窿。

吱的一声，门开了。在门口有人问道："你是哪家的娃娃？"

藕藕一听这生疏的昵爱的声音，转过脸来，注目一看，突然心跳起来，跳得可真厉害。她感到一阵惊，一阵喜，不知怎样才好。原来刚才坐在窑洞里、脸朝里的、裤膝盖上补着大块补丁的、她所猜想的上级领导，就是毛主席！

藕藕想说什么，可是却说不出来，只呆呆地看着毛主席笑。

"你是哪家的娃娃，爸爸是谁？"

"爸爸死了。"

"爸爸哪年死的？"

"跟刘志丹东征死的。"

毛主席本来一直在笑着问着，一听藕藕这句话，皱了皱眉头，脸色沉重下来，走过去，拿起藕藕的小手，又轻轻地抚着她一头黑黑的头发。藕藕只是把头偎在毛主席的胸前，眼睛溜溜地看着毛主席。

"有人给你家代耕吗？"

"本来村上给我们派过人代耕，可是我们用不着，我爷爷，我妈妈，还有我自己，我们都能劳动。今年我们耕一余二呢！"

"是年景好！"

"是毛主席好！"

"毛主席有什么好，也没糖给你吃。有块麦芽糖也好，有块芝麻糖也好，但是都没有。"毛主席干搓着手。

"是毛主席领导好，我们成立了变工队，爷爷还是队长！"

"爷爷呢？"

藕藕把她一路上知道的都说了，但是她还是说不出爷爷究竟是怎么一回事。

警卫员站在旁边，一直想插嘴，没有机会，现在该轮到他开口了。他说：

"她爷爷是给毛主席送粮来的。"

毛主席听罢，微微地摇了摇头，感到不安，便要警卫员立刻把爷爷请来。

警卫员去找爷爷。爷爷就坐在河边等着孙女呢。

"老大爷，回来吧！"警卫员老远就叫喊。

"不哇，等娃子来，就回去了，她妈在家不放心呀！"

"毛主席请你！"

爷爷不能再说两句话，回来就是。警卫员陪他走进院子。这时候，毛主席正把藕藕搂在身旁，站在窑洞的门口等候着迎接这位客人呢。毛主席一见爷爷，赶紧迎上去，拉住他的手，把他拉进窑洞来。那位"财粮委员"也起身给他让了座。

"老人家，你为什么要给我送粮呢……"

"国民党在境上贴了封条，咱边区生活困难哪。听说毛主席号召干部生产，毛主席自己还订了生产计划呢。咱村上都说毛主席管国家大事，哪有工夫生产呀。我给您送的是代耕粮！"

毛主席沉默着，眼里充满着激情，然后，他伸手从粮袋里摸出一把金黄色的小米，向那位"财粮委员"说道："你看，有下锅的米了，还难为巧妇吗？"毛主席停了一下，又对爷爷说道："有了边区的百姓，我们才有了下锅的米；若是没有你们，我们早就挨饿了。"

"毛主席呀，别说吧！是共产党解放了咱边区，若是没有共产党，没有毛主席，咱边区百姓早让国民党刮死了。"

"今年的粮，够明年吃吗？"

"我们响应毛主席的号召，成立了变工队，耕一余二呢！"

"明年呢？"

"扩大变工队，多生产嘛！"

"后年呢？"

"后年？"

"将来呢？"

"将来？"

"将来，咱们还要办合作社，社会主义嘛！"毛主席说话，怕冷落了正在摸着电灯、电话的藕藕，他便对她说道："将来，咱们要把电话安到你们村上，把电灯安到你们家里，好不好？"

"好，社会主义嘛！"

毛主席留这爷儿俩吃饭。爷爷说，怕孩子的妈妈在家挂念藕藕。毛主席说，那好办。于是，这爷儿俩吃罢饭，才回家去。

在路上，藕藕骑上毛驴，爷爷还是照旧走他的路，他们一边走着，一边谈着。

"好不好？"

"好！"

"好，好，你还怕告诉我，还怕我跟呢！"

"我不是怕你别的，我是怕你知道了，你的嘴不稳呀！"

可是，还不到家，在村外已经站满了人，当中也有藕藕的妈妈。原来是毛主席恐怕藕藕的妈妈惦记女娃，通过村附近的生产部队转过了个电话，并且把送去的代耕粮，如数退还。这样便传出了"藕藕在毛主席家"，所以大家都赶出来迎接，还要爷爷"讲毛主席"呢！

爷爷嘴拙，有话说不出，这下子，可把他憋住了，最后他叫藕藕道："你讲吧！"

"爷爷，你不是怕我嘴不稳吗？"

爷爷瞪了藕藕一眼。于是，藕藕笑了，就对大家讲道："毛主席说，现在咱组织变工队，将来还要办合作社，把电话安到村上，把电灯安到家里，社会主义嘛……"

《中国工人》1956年第4期

一个美国人

最近，我看报纸，看到两个有关美国的消息。

一个是：美国共产党坚决抗议肯尼迪政府的法西斯迫害，严词拒绝屈从"麦卡伦法"。美国共产党总书记霍尔在联邦法院说："把一个政党传到刑事法庭上来，这在美国历史上是第一次……""是美国人民生活中的一个毒疮的开始生长。"

另一个是：美帝国主义为了制造世界紧张局势，推行战争政策、侵略政策，美国总统肯尼迪在国会两院联席会议上，提出一九六二年国情咨文。他说："我们把防务预算增加了百分之十五……""随时准备好在接到警报十五分钟内起飞的轰炸机数目增加了百分之五十。"

这两个消息，两个不相同的消息，使我想起两位美国人，两位不相同的、不能相提并论的美国人。

一位是史沫特莱。在抗日战争的年代，我与她同在八路军，同在山西的战火里，相处好几个月。在分别的时候，她给我留下一个永久的通信地址。遗憾的是，我没有给她写过一封信哪。后来，她死了。她临死说，她愿意在中国找到归宿之处。中国为了尊重她的遗嘱，派人从海外迎灵回来，把她葬在北京八宝山革命烈士公墓。在悲痛中，我只感到一种自慰——在一位中央负责同志的指导下，参与了为她修建墓地的工作，完成了最后的工程。不论在她生前或死后，我都是非常尊敬她的。

另一个是福克。在抗美援朝的时期，我与他同在志愿军，同在大同江边的战火里，来往许多次。这之间，我记过不少有关他的笔记。遗憾的是，这些东西，随着我长期的行旅和迁移，而渐渐地遗失；现在剩下的，已经无几，只像几张手纸。而且，他留给我的印象，也随着无情的流光，而渐渐地消逝；现在剩下的，多半模糊，感觉起来，不过是一页速写的轮廓、几笔败笔的痕迹而已。在遗失和忘却中，我只感到一种自慰——在同志们的督促下，开始用他写起这篇东西。不管剩下多少印象或多少笔记，我还是可以从中寻出他本来的面目的。

史沫特莱是美国的革命作家、中国的亲密朋友。用不着我介绍，人们也都知道她。但福克是怎样一个人呢？人们不知道他，一点也不知道他。因此，在这里，我尽力之所及，把他加以介绍。

如果其中有什么谬误，我希望读者同志们指正。

当然，我也欢迎福克本人更正。不过，他怎么能看到呢？他是活着还是死了？要是他还活着，我也不知道他在美国、南朝鲜、南越、西德、刚果，以及别的什么地方。要是他已经死了，那就一切都完了。因为他的命运早已注定他——死无葬身之地；或者说，死无葬地之身……

一

一九五一年的春天，我正在朝鲜，正在中国人民志愿军的一个后勤部。

那时候，后勤工作，由于第三战役刚刚胜利结束，运输任务减轻了；同时，因为防空力量逐步加强，减轻了的运输任务，特别容易完成。所以说，这是后勤人员休假的日子。

当然，敌人并没有休假。他们的飞机，不敢低飞，就往高飞；不敢白天飞，就在夜里飞；不敢寻找目标，就滥扔一顿炸弹。总之，美国式的商人，就是这样的：只要找到市场、销出商品、获得利润就行了。真理，正义，管他娘的。

因而，这一带有许多民房被炸毁了，有许多妇女和儿童被炸死了。甚而，远在二十里外的一个俘虏收容所也挨了扫射，有两个黑人被射中，伤一个，死一个。

自然，敌人付出的代价，也是不小的。仅仅最近三天，连续打掉他们十三架飞机，俘获他们十一个人。其中还有一名麦瑞尔上尉。

不过，不管敌人的损失多么重，却怎么也安抚不了一个个愤怒的朝鲜人，补救不了一颗颗碎了的心。甚至，连黑人们的激动，它也平息不下去。

举个例：在朝鲜群众协助警卫连搜索跳伞的敌人中，他们捉住两个俘虏；

但他们交出来的，是两具尸体。

再举个例：麦瑞尔上尉一进收容室，就挨了一拳。这一拳，是一个黑人士兵打的。他叫鲍德……

为了这，我今天请政治部于主任写封介绍信，访问了俘房收容所，搜集到一个有意义的故事。

我用的时间多了，回得迟了。

天黑，比我的国家的天黑得多。一路上，我没看见一盏的灯火、一闪的亮光。我摸索着，走着，好像通过着一条隧道。

当走近住所的时候，我依然辨不出它的轮廓，而只能从想象中想到它的样子——在山旁、溪边，在一片炸光的瓦砾场上，一圈烧光的赤土中间，仅存的一所披着蓑衣似的、渔翁式的房子。一共三间，一间厨房，两间卧室；各间之间，只隔一层活动的纸壁；如果把纸壁拉开，屋屋相通，简直就是一大间了。只有从外边跨进屋里，我才从想象中跨进现实。一根烛火，恢复了我的视力，我的实感——我到住所了，结束了一次的访问，走完了来去四十里的路程。

不论是访问，还是走路，我都感谢李福顺。在访问上，她是我的义务翻译；在走路上，她是我的义务向导。不能设想，假如没有她，怎么从俘房口中记录下来这么多材料呢，怎么从黑暗的陌生路上、几乎处处同样的残砖断瓦的废墟上回来得这么快呢？同样地，我要感谢李玉顺。在我回来以后，她帮我做了许多勤杂工作；不然，黑黑的屋里怎么会马上亮起来呢，凉透的饭菜怎么会很快热起来呢？

她们是这家的主人，是四十岁以上的老姊妹俩。或者说，她们是我的房东，是我尊敬的人。虽说李福顺比李玉顺大七八岁，但按中国革命习惯，我都尊称她们为老大姐。

这老姊妹俩，非常相像。她们穿着相同的衣裳：结带的白短袄，打折的黑长裙，船形的胶皮鞋。她们有着相同的脸型：脸面平平，颧骨高出，嘴唇有点翘，眼梢吊得高。如果李福顺额上的皱纹少些，或者李玉顺额上的皱纹多些；那么她们完全像孪生的姊妹。然而，她们的性格，却不大相同，她们多半生的遭遇，竟大不相同啊。

李福顺年轻轻的时候，嫁了一个华侨。为了生活，她跟他四处漂流。漂流到汉城那一年，他死了。她呢，像船在沙滩上搁浅似的漂不动了。在汉城住定，她学了裁缝手艺。好多年，她守着寡，耍着手艺，挣扎度日。美国军代替日本军进驻以后，她被南朝鲜当局强制送到美国军官家里，从事繁重的杂役。直到第三战役解放了汉城，她才逃出来，投靠了妹妹，投靠了劳动党、人民共和国政府。跑出去多少年，劳动多少年哪，她什么也没赚到手，什么也没带回来，她带回来的，只是一手非常熟练的裁缝手艺，一口相当流利的英语。不过，除了帮我的忙，她没有做过翻译。本来，她是个老工人。

但李玉顺却是个老农民。她从小就在这里，好像一棵老树从小就在这里扎了根。就在这里，耕种劳动，结婚生育，她有了家庭。可是，她终于落得姐姐一样的命运。她的丈夫和儿子，在前线牺牲了，她的婆婆和女儿，在田里被炸死了。她的家庭，正像有些家庭一样，只剩下一个人。为了同情别人，也为了安慰自己，昨天她从一位冰凉的母亲的怀抱里，抱回来一个温暖的孤女——粉女。

她刚满周岁，小腿还受了重伤。她有朝鲜人共有的顽强性格，不哭，不哭出声音来。只在忍无可忍的时候，她才这样地号啕起来，哇，哇，哇……

受伤孩儿的凄惨的悲声；和这悲声中搅拌着那种母性的、哭不得、笑不出的、哄弄的哼哼声，使人感到难于忍耐的，痉挛性绞心的疼痛。

我睡不着，起身穿上衣服，扣上衣扣，扎上皮带，像早晨起身一样，穿得整整齐齐。我只是没有挎上匣枪，仍然把它摆在枕边。

忽然，李福顺闯进来，拿着切狗肉用的尖刀，胡乱地砍了一阵，弄得满屋木屑、灰土飞扬。她所以要这样发疯的，是由于那种难听的声音，逼得她不知道怎样好。我可以理解她的心情，她的性子，但我不能让她放纵下去。当她无可奈何地把刀向自己的胳膊砍去的时候，我上前一拦，但没完全拦住，刀尖触破衣袖，冒出一朵棉花；不然，她定要触破皮肉，把鲜血溅到她的黄脸、白发上边。这还不算完，她又捞起枕边的匣枪，向空扳了几扳，却一声未响；因为她还不会放枪呢。

"老大姐，你要干什么？"

"我……我要报仇。我要打死一个美国人……"

"要是打美国人，你就任性打吧。"

"那请你教我学会打枪。"

李福顺刚把枪法学会，空袭警报响了。于是，她提着匣枪冲出去。去，她就去吧。索性，让她去消消心里的郁闷，发泄发泄胸中的愤恨吧。几粒子弹，算什么。随着，我也跟了出去。

她举着枪，立在院心。我站在窗前，不时地从房檐下望望天际，从窗孔拨开防空帘看看李玉顺，和她抱着的粉女。

夜空昏暗，茫然一片。在寂静里，只能感到阵阵些微的初春软风在扑脸，似乎多少还有点残冬的寒意呢。屋里灯明，照亮一双人影。

渐渐地，从天外响来敌机的嗡嗡声。照样地，从屋里响出老小的哄声和哭声绞在一起的声。

许多探照灯的光柱竖起来，甩动着，划破夜空。当光柱与光柱交叉的时候，在每个交叉点里，都现出闪光的银白的小东西。随着，敌机投下许多照明弹，一团团的烈火球坠在伞下，悬在空中。看吧，四处通明，什么都照得清清楚楚，高山的残雪，小溪的春冰，松林的枝干，村庄的院落；总之，夜遁的一切，都再现了原形。

这种光亮，是设想不出的如何怪异的。它相似黄昏和黎明前后太阳反射的光芒，那样披着蒙蒙的雾气的明晰和晃朗；它又相似日偏食所隐蔽着的太阳，那样光缩而后依旧在闪耀的薄明；它更相似在激烈的战场上、被弥漫天地的烟火所遮盖的太阳，那样变幻莫测的昏昏明明，明明昏昏；它最相似我童年所见的那样——为了迷信表演，制造恐怖气氛，而关闭剧场所有的灯光之后，忽然在舞台上燃起一盆酒火，苍白而青灰，贼亮而浑浊，所谓地狱鬼火、懒洋洋的死气沉沉的幽明。贸贸然，是以为在梦里的。

屋里的灯火，显得暗淡多了。李玉顺的身影，也模糊起来。

"老大姐，注意。"

"嗯。"

她以那不动声色，不闻不问的神情，安然地挺着腰背，梗着脖颈，竖着头；看样子，她好像要用头顶，顶什么东西。是的，我知道朝鲜妇女的头顶最硬，最善于顶东西；即使房子倒了，天塌了，她都能顶住。

许多的高射炮响起来，上空撒开一片炮火，布成稠密的火网。看来，飞鸟也难以通过呀。

这之间，李福顺参战了，手里枪连续地响起来了。

敌机投弹。远近几处起火，朵朵火焰，立即蔓延，腾空起来。一阵阵剧烈的爆炸声，震得房屋直晃，房檐的草茎和泥土，落满我的脸上，差些眯了眼睛。

"老大姐，你出来下菜窖吧。"

"不。"

她把粉女紧紧地抱在怀里，不，搂在怀里，上身尽量地前倾，再前倾，显然，她要用自己的身体把粉女裹起来。我从窗孔只能看到她一半的背影，但这足以看到了一位不惜自己牺牲，而保护后代生存的崇高而伟大的母性的精神。

在我们火力包围中，敌机中弹，有一架火光一闪，当空爆炸；又有一架一冒浓烟，便不见踪影；还有一架带着一种怪叫的声音，像怪物似的掉下来，并且跟它掉下来一个飘飘的小白球——降落伞。显然，这是有敌人跳下来了。看方向，它离我们很近，似乎就在房后，后山那边。

我和李福顺，谁也没说什么，不约而同地都往那边奔去。

奔着白色的目标，跑着，跑着，我们全不顾脚下行径，是凸还是凹，是草是树，是水是山，反正跌倒就爬起，爬起就跑，我们很快跑上后山，跑到那边。稍后，我们站在那里喘息，大有捷足先登之感——扬扬得意呢。

可是，白色的目标不见了。

她放开嗓门，大声疾呼。

"掉哪了呢？"

我悄悄地要她警惕。

"别说话。"

她依旧不听，照样说她的，她那个不在乎的样子，表明她对于美国人比我懂得多呢！本来，当时的处境，使我有些紧张；但一看她，我也轻松多了。

"咱们找……"

"找吧……"

遍地是小松树，是初春解过冻的冰雪。怎么找呢？索性，她喊起来。

"喂……"

"哈喽。"

突然，从小松林里冒出一个声音。我一听，就听出它是出自美国人特有的轻浮的口音。

于是，我们两个人，分为两路，包围上去；相似猎人寻找一种猎物一样，我们找到一个不速之客。

他正在从身上往下解脱那个曾经救他活命的，而此刻反倒束缚了他的、累赘了他的降落伞；因为它挂在小松树上，使他寸步难移呀。

当我们站到他面前的时候，他一扬脸，确乎一愣，如同一只已落入陷坑的猛虎，怒吼一声，反扑一下，究有何用？况且，要动一动，都已经不大可能。索性，他还是照样做他的，显得他并未在意：管你是谁，你是干什么的。这，使人感到他多么出乎意外的无所谓，多么异乎寻常的目中无人。这，使人感到他作为一个美国人是最特殊的、最骄傲的、最有权威的，好像他走到哪里，或是掉到哪里，哪里就归他所有似的。他可以到处发号施令，横冲直撞，为所欲为，而任何的法律、秩序、宗教、风俗、习惯对他都不可以有任何的制裁、约束、限制。一句话：他是惯于称王称霸的人。

我完全可以了解这个，但我一点也不能够容忍这个，何况李福顺老大姐呢！

这时候，我看见她眼里冒着火，是熊熊大火；这火的猛烈，是可以把他火葬的。于是，她举起匣枪，瞄准她的仇敌；而他还只顾解脱降落伞的绳索，一点也没有预感自己面临的险境。她把牙齿一咬，指头用力一扳，开了枪。可是，枪没有响；因为刚才对空射击时，她已经把子弹打光。我拿过匣枪，装过子弹，对准还在解脱白伞的可恶的家伙——犹如还在解脱白袍的可恶的三K党人。但当我命令他什么的时候，老大姐忽略了翻译，不，想不到翻译了，而只想到枪没到手，怎么解恨呢？无奈，她只好骂起来。我不懂她骂的什么，而我却感觉她骂得很重。不然，怎么会把他骂得一怔：谁，这样没有礼貌？其实，她骂也解不了恨；接着，她上去就一脚。这一脚，踢得实在，她把他踢倒。这一倒，他狼狈了，变相了，豪门阔爷变成小瘪三了。

特别是看见我的枪正对着他心口的时候，他以为我正待发枪，不由得他大吃一惊，发出怪叫的声，如同破手风琴掉在地上摔出的那种杂音。

"饶了我……饶了我……我给你们好东西……金表……钻石戒指……金项链……美钞……我敢担保，一张假的也没有……都是真的，真的……给你们……"

他是个恶棍，是个赌徒，在这生死的赌博场上，一见大势已去，便不惜把所有的本钱做赌注，破釜沉舟地孤注一掷——把一把美钞扔过来。

但她从冰雪上把美钞一张张摸起揉成一个个的团团掷过去。她就是这样不屑地、狠狠地摸着，掷着，情急地、近乎神经失常地咆哮起来。哼，这里没有人稀罕你这血腥的钱、肮脏的钱……你给百老汇卖淫的婊子买胭粉擦去吧，你给最高法院没脸皮的大法官买裤衩穿去吧，你给中央公园馋嘴的猴子买花生吃去吧……你欠的是血债，这里没有人饶恕你……

在这样错乱的状态中，她怎么能帮助我翻译呢？幸而我曾跟捉过俘虏的战士们，学过几句洋泾浜话，没想到现在用得着了。

"顿埃特（不要动）！"

他不动了，老老实实、规规矩矩地站在那里，仿佛一个坏孩子，站在严厉的长辈面前，等候挨一阵臭骂，甚而受一顿毒打。缩头缩脑，像个龟。

"涅夫特汗支（手举起来）！"

乖啊，他乖乖地把双手举起来，举得那么高，似乎他为了满足你欣赏的欲望，而尽量地在表演一种标准美国式的体操。本来他是个长个子，再这样一举手，就显得他特别高，仿佛忽然竖起来的一根电线杆子。美中不足的是，他的长腿，颤颤巍巍的，有点软骨病似的。这忽然引起我的注意：电线杆子一倒，还要砸人呢。

"魏耳屈赖打看普替位斯（优待俘虏），给夫阿普钢斯奥尔被克耳得（缴枪不杀）！"

现在，李福顺冷静下来，前去搜查俘虏，但她只搜出一个空枪套，给了我。

"你的手枪呢？"

我这一问，把他问得不知所措：想瞧又瞧不清楚，想摸又不敢放手……总之，是一副十足的尴尬相。

"枪，枪呢……我是有支手枪，勃朗宁手枪……奇怪，怎么没了……噢，一定是我跳伞时把它甩掉了，甩掉了……"

他与我们会面以后，前后只开过两次口：那一次他说他有许多好东西，都没有丢；这一次他说他只有一支勃朗宁手枪，竟丢了。这两个事实，等于给我们做了一种介绍——一个美国人的脸谱，生活方式，人生观。

敌机逃去，对空战争暂时完结。照明弹还未完全燃尽。而且最近一处被炸的大火，烧得正旺，一片红光烧红夜天。

趁着光亮，我们要尽快地解开他的降落伞，然后把他送到政治部去，算完了事。不然，他真赘脚，比搬家还麻烦；设想一下，我们要是摸着黑，怎么摆弄这个活家当儿呢？

在给他"解绑"之前，我得仔细瞧他一下，他究竟是不是要耍花招，是不是要跑掉；万一他逃之夭夭，怎么对政治部交代呢？但我一瞧，他竟像个混饭吃的蹩脚的演员一样，一切听命于导演，你说怎么做作，就怎么做作，反正他毫无表情、毫无创作，几乎连点活气也没有，简直是个木头人，是个大道具，让你——尊贵的舞台监督，可以随便地搬来搬去，反正摆在哪里，就在哪里。这种东西，根本不会动，更不会挑什么皮。

于是，我和老大姐安心地分别干起活来。她解缠在身上的绳索，我摘取挂在树上的降落伞。干了许久，我们也没干完。我弄得满身大汗，而她呢，毕竟比我大几岁，已经发喘起来。真倒霉，谁也没想到今晚这个憋气活，做这个瘪……

哎呀，谢谢，老天爷，总部于主任来了，并且带来警卫员胡小昌，和警卫连的一个班。他是从大路来的，绕了不少冤枉路；但还算快，他把那些搜索俘虏的群众甩在后边。他一来，便命令战士们接替我们干起来。并且，他急不可待地催促着。

"快，快干，一旦朝鲜老乡们赶到，那就闹得不可开交了。"

看起来，这些战士们，令人佩服。他们都有一套熟练的手艺，高明的技术，仿佛他们都属于一种特殊兵种，受过一种特殊训练——学捉俘虏。只刹那间，他们把要干的活都干完。

可是，后边朝鲜群众来了，一阵阵的呐喊，越来越近，近得逼人哪。

这时候，于主任急了：一面要执行志愿军颁布的俘虏条例，一面要保护朝鲜群众复仇热情，怎么办？

我知道于主任是位十分严明的部队政治工作干部，是非常有经验的有修养的人，最善于急中生智。于是，他对我和李福顺说，有主意。

"为了就近，把他在你那里放一放吧。"

我和老大姐面面相觑，不言而喻：已经丢掉了的破靴子，还得穿上，不，还得拖上；唉，拖上就拖上，就拖拖拉拉地拖着吧。

二

粉女自己躺着、睡着。一只裹着绷带的小腿,大概是由于伤口作痛,不时地抖动一下。一种呼噜呼噜的呼吸声,夹杂着一吸一顿的抽搭声,一定是因为长时间的号啕而哭哑了嗓子,并且刚才睡着而未十分睡稳,被放在炕上的。

在她身边、在看护她的李玉顺,正在忙于收拾纺车,准备纺线。她束在头后的疙瘩髻松开,散开的头发披着,遮着一边的脸颊。看来,她把粉女刚一哄睡,来不及等她睡稳,便从怀里放下她;她把她刚一放下,来不及拢一拢头发,便伸手搬过纺车来……她向来如此。除了参加劳动党的支部会和战争动员的服务工作以外,她总是在田里、在家里不停地劳动着、劳动着。唯一的休息,是纺织。所以说,现在是她在休息呢。

我比李福顺先进屋一步,拉开纸壁,一见她这个情形,更加深了我素日的印象——勤劳民族伟大民族的妇女形象。还没等我开口,李福顺已经进了那屋。而且,她在进屋之前,先喊起来。

"妹妹,我告诉你个好消息。"

"姐姐,你小点声,粉女刚睡着。"

"我们捉住一个俘虏,还是亲手捉的呢。"显然,姐姐想用耸人听闻的态度,打动一下总不言语的沉闷的妹妹。

"嗯。"妹妹听来,依然无动于衷似的应了一声。随着,她摇起纺车,纺起线来。

"这个俘虏就要到咱家来了……"

"什么?"

"把俘虏在咱家放一放……"

"那不行,我宁可跟牲口住一辈子,跟他待一小会儿,我也受不了……"

可是,胡小昌押着俘虏进来了。

李玉顺一看,仿佛看到妖魔鬼怪的侵入,仿佛感到霍乱鼠疫的流行,避开眼睛,闭紧嘴唇,突然把纺车一停,关上纸壁。

这一下子,我的视线被隔断,只听得她那屋一声门响,知道她气极了,出去了。这是第一次看到她这位温和的、善良的妇女发脾气。我出去,听到哭声,哭得那么委屈,好像受过太大的侮辱似的。我感到一阵酸痛,不由自主地从冷清的黑暗中摸去，摸到阴冷的牲口棚里，模模糊糊地看着她，扑在姐姐怀里哭呢。但姐姐比妹妹不同，是一种泼辣人物，最烦恶哭鼻子：哼，掉吧，把眼泪掉尽，下半辈子就不会哭了。所以妹妹越哭越委屈。

当她听到我的脚步声特别是于主任的说话声的时候，抑制住哭泣，矜持起来。显然易见，她怕自己给我们留下什么坏印象——在志愿军面前丢脸，有损民族自尊心。

于主任向她作了些解释之后，并告诉她，已派战士去打电话，要俘虏收容所马上开辆吉普车来，把那个厌恶的东西装走，就算了。

"进屋去吧，再委屈你一会儿。"

"不，我还要喂驴呢。"

真的，真有一匹小毛驴。但她说的话，是假的；因为小毛驴正在这牲口棚吃草料，听，它嚼的那个声。

因此，姐姐哏哆起来。但妹妹硬是不动。她拗别起来，谁把她也没办法。

而且，那个打电话的战士回来报告说，朝鲜群众把俘虏收容所包围，把路封锁，并在四处搜索这个俘虏，为了避免意外，马所长只好明天派车接……

糟糕，这里只剩下她一家，她又不肯留他，把他往哪搁？难道能把他塞到残雪里，放到冰碴儿上吗？于主任有点为难了。

忽然，粉女哭了一声。这一声，立刻把李玉顺唤进屋去。好了，解围了。

于主任急于回去继续参加党委会议，很快就走了。临走时，他对门外的哨兵和屋里的胡小昌都嘱咐了几句。并且，他跟李福顺说："委屈你的妹妹了，让他在这蹲一宿吧！"接着，他又跟我说："这对你说，是个难得的机会，你可以多收集些材料呀。"

这一句话，引起我有关写作的、而与现实环境不大协调的兴趣。于是，我硬拉李福顺陪我进来。在她翻译帮助下，我与俘虏谈起话来。

但谈话，一直继续不下去。本来，是先由我问，而后让他答。不过，他答着答着，不知道他怎样一来，便走了题——所答非所问了。相反地，他问起我来，他什么时候可以到俘虏收容所，他还有没有生命危险之类的问题。当他问这些的时候，虽然他还在维持着虚饰的镇静的表情，但我却感到他心神不宁的脉搏的跳动。是的，他还是在想着自身的安危问题。只在我给他解释清楚有关俘虏政策之后，他才逐渐地真正地镇定下来，而开始正常的谈话。

他叫福克,三十三岁,有较多的驾驶经验,被称为"长于截击和轰炸的全能的王牌驾驶员"。他先任过一个战斗截击机中队的队长,现任一个轰炸机中队队长。他是一个空军少校军官。据我所知,这里俘虏收容所收容的美国空军俘虏,以他的军衔为最高,高出麦瑞尔上尉之上。因此,他引起我的注意,开始仔细地打量起他来。

为了这,我又点起一支蜡烛,让加倍的烛光把他照得清晰些。

在炕上,他不能像胡小昌那样的直立,又不惯于李福顺朝鲜式的屈膝坐和我中国式的盘腿坐,他只好蹲,但他蹲,也不像个蹲样,被一身飞行衣裹得非常拘紧,别扭。于是,趁着我在打量、谈话暂停的空隙,他拉开拉锁,剥掉那层皮。现在,他才原形毕露。一套西装式开领的草绿色哔叽的军服笔挺、舒展、崭新,新得像是一从裁缝店取出就穿在身上,一穿在身上就兴高采烈、起飞出征一点也没有想到衣与愿违,反而把他显得逊。一头乱糟糟的黄头发,确像痴痴头戴着的假发套;一双昏暗的蓝眼睛,竟像盲人装上的玻璃球;一张白脸皮,晦气,颓废,冰冷,死板,既像死于非命的木乃伊,又像出自废品的石膏像。是这一瞬间,我尽可能地搜集起来的外表的印象,至于他肚子里的下水如何,那我就摸不着了。

也许由于我的观察而引起他什么怀疑吧,他特意给我掏出一份证件,证明那上写的他的姓名、年岁、职务,跟他说的一样。此外,证件上还写着他的籍贯;当然,那写得很简单。但他却不厌其烦地做了介绍,并且从籍贯介绍到他的身世、他的经历。

他是纽约豪门生的。

父亲,不种地,不要手艺;实际上,他是无业的。他只靠国会的某种名义和公司的什么董事,只靠一种魔术特技,专拿股票做种子撒;撒在国内,从可口可乐公司撒到通用电气公司;撒在国外,从拉丁美洲多米尼加的甘蔗田撒到非洲利比里亚的橡胶种植园。用不着他再动手,遍地自然会给他开花结果,所以他那么容易富有。除了他的家庭所有之外,他另有迈阿密海滨的别墅,帝国大厦的写字间,白皮肤的仆人,宾利牌的轿车……他一坐上车,便通行无阻了;恍惚间,似乎道路也都归他有了。总之,在资产阶级社会的交际场上,他是一个吃得开的人物,一个白宫绿色的贵宾。

在父亲创造的天堂,福克受过洗礼,享过圣餐,度过神童的年代;而他多半的年华都消磨在佛罗里达半岛的空军学校和空军营房，以及国外美国空军基地。他曾参加过第二次世界大战，经过多次激烈的空战，陷入过几番危险的境地，多亏上帝保佑，从未负伤，而且官升三级，赚三枚勋章。日本投降以后，他率领一个所谓空中堡垒B-29型重轰炸机中队，被派驻日本的美国空军基地。这种飞机，每一架需要十二个人，能带两万磅炸弹。这次他就是驾驶这种飞机从日本的美国空军基地起飞的，但这次被击毁，飞不回去了。唉。

"唉，日本……"

"什么？"

"我想日本哪……"

"日本有什么可想的？"

他把手从衣领伸进去，再伸进去，像是要伸到心里似的伸到衣兜，好不容易，摸出一本手册，又从手册夹着的一些照片里，先给我选出来一张，是个妖艳的日本女人相。然后，他又给我选出来几张，都是日本有名的地方。

噢，原来如此。他想的日本，想的是日本俳优，是料理屋，想的是千代路的繁华，是二重桥的景致，是银座和国技馆的技艺，是丸之内和三中井的百货，是国际和大和的房间。在那里，他可以随便地玩呀，看呀，逛呀，买呀，唱呀。尽兴地喝吧，日本清酒，千福，白鹤，喝不尽，像荒川流不尽地流进口，温和地流进口。但流进口之后，它像火山的岩浆一样，渐渐地动荡，一旦爆发，便烧得发狂啊。这时，要怎样就怎样，日本人谁敢挡。首相？滚他的蛋。

现在，他用贼溜溜的眼光，瞭着雄赳赳的胡小昌……无可奈何，他掏出烟，吸着，吐着一团团的青烟。并且，为了礼貌，他送给我一支。我有些轻蔑地摇摇头，拒绝了。他误会了，以为我嫌它的质量低。

"这幸福牌，是美国的高级品。难道你不喜欢外国烟吗？"

"我喜欢外国烟。"

我取出波兰慰劳品——五一牌烟，吸起来。

他又掏出印着片假名的红纸包，捧在手上，恭敬地送给李福顺。

"请尝一尝，日本最好的巧克力。"

"我们朝鲜人爱吃辣的，不爱吃甜的。"

李福顺只说一句话，但说得严厉，说得意味深长。

他只好缩回捧着巧克力的手，没敢再伸，好像他怕一伸手就会碰了谁，甚而会碰了四壁似的。碰不得呀，一碰一鼻子灰。

所以他显得意懒心灰，灰溜溜。跟着，他脚腕一软瘫在炕上，仿佛蜡油淌在炕上一样，无能为力了，甚至于连吸烟的气力，也没有。于是，他稍微把手移一移，顺便让烟灰落在那张日本女人的照片上，免得再伸胳膊去钩那个烟灰碟了。顿时，灰末如同尘土一般蒙住她那迷人的骚眼睛。他瞟了一眼，一抖肩膀——表示遗憾。但他把牙一咬，索性算了。干脆，他把烟屁股一触，烧破她那饱人的胖脸蛋，免得再望尘莫及、痴心妄想了。

我看得懂这些，却投给他一种莫名其妙的眼光。

"你不是想日本吗？"

"不。"

"不是你刚才说过的吗？"

"现在，不，不想了。"

他侧歪在那里，奄奄一息，已经病危了似的。我又不是医生，怎么能对症下药呢？只能按照一般卫生常识，我给他打一针强心剂。

"你的祖国呢？"

"不想。"

"你的家庭？"

"不想。"

"妻子？"

"妻子？……"

"孩子？"

"孩子？……"

"有几个？"

"一个。"

"是男是女？"

"女。"

"几岁？"

"六岁。"

"叫什么名字？"

"蓓蒂。"

"想不想蓓蒂？"

"想。"

在他的眼角挂下来一滴泪水。

这是说，这意外的遭遇，这孤独的处境，使他真的想到孩子，想到骨肉之情。虽说不过是那么一滴滴，但它毕竟是一点点人性的流露哇。

其实，他不只想孩子，而且想妻子；不只想妻子，而且想情人。其实，说起来，他想得真多呢。那纽约一带的赤裸裸而肉感的大腿戏，难道能不想吗？那华都大酒店使人陶醉的马丁尼酒、使人沉迷的爵士音乐，难道能不想吗？那繁盛的第五街，那神秘的瓦多阿斯突利亚大旅社，那取不尽用不竭的沃尔沃斯百货公司，那安适而享乐的无线电城电影院，那充满着怡情和乐趣的麦迪逊广场滑冰场，难道能不想吗？

想着，想着，他想入非非了。他眯缝起眼睛，露出笑容；明显得很，他沉到回忆里，回到故乡——花花世界上了。

这时候，我开始感到他是活着的，有活人气。但李福顺感到的，是不同的。本来，她恨透他了，要不是我工作需要她的话，她早走了。为了我，她一直憋着气，而现在她一看他那神气活现的样子，禁不住用朝鲜话大骂他一顿。

他听不懂她的话，但被她激烈的声音所震动，睁眼一看，原来是一副无情的凶相，一场无情的现实，惊破了他的一个好梦。叹了一口气，他大有思前想后、悔不当初之慨啊。

他又消沉下去，或是说休克过去。强心剂用过了，还用什么呢？给他一个热水袋吧。

"你谈得好……我想听……"

"为什么？"

"因为懂了许多不懂的事情。"

"那你还想知道什么？"

"我还想知道你现在想些什么。"

"噢，那很简单，我现在只想我错了。"

"什么？"

"我错选了我的职业。"

"那你为什么选择这个职业呢？"

"因为我当初是个活泼、好动，惯于追求心的人，勇于好胜心的人，富于好奇心的人，所以空军丰厚的薪资，传奇性的生活，把我吸引去。"

"那你为什么要到朝鲜来？"

"因为我要执行命令。"

我多用了用脑筋，另换了换口吻和方式。换句话说，我要找到一把万能的钥匙，打开他的心房的门。

"我知道你是个军人，要执行命令。另外我问你，朝鲜有没有什么东西在吸引你？"

"有。"

"什么？"

"我听说朝鲜有金刚山？"

"有。还有内金刚、海金刚。"

"有金化城？"

"有。还有金川，金策。"

"有金矿，有金子，连饭碗都是金的，真的吗？"

他靠这种自制的"金"霉素，使自己坐起来，又活过来了。眼睛瞪着，射出来两道蓝色的魔光，逼得人要死。一攥拳头，臂上凸出的筋肉球，便鼓起上半截的袖筒；看来，他那股劲头，足以与世界一流的拳斗家斗一斗哪。随着，他一欠身，似乎，等不及我的回答，要亲自摸个朝鲜饭碗，看看它到底是不是金的似的。

我知道，美利坚自称为金元帝国。那里，有许多拜金主义者。他们有一手点石成金的淘金术，有一本金科玉律的法典，有一套挥金如土的、金迷纸醉的生活方式。金是他们的神，他们是金的化身。福克是他们园林生的一种金枝玉叶，一支金梅草。他愿为他们铤而走险，捞些金不换的东西；可是想不到连一页金箔纸都没捞到手，他却差点赔掉自己的金东西，甚至赔掉自己的基金——生命。中国有句话说："痛定思痛"；他呢，偏偏"痛未定而忘痛"，居然问到朝鲜的饭碗是不是金的。

"朝鲜的金矿、金子是多的。但对不起，这是属于朝鲜人民的。朝鲜的饭碗，也是多的，但对不起，它是铜的。"

"是铜的,不是金的?真的吗?"

他问得那么迫切、认真,把一张白脸皮绷得紧巴巴,一双蓝眼睛急得溜溜转的。看他那个样子,好像正在逼供呢。

李福顺本来憋着一肚子气,憋到现在憋不住了。忽然,她一纵身站起来,带起来的一股风,差点刮灭一支烛火。她气得脸发红,眼睛喷火;这火的高温,可以烧死人;吓得福克不住地用屁股往后蹭,咚一声,把他碰到墙上。她赶上去,用手猛一指他的鼻子,险些把他的尖鼻头触掉。我看得清楚,她要大发雷霆了。

"真的,真的,朝鲜老百姓们真要捉你,真要揍死你。现在,你以为保住你的狗命了,就大放狗屁,弄得满屋臭气难闻。谁还容你呀。你别看家里朝鲜人少,单是我们老姐妹俩,就能把你揍得稀烂。妹妹,来,来。"妹妹没来,也没应声。"李玉顺,干吗要憋闷自己,委屈自己。来,来,今天你改改脾气,出一口冤气。来。你再不来,我去把你拉来。"

可是,她拉开纸壁一看,那屋里空空的,没有李玉顺,也没有粉女。哪去了?

我与她交换了一下眼色,便立刻意识到她们的所在地了。我们跑到牲口棚,拿电筒一照,果然她们在那里。在一匹小毛驴的旁边,在一堆稻草上,在一片冷森森的空气里,李玉顺抱着粉女。粉女睡着。李玉顺痴然地闷闷地坐着。

我用电筒对着她,让电光照亮她那脸,照出她那纯洁的灵魂,她那高尚的品质,她那倔强的性格,她那家破人亡的伤透了的心。借着电光,她把脸往我的眼前凑了凑。

"你看,我没有哭,一点哭的意思也没有。你去睡吧。"

可是,我哭了。

李福顺哭没哭?我看不见她那背着光的脸,不知道她哭没哭。我只听着她那颤抖的声音,催着妹妹跟她回去,去出出气。但她说不服妹妹,也拉不动妹妹。没办法,急得她直跺脚。

在她们中间,我做什么呢?我挤过去,靠近李玉顺的面前。

"我能帮助你什么吗?"

"你帮助把他快点弄走吧。你去睡吧。"

我回来了。一进门,我就看见畏缩在飞行衣里的福克,说句不好听的话,真像鳖缩头。中国有句话——宁死不屈,但对他说,却要翻个个——宁屈不死。于是,他准备好了,等着挨顿揍。但他听到我们进门以后,伸出了头,投给我一种乞求的眼色。

"请你帮助我吧。"

"帮助你什么?"

"帮助我赶快到俘虏收容所去吧。"

他真聪明,生命毕竟比金子值钱些,俘虏收容所总比朝鲜家庭安全得多。

当然,福克的要求,不能算数;但我要为李玉顺打算,怎样实现她的愿望,实现人们常说的一句话:美国佬,滚蛋。

凉意逼人,春夜深了。我想什么办法呢?

三

办法,还是胡小昌想出来的。他是出色的警卫员,优秀的共产党员,凡事他都想干,而且都有办法。他取得我的同意,把他的岗位暂时委托给哨兵;他跑到后勤部会场,找到于主任要来一辆中型吉普车,把福克押上车,送往俘虏收容所去。

当然,他还带着几个战士,带着李福顺和我。

李福顺是被他用友谊的拉佚式的办法,连说带拉拉来的。按他的说法:要是他跟福克打不通电话,中间总得有个交换台嘛。至于我呢,我本不想再从福克的嘴里掏那垃圾之类的东西。说老实话,我跟他鬼混了多半夜,还不如我跟鲍德只谈半个钟头,收集的有益的材料多;他呀,死顽固,还不如麦瑞尔。一个人老啃一块羊骨头,除了点点的膻气,还有什么味道呢?够腻味了,我丢开它吧。可是,我一看李福顺的神情,像是被绑赴刑场去似的,忽悠一下,使我觉得自己应该跟她去陪绑。她既然能够从容就义,难道我能不慷慨地陪她一行吗?

车颠簸着,缓慢地行进着;感觉起来,它真像一辆老牛车。

我知道,这是司机同志在闹情绪呢。他开车之前,就说过怪话,说什么他宁愿拉臭鱼烂虾,也不愿意拉这种活玩意儿呀。所以他开起车来特别慢。大约车已经走了半个钟头了吧,还没有走上二十里路程的一半。胡小昌这回也没办法了，熬着吧！

帆布车篷，真叫人烦闷。我用手拨开车篷的缝隙，透透气。车带起的初春的夜风，打在脸上，凉飕飕的。看了看天色：一片黑暗中，透着淡白。天快要亮了。可是从眼前闪过的一切，依然模糊不清。借着车灯射开的光，我看见在满是冰碴儿和雪渣儿的路边、一群群的拿着棍棒的妇女，在检查行人，并与远处的妇女相呼应。显然，她们通宵未睡还在搜查我们车里装的这个货。

于是，坐在我身旁的李福顺，蹲来蹲去，有点发痒痒似的。她悄悄地对我说，她一告密，一顿棒也许会把车打破；当然，她要痛快得蹦高；可是她给胡小昌惹了祸，失了职，要关他的禁闭呢。别单以为她脾气暴，像炸弹似的，但她冷静下来，又那么有理性，那么心细，像针鼻似的。况且有关胡小昌问题，她怎么能不考虑呢？因为我知道她喜欢这个年轻人，不然她怎么跟他来呢？

天大亮了。老牛车终于快要磨蹭到了。

在盘山路上，我们从车篷后口，可以看到山下裹在浮动的稀薄的雾气里的俘虏收容所的全景。那是一所被炸毁的小学校；经过修理而后做了所址。从远看去，同是红砖墙，新旧两色却不一样，相同的旧衣服打上新补丁。并且，房顶的瓦上，还留着烟熏火燎的痕迹；改所后写上去的"俘虏收容所"几个英文大字，非常醒目；特别是最近被敌机扫射刚堵上的大窟窿，更是刺眼睛。那也好，无形中它给美国的暴行保留了有力的证据。

这个俘虏收容所，在铁蒺藜围起来的院子里，共有二十四个收容室，现在收有五百多俘虏，其中百分之八十是美国人，大约黑人和白人各占一半。在朝鲜的俘虏收容所，以收容美国俘虏的比例数说，它是最大的一个；以收容俘虏定员的比例数说，它是最小的一个。所以它的马所长原来是营教导员。

我昨天访问鲍德和麦瑞尔的时候，我见过这位负责人。他给我的初步印象是，政治立场坚定，工作态度和善。他给我不少有关俘虏的材料，并送我出门口说：希望我再来。本来我也打算再来的，但没有想到今天就来，并且就要来到。

车下山路，碰上从俘虏收容所那边散回来的拿着棍棒的妇女们，和刚才沿路所见的一样；但所不同的是，她们带着怅惘而困倦的面孔，迈着蹒跚而踯躅的步子，和远行打猎的、却空手而归的猎人一样。但她们知道不知道，她们一散，兽又要吼起来呢？

本来，福克坐在车上，像藏在穴里一样，缩成一团，连大气都不敢出。可是，车一到，他一下车，便悄悄地哼起好莱坞曾流行一时的梅惠丝唱过的一首什么歌。走在晨光里，他那褪过色的黄头发又染了色，失过明的蓝眼睛又添了光彩，经过折磨而磨薄了的白脸皮又镀了金。显然，他意识到自己已经逃脱险境，而投身到安全窝。并且，他会想到自己在这里将碰着同胞、同僚、同情者，将找着不温暖的温暖、不愉快的愉快、不自由的自由、不尊贵的尊贵。一句话，他会感到心满意足了。因之，他急忙地走进办公室，迅速地办完入所手续，紧接着轻松地跟我们打了个再见的招呼。

在我们来说，这一下子，胡小昌就放下了担子，李福顺也丢掉了包袱，我呢，根本没有负什么重，两肩一样轻；这是说，我们都可以回去了。可是，我们三个人一看福克那个神气，不由得互相一笑，被一个共同的兴趣所吸引，跟他向他被分配的第十三收容室走去。

这是为什么呢？因为人们整日工作，疲劳得很，需要休息，需要消遣，看看什么娱乐节目。当然我们也是如此，不过我们看的，是洋人出什么洋相呀。

福克走到收容室门前，稍停一下，他不避春晨的凉气，竟脱下飞行衣，让崭新的草绿色的哔叽军装毕露，特别是把那挟起飞行衣的胳膊肘吊高，而使臂上的少校军衔全部显出；要做的都做完了，他便用手指惯地轻巧地弹了弹衣襟的灰尘。当一个志愿军班长给他打开铁锁的时候，他以一种美国人特有的、自鸣得意的、吊儿郎当的作风，一个贵宾的身份，一闪被关进门去了。

可惜得很，我没有看见他进门后那一瞬的情形，只得赶快转到窗前，就在那用板条封闭的玻璃窗上的板缝间，移动地看进去，有如童年买不起马戏团入场券，便在那用红白两色布围起来的布围底下，匍匐地看进去似的，只看见他的一个侧面，眉梢颤动，筋肉抽搐——遭到意外刺激而后，生理的一种反应。

奇怪。

我把视线转开去，看见屋里约有四五十个俘虏，似乎黑人比白人多些。他们向福克列开两个队形。不少白人们在一边表现出左右为难的尴尬的脸色，麦瑞尔更甚，把那被鲍德拳伤的眼睛一闭，仿佛在向上帝祷告什么。很多黑人们在另一边明显地表示出对来客的不欢迎，甚至带着仇恨，尤其是鲍德举起大拳头，往朝鲜式的小书桌上一击，击得嘎巴一声，震得闭着眼睛的麦瑞尔一侧歪，差点摔个趔趄。这一刻，我看得清，福克一扭身，甩掉飞行衣，以怜爱的感情甩出两臂，像扶小孩子似的上前扶住麦瑞尔；而麦瑞尔由于福克出乎意外的唐突的举动，不知所措，而只能报以露出白牙齿的漠然的微笑。随着，二人相互搂住，脸贴脸，彼此揉磨起来。然后，双方松开手，脸对脸一看，看得目瞪口呆。许久，终于福克先开口了。

"老朋友。"

"噢。"

"你还活着？"

"活着。"

"眼睛是跳伞摔的吗？"

"不。"

麦瑞尔用一种他们习惯的无言之语，把蔑视的眼神向黑人一丢，使福克完全明白了。于是，福克带着纯亚利安人的优越感，卑视起黑人来。

"尼格罗！"

这是美国白人至上主义者歧视黑人、侮辱黑人的一个称号。所以黑人们一听都动怒起来了。他们都向鲍德靠拢过来。鲍德呢？

在我昨天访问他时，他简单地介绍过他的历史：生在纽约市曼哈顿岛上、住有全市六十万黑人半数的哈兰姆区——有绅士感的白人所唾弃的"黑带"。他从小就看见许多白人孩子，是靠蛋糕、乳酪、火腿成长起来，而他呢，是靠白人给的一点点工钱，靠白人给的成顿的打骂长大的。今年他十八岁，刚近服兵役年龄，便被征入伍，又被调到朝鲜打仗。但他不知道为什么要打仗，干吗要开枪呢？他没有开过枪，便同整个黑人连一起被俘过来。来到这里，他才开始动手，由于两个黑人被扫射一死一伤，而狠狠地击了麦瑞尔一拳。他说，这里才是他的真正的战场。因而，他一见福克的挑衅，就要应战了。

他拨开黑人们的围拢，走到福克的面前，把脸扬起、扬高，像是要瞧瞧这个高个子究竟有多高；又像是要让这个高个子仔仔细细地看看自己：一个真正的黑人，皮肤黝黑，黑头发打着生来的小卷卷，而瞪着的眼睛，龇着的牙齿，白得像白大理石，冷得像冰，冷酷无情，吓杀人呢。

"哼，少校先生，你以为你还是在棕树海海滨（美国这里不准黑人建立自己的家庭）吗？你以为我们还是在'链队'（美国用铁链把黑人套在一起做苦工的队伍）吗？哼，你这个恶徒！"

突然，他一蹦高，勾着高个子的下巴颏，冷不防的一拳打得高个子一溜倒仰；接着，他赶上去，又一拳，打得高个子撞到窗上，撞断一根窗棂，震飞一片碎玻璃；紧接着，他一赶，再一拳，这一拳把高个子打矮、打扁——身子一软、一颤倒下了。

我从板缝再看不着什么了，一扭头，看见被碎玻璃划破了脸的李福顺。可是胡小昌呢？

原来他跑了一趟办公室，把马所长找来了。我们等到打开门进去的时候，只见几个黑人跟鲍德一起，连拳带脚一起在踢打福克，好像在踢打一条鳄鱼似的。那几个年轻轻的，但老奸巨猾的英国人，都在袖手旁观。那些美国白人们，都不敢伸手，急得直打转转；麦瑞尔呢，躲得远远的，无所作为。其余的黑人们，有些在喝彩助威，跃跃欲试；有些一见马所长进来，便跑上去拉架，不但没拉开，而且混成一团。最后还是马所长一声令下，才把这个滚转的人团分开，站开去。

但福克还躺着，缓了缓，蠕动几下，慢慢地坐起来，好像从土里爬出来一样，一身土，一套崭新的草绿色的哔叽军装糟蹋了。头歪着，一只眼青肿起来，一边嘴角流血了。晃了晃头，挺起脖颈，睁开眼睛，昏晕的眼神渐渐地清醒过来。一只大手掌按地，要撑着沉重的身体站起，但试了几下，却站不起来；分明是腿软，用不上劲呢。

于是，有两个白人拖着他胳膊，把他拖起来。

他站在众人之间，向四周看了看；一发现马所长，他便移着步子，往那凑去。当凑到马所长面前的时候，他现出一个失败者的羞涩，有如全身被剥得净光，赤身露体；有如脸皮被撕得粉碎，只剩下一个血葫芦、一个大肉丸子了。

"所长先生，请您允许我提出请求，请给我换个地方，安全的地方。"

其实，用不着他请求，马所长已跟我谈过了，为了避免发生意外问题，是要给他换地方呢。但每个收容室都是黑白人杂在一起的，而像他，已经败坏了名誉的他，哪个收容室的黑人能容他呢？

没办法，把他关到空着的禁闭室去吧。

一个麻烦人的问题，消磨了一个美丽的早晨。

现在，一轮火般的太阳，破开渐渐消沉的白色的雾气，已经升得高高。一片金黄色的闪耀的阳光，透过高大的光秃秃的穿天杨树林，铺满地上，昨夜再次冻起的片片薄冰和残雪此刻又重新开始开化,融解。在这泥泞的路上,人们享受到初春的温暖了。

我们在办公室吃了一顿过时的早饭以后,准备马上回去。这下子,汽车司机积极起来;不一会儿,他就跑到一二里外,从俘房收容所的隐蔽的防空车棚里,把中型吉普车开到大门口,并且不停地响着喇叭。听得出,这是叫我们快些回去呢。

在马所长送我们通过院心的时候,我们隐约地听到一种哼哼出来的歌声。稍一停,我们听出这是福克唱的反犹太人曲之一——马利·法甘小调。我没有问马所长,这里究竟有没有美国籍的犹太人,但我绕道走过去。他们也跟着过来。我走到禁闭室窗前,看见福克俯在窗边,在板缝中间露着他那显著的又青又肿的眼睛。

"你的伤还疼不疼?"

"谢谢,不大疼了。"

"你一个人寂寞吗?"

"寂寞,寂寞得很。"

"是不是请所长找美籍犹太人,给你做做伴?"

"不,不,不。"

在板缝中间又青又肿的眼睛闭住了,只剩下了一种显著的又青又肿的颤动着的东西,像个青蛙似的。

癞蛤蟆,龁痒人呢。

四

的确,福克叫人厌恶。我和李福顺从那次回来,很久没有再去;一晃,三四个月过去,过去得好快啊。

这期间的变化,真大呢。

老姊妹俩种了很多地,青苗长得又壮又高。今年的丰收有望了。同时,粉女的伤口好了,像青苗似的长大起来,刚学会走,很快又学会跑,开始好玩了。

特别是在前线,又连续胜利地结束了第四、第五两个战役;在后方,防空力量也飞快加强起来,除了地面高射武器加强以外,我们投入空军,红星银鹰翱翔在空中，给敌机以严重的打击；加以朝鲜雨季来临，日夜不停，下得淅沥哗啦的雨水和冰雹，也使敌机不便活动。因此，这里的上空，出现无战争的平静的云天。

忽然，从昨天开始，雨停下来。很多日子以来，今早出现第一个晴天，并以一股饱满的强烈的热力，消散着弥漫天下地上连成一片的茫茫的云雾，而出现一个完整的耀眼的太阳。

人们在阳光下晒起潮湿的被褥，都打算睡一夜干爽而舒畅的好觉呀。

可是，一架敌人侦察机，突然偷偷地飞来了。盘旋不到两圈，它便被我们空军打跑。事后，我得到政治部的通知：警惕敌人，改变战术，进行空袭。从此，我想起富有政治预见和军事经验的于主任：多么热情地关心同志呀。

果然，敌机空袭，并用了新战术——轮番轰炸，从晌午直到午夜，延续十多个钟头。敌人使用的战斗机和轰炸机，在一百架次以上。这使用之多，是它最多的一次，而它的损失，也必是空前的。在这次大空战中，我们强大的空军和猛烈的高射炮火，击毁它十八架飞机，俘虏它二十一名飞行员；在朝鲜群众的棍棒下失踪的，究竟有几个，还未包括在内。

对比起来，我们的损失，微乎其微：空中毁伤两架飞机，地面死伤两名妇孺、三匹毛驴和一头牛，烧光几片谷田，如此而已。

当然，这个统计，没有包括俘虏收容所在内。据说，它的损失很大：炸毁七个收容室，死伤两名警卫战士，二十三名俘虏。

为了用笔和照相机记下来美国的暴行，第二天一早，我就准备到俘虏收容所去。但李福顺，却不陪我同行。她发誓再不帮助我做义务翻译了。我完全理解她这种心情，而我更懂得她那一贯的性格：她没有妹妹柔、柔中之刚；而她只有刚、刚中之柔，所以我三磨两磨就把她磨软了。终于她又跟我去了。

一去二十里，我们只走一个半钟头，比前次坐中型吉普车差不多。当我们走到的时候，俘虏收容所大事早已完毕，俘虏伤的送到医院去，死的埋葬了。我只能从七栋被炸的收容室间，选中炸得最厉害的、仅余四面半壁的一栋，照了相。然后，我准备访问，记录一些被炸的实况。但这时工作人员都很忙，忙于研究如何转移部分俘虏的问题。俘虏们呢，都集合在院里下操呢。

在明朗的晴空下，饱尝雨水的沙土地上，他们按收容室的编制，分别排好一行行的整齐的队列。只有福克单单地列在队外，像是一个赘瘤；这么久了，想必他还是一个人独居禁闭室的。队里许多俘虏们换了我们发给的新单衣，显得他们的精神也焕然一新；当然，在他们的眉眼之间，依旧残余着遭轰炸时悸栗的神色。在他们当中，我寻到鲍德。从他的表情上，我察觉到他深沉哀悼和愤愤不平的心思。这表现他还在悼念死去的同伴，还在痛恨轰炸的暴行。福克呢，仍然穿着他那老一套——已经破旧了的草绿色的哔叽军装。而且，他的神情，依然那么冷漠，那么死气沉沉。人家都按着教官标准的动作而动作，而他却照着什么儿童玩具的活动而机械地优哉游哉地做作。除了脸上的伤好了之外，他没有什么改变。福克还是原来的福克。只有当他发现我的时候，他的死板的面孔变了些，多少有一点点活跃的气息，并用眼色向我示意，他有些什么心绪要向我倾吐似的。

本来，我来时，并没打算与他谈什么，也不屑与他谈什么。但现在他既然有这么一个表示，我何不趁这个机会，更多地多了解一个美国人呢？

可是，李福顺从我的身旁反感地一转，横眉瞪眼地站到我的面前。

"你还要跟他谈话吗？"

"听一听，听他说些什么。"

"听他说什么？屁！"

"即使是最肮脏的东西，不是还可以做化肥吗？"

"我不怕往田里上粪，可我怕他的话进口。想起来，真肮脏，吃饭都恶心人呢。你还是饶了我，请别人吧。"

"老大姐呀，你没看这里专职的翻译同志多么忙吗？"

"那只今天这一次。"

"是的，这是最后一次。"

俘虏们操练完了，开始自由的活动，有些去打篮球，有些在散步谈心，有些跑废墟寻找什么东西。鲍德领些人修理被炸弹震毁的窗门去了。

福克走到我跟前，用微微的假笑，略略一躬腰，把右手作四十五度角地一扬，摆出一种客气的请人先行的姿态——要我到他那儿去。我不想去。因为多日的阴雨，人在屋里待腻了，实在舍不得离开院里的阳光呀。但他表示屋里有什么宝贝似的，他要给我献宝呢。走吧，李福顺跟我走进他的禁闭室。

这是一间小屋，有一床，一套朝鲜小学生用的桌椅。由于雨季的潮湿，满屋充塞着冷森森的霉气。我身上穿着毛背心，还打冷战呢。

他打开小书桌取出一封信。信封角上，印着自由神的缩影。他郑重地告诉我，他给他的妻子写过一封信，这是他昨天收到的她的回信。他从信封里抽出信纸，又从折叠的信纸里抽出两张照片：大些的是他的妻子的；小些的是他的女儿的，也就是他跟我说过的，他想的蓓蒂。我看过蓓蒂，又看蓓蒂的母亲。正当我看她的时候，他给我介绍起她来。

她曾是哥伦比亚大学的高才生，曾参加过全国选美大会，只因为鼻梁低一点，大概低一毫米还少一点，没有被选为美国小姐。那时候，他自己还没有成家，没有自己的资财，跟父亲要了三百美元，他陪她在纽约一家最好的美容院，施行高超的美容术，给她垫高鼻梁，正好合乎选美的标准高度。因此，她跟他一往情深，嫁了他。他说起来，还像吃香饽饽，香喷喷的津津有味。看吧，我的人美呀，美国人呀，把美国人美化了。

现在我感觉到，在他的心目中，他的妻子又挤掉日本俳优的位置，而比任何其他的女子都高贵。我与他的审美观点，不相同。他妻子的眼睛不错，有点媚气，而上嘴唇翘得高些，鼻梁凸得更高，而显得整个鼻子也更高，高得像是在翘着的上嘴唇上，耸立一座美国式的摩天楼。当然，我也没有跟他扯这些无谓之谈，有什么意思呢？还是让他念他的信吧。

他开口一念，就像打开录音机似的不停地响起来。

这位老大姐，本来是一般职业翻译者所不及的非常好的口头翻译家，但这次翻译使她为了难。比如什么"春潮来了"，又什么"冲激着干渴的沙岸"，又什么"巢子空了"，又什么"等待着小鸽子飞回来"之类、陌生的充满着低级趣味的语言，这使她费了最大的劲。同时，我又不想听，而只想设法打断他那条录音带。恰好一眼望见我们发给他的那套新衣服，便有了个岔开的题目。

"这是你的新衣服吗？怎么不换上呢？"

"我喜欢这身旧的，上边留着不少我的记忆。比方，这上头的小兜，我的太太就插过白玫瑰……"

"那你怎么不把她的照片插进去呢？"

"那样，只能有一种现实感，引不起一点点幻想。我把它放在桌里，在外出时，还会想我的太太在屋里等我呢。"

我想不到像他这样一个俘虏，还有那么多的知识分子气；但我要拉他回到现实，残酷的现实。

"你放在桌里，房子被炸毁了呢？像昨晚被炸毁的房子一样。"

"那是偶然的。"

"为什么会这样偶然呢？"

"房子上有字——因为这里像兵营。收容所。"

"晚上辨别不清。"

我更想不到像他这样一个俘虏，还有那么多的诡辩学派的诡辩术。我一气，话一顿，使他乘机又开起录音机。这一下还好，起码总算言之有物了。

其中最主要的是：在这里，如果金钱对于他有作用的话，那么她情愿把全部家当折腾了，也不吝惜。并且，在她的哀求下，他的父亲答应借给一笔免息的款子。但条件是：他必须是名誉地回来，健康地回来，千万注意保全自己，甚而连一根毛发也别弄掉。因为唯有这样，他才能高升一级，以中校的待遇从军部领出被俘期全部的薪资，并能从政府领到一笔大数目的赏金，也许比付出的代价还要多呢。核算起来，即使不便宜，至少也吃不了多大的亏吧。

纽约会计最会打算盘，只计算赢利，一点也不打赔本——即使是一分钱。

当他这录音机还在响的时候，空袭警报又响起来。这响得比他响得更难听。但，是个机会，有了脱身之计——老大姐一把就把我拉出来。我站在门口，顺便跟他打个招呼。

"喂，你也出来防空吧。"

"不。"

后来，在马所长的命令下，全体俘虏集合防空，我看见福克才走出来。最后在屋里留下的，只是昨夜防空时受了感冒的那几个。又在马所长的指挥下，他们一队一队地隐蔽到房后树林里去；福克还是一个人，单独地赘在队后。有一个顽皮的法国俘虏幽默地叫他——多余的人、尾巴。

随着，除了负责防空和警戒任务的哨兵和干部之外，其他的一切人员，也都陆续来到树林，包括我和李福顺在内。马所长利用这个时刻，召集几个干部开起会来，宣布刚才接到政治部主任指示，决定把那部分因昨夜轰炸而无处可宿的俘虏们，暂时迁往政治部附近的一个大山洞去。为了这，他们要进行准备工作。我听了听，便跟李福顺散开步去。

一棵棵高大的穿天杨，高大得像是穿到天上；无数的枝叶连成一片，在轻微的风中，像是一片浮动的绿色的云、一座天工的自然彩色的防空棚。这棚真大，下边集中好几百人，一点也不拥挤，而且敞亮，通风，舒畅。

不久，传来我们飞机飞过的隆隆声。听这声，起飞的架数很多，想必准备展开更大的空战哪。随着，又传来由远而近的敌机的轰轰声。接着，地面上响起成串成片的剧烈的高射炮火。在这之间，敌机投弹。

麦瑞尔凑到福克跟前。

"是汉森中队还是狄兹中队？"

"他们都得参加。"

"那一定还是昨天的战术。"

"这战术好，不让人有喘息的工夫……"

果然，敌机还是昨天的战术——轮番轰炸。第一批走了，又来第二批，第二批走了，又来第三批，就是这样一批批地不间断地轰炸着。

大约两个钟头吧，附近四周起了火，一片片的田野和树林变成了火海。在火海中，这里几乎成为孤岛。在孤岛上，人们已经感到烈性的火药味的刺激，高温的热风的烘烤了。

真讨厌，有两个澳大利亚俘虏——一个光嘴巴和一个小胡子还在闲扯淡。

"喂，是你的孩子，怕你嫌凉，给你烧起暖气来了。"

"不，是你的太太，因为怕你闹感冒，给你送胡椒面来了。"

另一个土耳其俘虏莫名其妙地也跟他俩哈哈大笑起来。

正在他们大笑的时候，忽然几股尖叫声，由上而下；轰然巨响，地一震动；嗖嗖狂风，树一摆摇，就像天崩地裂似的把我弄倒了。我不知道是风把我打倒的，还是地把我震倒的。反正我是倒了。我也不知道怎样倒着，以及倒多久。反正我恢复知觉睁开眼睛的时候，还觉得头晕、眼花、耳嗡嗡鸣，模糊看见刚才大笑的土耳其人的头破了，隐隐地听见他号叫的声音。等到我把老大姐扶起以后，差不多完全恢复了正常的感觉，清醒地意识到，这是经历一次猛烈的轰炸。

看开去，眼前那么开阔。

收容室几乎全倒了，连靠近的穿天杨也倒了好几棵。俘虏们混乱一团，嗷嗷叫起来。

马所长一边组织人力，一边指挥抢救。鲍德带一批俘虏参加进去，我和老大姐参加进去；但她对负伤的志愿军，情愿拼掉老命，而对负责的俘虏，却连手也不想伸。

结果，俘虏死二十七名、伤三十一名，另外负责警戒和防空的哨兵和干部伤三名。

伤者立即派车送往医院去。死者呢？马所长答应俘虏们的请求，为他们举行葬礼。于是，自然防空棚改为临时殡仪馆，就地铺开一张张的白单子，在单上摆开一个个的尸体。一眼看去，血肉模糊，一塌糊涂：有的有头无身，有的有身缺腿缺手，有的只有胳膊，有的只有腿，有的只有一张从墙上扒下来的皮，就它绣身的一种图案才辨认出它是阿特肯森的。这样凑，也没凑足数；最后还缺两个——一个美国人琼斯、一个英国人萨姆，一点什么血肉也没有。

看吧，我的人美呀，美国美呀，把美国人美化了。

挨近血肉场站着的福克，摆着开录音机的姿态，沉入在回忆中，大概他还在想那手高超的美容术，那条垫高差不多一个毫米的鼻梁，那般美貌的太太的照片。因为刚才我是看他在被炸毁的禁闭室的破瓦碎砖里寻找过的。

"你找到没有？"

"没有。完了，什么都完了。"

"要是你也不出来，还在屋里呢？"

"那……那也许是另外一种情况。"

"为什么？"

"因为上帝跟我在一起。"

是的，是在他的颈上挂着圣母金项链——高价的护身符。然而，老大姐把头一扭，一把又把我拉走。喷，他读过《圣经》吗？没，他最多读过一章犹大书。喷，喷，他是耶稣的信徒吗？不，他不过是犹大的一个伙伴罢了。

当然，俘虏们会有人读过《圣经》，甚而会有比较虔诚的教徒。不管怎样，他们多少有些同情心呢。

看吧，俘虏们唉声叹气地搓着手掌。精光的一张白单上，只写一个名字，那哪行呢？于是，要去寻找尸首，几个英国人去找萨姆的，很多美国人去找琼斯的。

好不容易，终于找到了他们要找的——在一棵穿天杨的梢头挂着。树叶缝隙漏下来的阳光，晃着眼睛，看不清它究竟是块什么东西。一个人爬上去，取下来，看了看，看到啷当的两个脚指头，大家才断定它是半截脚掌。

但它是谁的呢？美国人说它是琼斯的，英国人说它是萨姆的。于是，双方争执起来。

"你们看看，贴着的这块皮子，是美军专用皮鞋上的。"

"你们也看看，粘住的这些线头，是英国老牌袜子上的。"

说，是说不清楚的。于是，双方争夺起来。结果，英国人夺到一小块，美国人夺到一大块。

"哎呀，你们那块太大了，差不多足够半个脚掌。"

"咦，你们那块也不小呀，整整的一个大拇脚指头。"

那个顽皮的法国人往他们中间一站，做了个鬼脸。

"看在上帝的面上，你们别吵了。等有工夫，我劝你们以美英友好的关系，一起给美国政府写份备忘录：美国人、英国人的块头都不小嘛，干吗不多给留点戛马的呢？"

没人再听他的，葬礼开始了。俘虏们都站好，向死者行个永别的敬礼。鲍德代表读了哀痛的悼词。然后，他带着愤怒的情绪，又读了一篇反轰炸宣言；并且，他说明愿意签名的，可以在上面签名。

于是，这份宣言在俘虏的行列里传阅着，签着名。结果，士兵签得最多，军官签得极少，而空军军官，连一个签的也没有。特别是福克对宣言，根本没有看一眼。

我走到他身边，并不想怂恿他干什么，只想了解他一些什么。

"你怎么没有签名呢？"

"我不能反对我的国家、我的职业。"

"不，还有。"

"还有什么？"

"还有你不能反对你的妻子，你的赏金。"

"也可以这么说。"

"那你为什么要那样啰唆，要那样撒谎呢？"

"因为世界上没有老实人。"

呸。屁。老大姐一跺脚，就不辞而别了。

我追到半路，才追上她——面迎着西坠的太阳，让夏日的暖风吹起斑白的发丝，闪着金光；背后拖着一条很长很长的细影，给追赶者留下鲜明的路标。

五

我一夜睡得好。敌机是不是炸过,也不知道。

早晨一醒,习惯地一拉防空窗帘,一串铜环,唰的一声划过来,如同唰的一声划开了装我的罐头盒的盖子。真痛快。

一片朝阳透进纸窗。屋里漾起金波,异常辉煌。顿时,叫人感到神魂飘荡。光线为什么这样强?是不是今天出了两个太阳?是的,今天是有两个太阳,但一个在天上,一个在心上。这是我的心上的太阳,把我照亮。我浑身都在发着光。我是个光源。

今晨我起得太迟了。

胡小昌跑来告诉我,于主任去俘虏收容所,亲自处理该所整个迁移的问题,并要我在路旁等车,以便同行。于主任那么关心我的写作,一个机会,也不让我放过。

我一吃过早饭,就出了门。

李玉顺背着粉女,在糊窗子。

她呀,总是那样的,干什么都背着粉女。那么大了,会跑了,还怕她摔跤呢。她呀,总是那样的,房子破点什么都得补,炸弹震裂几个小缝缝,怕什么;真有趣,糊的还是纸剪的红蝴蝶呢。她呀,总是那样的,打扮房子,跟打扮粉女似的。要是她能背得起房子,她会像背粉女一样地背着它呀。

我一出院门口,一个影子一闪,李福顺从我身后擦过去。干吗,不跟人打个招呼呀?噢,是她昨天憋的气,隔了一宿,还没消呢。我紧赶两步,叫住她。

"老大姐上哪去?"

"俘虏收容所。"

咦,昨天说过那是"最后一次",怎么又想去?明白得很,不帮助人家工作,又干什么去?管它的,一个人一个脾气。一个人有一个人的事嘛。

"那咱们一起坐车去。"

"不,咱们走不到一路。"

奇怪,怎么走不到一路,还有哪条路呢?简直叫人糊涂。等我要问一问她的时候,她已经把我甩掉了。看她那个样子,不是跟我闹脾气,是她的事急呀。

究竟什么事？不论等车坐车的时候，我都在想着。可是，一到俘房收容所，面临的残酷现实便把我夺去了。

这个原有那么多房屋的院里，现在只剩下几小间办公室。事实上，是我昨天走后又炸过的。

一片瓦砾场，处处都变了样，处处都在忙乱、动荡。

原有的岗位，都增加了哨兵，持着枪，戒备着。

俘房们呢，在断壁内的灰烬上滚了一夜。这一夜，白人们都变相了，纯亚利安人都变成黑人了，都变成黑眉乌嘴的老鸦，黑不溜秋的泥鳅了。最漂亮的也不过是黑白种人的混血儿，但他们反而没有人家纯黑人漂亮。他们多半都忙着捆行李整理东西；也有人在胡逛、瞎摸，非常萎靡、衰颓，所谓像秧打了似的。

在他们之间，工作人员们匆匆地来往走着、跑着，喘着气，流着大汗珠。他们通宵没合过眼，没吃过饭，而精神反比往日饱满。就是凭这个，他们要把家搬得利利落落。

于主任一到办公室，一切都安排得更快、更好；只是处理福克的问题，麻烦人呢。还是让他一个人成为一个单位吗？马所长说那何必，反正他们得跟人家坐一辆车。重新把他插进一个收容室的编制去吗？马所长说那哪行，哪个收容室的黑人也不肯容他。于主任烦，让所长去办吧。

没办法的办法，马所长走出办公室采取了一种临时措施：行车前，单装一车白人，就把福克放在这里面。并且，他要人把麦瑞尔找到跟前。

"这一车的秩序，暂由你负责，愿意吗？"

"愿意服从命令。"

是麦瑞尔说的，口服心服的。可是等到上车的时候，他变卦了，把福克送到办公室。

这是严肃的事。但福克一进门，竟把大家逗笑了。因为他抹着满脸黑，连牙齿也黑乎乎，正如俗语所说，简直是来了个活灶王爷。当然，他察觉到这个，马上掏出手帕，擦了擦脸，可惜手帕太脏，越擦岂不是越糊涂吗？他摇着头，叹息一声，在叹声中，似乎还有点怨气。这怨谁呢？怨，只能怨杜鲁门，怨麦克阿瑟，怨威兰；而他呢，又不在鲍德起草的反轰炸宣言上签上自己的名字。这又怨谁呢？怨，只有怨他自己了。至少，他怎么不早洗一把脸呢？难道美国的生活方式是带有懒汉的情性，或是富有马戏团小丑的滑稽趣味吗？

他无言无语地全身无力地站着，仿佛是解了体的躯身，是失掉躯身的幽灵，是幽灵失散的游魂，飘飘荡荡，无所依赖了。唉，听着吧，随便主宰怎样去安排。

麦瑞尔毕恭毕敬地站着，向马所长道着歉。

"对不起，我实在负不起福克的责任。"

"怎么一回事？"

麦瑞尔没有回答马所长的质问，只用手往外一指。

于是，我与于主任从被震掉窗扇的窗洞，伸出头一看，真相大白了。

铁蒺藜网外围，特别是出入口那里堵满了朝鲜妇女们。据说，她们是从二三十里外跑来的。她们手拿棍棒，气势汹汹地拥着；如果不是哨兵们的劝阻，她们早就冲到院里来了。现在，她们喊起来："捉住美国空军俘虏，捉住福克，为死难的同胞报仇，报仇……"

叫人纳闷：她们怎么知道的迁移消息呢？怎么知道的福克名字呢？迁移的消息，是可以泄露的。但福克的名字，是怎么泄露的？

忽然，在强烈的阳光里一闪，闪出一种夺目的金属的光，是一把明晃晃的刀，切狗肉的尖刀；于是，我从拥拥搡搡的错杂的身影间，发现了李福顺。而且，我想起早晨碰见她时，她手里拿过什么东西，是用纸裹着的。从此，不解的难题，完全解开了——是她有意泄露福克的名字，而引起群众这个行动的。

群众的声势真大呀，怒潮一般，汹涌澎湃。郡委员长赶来，还平息不下去呢。于主任又有什么办法？

我一回头，看见福克还竖在那儿。从棚顶弹孔透进来的一缕阳光，恰好照着他那黏结在一块的黄头发，如同黄蜡一般。哼，乏味的黄蜡，还得嚼呀。

于主任为福克问题考虑一下，投出一种寻觅的眼光。

"警卫员！"

"有！"

胡小昌从门外进来，往于主任面前一站，站了个立正姿势，端端正正地挺着胸脯，挺得那么高，仿佛在显示自己胸有成竹似的。

于主任给胡小昌向福克丢个眼色。

"有办法吗?"

"有!"

于是，胡小昌立刻把福克带出办公室去。

他有什么办法？他把他带哪儿去了？我想着，想着，想不通。直到将要出发而走近吉普车的时候，开始我看到原来敞着的而现在又罩起来的车篷，然后我又看到胡小昌和福克坐在里边，不，胡小昌把福克藏在里边。除了他们，还有一位俘虏收容所的翻译同志，不问可知，必是胡小昌把他请来，像前次他把老大姐拉来的一样——必要时，他好打电话呢。我挤进去，车后座坐四个人还行。留着前座给于主任。

于主任站在窗外，等一辆一辆的车子走完，他才上车，要司机开出去。

这么多的车辆，拉开距离跑起来，是好长一列呢。在白天这样大规模地跑车，是不多见的。因为敌机一活动，就容易发现目标。

果然，在半路上，被敌机发现了。车队从速隐蔽到路旁的树下去，还挨了一顿扫射。结果检查起来，有些车中弹，有些人受伤。福克是当中的一个，是一颗子弹从他的头后划过，划掉他的一缕头发和一个耳朵垂儿。

他竟放声大哭起来。

干吗，小题大做呢？

我听了听，觉得他这哭并不是来自肉体上，生理上的什么疼痛；事实上，一点点微乎其微的伤，本来是可以忍耐的。我又听了听，听出他这哭只是出于感情上的一种悲伤；因为他的妻子来信嘱咐他，注重身体的安全和健康，千万连一根毛发也别弄掉；何况是一缕头发又加上一个耳朵垂儿呢？

但我越听越憎恶起来。

"喂，得了，得了，别哭了。"

"我想到我的太太，我的蓓蒂，我难过呀!"

"不，你应该高兴……"

"高兴？一缕头发，一个耳朵垂儿!"

"而且你应该感谢……"

"感谢？"

"感谢你的政府对你的仁慈。否则，这颗子弹一偏，你就残废了，甚至报销了。什么你的太太，你的蓓蒂，什么你的薪资，你的赏金，什么都完了。"

"不，我还能得到一笔抚恤金。"

"不，不止，你还能得到一笔埋葬费，一笔折旧费——如果你能够把自己投给美国化肥公司的话。不幸的是，你今天在这儿损失了半盎司的价值，并且影响到你的国家一项所得税的若干税收。"

我一气，下了车，宁愿走六七里走到住所，再不愿跟他怄一小会儿的气。虽说，我与老姊妹俩之间的国家、民族、工作、性格，都不相同；但此刻，我比任何人都更懂得李福顺昨天不辞而去，特别是李玉顺那天避入牲口棚的那种珍贵的感情。

是夏日晌午，一片热乎乎的阳光，洒满路上、田里、山上、林间、水面和瓦砾场，洒满我周身，给整个的宇宙、整个的我以延年的健身的太阳浴。宇宙，静默而无声。我呢？谢谢，无价的赐予。

我走着。看着一辆一辆的车子，拽着车轮从路上卷起的滚滚的沙土，恍恍地赶过去。最后，我看着自己刚才坐过的那辆吉普车赶过去的时候，有一只手伸到车外来，晃了晃，是于主任在向我打招呼。在那一晃的手势里，我感到他对自己的理解和赞许。我走着，看着一处处被烧的战火，渐渐地减弱下去；同时，我听人家说，我的住所——老姊妹俩的家，被燃烧弹烧着，经当地政府和群众，以及朝鲜人民军和中国人民志愿军后勤人员的抢救而扑灭。我走着，想着，一所很好的房子烧了，稻草房顶烧了，门扇烧了，窗户，连早晨刚糊上的红蝴蝶也都烧了。现在只剩下了房框子、烟囱和地炕。还剩下什么呢？

当我走近些的时候，我看见还剩下的一间牲口棚，一堆堆的灰烬。被烟熏火燎的李玉顺照样地背着粉女，把打扫起来的灰烬，倒在大水罐里，再用头顶起大水罐，送到稻田一倒，让灰烬沉入水中，而快些培育起新苗，也好快些吃新的稻米，盖新的稻草房子呀。这一夜，老姊妹俩和粉女，是睡在牲口棚里的。我搬家了。

我搬家不久，我们防空的力量更强了，飞机更多了，使美国称霸空中的时日，已经成为过去。每次大空战，敌机一架架地被击毁，有些坠入黄海，坠入西朝鲜湾，坠入大同江，坠得踪影全无；有些摔在地上，摔得身骨俱粉。因为他们的命运早已注定他们——死无葬身之地；或者说，死无葬地之身。连美国吹嘘的王牌驾驶员戴维斯，也终于逃脱不了这个命运。

这期间，我再没有去过俘虏收容所，也再没有见过福克。我不知道，他的日子是怎样过的。

　　朝鲜和平谈判签字的时候，我早已回到我的国家。福克呢，我想他也会很快地回到他的国家了吧。

　　不过，现在美国在不少地方燃着，扩大着战火，他是侥幸地蹦跳地活着，还是已经依从命运了呢？我不知道，也不想知道。

　　这稿写完了，夜也深了。在疲惫中，感到一种兴奋——再一次谢谢帮助翻译的李福顺老大姐，谢谢督促写作的、帮助收集资料和介绍美日两国生活情况的同志们。

《文艺红旗》1962年3月

在厂史以外

这半年来，在党委的领导下，我和职工们集体写了一部我们工厂的厂史。当中有一篇《模范共青团员》，是位青年工人以全厂有名的模范人物寇金童的模范事迹撰述的传记；即使作为文学，它也是一种成功的创作。我读过之后，受到极大的感动和启发；而从记忆中，不断地出现寇金童动人的声容，美好的形象。于是，在厂史以外，我又录下这一篇文字——近乎一种个人的印象记。

差不多在两年以前，我作为一个副厂长，由炼铁工厂被调到这个合金工厂来。

我来时，恰巧已近秋天的雨季——防汛之期。在市防汛指挥部的部署下，各基层单位都在采取各自相宜的防汛措施；而合金工厂由于一面临山，一面靠河，处于山洪暴发、河水决堤的双重威胁下，已在组织抢救队。就在这种紧张的空气中，我走上了新的生疏的工作岗位。工厂离开我原来的住址——炼铁工厂房产管理所所属的宿舍，还有十里路。路上，公共汽车时有时无，交通十分不便，而我又不会骑自行车，现学吧，当然也来不及。因此，每天上下班，我是多靠步行，早去而晚归的。

星期六，我下班的时候，天黑了。因为是阴天，比往时显得更黑。我像是顶着黑幕，蒙着眼睛摸回来似的。真别扭，我好容易摸到家，电灯又坏了。为了这个缘故，一家人提早睡了觉；我呢，点起蜡烛起草工作报告。一支蜡烛燃尽了，一份工作报告却没有写完。再无法可想，我也只好睡了。

偏巧，第二天是星期天，在这个例假日，我从房产管理所再找不到值班的任何工种的工人，当然也找不到电工。我已经摸黑度过一个夜，难道我还要摸黑度过第二个夜吗？

不。我得向合金工厂求援。但值日同志在电话里说，厂内电工本来少，在班的抽不出来，休班的也难找——劳逸结合嘛。他最后答应再想想办法，但不敢保证。

等着，等着，等到黄昏，我没有等到消息。我想，完了。于是，全家动手找蜡头吧。

正是这时候，我忽然听到有人敲门，杂着询问的声音。

"舒厂长家吗？"

"是的。"

我应了一声，开了门以后，在我面前出现一个陌生的年轻人。他紧紧地闭着嘴，默默地不作声；无形中，他带着一股沉闷的气息，把我困惑了。如果不是刚才听过他说话的声音，我也许会误认他是一个哑子。但他有一副笑脸，一种谦逊的模样，使我感到他是一个可以亲近的人。

他脚下拖着一双长筒的胶皮靴子，靴上糊满泥巴；这明显得很，他是从泥泞的路上跋涉而来的。他身上穿着一套蓝色的劳动服，胸前透出白色的"合金"两字，他肩头背着一个绿色的工具袋，从口缝之间闪出灯泡的光亮，完全无疑，他是厂里派来给我修理电灯的电工。

顿时，我觉得有一股欢跃的热流，涌上心头，便开口打破我与他之间的沉默。我问："你是电工吧？"

"不是的。"

"你不是厂里派来的吗？"

"不是的。"

糟。我冒失了，弄错了。我大失所望了。

"那你是来干什么的？"

"舒厂长，我是来给你修理电灯的。"

听吧，他不是电工，不是派来的，而是来给我修理电灯的，真有趣。不，真有意思。他，是个有意思的人。我急忙把他让进屋来，倒要尽快地听听有意思的故事。

原来他要结婚了，正忙着利用这个星期日在给自己新房安装电灯，听说值日同志到处在为我找电工，于是，他来了，自动地来了。

他的性子腼腆，不大会说话。虽然，他话说得很简单，却非常感动人的，想想看，撂下自己的新房不管，却去替别人修电灯！况且一来一去二十里。是雨天的泥泞的二十里呀。

"同志，你名字？"我问他。

"寇金童。"

我初到合金工厂，还不认识寇金童。但我早已知道寇金童这个名字——新产品试制车间的技工，老工程师姜禹人的高徒，在试制中，有过惊人的发明和创造，以至成为全厂有名的模范人物，而出席过全市、全省、全国的一些会议。我一来，就听说党委书记朱大明正在考虑他提出入党的请求，厂长齐通又在建议提升他为技术员。此外，有关他的婚事，我听到的更多些。人们传说，他的未婚妻是市中心化验室的又红又专的女技术员，省短期技术研究班的优秀的学员，貌美、情热、才高、质贵，以及怎样跟他并肩、散步、挽手、谈心；总之，是非常可爱的年轻的姑娘。

面孔清瘦，脸色稍黄。在活泼的神色间，浮动着青春的热情。在灵活的眼光里，闪烁着天赋的聪慧。唯有他两片闭着的嘴唇，显得格外严谨、死板，仿佛保险箱，对不上钥匙，是打不开的。

现在，他就是这样的。当我悄悄地打量他的时候，他只是默默地在解工具袋。看来，他之所以那般的默默然，仿佛是要咬紧牙，使上劲，才能把它解开似的。

"你不是电工，哪来的手艺呢？"

"我不是试制过新产品钨丝吗？"

是的，钨丝是电气器材的重要材料之一。试制它，需要有电的知识。

"工具袋？"

"从隔壁一个电工大嫂手里借的。"

他从工具袋里掏出一些电工使用的工具，还有一条保险丝。

"保险丝呢？"

"是公家的，电工经常的备品。"

掏着，掏着，他又从工具袋里掏出来两个灯泡，但他是一个一个地、轻轻地放在桌上的。为什么这样小心翼翼地爱护这种东西呢？因为它是此地目前市场暂时的奇缺之物，即使带上旧灯泡兑换，也是不易购得的。所以说它是现时的珍品之一。

"灯泡也是公家的吗？"

"不是的，是我的。不是的，是她的。"

这是说，是他的未婚妻的。这是说，未婚夫妻的关系，是要严谨的，认真的；即使东西的所有权，都不可以含混呢。那么，带她的灯泡来干什么？路上难走，万一摔碎了呢？她该多难受哇。这是我的心里话，并没有说出口。因为他已经检查电灯线路去了。

经过一番检查之后，他在电门上换上一节保险丝，但他拉了几拉开关，灯泡始终没有亮。等到他把他带来的，他所说的他的未婚妻的灯泡换上，一拉开关，亮了。

这一亮，如同他给我这个黑暗的家引进阳光，安上太阳了。恍惚间，我觉得即使它碎了，也会是亮的；因为它发出来的光，是辉煌的光、不熄的光。这一亮，不仅照亮我的眼睛，而且照亮我的心——我完全明白，由于大量雨水顺着线路的浸湿而把原有的灯泡都弄坏了；我完全明白，他为什么要带来那两个宝贝东西。而且，这是她的，不是他的；或者正确一点说，这是她与他的新房的。但他把它给了我，我怎么能安心呢？

"舒厂长，你安心吧，她在省里还是能想办法的。"

这是他头一次自己先开口的，像是保险箱忽然自动打开了似的。

这个惯于缄口的人，从来不随便说话，但他说出话来，便不能随便改口。我理解这种人的性格，最吝啬自己的语言，也最珍贵自己的语言；这种语言有着不可侵犯的尊严。

我怎么可以侵犯它的尊严呢？让他走吧。

我送他到门外以后，忽然发现在路灯下竖着一个人影，一个拿着雨伞的年轻的姑娘。她穿的毛衣是藕灰色的，裤子是藕荷色的；这两种颜色配在一块，引起我一种强烈的反应。只借着路灯光，一下还看不清她的眉眼，但她的脸型和神情却给我留下一种秀丽而妩媚的印象。当她与他打招呼的时候，我出于本能地意识到她原来就是他的未婚妻，意识到她是在等他——不是跟他同来的，就是他约她来的。不管怎样吧，我终归由于感激他而感到对她难于弥补的遗憾，以至我情不自禁地走到她的跟前，表示歉意。

"对不起你……我影响了你们办喜事的准备……"

她把辫子一甩，打着我，使我觉着疑惑。

"你不是他的未婚妻吗？"

她摇着头，摇着辫子，摇着半个身子。她难为情了。

奇怪，这是姑娘的羞怯，未婚妻的暧昧之情呢？还是我冒失了，弄错了呢？

第二天，我一上班，正好碰上工会主席包玉山和团委书记邢良，便问起昨晚那个难解的问题；但他们没有什么肯定的回答，只是异口同声地说："寇金童是有妹妹的。"

那么，我看见的，也许是他妹妹？是的，一定是他妹妹。那么，是我冒失了，弄错了。唉。

在遗憾中，我又感觉惭愧了。我希望有一天见到她向她道歉赔礼；但在最近，这个机缘是无望的。因为防汛工作，一天比一天紧张了。

为了这，全厂党政工团负责同志已经值了两天夜班，今天开始进入第三夜。

雨不停地下着，下着，而且越下越大，大得已经分不开点点滴滴。一眼看去，只是从天到地，无数细流，一片瀑布倾盆而下。仅仅黄昏片刻的工夫，已使厂外一片汪洋，厂内成了孤岛。

在市防汛指挥部的指挥下，党委召开一个临时紧急会议，动员全体职工疏通沟渠，修筑堤坝，进行一切防止水灾的措施。同时，为了预防山洪暴发、河水决堤的意外，所有负责同志都分了工：齐通和朱大明负责指挥全面生产，特别是反射炉，包玉山负责保护仓库，主要是危险品仓库；邢良负责保管档案；我负责迁移家属，首先是沿河一带的宿舍；而后各自带上抢救队，分别动起来。

天色漆黑，狂风怒吼，大雨四射横飞。在几处高坡临时架设的探照灯的光柱，分别照着人们活动的场所和行进的道路。

我带着抢救队蹚水走着。队里的人们，我差不多都是生疏的，只熟识队长寇金童一个人。

在强烈的探照灯光里，我可以清楚地看着他。一顶水淋淋的草帽，帽檐不住地滴着水。一套透湿的巴在身上的劳动服，在褶皱之间不住地淌着水。蹚着水的又灌满水的胶皮靴子，沿着靴口不住地溢着水。他这样地走在雨里，仿佛是泡在水里似的。显然，这是因为队里的雨衣不足分配，而作为队长的他，便带头让给别人穿了。单凭这一点，就足以使我相信他会很好地完成任务。但他的身体会不会闹病呢？

"小寇，你受得住吗？"

"舒厂长，放心吧。我是最喜欢淋浴的。"

他这个不爱说话的青年，在这冒着风雨的艰难的路上，反倒风趣起来，而且逗得大家一阵好笑。

路不远，是一笑走过的。我们一出厂，就看见黑暗之中的家属宿舍的盏盏灯火。这是说，他们都在清醒地警惕着。

而且，我们一进她们的宿舍，就看见要捆的都捆好，要包的都包好了。在寇金童的一声命令下，他们立刻搬动起来。

当然，也有少数的几家，被人讥为盲目的乐天派，闭着灯，睡了大觉。可是，在抢救队督促的呼喊声中，他们也赶紧动作起来。

在检查中，我看到家家的灯都亮了，都在搬着东西。最后，我只发现一家的门窗黑着，静悄悄地没有一点声音。我敲着窗子许久，屋里没有亮，也没有人应声。我急了，没办法的办法，便用脚踢起门来。

这之间，我忽然听到隔壁的女人声音。

"别踢了，这家没人。"

"这家怎么没人？"

"他要成家，还没有成呢。"

"他是谁？"

"寇金童。"

于是，我撞开锁着的门，冲进去了。在漏雨的暗室里，我拿电筒找到电灯的开关，而后用手一扳，不见灯亮。再一扳，还不见灯亮。最后，我用电筒照了照，原来厨房和卧室的两盏灯，都没有灯泡。灯泡呢？

在仓促中，我用电筒一晃，闪出来新的绿床单，新的红被子，沉浸在棚顶的滴水之下。这是一间新房。新人呢？

"河水涨起来了，快搬呀！"

我听寇金童在什么地方的呼喊——一种由于呼喊过度而嘶哑的声音。但我要呼喊，他也许听不到；即使听到了，他也不会来的。因为我知道他的脾气了，他怎么会因私而忘公呢？现在，我只能去叫两个队员，想法把他准备的新婚的东西，抢救出去。我一奔出门，便放开嗓门大叫起来。

"抢救队员，来两个。我是舒厂长。"

"来了，来了，舒厂长。"

果然，是二重的回声。随着，在呼呼的哗哗的风雨声中，从窗门的灯光下，飘来两个队员影子。我正在高兴——新房可以得到抢救了。可是，他俩一到，不让我吩咐，便把我抓住不放了。

"你们这是什么意思？"

"这是队长的命令。"

"我是厂长呀。"

"队长说过，你——厂长在这个时候也得听他的命令。"

他俩再不容我说话，拉着我就往高坡奔逃。我挣脱不开，唯有服从队长的"命令"。这时候，我又听到那种由于呼喊过度而嘶哑的声音。

"河决堤了，快搬呀。"

在沉重的夜色里，遁形的河岸上，滚滚水头，涛涛响来了。电线杆子被冲倒了。宿舍的电灯灭了。

在人们一阵阵喧哗声中，我依然听到那种由于呼喊过度而嘶哑的声音。

"河水来了。快逃，可别忘了拧灯泡呀。"

果然，事后工会调查，人们重要的东西都抢救出来，连灯泡也拧出来了。唯有寇金童新房里全部东西都损失了，剩下的，只有他这个人；差一点，连他这个人也没剩下呀。他穿的用的，除了职工捐助的以外，都是厂方救济的。但在工会印发的职工损失登记表上，他却什么也没有填。

为了这个，我曾经找过包玉山。我说："为什么不填呢？"他说："他说那些新东西都是女方的，不能算是他的。"我说："真的吗？"他说："真的，连灯泡都是人家新买的。昨天人家托人又给他捎来两个。"我说："又给他捎来两个？可惜迟了。"他说："不，不迟。从我家里给他挤一间屋，也要给他办喜事。"

从这位工会主席的口气里，可以听出，人们是关心他的，爱他的。

当然，更爱他的，是她。但她怎么爱他呢？她爱他那吊眼梢、吊眼梢上挂着的英俊的标致吗？她爱他那宽额头、宽额头上显露着的才华的光彩吗？她爱他那开阔的胸怀，那崇高的心灵，尤其是胸怀里面、心灵深处埋着的甘甜而美好的根苗吗？

至于他怎样爱她，爱她什么；那只有他自己知道。我想问问他，但问这个干吗，何况是在这个时候。

这个时候，大家都在忙于水灾善后工作，忙于恢复生产的工作。大约前后三四天的工夫吧，经过全体职工的努力，全厂基本上恢复了原有的面貌。党委决定，在重新开始生产之前，放假一天，休息休息。

早晨。多日来，第一日出现一个响晴天。一片蓝天，上升一轮火红的太阳。人们在这露天之下秋凉之中，闲逛着，享受着温暖的阳光，舒展着肢体。应该说，这是最好的休息。

正当这样休息的时候，我忽然发现寇金童一晃的影子。我定睛一看，他在向路口的邮箱走去。我便急走几步，赶上了他。

"小寇，上哪去？"

他，还是他那个习惯：什么他都舍得，包括他的幸福的时刻，他的珍重的东西，甚至他的宝贵的生命；而他却舍不得多说一句话。

在沉默中，他把手里的信给我一看，好像孩子把手里的糖果给我一显那样，嘴里多么甜蜜。把信投入信箱里以后，他又用手拨弄几下箱口，千万别让信卡在那口上；随着，他再低头瞧了瞧箱底，万一底下有个缝，那可是了不得的。最后，认为那信不会有什么问题的时候，他才安心了。

我约他一同散散步，我们便在厂内信步走去。

"那信是寄给你的未婚妻的吗？"

"是。"

"她在省里学习吗？"

"是。"

"你们常见面吗？"

我们走到与第五职工医院相通的便门口。他去看一个参加试制半导体而中毒的工人，很快就回来了。

"一个星期天见一面。"

"来去坐几个钟头火车？"

"四个钟头。"

"是你去看她，还是她来看你？"

"两个人轮着看。"

"这个星期天，该轮到谁了呢？"

我们走到临时收容受灾职工家属的大食堂。孩子们、妇女们在门口晒太阳。他想到从医院带来的那口信，告诉了那里的一个大嫂，也很快就回来了。

"她。"

"她会来吗？"

"她一定来。"

"她很爱你，是吗？"

"是。"

"你呢？"

"也是。"

"能不能告诉我，你怎么爱她？爱她什么？"

我们在下高坡，走到围有铁蒺藜而与全厂隔离的、新产品试制车间的侧面。他向我一示意，就顺着铁蒺藜围跑开，追前边走着的一个人去了。

一路看来，他似乎不是个休息的、闲逛闲谈的，而类乎是个假期值日的流动哨。一会儿那里他要去，一会儿这里他又要跑，仿佛是比平时的工作岗位上更忙似的。

那个被寇金童追上的人，停下来，转过身，我看见他的一头白发，一脸皱纹，一副庄重的老相，原来是姜禹人——寇金童最敬重的老师，老工程师。

他二人站在那里谈着。我从远处也可以察觉到寇金童比姜禹人谈得多的多，长河一般，滔滔不绝呢。在这点上，与他沉默寡言的性格，完全不相协调。但我根据前次他为了紧急抢救而过度呼喊的印象，可以理解，这是由于他好学而好说的。不然，怎么能够设想，他那么快地已由普通工升为技工，而又将由技工升为技术员呢？

我赶上去，想欣赏一下他这难得健谈的谈锋。可是，我还离得远，看他忽然跑开去，拐过铁蒺藜围不见影了。

姜禹人发现我，为了礼貌，向我走来。我们在高坡底下相遇，停下来了。

"小寇又请教你什么？"

"反正是有关半导体的问题呗。"

"他怎么又跑掉了？"

"他说好像听到什么声音了，要到车间去一下。"

站在高坡的底下，我们依然可以穿过这面铁蒺藜围，穿过院心，清楚地看见那面蒺藜围中间的大门，看见寇金童急走进去了。

不知是怎么的，是他步子乱些，还是他神气慌些，引起我一种预感。究竟是什么样的预感，我一时也说不准确，反正它是有点不快的。姜禹人是不是有同感，我不知道，反正我们是不约而同开步走起的。

我们刚刚走到高坡的尽头，看见寇金童转回来。这是他跟我一路去去来来的第三次。

前两次回来，他是用轻松的脚步走回来的；并且保持着去时的情绪，继续回答了我问的；这中间，仿佛我们的谈话是不曾间断过似的。但这次回来，他是用错乱的小跑跑回来的，他不仅没有回答我问的，而且连回答我的意思根本也没有了。

现在的他，已经不是修理电灯的他，不是抢救家属的他，不是过去任何时候的他了。仅仅片刻的工夫，怎么他在额上、在眉间现出了那样多的皱纹呢？难道他的岁数不是按照年月、是按照分秒而递增的吗？是的，他老了，怒了，惊了；一句话，他变了。如果不是他遭遇着或是预感着什么惨变，那么他是不会这般变脸的。但他还是一言未发，仿佛只有这一点，他还是他。

姜禹人站在一旁，犹如观察什么物理现象，有点近乎冷眼旁观的样子。但我耐不住了。

"发生了什么问题？"

"有几个积极分子已经自己干上活了。"

"什么活？"

"试制单晶硅——半导体。"

姜禹人一吓，有些紧张起来。这表示，这件事是非同小可的。

随着，他进一步向我解释，什么物质性能，什么化学反应，什么半导体的试制过程；但在我听来，依旧茫然。一个初来的外行人，一下子怎么弄得清这许多呢。我向他请教："请你说明，问题的严重性。"

"简单说，干这个活，有毒气，容易发生中毒事故。舒厂长，我刚才去看过的那个病人，就是因为这种事故中毒的。"

寇金童说时，声音带着轻微的颤抖，使我感到他内心的惊悸的跳动。同时，在姜禹人的脸上，也浮起震恐的神色：

"舒厂长下命令，停止他们试制。"

不管姜禹人建议，是不是由于怕发生事故，还是为了尊重我，也不管新产品试制车间是不是由我主管，反正事不宜迟，我立刻表示同意了。

于是，寇金童撒腿就跑，抢先传达我的命令去了。我看着他那股冲锋似的跑劲，那种急于救难似的英姿，不由得肃然起敬。

我与姜禹人一同在后赶去，但我要迁就他一贯的方步，所以都走得缓慢。当走到铁蒺藜围拐角的时候，我们突然听到新产品试制车间传出的呼救的声音。于是我们跑起来。这时候，我才知道这位老人还善于赛跑呢。刚跑不久，他就把我甩在后面了。跑进大门口，我发现院里倒着两个人，接着再看见寇金童从车间背出来一个人。他把那个人撂在地上以后，又跑进车间去，但再没见他出来了。

等到我们跑近车间门口的时候，我更明白了。

在一片含有毒质的呛鼻的气味中，在许多试验瓶罐之间，寇金童扑倒在地上，有个大块头压在他的背上；显然，这是在他第四次，也是最后一次背人的时候，支持不住了，倒了。他的两只手掌还用力地按着地——显示着他要挣扎着起来，要冲出去的姿势，但他的胳膊肘是弯曲的，他的肢体不给他做主了，软了，起不来了。

姜禹人抢了先，比我先进去一步。他抓住大块头的双手，猛地一拉，就拉走了。

我呢，伸手搂住寇金童的腰，拖拖拉拉地把他抱出来，我轻轻地放下，让他尽可能舒展地躺在地上。

他躺着，闭着嘴，闭着眼睛，但，脸色是圣洁的，神态是庄严的。

我瞟过寇金童一眼而后，忽然想到可敬的老工程师——姜禹人，怎么不见了呢？我寻视一下，发觉他也倒下了。我正想问他，怎么倒了呢？话还未出口，我只觉得头一迷糊，就什么也不知道了。

当我清醒的时候，我才知道自己是躺在医院里的。迎着玻璃窗透入的晨光，我才意识到自己昏迷一夜了。

精明能干的齐通，站在我的床旁。为了安慰我，告诉我说，这一夜是他们几位负责同志轮换地看护过我的，现在恰好轮到他。

"老工程师呢？"

"他在家里，已经好了。"

因为他比我懂科学的道理。当抢救的时候，他是闭着嘴，憋着气的。所以他比我中毒轻。

"中毒的同志们呢？"

"医生们还在抢救，保证没有生命危险。"

"寇金童呢？"

齐通把头一躲，躲出去了。

不久，朱大明来了。他为人正派、诚恳，是有党性有威信的书记。我看样子，是齐通把他唤来的。我便把齐通没有回答的问题，问了他。他窘了。他面孔抽搐起来，现出一种痉挛的状态。

"他……他是个好青年，是个模范共青团员。并且，市委已经追认他为中共正式党员……"

"追认"两个字，足以说明他的命运了。

"别人都没有生命危险，为什么他……"

"因为他没有戴防毒口罩，而且时间久了……"

他再说不下去了，转过脸去了。我不知道他哭没哭，但我的眼睛湿了，脸湿了。

晚上，邢良来了。他作为团委书记，是最爱护模范团员的，所以寇金童的不幸遭遇，给他的打击最重。我怕触痛他的伤口，不想谈这个事，但有关寇金童的一件后事，我是要嘱咐他的。

"你要把他的遗物好好地保存起来。"

"除了两个灯泡，他还有什么遗物呢？"

"不管他有什么遗物，都要交给他的家属。"

"他的家属都不在这里。他的妹妹已调到南方去了。"

"那你就交给他的未婚妻。"

过两天，我出院以后，听说寇金童的未婚妻果然来了。可惜，这么一位值得尊敬的女同志，我竟没有见上这一面。总算好，当我到后山坟前向寇金童悼祭的时候，看见她送的一抱鲜花。但在花边发亮的是什么东西呢？我低下头去，仔细地看了看，原来是一些碎玻璃片，是两个铜灯尾巴，是一对碎了的……可是，在阳光里，依然发光，在交辉，并与全厂的炉焰和电火，遥遥相映。

第二年，全厂响应党委的号召——化悲痛为力量；以寇金童命名的班组，又掀起了新的生产竞赛的高潮。清明节那天，齐通上北京了，朱大明参加市委扩大会去了，我和包玉山、邢良给寇金童扫墓去。我远远地看见坟前站着一个女同志。从藕灰色的毛衣和藕荷色的裤子上，慢慢地辨认眉眼、脸型和神态，终于认出了她是去年在我门前见过一面的寇金童的妹妹。于是，我急走几步，抢先走过去。我以一种遗憾、惭愧特别是同情相混合的情绪，跟她握了手。

"你这位妹妹来了，还是从南方来的……"

她把悲痛的脸一变，避开我，使我感到格外诧异。

"怎么，你不是他的妹妹吗？"

她摇着头，不像那次摇头那样，摇着辫子，摇着半个身子。而且她哭了。

幸而邢良和包玉山赶到，把我拉到一边，跟我悄悄地说了。

"寇金童是有妹妹的。但这是他的未婚妻。"

在这上，当初，我本来没有错；后来，我反而错了；现在，我当然又错了。但这让我对谁说呢？

夜里，我睡不着。因为，灯亮着，而且永远、永远地……

《人民文学》1962年第9期

冬天的故事（存目）

仅仅是个侧面（存目）